Obwohl seine Familie ihn anfleht, es nicht zu tun, meldet sich Lord Averley so bald als möglich zum Einsatz an der westlichen Front. Und nur wenige Wochen später trifft schon die furchtbare Nachricht ein: Lord Averley ist in der Schlacht von Marne gefallen. Somerton Court versinkt ohne designierten Erben im Chaos.

Sebastian Templeton kann sich nicht länger in der Öffentlichkeit zeigen. Seit kompromittierende Fotos, die ihn mit seinem Diener in inniger Umarmung zeigen, aufgetaucht sind, ist er der üblen Nachrede ausgesetzt, die die Macht hat, sein Ansehen für immer zu zerstören. Und in dem Wissen, dass er sich einer Klage und einem Gerichtsprozess wird unausweichlich stellen müssen, sieht er nur noch einen Ausweg: freiwillig meldet er sich zu einem für ihn sinnlosen und abscheulichen Krieg und lässt den jungen Mann, den er liebt, mit dem er aber niemals wird leben können, zurück.

Unterdessen verbringt Rose Averley wunderbar romantische Flitterwochen mit Alexander, dem Duke von Huntleigh, in Ägypten. Doch als der Krieg ausbricht, will Rose nichts sehnlicher als wieder zurück nach Hause, um ihrer Familie beizustehen. Alexander aber will Rose um jeden Preis schützen und sie erst dann nach England zurückbringen, wenn er ihre Sicherheit garantieren kann.

Im letzten Teil der Somerton-Court-Trilogie fordert der Krieg seinen fürchterlichen Tribut und wird die Menschen für immer verändert zurücklassen.

Leila Rasheed hat ihre Wurzeln sowohl in Bangladesch als auch in England. Sie wuchs in Libyen auf, lebte einige Jahre in Brüssel und verbrachte viel Zeit in Italien. Heute lebt sie zusammen mit ihrem Mann, einem dänischen Saxophonisten, und ihrem Sohn in Birmingham.

Weitere Informationen, auch zu E-Book-Ausgaben, finden Sie bei www.fischerverlage.de

LEILA RASHEED

Sehnsucht nach SOMERTON COURT

ROMAN

Aus dem Englischen
von Stefanie Schäfer

FISCHER Taschenbuch

MIX
Papier aus verantwortungsvollen Quellen
FSC® C083411

2. Auflage: Oktober 2015

Erschienen bei FISCHER Taschenbuch
Frankfurt am Main, Oktober 2015

Die Originalausgabe erschien 2015
unter dem Titel ›Emeralds and Ashes‹ bei Hyperion,
ein Verlag der Disney Book Group, New York.
Originally published in the United States and Canada
by Disney Hyperion as ›Emeralds and Ashes‹.
This translated edition was published by arrangement with Disney Hyperion

Satz: Pinkuin Satz und Datentechnik, Berlin
Druck und Bindung: CPI books GmbH, Leck
Printed in Germany
ISBN 978-3-596-03277-8

Mit besonderem Dank
an Julia Churchill, Sarah Davies, Emily Meehan
und Laura Schreiber,
ohne die die Somerton-Reihe niemals
geschrieben worden wäre.

ERSTER
AKT

I

Somerton, September 1914

Kaum erreichte Annie – das erste Hausmädchen Annie, wie sie sich stolz ins Gedächtnis rief – den Fuß der Dienstbotentreppe, bemerkte sie, dass irgendetwas anders war als sonst. Als Erstes fiel ihr auf, dass sie keinerlei Lärm wahrnahm. Wenn sie sonst nach dem Anzünden der Feuer hinunterkam, herrschte in der Küche lautstarke Betriebsamkeit bei der Vorbereitung des Frühstücks. Teller klapperten, die Lakaien eilten hierhin und dorthin, die Köchin fluchte, Martha hatte sich die Finger verbrannt, und Sarah – nein, Sarah war fort, fiel ihr wieder ein. Sie arbeitete jetzt in einer Munitionsfabrik. Der Gedanke bedrückte sie, aber nur für einen Moment. Der Krieg würde an Weihnachten vorbei sein; da waren sich alle einig.

Getrieben von der Neugier, was die Küche lahmgelegt hatte, rannte Annie über den Fliesenfußboden und hielt unterwegs nur kurz inne, um einen Blick in den Spiegel auf dem Regal zu werfen, in dem James und Thomas stets ihr Aussehen überprüften, bevor sie hinaufgingen. Annie war sich sicher, dass Munitionsarbeiterinnen keine halb so hübsche Arbeitskleidung trugen wie das *erste* Hausmädchen auf Somerton Court. Gewiss würde Sarah schon im Januar bereuen, dass sie ihre sichere

Stelle für eine Arbeit aufgegeben hatte, die zu allem Überfluss die Haut grünlich färbte. Mit einer zufriedenen Geste rückte sie ihre Haube zurecht und stürmte in die Küche.

»Was ist denn hier los?«, rief sie, als sie sah, dass die Speisen für das Frühstück auf den Tabletts erkalteten und die Köchin, Martha und Thomas nicht an ihren Plätzen waren. Stattdessen drängten sie sich im hellen Septembersonnenschein an der Tür zusammen, Martha noch mit dem Spüllappen in der Hand. Ihre Aufmerksamkeit galt einem stämmigen jungen Mann in Soldatenuniform. Annie erschrak; noch war Khaki selten im Dorf und exotisch genug, um ihr ein angenehmes Prickeln auf der Haut zu verursachen. Gleich darauf erkannte sie den Mann in der Uniform. Es war James, der erste Lakai. In Annies bewundernden Augen war es, als hätte der Krieg einen magischen Zauberstab über ihn geschwenkt und ihn vom langweiligen, alltäglichen James in einen glamourösen Fremden verwandelt.

»Ja, wir werden in Marsch gesetzt«, sagte er gerade zur Köchin. »Endlich kommen auch die Jungs aus Palesbury an die Reihe. Ich kann es kaum erwarten, die Deutschen aufs Korn zu nehmen und es ihnen für Mons heimzuzahlen.«

»Na schön, aber pass gut auf dich auf dort draußen.« Die Köchin wischte sich mit ihrer Schürze die Tränen von den Wangen. »Wie ich höre, ist die französische Küche nicht besonders.«

»Du ziehst also in den Krieg!« Annie drängte sich an Martha vorbei. »Es kommt mir vor, als würden sich alle freiwillig melden.« Sie musterte ihn von Kopf bis Fuß. »Ich muss schon sagen, die Uniform steht dir gut.«

»Vielen Dank.« James errötete.

Annie lächelte. Eines Tages würde er zurückkehren, und vielleicht hatte er es bis dahin zum Offizier gebracht oder sogar einen Orden erhalten. Man konnte nie wissen. »Wie schade, dass du fortgehst.«

»Ich halte es für meine Pflicht.«

»Na, da bin ich mir nicht so sicher«, erwiderte die Köchin. »Es ist eine blutige Sache, und ich werde heilfroh sein, wenn es vorüber ist.«

Thomas meldete sich zu Wort. »Wir müssen aber doch unseren Alliierten helfen, nicht wahr?« Als zweiter Lakai stand er normalerweise im Schatten von James, aber Annie war bereits aufgefallen, dass er in den letzten Monaten sehr viel erwachsener geworden zu sein schien. »Es ist nur recht, nachdem das arme Belgien erobert worden ist. Ich hasse es, wenn Stärkere Schwächere unterdrücken. So etwas könnte ich niemals tun. Ich wünschte, ich steckte in dieser Uniform, das sage ich dir, James. Ich schäme mich dafür, dass ich nicht mit dir gehe.«

»Du erhältst schon noch deine Chance«, antwortete James. »Dein neunzehnter Geburtstag kommt schnell genug!«

»Nicht mein Alter hält mich davon ab, mich freiwillig zu melden. Wenn meine Eltern es nur erlauben würden, wäre ich sofort weg!«

»Wohl gesprochen, Thomas!«, ertönte eine ehrfurchtgebietende Stimme. Es war Lord Westlake, der unbemerkt durch die Küchentür hinter ihnen eingetreten war.

Annie nahm Haltung an. Sie alle standen da wie angewurzelt, stumm und mit aufgerissenen Augen, als sich der Graf zu ihnen gesellte. Der Graf, in der Küche! Annie konnte es kaum glauben. Soweit sie wusste, war er noch nie zuvor in der Küche gewesen, ja, sie hätte sogar vermutet, dass er nicht einmal wusste, wo sich die Küche befand. Doch nun marschierte er einfach so herein, silberhaarig und aufrecht. Er ging direkt auf James zu, der ihn anblinzelte wie ein gefangenes Kaninchen.

»Ich bin gekommen, um Ihnen von Herzen zu gratulieren und Ihnen alles Glück der Welt zu wünschen.« Der Graf sprach voller Elan, und seine Augen blitzten wie die eines jungen Mannes. »In Ihnen steckt der britische Geist, auf den wir alle bauen.«

»D… danke, Mylord«, stotterte James.

»Nein, ich sollte Ihnen danken. Sie kämpfen für uns alle.« Der Graf streckte seine Hand aus. James starrte sie fassungslos an. Thomas versetzte ihm einen Schubs. Wieder blinzelte James und streckte zitternd die eigene Hand aus. Der Graf erfasste sie und schüttelte sie herzhaft.

Er schüttelte James die Hand! Annie und Martha wechselten einen ungläubigen und erstaunten Blick. Der Graf, er schüttelte die Hand seines Lakaien! Erst der Krieg und jetzt das. Annie blickte zum Fenster und erwartete fast, Posaunenfanfaren zu hören und Engel vom Himmel niederfahren zu sehen, um alle zum Jüngsten Gericht zu holen.

»Sie sind ein mutiger Bursche«, sagte der Graf, »und ich möchte Ihnen sagen, dass wir uns alle auf Nachricht von Ihnen freuen und Sie in jeder Weise unterstützen werden – moralisch und auch sonst.«

Er trat einen Schritt zurück und sah Thomas an.

»Thomas«, begann er. Thomas nahm Haltung an. »Ich weiß, dass Sie sich freiwillig melden wollen. Das beweist eine tapfere Gesinnung, die meinen Respekt verdient.«

»Ich wünschte, ich könnte es tun, Sir. Doch meine Mutter erlaubt es nicht, da schon alle meine älteren Brüder eingerückt sind.«

»Ich verstehe. Aber es gibt noch andere Wege für einen Mann, König und Vaterland zu dienen. Zum Beispiel eine Stelle anzunehmen und es dadurch einem anderen zu ermöglichen, den Dienst an der Waffe auszuüben.« Er hielt inne und fuhr dann fort: »Wie Sie alle wissen, hat uns Cooper zu Beginn des Krieges verlassen, und jetzt zieht auch das zweitälteste Mitglied der männlichen Dienstboten, James, hinaus, um seine Pflicht zu tun. Aber Somerton braucht einen Butler. Ich möchte, dass Sie diese Stelle einnehmen, Thomas. Sie besitzen die Würde. Sie besitzen die Erfahrung. Sie mögen noch jung sein, aber dies sind ungewöhnliche Zeiten. Was sagen Sie dazu?«

Annie riss die Augen auf. Ein Butler, mit siebzehn! Das war unerhört.

»Sir!«, brachte Thomas hervor. »Ich …« Er zögerte, und Annie starrte ihn an. Er würde doch wohl nicht auf die Idee kommen, das Angebot abzulehnen?

Thomas blickte in die Runde, in die eifrigen, ermutigenden Gesichter.

»Ich … ich fühle mich geehrt, Sir. Geehrt.«

»Ausgezeichnet.« Der Graf nickte erfreut. »Noch einmal, James, viel Glück. Ich hätte Sie mit dem Automobil zum Bahnhof bringen lassen, doch aufgrund der Benzinrationierung erscheint mir das wenig ratsam. Und nachdem auch alle Pferde beschlagnahmt wurden …«

»Ich gehe zu Fuß, Sir, es ist doch wirklich nicht weit.« James schulterte den Tornister mit seiner Ausrüstung und verabschiedete sich mit einem zackigen Gruß, so schneidig militärisch, dass Annie wohlig erschauerte. »Auf Wiedersehen, Sir. Auf Wiedersehen, ihr alle. Ehe ihr euch verseht, bin ich wieder zu Hause!«

Er drehte sich um und marschierte in Richtung Straße. Annie konnte sich in ihrer Aufregung nicht länger zurückhalten und rief im Chor mit der Köchin und Martha: »Viel Glück, James!« hinter ihm her, bis sie heiser war. Sogar der Graf stimmte in das dreimalige »Hipp, Hipp, Hurra!« ein, das

Thomas ausstieß, und sie alle blickten James nach, bis er verschwunden war.

»Ganz hervorragender Mann«, bemerkte der Graf, als rede er mit sich selbst. »Hervorragendes Auftreten. Ich wünschte, ich könnte mit ihm gehen.«

Lächelnd drehte er sich zu den anderen um.

»Und jetzt überlasse ich Sie alle wieder Ihrer Arbeit. Guten Tag.«

Weg war er. Stille herrschte, bis sie die mit Filz gedämpfte Tür hinter ihm zuklappen hörten.

»Er hat James Glück gewünscht! Und ihm die Hand geschüttelt!« Martha brach das Schweigen mit einem ehrfürchtigen Flüstern. »Seine Hand!«

»Er hat mich zum Butler ernannt!«, staunte Thomas, als hätte er es noch immer nicht richtig begriffen.

»Ja, freu dich doch! Stell dir vor, was deine Eltern sagen werden, wenn sie es erfahren!« Die Köchin stieß ihn an. »Mr Wright, wie wir dich von jetzt an wohl nennen müssen.«

»Wirklich?«, fragte Thomas entsetzt.

Annie musterte ihn. Bisher hatte sie von Thomas nicht besonders viel Notiz genommen. Er war ein bisschen sonderbar und hielt sich gerne draußen im Hof auf, wo er mit dem Chauffeur fachsimpelte, sich mit irgendeinem selbstgebauten Metallgegenstand beschäftigte und sich die Hände ölig machte. Er achtete nicht so pedantisch auf seine Erscheinung wie James. Dennoch war er recht attraktiv – blaue Augen, kräftiges Kinn, breite Schultern. Annie wollte mehr als einen Lakaien – nun, jetzt war er mehr als das.

»Und ich bin gerade zum ersten Hausmädchen ernannt worden!«, sagte sie und ging einen Schritt näher auf ihn zu. »Der Graf muss viel von uns halten … Von uns beiden. Jetzt tragen wir die Verantwortung, nicht wahr? Gemeinsam. Wir müssen den Krieg an der Heimatfront gewinnen.«

Sie hob den Kopf zu Thomas, lächelte und klimperte mit den Wimpern. Zu ihrer Enttäuschung beachtete er sie nicht, sondern schaute über ihre Schulter hinweg zur Hintertür. Annie folgte seinem Blick.

Sie sah ein schlankes, schüchtern wirkendes Mädchen in ihrem Alter, das sein rotes Haar unter einem taubengrauen Hut mit cremefarbenen Seidenrosen hochgesteckt hatte. In einer Hand hielt sie einen abgestoßenen Koffer, mit der anderen stützte sie ein ebenso schäbiges Fahrrad.

»Guten Morgen«, grüßte sie. Annie fiel auf, dass sie ohne Dialekt sprach – sie war kein Mädchen von hier. »Ich bin das neue Zimmermädchen – Rebecca Freeman. Darf ich fragen, bei wem ich mich melden muss?«

»Ich nehme an, bei mir, da ich das erste Hausmädchen bin.« Vornehm trat Annie nach vorn.

»Oh«, sagte das Mädchen ein wenig überrascht. »Ich dachte, dass die Hauswirtschafterin …«

Die Köchin fing zu gleicher Zeit an zu reden wie Annie. Thomas räusperte sich, und beide schwiegen. Annie fiel ein, dass er als Butler jetzt das Sagen hatte.

»Wir haben derzeit keine Haushälterin«, erklärte Thomas. »Aber Annie wird Ihnen Ihr Zimmer zeigen.«

»Selbstverständlich übernehme ich das«, brüstete sich Annie, froh, selbst das Heft in die Hand nehmen zu können. Sie hielt es für ihre Pflicht, der Neuen ihren Platz in der Hackordnung anzuweisen und sie zu diesem Zweck mit der Größe des Hauses zu erschrecken, mit der Würde Somerton Courts zu beeindrucken und mit der Majestät des ersten Hausmädchens restlos zu überwältigen. Annie war bereit, diese Aufgabe zu übernehmen.

»Ich muss dir von vornherein sagen, Becky«, begann sie und folgte dem Mädchen nach draußen, wo es sein Fahrrad an die Außenwand lehnte, »dass wir hier harte Arbeit erwarten und …«

»Rebecca, wenn es Ihnen nichts ausmacht«, erwiderte das Mädchen, schüchtern zu ihr aufblickend.

»Wie bitte?«

»Ich möchte lieber Rebecca genannt werden, nicht Becky.«

Sie sagte das sehr freundlich, während sie an Annie vorbei in die Küche ging, aber Annie war dennoch empört. Die Neue sollte froh sein, dass man sie überhaupt beim Namen nannte! Für einen Augenblick verschlug es ihr die Sprache. Stattdessen ergriff Rebecca erneut das Wort. »Entschuldigen Sie, dass ich es erwähne, aber ich sehe, dass die Tabletts bereitstehen. Wenn die Familie für gewöhnlich das Frühstück um neun Uhr einnimmt, halte ich es für ratsam, es jetzt aufzutragen.«

»Ach du meine Güte!« Erschrocken drehte die Köchin sich um. »Das Frühstück! Der ganze Speck wird kalt! Schnell, Martha, steh nicht so herum, hol mir die Streichhölzer!«

Annie wurde beiseitegedrängt, als die Köchin und Martha in hektische Aktivität verfielen. Sie versuchte, ihre Gedanken zu ordnen.

»Ich … tja … nun … komm mit mir, dann zeige ich dir dein Zimmer.«

»Meinen Sie nicht, ich sollte sofort anfangen? Sie werden beim Servieren Hilfe brauchen.« Rebecca band sich bereits eine saubere Schürze um, die sie, ohne auch nur zu fragen, vom Haken hinter der Tür genommen hatte. »Wenn Sie mir den Weg nach oben zeigen würden, dann kann ich das nächste Tablett nehmen.«

»Ja, zeige ihr, wo sie hin muss, Annie. Sie kann ebenso gut

gleich anfangen.« Thomas beugte sich an Annie vorbei, um Tee und Kaffee zu nehmen. »Gib ihr eine Haube. Du kannst sie aus der Schublade in Mrs Cliffes Zimmer nehmen.«

»Ich … na ja … na schön.« Annie ging Rebecca voraus zum Zimmer der Haushälterin. Der Schlüssel hing an einem Nagel neben der Tür; sie nahm ihn herunter und schloss auf. Das Zimmer hatte sich kaum verändert, seitdem Mrs Cliffe dort gewohnt hatte; das kurze Intermezzo mit Mrs McRory erschien nur noch wie ein böser Traum. Als Annie die Haube aus der Wäscheschublade nahm, versuchte sie, Rebecca zu beeindrucken.

»Ich will dich ja nicht erschrecken, aber ich nehme an, dass du noch nie so hart gearbeitet hast, wie du es hier tun wirst. Jeden Tag musst du den langen Weg die Treppen hinauf- und hinuntergehen – du musst dich nicht nur um die Kaminvorleger und die Feuer kümmern, sondern auch die Aufgaben eines Lakaien übernehmen. Wir haben hier hohe Ansprüche.«

»Oh, ich mag hohe Ansprüche«, antwortete Rebecca und lächelte ihr mit einem Seitenblick zu, während sie ihre Haube vor dem Spiegel befestigte. »Ich habe selbst hohe Ansprüche.«

Während Annie nach einer passenden Erwiderung suchte, schlüpfte Rebecca bereits zur Tür hinaus. Annie folgte ihr mit dem Gefühl, nicht das erreicht zu haben, was sie wollte.

Rebecca stellte den Toast, die Marmeladen und die Butter auf ein Silbertablett und stieg hinter Thomas die Dienstbotentreppe hinauf. Als sie an Annie vorbeikam, versuchte diese es erneut.

»Du bist eine der ersten Frauen, die je am Tisch des Grafen von Westlake bedient hat«, rief sie Rebecca hinterher. »Es wäre ganz natürlich, wenn du anschließend ein paar Tränen vergießen möchtest«, fügte sie hoffnungsvoll hinzu.

»Sei still, Annie!«, flüsterte ihr Thomas zu, als er stirnrunzelnd mit einer Hand die Tür öffnete. Rebecca folgte ihm hinaus, und die Tür klappte der hochroten Annie vor der Nase zu.

Sie stampfte in die Küche und machte ihren Gefühlen Luft. »›Ich möchte lieber Rebecca genannt werden!‹ Ach, wirklich? Ich hatte nie solche albernen Flausen im Kopf!«

Zu Annies Erleichterung stimmte ihr Martha sofort zu.

»Ich weiß nicht, für wen die sich hält. Schließlich ist sie nur ein Zimmermädchen.« Finster fügte sie hinzu: »Wenn sie so weitermacht, wird sie hier wohl nicht lange bleiben.«

2

»Ich bin mir wirklich nicht sicher, ob der Graf die richtige Entscheidung getroffen hat, indem er Thomas zum Butler ernannte«, sagte Lady Westlake zu Georgiana, als sie sich über den Flur zum Frühstückszimmer begaben. »Er ist noch sehr jung.«

»Oh, aber ich halte ihn für kompetent!«, rief Georgiana. »Wir sollten ihm zumindest eine Chance geben.«

»Ja, aber was werden die Leute denken!« Die Gräfin wedelte sich mit ihrem Seidenfächer Kühle zu, während sie zwischen goldgerahmten Gemälden und hohen Fenstern mit fließenden Musselinvorhängen hindurchschritten. Das Sonnenlicht erhellte ihr Profil, so elegant und kühl wie das der griechischen Statuen, die sie in den Nischen passierten: die Grazien und die Tugenden. »Wie ich erfahren habe, soll als Ersatz für James ein neues Zimmermädchen eingestellt werden – was für ein Niedergang! Ein Mann, der bei Tisch bedient, macht einen so viel besseren Eindruck als eine Frau.«

»Ich nehme an, dass wir sparen müssen, wo wir nur können, um die Kriegsanstrengungen zu unterstützen«, seufzte Georgiana. »Ich wünschte allerdings, es wäre schon vorbei.«

»Ich ebenfalls. Die Unannehmlichkeiten sind extrem. Alle Bälle wurden abgesagt, und die einzigen gesellschaftlichen Anlässe sind diese trostlosen Wohltätigkeitsveranstaltungen, die man ständig leiten soll. Wenn ich noch ein einziges Krankenhaus besuchen oder eine weitere Tombola zur Unterstützung von belgischen Flüchtlingen organisieren muss, breche ich in Tränen aus.«

Georgiana öffnete den Mund, um zu erwidern, dass sie eher an die furchtbaren Verluste gedacht hatte, die die britische Armee bisher erlitten hatte, als an die Unterbrechungen im Gesellschaftsleben, ganz zu schweigen von der möglichen Gefahr für die, die sie liebten. Doch dann wurde ihr klar, dass es keinen Sinn hatte, davon anzufangen. Es war wenig wahrscheinlich, dass ihre Stiefmutter irgendetwas verstehen würde, was nicht direkt mit ihr selbst zu tun hatte. Voller Unbehagen dachte Georgiana daran, dass der Krieg Somerton bisher nicht unmittelbar betroffen hatte; dass ihre Freunde immer häufiger Einladungen aufgrund von Trauerfällen ausschlugen, bedeutete eine Entwicklung, deren Tragweite der Gräfin entging oder der sie sich verschloss. Die veröffentlichten alphabetischen Listen der Gefallenen in der *Gazette* – aus Platzmangel immer kleiner gedruckt –, auch diese waren nichts als Namen für sie. Georgiana wünschte sich manchmal ein wenig von ihrer Gleichgültigkeit. Doch es war, als hätte am Tag der Kriegserklärung ein Erdbeben das Land erschüttert, und sie hatte das Gefühl, als drehe sie sich seitdem immer noch verwirrt im Kreis und versuche, ihren Weg in einer Landschaft zu finden, die sich vollkommen verändert hatte.

»Ich nehme an, dass sich auch William freiwillig melden wird«, bemerkte die Gräfin. »Es scheint unausweichlich zu sein.«

»Davon würde ich nicht ausgehen. William fehlt jegliches Ehr- oder Pflichtgefühl, sonst hätte er sich niemals so unsäglich der armen Priya gegenüber verhalten.« Georgiana fiel es noch immer schwer, von ihrem Cousin William zu sprechen, dem Erben von Somerton Court und dem Titel des Grafen von Westlake, ohne dass sich ihr vor Wut die Kehle zuschnürte. Er hatte dem Kindermädchen seines Sohnes Gewalt angetan – hier, unter dem Dach von Somerton –, und Georgiana machte ihn unmittelbar verantwortlich für ihren Tod.

Die Gräfin hörte ihr jedoch gar nicht zu und betrat lächelnd den Speisesaal.

»Guten Morgen, mein Lieber«, sagte sie, hielt inne und hauchte einen Kuss auf den ergrauenden Kopf des Grafen. »Michael.« Sie nickte ihrem Sohn zu. Georgiana begrüßte leise ihren Vater und warf Michael einen Blick voller Sorge zu, die sie seinetwegen kaum noch verließ. Er hatte Priya geliebt, und obwohl sie das insgeheim sehr geschmerzt hatte, wusste sie, dass ihre unerwiderte Liebe nichts war gegen das Leid, das für ihn der Verlust Priyas bedeuten musste.

Sie nahmen ihre Plätze am Frühstückstisch ein. Georgiana bemerkte, wie ihre Stiefmutter eine Augenbraue hochzog, als Thomas und eine junge Frau mit glänzend rotbraunem, ordentlich unter einer Haube zusammengestecktem Haar eintraten und mit dem Servieren begannen. Das musste das neue Zimmermädchen sein, erkannte Georgiana – Rebecca. Georgiana beobachtete sie nervös, wohl wissend, dass sich die Gräfin auf jeden noch so kleinen Fehler stürzen würde, doch bald schon konnte sie sich entspannen. Rebecca erfüllte ihre Pflichten mit stiller Effizienz, und das anfängliche Unbehagen darüber, dass eine weibliche Hand den Tee einschenkte und die Muffins aufschnitt, legte sich rasch, beschwichtigt von ihrer offensichtlichen Kompetenz.

Leider fand die Gräfin dennoch genügend Kleinigkeiten, die sie missbilligen konnte, und das tat sie mit einer Abfolge leiser

Seufzer und gereizter Blicke in Richtung ihres Gatten, der sich geflissentlich hinter seiner Zeitung versteckte. Georgiana wusste, dass die Teller nicht so glänzten wie bei Mrs Cliffe, und auch die Tischdecke hatte einen deutlich sichtbaren Fleck, doch sie lächelte entschlossen, in der Hoffnung, dass Thomas ihr Wohlwollen spürte und er die erste Herausforderung in seiner neuen Rolle zufriedenstellend meistern würde, trotz der gespitzten Lippen der Gräfin.

»Der Tee ist wirklich vorzüglich heute Morgen«, verkündete Georgiana, obwohl er nicht anders schmeckte als sonst.

»Wie schade, dass er kalt ist«, murmelte die Gräfin. Georgiana verspürte große Lust, sie unter dem Tisch zu treten, beherrschte sich jedoch mit Mühe.

»Ich bitte um Entschuldigung, Mylady. Es wird nicht wieder vorkommen«, murmelte Thomas.

Georgiana sah, dass seine Finger zitterten, als er Michael Kaffee einschenkte, und er tat ihr leid. Thomas besaß nicht das selbstbewusste Auftreten von James, und ihr war aufgefallen, dass er glücklicher wirkte, wenn er draußen auf dem Hof mit dem Chauffeur fachsimpeln oder den Boiler reparieren konnte – kein anderer schien so gut mit dem wackligen alten Ding umgehen zu können. Und obwohl es kaum die Aufgabe eines Lakaien sein konnte, geschweige denn die eines Butlers, ersparte es ihnen natürlich die Kosten für einen Installateur. James, so dachte sie, hätte sich niemals zu einer solchen Tätigkeit herabgelassen. Thomas würde sich große Mühe geben, doch sie vermutete, dass er in einer anderen Rolle glücklicher gewesen wäre.

»Wie steht es eigentlich mit der Suche nach einer Hauswirtschafterin?«, fragte der Graf, dessen Gedanken offenbar in die gleiche Richtung gingen.

»Bitte belaste mich nicht damit. Du weißt, dass ich genug

mit der Verwaltung des Hauses in London zu tun habe«, erwiderte die Gräfin, während sie ihre Post öffnete.

Georgiana wusste, dass der Gräfin Somerton nie gefallen hatte und es nie ihr Wunsch gewesen war, auf dem Land zu leben, doch ein wenig mehr Interesse von ihrer Seite hätte sie sich anstelle der ständigen Beschwerden durchaus gewünscht.

»Die Erfahrung mit Mrs McRory war so unerfreulich«, begann Georgiana, »dass ich …« – sie warf einen Blick auf die Gräfin, die schließlich offiziell die Dame des Hauses war – »dass wir es wohl kaum noch einmal mit einer Agentur versuchen möchten. Nicht zuletzt aus Gründen der Sparsamkeit …«

»Da bin ich ganz deiner Meinung.« Der Graf sah Thomas an. »Keine Sorge. Ich habe größtes Vertrauen in unsere eigenen Leute.«

»Ich danke Ihnen, Sir«, murmelte Thomas.

»Wo ist der Zucker?«, fragte die Gräfin.

Thomas blickte auf.

»Es tut mir sehr leid, Mylady … Die Köchin hat gesagt, in der ganzen Gegend ist keiner mehr erhältlich.«

»Kein Zucker!«, rief die Gräfin entsetzt aus. »Daran ist bestimmt Lady Amersham schuld! Diese schreckliche Frau … Ich habe neulich ihr Automobil im Dorf gesehen. Es scheint, dass sie alle Trockenvorräte in ganz Shropshire aufgekauft hat und jetzt auch noch unsere Grafschaft heimsucht. Wie unpatriotisch! Der Krieg verlangt uns scheinbar alles ab.«

»Das *Empire* verlangt das von uns, meine Liebe«, erwiderte der Graf, während sich Thomas und Rebecca zurückzogen.

»Ja, natürlich. Das Empire.« Doch der Gesichtsausdruck der Gräfin war alles andere als wohlwollend.

Georgiana konnte sich nicht zurückhalten. »Wenn Zucker das einzige Opfer ist, das wir den Göttern des Krieges bringen müssen, werde ich sehr dankbar sein. Gibt es irgendwelche Neuigkeiten von Rose, Papa?«

Bedrückt schüttelte der Graf den Kopf. Georgiana wusste, dass er sich genauso große Sorgen machte wie sie. Rose, seine uneheliche Tochter, hatte nie gewusst, wer ihr Vater war, und war hier in dem Haus, in dem ihre Schwestern Ada und Georgiana als Lady aufwuchsen, als Zofe angestellt gewesen. Als die Wahrheit ans Licht kam, drohte den Averleys ein Skandal. Georgiana war sehr stolz auf ihren Vater, weil er Rose schließlich anerkannt und adoptiert hatte. Sie spürte, dass ihm Rose von seinen drei Töchtern in gewisser Weise am meisten am Herzen lag, weil er sich schuldig fühlte, sie nicht schon früher anerkannt zu haben.

»Nichts seit dem Telegramm, in dem sie uns mitteilte, dass sie noch immer in Ägypten weilt«, sagte er jetzt. »Ich habe keine Mühen gescheut, sie zu kontaktieren, doch das Kriegsministerium ist einfach zu überlastet, um die Nachrichten weiterzuleiten.«

»Ich hoffe so sehr, dass sie in Sicherheit ist!« Georgiana legte Messer und Gabel hin; sie hatte keinen Appetit. »Wenn ich daran denke, dass sie sich mitten im Kampfgebiet befindet …«

»Wenigstens ist sie bei Alexander«, gab Michael zu bedenken. »Er würde es nicht zulassen, dass ihr irgendetwas zustößt.«

»Da hast du ganz sicher recht«, pflichtete Georgiana ihm bei und trank von ihrem Tee, stellte aber sogleich die Tasse wieder hin. »Ich frage mich, ob auch er sich einem Regiment anschließen musste. Es wäre schrecklich für ihn.«

»Ach bitte, lasst uns von etwas anderem reden als von diesem deprimierenden Krieg«, wandte die Gräfin verärgert ein.

»Aber es gibt nichts anderes, Mutter, und es hat keinen Sinn, so zu tun als ob.« Michaels Stimme klang ernster, als Georgiana sie je empfunden hatte. »Es bleibt einem nichts anderes übrig, als sich freiwillig zu melden und daran teilzunehmen.«

»Wie kannst du so etwas sagen? Wenn sich alle in diesen Irrsinn stürzen, wie sollen wir dann je den Frieden wiederherstellen?«, rief Georgiana.

»In diesem Fall muss ich dir zustimmen, Georgiana«, sagte die Gräfin. »Der Krieg ist der reinste Wahnsinn. Ich finde nicht, dass wir ihn unterstützen sollten.«

»Mutter!« Mit zitternder Hand stellte Michael seine Tasse ab. »Der Krieg ist doch kein … aufdringlicher Vertreter, der nicht gehen will. Das ist ein Flächenbrand, eine Katastrophe. Wir können ihn nicht ignorieren.« Georgiana sah ihm seine Verzweiflung an, als er fortfuhr: »Da wir schon einmal beim Thema sind, kann ich genauso gut die Wahrheit sagen. Ich wollte den Krieg auch nicht, aber jetzt, wo er Realität ist, sehe ich es als meine Pflicht an, mich freiwillig zu melden.«

»Nun«, erwiderte die Gräfin eisig, »ich freue mich, dir sagen zu können, dass du nicht die Erlaubnis dazu bekommen wirst. Du bist noch nicht volljährig.«

»Ich sehe nicht ein, warum das eine Rolle spielen sollte. Ich kann schießen, ich kann reiten. Ich bin genauso britischer Staatsbürger wie jeder Neunzehnjährige. Mutter, es ist unehrenhaft, dass ich zu Hause bleibe, in dem Wissen, was in jedem Moment jenseits des Ärmelkanals geschehen kann. Sogar James ist gegangen!«

»Oh, Michael!« Georgiana konnte keine Sekunde länger schweigen. »Das ist doch kein Kricketspiel! Dir scheint nicht klar zu sein, dass du getötet werden könntest.«

Trocken erwiderte der Graf: »Georgiana, meine Liebe, es würde mich freuen, wenn meine Tochter ein klein wenig mehr Patriotismus zeigen würde.«

Georgiana spürte, wie die Wut in ihr hochkochte.

»Wahrer Patriotismus besteht nicht darin, Tausende Landsleute in den Tod zu schicken«, erwiderte sie. »Was haben wir damit zu tun, wenn irgendein österreichischer Prinz in Serbien erschossen wird? Wie kann das auch nur das Leben eines einzigen Engländers wert sein, geschweige denn das Tausender? Du hast die Zeitungen letzte Woche gelesen – es ist ein furchtbares, furchtbares Blutvergießen. Es ist mir ein Rätsel, wie du Michael dazu ermutigen kannst, sein Leben zu riskieren, Papa, jetzt, wo der arme kleine Philip kaum im Grab liegt.« Schon bei dem Gedanken daran kamen ihr wieder die Tränen. Philip hatte kein schönes Leben gehabt mit einem älteren Bruder wie William, und dass er an Scharlach gestorben war – sie gab William die Schuld, weil er Philip nicht von der Schule genommen hatte, nachdem man ihn von dem Ausbruch der Krankheit benachrichtigt hatte –, erschien ihr als ein besonders grausamer Schlag.

»Es ist für uns alle ein schwerer Verlust«, sagte ihr Vater leise. »Aber eine Kinderkrankheit ist nicht dasselbe, wie die Pflicht in Zeiten des Krieges zu erfüllen, meinst du nicht auch, Georgiana?«

Georgiana sah Michael an.

»Aber was ist mit dem Töten? Könntest du wirklich einen anderen Menschen töten, Michael?« Sie klang jetzt herausfordernd. »Sterben fände ich nicht einmal das Schlimmste. Das wäre leichter, als jemand anderem das Leben zu nehmen, nur um einen blöden Befehl auszuführen.«

Schweigend blickten alle Michael an.

»Es würde mir nicht gefallen, aber ich würde meine Pflicht tun«, entgegnete er ruhig und hielt ihren Blicken stand. »Ich wäre stolz, zu gehen. Dafür haben wir schließlich in der Schule geübt – im Offizierstrainingslager und so weiter. Außerdem ist der Krieg eine Tatsache, und es geht um Sieg oder Niederlage. Irgendjemand muss gehen, und ich habe weder Frau noch Kind, für die ich sorgen muss. Daher bin ich am besten geeignet, mein Leben für mein Land zu geben.«

Georgiana blinzelte, um ihre Tränen zu unterdrücken. Es brach ihr das Herz, Michael so reden zu hören. Sie wusste, dass ihn Priyas Tod hart getroffen hatte, aber fand er sein Leben denn gar nicht mehr lebenswert? Fiel ihm niemand ein, der ihn vermissen würde? Sie drehte sich weg, damit keiner sah, wie aufgewühlt sie war. Sie blickte durch das hohe Fenster hinaus auf den Rasen, der sanft zu den sonnigen Feldern weiter unten abfiel. Es war einer der letzten schönen Sommertage, bevor der Herbst anbrach, und sie sah hinaus, als könne sie sich an dem goldenen Sonnenschein satt trinken, bevor er von den Feldern verschwand. Ihr wurde übel bei dem Gedanken an das Blut, das von jedem Wort in der Zeitung troff. Warum gab es keine Massenproteste, bei denen Frieden um jeden Preis gefordert wurde, warum rannten stattdessen junge Männer wie Michael oder der Lakai James zu den Rekrutierungsbüros in dem verrückten Glauben, es sei ihre Pflicht, jung zu sterben?

Sie wurde aus ihren Gedanken gerissen, als ihr Vater sagte: »Es hat keinen Zweck, mich zu bitten, ein Wort für dich einzulegen, Michael. Du kennst meine Meinung: Ich unterstütze jeden tapferen Burschen, der für sein Land kämpfen möchte. Aber ich kann mich in dieser Hinsicht nicht gegen deine Mutter stellen.«

»Und ich verbiete es strikt«, fügte die Gräfin hinzu.

Michael senkte gehorsam den Kopf, doch vorher erhaschte Georgiana noch ein rebellisches Glitzern in seinen Augen. Es beunruhigte sie. Doch bevor sie länger darüber nachdenken konnte, warf die Gräfin einen Blick auf die Uhr und legte mit einem Ausruf ihre Serviette nieder.

»Ich muss aufbrechen«, verkündete sie im Aufstehen, »oder

ich werde den Zug nach London verpassen.« Sie nickte Thomas zu, der unverzüglich den Raum verließ, um das Automobil zu ordern.

»Ich hoffe, du gibst nicht zu viel Geld aus.« Der Graf runzelte die Stirn. »Das Benzin allein bedeutet schon eine große Ausgabe.«

»Natürlich nicht, mein Lieber, wir mäßigen uns in allem, ja, sparen sogar. Charlotte mag ihre letzte Saison hinter sich haben, doch wir sollten niemals die Hoffnung aufgeben. Ein neues Kleid könnte alles verändern.«

Georgiana und Michael tauschten Blicke. Es fiel schwer, seine Schwester Charlotte nicht zu bemitleiden, obwohl Georgiana sie immer als eitel und kalt empfunden hatte. Die Entschlossenheit der Gräfin, sie zu verheiraten, war so stählern wie ein Bajonett.

»Aber, meine Liebe …«, begann der Graf.

»Es wird kaum etwas kosten. Außerdem werde ich selbst dafür bezahlen. Ich bin sicher, dagegen wird die Regierung keine Einwände haben. Es sei denn, unsere Armee leidet unter einem schwerwiegenden Mangel an Pailletten.«

Georgiana seufzte, als die Gräfin durch die Tür rauschte und den Grafen mit ausdruckslosem Gesicht zurückließ. Obwohl Georgiana wusste, dass es falsch war, weil so viele Leute litten, war sie doch ein wenig neidisch auf Charlotte. Sie hätte selbst in diesem Jahr in die Gesellschaft eingeführt werden sollen, und obwohl es niemand offen ausgesprochen hatte, wusste sie, dass ihr Debüt verschoben, wenn nicht ganz abgesagt war. Ihr Vater hatte keine Zeit, es zu arrangieren, und ihre Stiefmutter machte sich nicht die Mühe. Charlotte hatte vor Ausbruch des Krieges bereits drei Saisons erlebt, drei glitzernde Wirbel von Tänzen, Ballkleidern und aufregender Romantik. Georgiana war nicht eine einzige Ballsaison vergönnt gewesen.

»Wenn doch nur ein Herzog mit ein paar tausend Pfund pro Jahr käme und sich bereitfände, Charlotte zu heiraten«, bemerkte Michael und riss sie damit aus ihren Gedanken. »Lord Kitchener müsste ihn nur mit dem Fallschirm hinter die deutschen Linien ausfliegen und meine Mutter an die Spitze seiner Brigaden stellen. Dann wären wir bis Weihnachten in Berlin.«

Georgiana, die gerade einen Schluck Tee getrunken hatte, unterdrückte ein undamenhaftes Kichern.

»Michael!«, tadelte ihn der Graf, doch mit dem Anflug eines Lächelns in den Augen.

3

London

»Captain Sir Vivian Osborne und Lady Emily Fintan, mit Sondergenehmigung des Bischofs von Winchester, et cetera, et cetera, in der Kirche von Medbury, et cetera, et cetera, aufgrund der Dringlichkeit der Hochzeit wegen der Entsendung des Regiments an die Front waren nur der Oberst, Offiziere und Mitglieder des Regiments sowie die Eltern der Braut zugegen. Nun ja!« Die Gräfin legte die *Times* nieder, die sie auf dem Rücksitz des Automobils gelesen hatte und lächelte Charlotte zu. »Das würde ich nicht gerade Hochzeit nennen, obwohl Vivian Osborne zweifellos ein guter Fang ist für jemanden in Emilys Alter. Sie ist ein Jahr älter als du, nicht wahr, Charlotte?«

»Sie ist genauso alt wie ich: neunzehn«, erwiderte Charlotte. Durch das Fenster des Automobils spielte der Fahrtwind mit ihren blonden Locken und verlieh ihr einen frischen Teint. Sie wusste, dass man sich noch immer nach ihr umdrehte, wenn sie vorbeiging. Doch sie wusste auch, dass neunzehn und drei Saisons in der Gesellschaft nicht gleichzusetzen waren mit einem Alter von sechzehn und einem Debütantinnenstatus.

»Tja.« Unzufrieden zog die Gräfin die Mundwinkel herunter. »Man kann dich zwar kaum eine alte Jungfer nennen – dennoch muss die Sache in diesem Jahr erledigt werden.«

»Egal mit wem?«, fragte Charlotte verbittert.

Tatsächlich hatte ihr die Nachricht von Emilys Hochzeit eine Art Schock versetzt. Einst waren sie Freundinnen gewesen, aber während ihrer Saisons zu erbitterten Rivalinnen geworden. Doch als Charlotte hinaus auf die durch den Krieg so veränderten Straßen von London blickte, verspürte sie keinen Neid. Mit einem Blick erkannte sie, wie sehr sich die Welt gewandelt hatte. Lord Kitcheners Konterfei mit dem monumentalen Schnauzbart prangte an allen Mauern, und sein Finger zeigte auf jeden Einzelnen. Frauen patrouillierten paarweise die Straße entlang und verkauften kleine englische Flaggen, um Geld für den Krieg zu sammeln. Jeder zweite Mann schien Uniform zu tragen.

»Charlotte? Hörst du mir zu?« Die Gräfin tippte ihrer Tochter mit dem Fächer aufs Knie.

»Entschuldige, Mutter.«

»Du musst dich auf unser Anliegen konzentrieren. In dieser Woche liegen eine Party, ein Tanztee und eine fürchterliche Versammlung zur Besprechung der Wohltätigkeitsveranstaltungen für das Rote Kreuz vor uns. Bertie Castleton wird zum Tanztee kommen und Sir Morton Mongredien zu der Versammlung. Beide sind charmant, und ich würde mir sehr wünschen, dass du sie näher kennenlernst.«

»Glaubst du nicht, dass es wichtigere Dinge im Leben gibt als zu heiraten?« Charlotte hatte nicht vorgehabt, so brüsk zu antworten, doch die Worte entschlüpften ihr wie von selbst.

Ihre Mutter lehnte sich zurück und warf ihrer Tochter einen Blick zu, bei dem Charlotte noch immer zu Eis erstarrte, genau wie damals, als sie noch das kleine Mädchen im Kinderzimmer war.

»Es gibt nichts Wichtigeres im Leben einer Frau als ihre Heirat«, erwiderte sie. »Auch wenn ich dich nichts anderes gelehrt habe, dann hoffentlich doch wenigstens das. Meine erste Ehe mit deinem Vater hat mir ein Vermögen eingebracht. Meine zweite brachte mir Macht und Einfluss. Der Status einer Frau wird durch ihre Ehe bestimmt. Sie wird durch die Stellung ihres Gatten definiert und von seinem Geld finanziert. Ich dachte, ich hätte dich dazu erzogen, das zu verstehen, ohne dass du noch eine Erklärung dafür bräuchtest.«

»Das hast du«, erwiderte Charlotte ruhig. Es stimmte. Nur dass die Welt zu Beginn ihres Lebens noch eine ganz andere gewesen war als heute. »Aber …«

Ihre Mutter zog eine Augenbraue hoch. »Aber?«

»Jetzt im Krieg könnte ich doch etwas Nützliches tun.«

»Was denn?«, fragte ihre Mutter schnippisch. »Was in aller Welt könntest du Nützliches tun?«

»Ich weiß nicht, aber ich …« Charlotte zögerte und hielt inne. Sie wusste, dass ihre Mutter recht hatte. Sie besaß keinerlei nützliche Fähigkeiten. Sie konnte keinen Krankenwagen fahren. Sie beherrschte weder Stenographie noch konnte sie einen Mann auf einer Farm ersetzen. Sie konnte sich nicht einmal ohne die Hilfe einer Zofe ankleiden.

»Du bist nur gut für eines, und zwar dafür, einen Ehemann zu finden. Und bisher ist dir das nicht gelungen. Also sollten wir uns auf diese Aufgabe konzentrieren, nicht wahr, Liebes?«

Charlotte fühlte sich wie geohrfeigt. Ihr Gesicht brannte. Sie wusste, dass ihre Mutter sie nur wieder zur Ordnung rufen wollte, aber sie hatte nicht erwartet, dass sie so unverblümt sprechen würde.

Sie waren beim Atelier angekommen. Als der Chauffeur ausstieg und die Tür öffnete, legte die Mutter eine Hand auf den Arm ihrer Tochter und redete leise zu ihr, während sie auf die Tür zugingen.

»Sei nicht neidisch auf Emily, mein liebes Mädchen. Wir werden jemanden für dich finden, jemanden, der Emilys Fang bei weitem übertrifft. Der Krieg bringt alle in Heiratsstimmung.«

Endlich fand Charlotte die Sprache wieder. Sie würde es niemals zulassen, dass ihre Mutter sah, wie sehr sie sie verletzt hatte. Dafür war sie zu stolz. »Ich bin nicht neidisch.« Sie entzog ihrer Mutter ihren Arm, als der Lakai ihnen die Tür öffnete und sie hindurchtraten. Ihre kühle, sarkastische Stimme war zurück, eine vertraute Fassade. »Bickenhill Park mag charmant sein, aber Vivian Osborne ist ein schrecklicher Langweiler.«

Mit der Gräfin an ihrer Seite trat Charlotte durch die Türen von Célines Schneideratelier, und es war, als gelangten sie in eine andere Welt. Mannequins und Modellkleider trugen zu einer Atmosphäre von verschwenderischem Luxus bei. Seide, Satin und der Duft von Parfüm hüllten die Neuankömmlinge gleichsam ein. Charlotte sah viele vertraute Gesichter unter den Ladys, die auf eine Anprobe warteten oder schon in Kleider hineingeschlüpft waren, und sie hörte auch Stimmen in fremden Sprachen – Französisch, Spanisch, ja, sogar Deutsch.

Die Gräfin blickte sich zufrieden um. »Ich glaube, London ist schicker als es jemals war. Das muss an all den eleganten Ankömmlingen vom Kontinent liegen. Wir können zwar nicht länger nach Paris fahren, aber es scheint, dass Paris zu uns gekommen ist.«

»Ich freue mich, dass du dieser Situation etwas Positives abgewinnen kannst«, antwortete Charlotte. Vor nur einem Jahr hätte es sie mit Freude erfüllt, hier zu sein und sich bei der exklusivsten Couturière ganz Londons ein neues Kleid auszusuchen. Doch inzwischen lagen die Dinge anders. Sie folgte ihrer Mutter zu einem Sofa im französischen Stil, setzte sich und ließ gedankenverloren ihren Schirm rotieren, während sie die übrigen Anwesenden musterte. Vielleicht bildete sie es sich nur ein, aber ihr kamen die plaudernden Stimmen ruhiger, verhaltener vor als sonst.

Ihre Mutter warf ein paar scharfe Blicke in die Runde.

»Ich rechne damit, dass wir sofort an die Reihe kommen«, sagte sie leise. »Als ehemalige Arbeitgeberin sollte ich von Céline doch eine Sonderbehandlung erwarten können. Ohne uns wäre sie in der Gesellschaft nie bekannt geworden.«

»Ich nehme an, sie hat viele Kundinnen«, erwiderte Charlotte. »Sie hat inzwischen so viel zu tun.«

»Nichtsdestotrotz!«

Charlotte sah ihrer Mutter an, dass sie kurz davor stand, böse mit Céline zu sein, und ihr sank der Mut. Es würde unangenehm sein, ihre schlechte Laune überspielen zu müssen, wenn die Schneiderin endlich erschien.

»Ich frage mich, wie viele von diesen Frauen Söhne in Frankreich haben«, sagte sie mit leiser Stimme, halb in dem Versuch, das Thema zu wechseln, und halb um ihre Mutter daran zu erinnern, dass sie sich in einer Situation befanden, in der viele Dinge wichtiger waren, als Célines Vorzugsbehandlung zu genießen.

»Oh, einige, daher müssen wir schnell sein, bevor alle weg sind«, erwiderte ihre Mutter, ebenfalls im Flüsterton. Charlotte antwortete nicht; zu erschrocken darüber, wie unterschiedlich ihre Gedankengänge verliefen. Dennoch war sie froh, dass der Trick geklappt hatte und ihre Mutter abgelenkt war. Sie sah sich aufmerksam nach Themen um, über die es sich zu klatschen lohnte, über schlecht gekleidete Frauen zum Beispiel.

»Mrs Verulam irrt sich sehr, wenn sie glaubt, dieser Turban stünde ihr«, murmelte ihre Mutter. »Oh, sieh nur! Da ist die

Herzogin von Devonshire. Über sie habe ich etwas äußerst Skandalöses gehört …«

Charlotte räusperte sich warnend. Céline näherte sich, gekleidet in ein tiefviolettes Seidenkleid, so schimmernd, dass es fast schwarz wirkte. Ihr Gesicht war noch genauso frisch und jung wie damals, als sie Zofe in ihrem Haus gewesen war.

»Lady Westlake und Miss Templeton – ich bin erfreut, dass Sie mich wieder einmal beehren.« Die Gräfin runzelte die Stirn, doch Céline fuhr unverzüglich fort: »Bitte entschuldigen Sie, dass ich Sie warten ließ – Ihre Majestät ist gerade erst gegangen.«

»Oh, in diesem Fall …« Die Gräfin taute sichtlich auf, und Charlotte lächelte. Sie wusste, dass Céline eine charmante, kluge Ausrede erfunden hatte, um ihre Kundinnen nicht zu beleidigen – genauso, wie sie durch die subtilen Techniken und Tricks ihrer Schneiderkunst ihren Figuren zu schmeicheln vermochte.

»Wir suchen eine Herbstgarderobe für meine Tochter«, begann die Gräfin. »Ich bewundere diese luxuriösen Pelzcapes.« Sie hob den Saum eines Modells, das von einem Mannequin vorgeführt wurde. »Der militärische Stil ist derzeit wirklich aktuell, nicht wahr?«

»Ja, ich habe mich von der Mode in Russland inspirieren lassen«, erwiderte Céline. »Die Capes lassen sich wundervoll tragen und geben dem Stil eine moderne Note.«

Die beiden Frauen fachsimpelten weiter, über Hauskleider und Abendkleider, Capes und Hüte. Charlotte spürte, wie ihre Aufmerksamkeit erlahmte, und auf einmal durchbohrte sie der Klang einer hellen, vertrauten Stimme wie eine Nadel.

»Meine liebe Charlotte!«

Widerstrebend wandte sich Charlotte um und erblickte

Lady Emily. An ihrer Seite war Vivian Osborne – ein wenig fülliger um die Hüften und der Schnäuzer dicker als bei ihrer letzten Begegnung. Er trug die Uniform der Horse Guards. »Was für eine charmante Überraschung; bist du schon lange in der Stadt?«, begann sie.

»Wir sind nur hier, um den lieben Vivian zu verabschieden, auf den sein Einsatz wartet«, antwortete Lady Emily und fügte mit einem affektierten Lächeln hinzu: »Ich nehme an, du hast die Anzeige in der Times gesehen.«

»Herzlichen Glückwunsch«, sagte Charlotte und schaffte es, aufrichtig zu klingen. Freundlicher fügte sie hinzu: »Es tut mir leid, dass ihr so kurz nach eurer Hochzeit schon getrennt werdet.«

Vivian öffnete den Mund, doch Emily kam ihm zuvor, und aus dem resignierten Gesichtsausdruck Vivians schloss Charlotte, dass dies öfter geschah. »Oh, es macht uns nicht das Geringste aus. Der Gedanke daran, dass er seiner Pflicht nachkommt, ist einfach wundervoll. Wenn irgendjemand ein Held sein wird, dann mein Vivian. Und damit ich immer an ihn denke, hat er mir dieses kleine Medaillon geschenkt. Es wird mir stets teuer sein.« Eine lange Goldkette funkelte zwischen Emilys Fingern, und Charlotte sah etwas über und über Juwelenbesetztes an ihrem Ende baumeln. »Klein« ja nun nicht gerade, dachte Charlotte, aber ganz bestimmt »teuer«. Emily hielt den Anhänger fest und zeigte ihn ihr. Quer über die Vorderseite prangten die Insignien der Leibgarde, eingelegt mit Smaragden, und auf der Rückseite stand das bekannte Zitat: *Ich könnte Dich nicht so sehr lieben, Schatz, liebte ich nicht die Ehre mehr.* Charlotte fand das Schmuckstück unendlich geschmacklos. Natürlich konnte sie das nicht offen aussprechen, aber gottlob nutzte Vivian die Gelegenheit, um auch einmal etwas zu sagen.

»Ein hübsches Spektakel, dieser Krieg. Ich freue mich schon darauf, den Krauts einen Denkzettel zu verpassen«, verkündete er.

»Das kann ich mir vorstellen«, murmelte Charlotte.

»Charlotte!« Das war die klare, schneidende Stimme ihrer Mutter. Charlotte blickte sich um und sah, dass sie herbeigewinkt wurde, um ein Kleid anzuprobieren. Sie drehte sich wieder zu Emily um. »Es war sehr schön, dich zu sehen, und ich möchte dir noch einmal gratulieren.«

»Ich nehme an, du hast die Nachricht von Laurence gehört?«, unterbrach sie Emily. Charlotte zögerte, als sie die Boshaftigkeit in der Stimme der anderen wahrnahm, die Intention, sie zu verletzen. Charlotte und Emilys Bruder, Lord Fintan, hatten sich eine Zeitlang sehr nahegestanden. Wie lautete wohl die Nachricht von Laurence?, fragte sich Charlotte. Hatte er geheiratet, sich verlobt, verliebt? Sie wartete auf einen schmerzlichen Stich in ihrem Herzen und stellte erstaunt fest, dass sie nichts dergleichen empfand. Sie wandte sich wieder an Emily, amüsiert, als sie feststellte, wie sehr ihre mangelnde Neugier Laurences Schwester verwirrte.

»Nein, ich befürchte, er hat mir nicht die Ehre erwiesen und mich ins Vertrauen gezogen«, sagte sie mit strahlendem Lächeln. »Und jetzt müsst ihr mich wirklich entschuldigen.«

Sie segelte davon, ohne sich noch einmal umzudrehen, das Herz leichter als seit langem. Emily war wirklich zu naiv, dachte sie verächtlich. Selbst wenn es ihr gelungen wäre, sie zu verletzen – glaubte sie wirklich, sie würde ihre Gefühle in der Öffentlichkeit preisgeben? Genauso gut hätte man von ihr verlangen können, dieses geschmacklose Medaillon zu tragen.

Als sie sich zu ihrer Mutter gesellte, bemerkte sie einen kleinen Zwischenfall. Ein müde aussehendes Mädchen in einem zerlumpten Kleid blickte zur Tür des Ateliers herein und schloss diese dann genauso rasch wieder. Céline schien sie auch gesehen zu haben. Sie flüsterte einer ihrer Assistentinnen auf Französisch etwas zu, und diese ging dem Mädchen sofort hinterher.

»Wer war das?«, erkundigte sich Charlotte. Der Ausdruck gehetzter Erschöpfung auf dem Gesicht des Mädchens hatte sie berührt. Sie fragte sich, ob Céline von ihren Prinzipien abgewichen war und billige Arbeitskräfte in ihrer Werkstatt beschäftigte, wie so viele der anderen Schneiderinnen.

Céline zögerte einen Moment, reagierte aber dann auf Charlottes fragenden Blick. »Sie ist eine von den belgischen Flüchtlingen, die einzige Überlebende ihrer ganzen Familie. Sie wurde von ihrer Mutter und ihren Schwestern getrennt, als Antwerpen fiel, und kam allein und mittellos hier an.«

»Ach, das arme Mädchen!«, rief Charlotte.

»Leider gibt es viele wie sie. Ich verschaffe so vielen wie möglich eine Unterkunft und Arbeit, wenn sie denn genügend Kraft zum Arbeiten haben. Andere werden aufs Land geschickt; einige freundliche Menschen haben angeboten, sie aufzunehmen.«

»Wie nett von ihnen – und von dir.« Charlotte empfand plötzlich eine ganz neue Art von Respekt für Céline. Dass das einfache Volk, und auch so talentierte Leute wie Céline, ein Privatleben hatten, kam einem nicht oft in den Sinn. Doch natürlich hatten sie das, und ihr wurde klar, dass sie offenbar ziemlich erstaunliche Dinge bewirkten.

»Ach, nicht der Rede wert.« Céline sprach leise. »Meine eigenen Eltern sind hier, in einem so furchtbaren Zustand, wie Sie es sich kaum vorstellen können. Mein Bruder ist von den Deutschen erschossen worden, und das Haus unserer Familie wurde niedergebrannt. Meine Angehörigen konnten nirgendwo mehr hin, außer zu mir. Unser Haus in Frankreich stand den vorrückenden deutschen Truppen einfach im Weg. Viele unserer Nachbarn befinden sich in derselben Lage.«

»Das tut mir so leid!«, sagte Charlotte. »Natürlich habe ich die Bilder der Flüchtlinge gesehen, aber ich wusste nicht – ich dachte nicht –«

»Ja, sehr traurig«, unterbrach sie die Gräfin. »Aber nun wieder zurück zum Thema. Ich möchte, dass du dir noch einmal diese Capes ansiehst. Der Krieg hat die Mode vollkommen verändert, und wir müssen up to date sein.«

»Natürlich, *Madame.*« Sofort nahm Céline wieder eine professionelle Haltung an und begann, angeregt über Stoffe und Zierborten zu diskutieren.

Charlotte beobachtete Céline fasziniert und bewunderte sie für ihre Fähigkeit, ihre persönlichen Gefühle hinter strikter Professionalität zu verbergen. Wenn Céline nützlich sein konnte, wenn sie Menschen helfen konnte, wenn sie gebraucht wurde, warum dann nicht auch sie selbst? War sie tatsächlich so nutzlos, wie ihre Mutter glaubte?

Ihre Mutter redete noch immer über Kleider. »Ja, ich glaube wir nehmen die silberne Borte für den Militärmantel und eine Verbrämung aus Nerz. Und für das Tageskleid, was meinst du? Heliotrop, Magnolie, Lavendel vielleicht?«

»Schwarze Chantillyspitze«, schlug Céline vor.

»O nein, nein. Schwarz? Das macht zu alt.«

Ihre nächsten Worte äußerte Céline ruhig und bedächtig. Dennoch verfolgten sie Charlotte den ganzen restlichen Tag über. »Denken Sie daran, Madame, dass es wahrscheinlich leider Gottes in nächster Zeit zahlreiche Anlässe geben wird, bei denen Trauerkleidung gefragt ist.«

Als Charlotte ihr Zimmer betrat – nach dem Abendessen, das sich unerträglich in die Länge gezogen hatte und bei dem ihre Mutter sie einem Baron von mindestens sechzig wärmstens empfohlen hatte –, ging sie geradewegs zu ihrem Kleiderschrank. Mit einem Blick sah sie Kleider über Kleider, die sie niemals wieder tragen würde. Seide, Satin, gerüschter Samt, Pailletten und Perlen in schimmernden Farben, Kristalle, die wie Tautropfen an Säumen glitzerten, üppige Stickereien, glänzende Perlmuttknöpfe, das weiche Leder handgemachter Schuhe, Fächer wie schillernde Schmetterlingsflügel, Handschuhe in zarten Pastellfarben, nur einmal getragen. Hier hingen sie – nutzlos in diesen Zeiten des Krieges. So nutzlos wie ihre Besitzerin, dachte sie verbittert.

»MacIvor«, sagte sie, als ihre Zofe hereinkam, um ihr beim Auskleiden zu helfen, »was glauben Sie, was ich für diese da bekommen könnte? Ich meine die Ballkleider und so viele von den anderen, wie ich entbehren kann.«

MacIvor studierte die Kleider mit professionellem Blick.

»Das hängt davon ab, wie schnell Sie das Geld brauchen, Miss. Es gibt Leute, die so etwas rasch und diskret abwickeln, für Ladys mit drückenden Schulden, aber natürlich würden Sie dann weniger bekommen …«

»Nein, ich möchte so viel wie möglich dafür haben.« Charlotte dachte einen Moment nach. »Augenblick, ich habe eine bessere Idee. Ich möchte eine kurze Notiz an Céline, die Schneiderin, schreiben. Würden Sie bitte dafür sorgen, dass sie sie morgen erhält?«

MacIvor knickste gehorsam, während Charlotte sich hinsetzte und schrieb:

Sehr verehrte Madame,
ich sende Ihnen einige meiner Kleider, die ich gerne verkaufen würde, mit dem Zweck, dafür so viel Geld wie möglich zur Unterstützung der belgischen Flüchtlinge zu bekommen. Ich halte Sie für die am besten geeignete Ratgeberin in dieser Angelegenheit, und bestimmt wissen Sie, wie zu verfahren ist. Natürlich wünsche ich, dass meine Spende strikt vertraulich behandelt wird. Sollte irgendjemand nach der Herkunft des Geldes fragen, so genügt die Antwort »von einer Lady«.

Sie unterschrieb, faltete den Brief zusammen und reichte ihn MacIvor. Dann begann sie, Kleider aus ihrem Schrank zu räumen.

»Miss, Sie können doch nicht im Ernst all diese hier weggeben wollen!«, rief MacIvor, während der Berg wuchs.

»O doch, das will ich.«

»Aber was …« MacIvor schwieg, sich offenbar wieder ihrer Stellung bewusst.

»Sie meinen, was meine Mutter sagen wird?« Charlotte lachte freudlos. »Ich wüsste nicht, was sie einwenden könnte – schließlich ist es für den Krieg.«

Sie wütete zwischen ihren Kleidern mit einer Wildheit, als bahne sie sich einen Weg durch den Dschungel. Stapel um Stapel warf sie aufs Bett, bis ihre Arme von dem Gewicht schmerzten.

»Da«, sagte sie, leicht zitternd. »Bitte schicken Sie diese an Céline, mit freundlichen Grüßen.«

MacIvor, offensichtlich ein wenig erschrocken über ihre Stimmung, knickste und zog sich zurück.

4

Sebastian wanderte in den Schatten der von Laternen beleuchteten Gasse auf und ab, die Augen auf die erleuchtete Fassade des Claridge's geheftet. Bis hierher konnte er die Musik und das Gelächter hören. Zylinder wanderten als Silhouetten an den Fenstern vorbei, gestärkte Hemdbrüste leuchteten weiß. Vor nur wenigen Monaten wäre er selbst noch dort drinnen gewesen. Doch inzwischen hatte er Hausverbot. Sein Name war durch den Schmutz gezogen worden, und all das nur wegen dieser verdammten Fotografie.

Hannah Darford hatte recht gehabt; es war ein Fehler gewesen, Oliver in der Öffentlichkeit zu umarmen – Oliver, wie er ihn weiterhin nannte, denn an seinen wahren Namen Daniel Hammerman konnte er sich einfach nicht gewöhnen. Er wusste, dass auch Oliver es vorzog, jenen Namen zu vergessen, der ihn an seinen Vater erinnerte. Sebastian machte sich Vorwürfe, während er darauf wartete, dass Oliver herauskam. Er war ein Narr gewesen. Typisch: Ausgerechnet er musste das Pech haben, von einem Fotografen erwischt zu werden. Glücklicherweise war Olivers Gesicht auf dem Foto nicht zu sehen gewesen, wodurch ihm das Schicksal seines Freundes erspart geblieben war. Sebastian warf einen Blick auf seine Uhr. Oliver verspätete sich – einmal mehr. Es war lächerlich, so quälte er sich selbst, es war peinlich, zu schmollen und sich hier draußen verstecken zu müssen. Er schämte sich nicht für seine Veranlagung, obwohl die ganze Welt es von ihm zu erwarten schien.

»Was zum Teufel macht er da drin so lange?«, murmelte er vor sich hin. Oliver sollte verständnisvoller sein – waren sie denn nicht ein Paar? Was immer das bedeuteten mochte, in einer Welt, die das niemals anerkennen würde.

Er wartete eine weitere Stunde und war bereits hundemüde, als er Oliver endlich das Hotel verlassen sah und der Portier eine Droschke heranwinkte. Oliver lachte über einen Witz von Christopher Carrington und drehte sich um, um dessen Hand zu schütteln. Der Rauch von Christophers Zigarre wallte durch die Luft, und seine offene weiße Krawatte war der Hitze und der lockeren Atmosphäre drinnen geschuldet. Der Händedruck der beiden dauerte gefühlt einen Moment länger als nötig.

Oliver ließ los – oder war es Christopher, der zuerst die Hand wegzog? – und stieg dann in die Droschke ein. Sebastian, der trotz seines Pelzmantels fror, eilte ans Ende der Gasse. Die ganze Sache war eine verdammte Farce. Alles, was an seiner Position erniedrigend war, stieg in ihm auf – das Warten in der Kälte, in einer stinkenden Gasse, bis Oliver ihn endlich mit seiner Gesellschaft beehrte. Natürlich erst, nachdem er sich mit allen anderen unterhalten hatte.

Die Droschke hielt an, und im Schutz der Häuser öffnete Sebastian die Tür und stieg ein. Oliver lächelte ihn an. Er roch nach Wein und Zigarrenrauch. »Endlich bist du da! Ich habe stundenlang auf dich gewartet«, begrüßte ihn Sebastian.

»Willst du damit sagen, dass du den ganzen Abend hier draußen gestanden und geschmollt hast?«, fragte Oliver vorwurfsvoll. »Warum bist du nicht irgendwo anders hingegangen, während ich dort war?«

»Wohin denn?«, erwiderte Sebastian schnippisch und klopfte mit seinem Stock an die Trennwand, damit der Fahrer weiterfuhr. »Du weißt genauso gut wie ich, dass ich auch überall sonst Hausverbot habe.«

»Schade, du hast einen schönen Abend verpasst.«

»Das sehe ich. Warum hat es so lange gedauert? Du hast Mitternacht gesagt, und jetzt ist es fast zwei!« Sebastian sprach leise, zu Oliver geneigt, obwohl das Klappern der Räder auf dem Kopfsteinpflaster und die Glastrennwand genügten, um ihre Worte unhörbar zu machen.

»Verdammt, Sebastian, ich kann doch nicht einfach so gehen! Das würde nur Fragen provozieren.«

»Und Herzen brechen.«

Oliver runzelte die Stirn. »Du bist in letzter Zeit sehr besitzergreifend.«

»Und ich denke, dazu habe ich jedes Recht.«

»Das meine ich nicht. Ich war deinetwegen im Gefängnis und kann erst seit kurzem die Privilegien genießen, die mir von Geburt an zustehen, jetzt, nachdem mein Vater tot ist. Ich dachte, du wärst verständnisvoller.«

»Ich verstehe dich ja.« Sebastian beherrschte sich mit Mühe. »Aber weißt du, Oliver, es ist schwer für mich, wenn ich sehe, dass du dich amüsiert, als wären wir nicht zusammen.«

»Wir sind doch zusammen.« Oliver neigte sich zu ihm und küsste ihn. Sebastian wünschte, er müsste Christophers Zigarre nicht riechen. »Aber du weißt genauso gut wie ich, dass wir niemals wie Eheleute werden leben können.«

»Warum eigentlich nicht?«, fragte Sebastian aufgebracht.

»Ach, sei doch vernünftig. Wie? Wo?«

»Wir könnten ein Plätzchen für uns finden und irgendwo weit außerhalb zurückgezogen leben.«

»Du, zurückgezogen!« Oliver lachte, und Sebastian hörte einen Unterton von Verbitterung heraus. »Was wir tun, Sebastian, verstößt gegen das Gesetz, das ist die Wahrheit. Wir können uns so weit zurückziehen, wie wir wollen, und dennoch werden wir immer geächtet werden. Besonders jetzt, wo man in jedem einen Spion sieht.«

»Aber so kann es jedenfalls nicht weitergehen.«

»Was sollen wir deiner Meinung nach tun?«

Sebastian schwieg. Er wusste, dass Oliver recht hatte. Und wenn er darüber nachdachte, musste er sich die Frage stellen, wie viele Männer wie er wohl besaßen, wovon er träumte – ein gemeinsames Leben mit dem Mann, den sie liebten? Es war unmöglich. Normale Männer konnten heiraten und brauchten sich nicht vor der Welt zu verstecken. Aber er war nicht das, was man normal nannte.

»Ich bin dein Geliebter, nicht dein Gatte«, sagte Oliver, als läse er seine Gedanken. »Das ist alles, was uns erlaubt sein wird. Glaubst du etwa, mir gefällt das? Es ist nicht angenehm, ein Geliebter zu sein: Man kann jederzeit verlassen werden, man hat keinerlei Sicherheit.«

»Und dennoch willst du nicht fortgehen und mit mir zusammen irgendwo im Stillen leben …«

»Sebastian, noch einmal: wo denn?«

Die Kutsche wurde langsamer und blieb stehen. Sebastian schaute aus dem Fenster und sah, dass sie bei seiner Unterkunft in Knightsbridge angekommen waren. Er zögerte. Normalerweise kam Oliver mit ihm herein, doch er bemerkte sofort, dass ihnen jemand auflauerte. Ein Journalist, so schloss er aus dem Aussehen des Mannes.

»Verdammt!«, murmelte er.

»Einer von denen?«

Sebastian nickte.

»Nun denn, gute Nacht.«

Langsam stieg Sebastian aus. Seinem Gefühl nach hätte Oliver trotzdem mit ihm hineingehen sollen. Es war verrückt, das wusste er, und dennoch wünschte er sich, Oliver würde in aller Öffentlichkeit zeigen, dass er sich nicht für ihn schämte. Dass er an ihn glaubte. Doch selbstverständlich war es unvernünftig, von ihm zu verlangen, sich selbst bloßzustellen. Der Gedanke machte ihn wütend, wütend über seine Machtlosigkeit. Er knallte die Droschkentür hinter sich zu, ohne Olivers Gruß zu erwidern.

5

Die Sonne schien, und Charlotte öffnete die Augen. Sie gähnte, während die Zofe leise umherging, die Gardinen beiseitezog und ihren Ankleidetisch vorbereitete. Charlotte fühlte sich unerwartet ruhig und konnte sich nicht recht erklären, warum. Als sie sich aufsetzte, fiel ihr Blick auf ihren Kleiderschrank. Sie verzog die Lippen zu einem schwachen Lächeln. Sich ihrer Vergangenheit zu entledigen war seltsam erleichternd gewesen.

Ihre Post lag neben dem Bett, auf dem üblichen Silbertablett. Sie sah zwei uninteressante Einladungen, aber der dritte Brief weckte sofort ihre Aufmerksamkeit.

Die Handschrift war ihr nur allzu vertraut. Sie kannte sie von hundert geheimen Briefen, und bis heute rief sie eine zarte Röte auf ihren Wangen hervor. Wie seltsam: Als sie sich gerade von ihrer Vergangenheit zu befreien schien, tauchte ein hartnäckiges Element ausgerechnet auf diese Weise auf – zweimal innerhalb von zwei Tagen. Sie öffnete den Brief und las.

Liebe Charlotte,

ich hoffe, Du entschuldigst diese Zeilen, die für Dich ganz unerwartet kommen müssen. Tatsache ist, dass ich kaum selbst weiß, warum ich Dir schreibe, abgesehen davon, dass ich morgen nach Frankreich

gehe und das Gefühl habe, mich aus diesem Anlass von den Menschen verabschieden zu müssen, die mir am Herzen liegen. Ich denke, Du gehörst dazu. Ich erwarte nicht, dass Du noch länger etwas für mich empfindest, und das verstehe ich, aber ich wollte wenigstens, dass Du von meiner Abreise erfährst. Ich bin froh, meinen Beitrag leisten zu können, und hoffe natürlich, dass ich der alten Schule, meinem König und meinem Vaterland Ehre machen werde. Dennoch beunruhigen einen die Geschichten, die man so hört. Das ist die Wahrheit – ich habe Angst.
Ich nehme an, das ist der wahre Grund, warum ich Dir schreibe. Ich kenne niemanden sonst, dem ich das eingestehen könnte. Mutter, Vater und Emily wollen nur die üblichen heroischen Phrasen hören, und manchmal ist es mir einfach zuwider, so zu tun, als würde ich all das hier frohgemut zurücklassen, um an die Front zu gehen. Wir haben einander schon früher unsere Geheimnisse anvertraut, und ich hoffe, es ist nicht zu egoistisch, Dich zu bitten, auch dieses für mich zu bewahren, um der alten Zeiten willen.
Ich vermute, dass dieser Brief ein ziemliches Durcheinander ist. Bitte entschuldige. Ich werde Dir nicht noch einmal schreiben, aber ich wollte Lebewohl sagen und Dir alles Gute wünschen. Überdies möchte ich Dich wissen lassen, dass ich mit großer Zuneigung und Respekt an Dich denke. Ich hoffe, dass Du auch so für mich empfindest.
Laurence, Lord Fintan

Charlotte las den Brief einmal, zweimal und noch ein drittes Mal. Das waren also die Neuigkeiten von Laurence. Sie war erschüttert. Sie hatte etwas so vollkommen anderes erwartet.

Ihre Zofe wartete auf sie, um sie anzukleiden. Charlotte verbarg ihre Gefühle, steckte den Brief zurück in den Umschlag und trat an ihren Ankleidetisch, um den Tag zu beginnen.

Während MacIvor ihr dickes, goldenes Haar bürstete, betrachtete sich Charlotte im Spiegel und versuchte, ihre Gedanken zu ordnen. Der Brief beunruhigte sie zutiefst. Es musste Laurence sehr schwergefallen sein, ihr seine Angst einzugestehen. Sie empfand großes Mitleid mit ihm und fragte sich, ob er sich genauso isoliert fühlte wie sie. Vielleicht mussten die Männer ebenso wie die Frauen jeden Tag eine Fassade aufrechterhalten. Nicht zum ersten Mal wünschte sie, sie und Laurence hätten mehr Verständnis füreinander entwickelt, bevor es zu spät gewesen war.

MacIvors Bürste erwischte einen Knoten, und sie zuckte zusammen. Denn es war zu spät. Das wusste sie jetzt; sie hatte es schon gewusst, bevor sie den Brief öffnete; sie hatte es gewusst, seitdem sie tief in ihrem Inneren nachgefühlt hatte, ob die Verlobung oder Heirat von Laurence sie schmerzen würde, was nicht der Fall gewesen war. Sie war froh, dass er ihr geschrieben hatte. Froh, dass er ihr schließlich genügend vertraut hatte, um offen und ehrlich mit ihr zu sprechen. Und es war diese Freude, die ihr ein für alle Mal bewies, dass sie nicht länger in ihn verliebt war. Was sie für ihn empfand, waren Gefühle wie für einen lieben Kameraden, mit dem sie die Kriege des Lebens ausgefochten hatte und von dem sie sich ohne Bedauern trennen konnte.

Ich muss ihm schreiben, dachte sie, während sie sich erhob, um angekleidet zu werden. Vielleicht hat er eine Idee, wie ich mich nützlich machen könnte.

6

Ada saß ganz hinten in der Teestube und spielte mit ihrer Serviette. Ihr war bewusst, dass sie den Gästen hier im East End auffallen musste – eine gutgekleidete junge Lady in einer schäbigen Gegend Londons, und dann auch noch allein. Doch sie war bereits oft genug hier gewesen und hatte genügend Trinkgeld gegeben, so dass die Kellnerinnen sie mit einem Lächeln begrüßten und der Besitzer ihr den üblichen Tisch reserviert hatte: einen kleinen Tisch im Hintergrund, fern vom Fenster. Vielleicht hielten sie sie für eine der Kriegskrankenschwestern, die in einem Wohnheim weiter die Straße hinunter untergekommen waren. Diese stammten oft aus den besten Familien und leisteten ihren Beitrag genau wie ihre Brüder.

Die Türglocke klingelte, und Ada hob rasch den Blick. Ein Lächeln erhellte ihr Gesicht, als sie Ravi auf sich zukommen sah. Der Ausdruck in seinen Augen, als er sie ansah, ließ sie erröten.

»Ich bin spät dran, tut mir leid«, begrüßte er sie und setzte sich. »Es war sehr schwierig, aus dem Büro wegzukommen. Der Krieg bringt so viel zusätzliche Arbeit mit sich!«

Er griff nach ihren behandschuhten Fingern, und sie verschränkten die Hände. Adas Haut kribbelte, als sie seinen starken, sicheren Griff spürte. Die Kellnerin kam an den Tisch, um ihre Bestellung aufzunehmen, und verzog dabei das Gesicht zu einem anzüglichen Grinsen. Sobald sie ihnen den Rücken zukehrte, hob Ravi Adas Hand an die Lippen und küsste sie.

»Ravi!«, flüsterte Ada. »Etwas mehr Diskretion, bitte!« Doch sie wusste, dass ihr Lächeln ihre Worte Lügen strafte. Es war erregend, sich so heimlich zu treffen. Wahrscheinlich war es falsch, so zu empfinden, dachte sie, doch sie hatte schon vor langer Zeit aufgegeben, gegen ihre Gefühle anzukämpfen. Es war nur wichtig, dass der Direktor des Somerville Colleges nicht herausfand, dass ihre Einkaufsfahrt nach London nur ein Vorwand und ihre alte Tante nur eine Erfindung waren. Sie war sich jedoch sicher, dass kein Bekannter sie hier in dieser schäbigen Teestube mit den gräulichen Netzgardinen und den lauten, jovialen Gästen sehen würde.

»Hast du irgendetwas von Alexander und Rose gehört?«, fragte Ravi jetzt mit ernsterem Gesichtsausdruck.

Adas Lächeln verschwand, als sie an ihre täglichen Sorgen erinnert wurde. »Nein, kein Wort. Jede Woche schreibe ich ans Kriegsministerium, aber ich erhalte keine Antwort. Vater gibt sich große Mühe und Sebastian ebenso, aber dieser furchtbare Krieg scheint alles zum Stillstand zu bringen. Ich vertraue jedoch auf Roses gesunden Menschenverstand, und ich weiß, dass Alexander niemals zulassen würde, dass ihr etwas zustößt.«

»Aber du musst dir dennoch große Sorgen machen.«

»Ja, das tue ich.« Ada rang sich ein Lächeln ab. »Aber es gibt so vieles, das mich ablenkt. Ich kann dir niemals genug dafür danken, dass du derjenige warst, durch den ich endlich den Mut gefunden habe, nach Oxford zu gehen. Zwar war es mein Vater, der es schließlich durch seine Einwilligung ermöglicht hat, nachdem klar war, dass Roses Heirat das Anwesen retten würde und meine Hochzeit dadurch unnötig wurde, aber du warst es, der mich zuerst an die Möglichkeit glauben ließ. Es ist schöner als in meinen kühnsten Träumen – oder besser: Das wäre es, wenn du bei mir wärst.«

»Ich wünschte, ich könnte immer bei dir sein, aber du weißt, das ist unmöglich – es würde zu viele Fragen aufwerfen. Hier können wir uns gefahrloser treffen als in Oxford, wo uns jeder erkennen würde.«

»Ja, hier in der Stadt sind wir anonym.«

»Erzähl mir von deinem Leben in Oxford. Ich vermisse die vertraute Umgebung.«

»Ach, der Krieg tangiert natürlich auch uns – jeden Tag verlassen Studenten die Universität, um sich freiwillig zum Militärdienst zu melden. Man sieht schon genau so viele Uniformen wie Talare und Doktorhüte. Aber dem intellektuellen Leben schadet das offenbar nicht, im Gegenteil: Es scheint sogar aufzuleben, vielleicht, weil es jetzt etwas Konkretes gibt, etwas, was uns unmittelbar betrifft, worüber man reflektieren kann.«

»Oh, ich erinnere mich noch zu gut an dieses frustrierende Gefühl, im Elfenbeinturm zu sitzen. Ist Connor Kearney noch da? Seine Vorlesungen haben immer wieder meine Begeisterung für Oxford angefacht. Er hatte eine einzigartige Sichtweise, wahrscheinlich dadurch, dass er sowohl renommierter Strafverteidiger als auch Juraprofessor war.«

»Oh, ja.« Ada stieg die Röte in die Wangen, als sie an ihren Lieblingsprofessor dachte. »Was für ein faszinierender Mann; er argumentiert so brillant für den irischen Nationalismus. Ich habe diese Argumente noch nie zuvor gehört – natürlich würde mein Vater niemals dulden, dass sie auf Somerton zur Sprache kämen –, und ich bin nicht in allen Punkten mit ihm einig … Aber er ist tatsächlich ein überzeugender Redner, und die Liebe zu seinem Land scheint über jeden Zweifel erhaben. Allerdings hat er sich durch seine Ansichten auch viele Feinde gemacht.«

»Ja, er hat schon immer provoziert.« Ravi lächelte bei der Erinnerung daran. »Ist es wahr, dass er unverblümt als Kriegsdienstverweigerer auftritt?«

»Ja, das stimmt. Ich finde das sehr mutig von ihm; es ist nicht leicht, öffentlich Position gegen den Krieg zu beziehen, wo die Atmosphäre im Land so aufgeheizt ist. Ich befürchte, dass er in Schwierigkeiten gerät, falls das Kriegsrecht eingeführt wird. Es ist bereits ein offenes Geheimnis, dass die Universitätsverwaltung ihn gern seines Postens entheben würde.«

»Lass uns von etwas Angenehmerem reden«, sagte Ravi und berührte ihre Hand. »Wie amüsieren sich die Ladys von Oxford, wenn sie gerade nicht studieren?«

Ada lachte. »Die Frauen in Somerville sind ganz unterschiedlich – einige grässlich, andere amüsant. Aber es gibt allzeit interessante Unterhaltungen. Ich glaube, ich bin noch nicht einmal vor zwei Uhr nachts ins Bett gegangen, seitdem ich dort bin. Wir sitzen im Nachthemd beisammen, trinken Kakao und diskutieren über Gott und die Welt, von den Wahlen bis zum Zeppelin. Natürlich«, fügte sie hinzu, »sind es reine Frauenzirkel, in denen diese interessanten Unterhaltungen stattfinden. Wenn man mich mit einem Mann reden sähe, selbst wenn er mein Bruder wäre, würde man mich sofort exmatrikulieren.«

»Lächerlich, oder? Als seien Männer und Frauen nicht zu platonischen Diskussionen fähig.« Ravis Augen funkelten amüsiert, und wieder griff er nach ihrer Hand. Er streifte den weichen Lederhandschuh ab und küsste hingebungsvoll jeden ihrer Finger. Ada schnappte nach Luft und errötete. Die Hände einer Lady waren in der Öffentlichkeit stets bedeckt. »Wir beide sind doch das beste Beispiel«, murmelte Ravi.

»Jemand könnte uns sehen«, hauchte Ada als Antwort.

»Dann sag mir, ich soll aufhören.«

Ada wusste, dass sie das eigentlich tun sollte, doch die Worte blieben ihr im Hals stecken, während er weiterhin ihre Finger liebkoste. Nichts in ihrer konventionellen Erziehung hatte sie darauf vorbereitet, so dachte sie, sich so übermächtig von einem in höchstem Maße unpassenden Mann angezogen zu fühlen.

Das Klirren von Porzellan erschreckte sie, und rasch zog sie ihre Hand zurück, die Wangen hochrot, als die Kellnerin ihren Tee brachte.

Während sie trank, gewann Ada ihre Fassung wieder. Ravi schien in Gedanken versunken zu sein. Als er seine Tasse geleert hatte, sagte er: »Ich möchte mit dir über die Zukunft reden, Ada.«

»Die Zukunft!« Ada stieß ein freudloses Lachen aus. Sie hob den Kopf und blickte sich um. Die neue Speisekarte spiegelte die kriegsbedingten Rationierungen wider, und sie sah, wie sich Soldaten um einen Tisch bei der Tür gruppierten. »Wer weiß schon, was die uns bringen wird?«

»Vielleicht niemand, aber das sollte uns nicht davon abhalten, Pläne zu schmieden«, entgegnete er. »Meine Rückkehr nach Indien ist nur aufgeschoben. Natürlich könnte ich darüber derzeit nicht glücklicher sein, aber früher oder später wird mich mein Arbeitgeber zurückbeordern. Ich möchte jedoch nicht ohne dich gehen.«

Ada stellte ihre Tasse auf die Untertasse und sah ihn eindringlich an. Noch nie hatte er so ernst auf sie gewirkt. Über dieses Thema hatten sie schon häufig diskutiert, doch jedes Mal schien es so viele Hindernisse zu geben. Und jetzt …

»Ich will Oxford nicht verlassen«, erwiderte sie abrupt. »Ich habe so hart darum gekämpft, studieren zu können.«

»Ich meine nicht jetzt«, sagte er. »Du solltest natürlich dein Studium beenden.«

Ada senkte wieder den Blick auf den Tisch. Dein Studium beenden, hatte er gesagt, nicht deinen Abschluss machen. Damit traf er einen wunden Punkt. Sie konnte so eifrig lernen, wie sie wollte, und in jedem Fach die Beste sein, und doch würde sie niemals ein Zertifikat als studierte Juristin erhalten. Frauen konnten die Universität besuchen, aber keinen akademischen Grad erwerben, und ohne diesen würde es unmöglich sein, als Strafverteidigerin zu arbeiten, obwohl sie es sich so sehr wünschte. Es war eine Sackgasse, an die sie nicht denken mochte. In Oxford studieren zu können und die Zeit so gut wie möglich auszunutzen, zu versuchen, sich mit dem Studium um seiner selbst willen zufriedenzugeben und zu hoffen, dass sich die Lage eines Tages änderte – mehr konnte sie nicht tun. Viele Frauen verbrachten nur ein oder zwei Jahre in Oxford und verließen die Universität dann, weil sie wussten, dass sie kein Examen ablegen konnten.

Ravi fuhr fort: »Ich möchte nach Indien zurückkehren; mein Herz schlägt für meine Heimat. Und du hast selbst oft gesagt, wie sehr du dir wünschst, zurückkehren zu können, und wie sehr du den Ort liebst, wo du aufgewachsen bist. Ich sehe keinen Grund, warum wir dorthin nicht gemeinsam zurückgehen sollten.«

Ada konnte ihm nicht widersprechen. Sie liebte Indien wirklich. Dort hatte sie ihre Kindheit verbracht, und bis heute verspürte sie Heimweh nach den kühlen Hügeln der Stadt und dem Rhythmus des Monsuns, der schwülen Hitze, den faszinierenden Menschen. Dies trug sie in ihrem Herzen, genau wie Ravi. Sie wusste daher selbst nicht, warum sie so ausweichend antwortete. »Es ist noch zu früh, eine Entscheidung zu treffen. Wir wissen einfach nicht, was die Zukunft bringen wird«, sagte sie. »Was passiert, wenn die allgemeine Mobilmachung kommt? Du könntest einberufen werden.«

»Aber der Krieg könnte genauso gut an Weihnachten schon vorüber sein.«

»Glaubst du das wirklich?«

»Ich weiß nicht, was ich glauben soll. Ich bin kein Militärexperte. Aber ich weiß, wovon ich dich gerne überzeugen möchte. Es gibt zwar keinen Grund für eine übereilte Entscheidung, aber du weißt, wie sehr ich dich liebe und wie sehr ich mir wünsche, dass wir richtig zusammen sein und einander wahrhaft lieben können.«

Ada wusste, was er meinte. Der Gedanke daran ließ sie erbeben.

»Du willst es doch auch, oder?« Wieder berührte er ihre Hand, und ihre Haut reagierte mit einem Prickeln.

»Selbstverständlich.«

»Dann denke darüber nach, Ada.« Seine Stimme liebkoste sie. »Bitte.«

7

Palesbury

Die Straßen von Palesbury waren voller Soldaten. Kleine Jungs liefen zusammen, um den Rekrutierungsoffizier anzustarren, und britische Flaggen hingen aus jedem einzelnen Fenster der Kneipe. Als Rebecca an der alten Kirche vorbeifuhr, sah sie, dass sich die Schlange der Männer, die sich freiwillig melden wollten, rings um den Kirchplatz zog. Sie bemerkte auch die Schlangen vor der Bäckerei, dem Gemüsehändler und dem Kolonialwarenladen. Die Preise waren hoch; die Schiffsblockade forderte ihren Tribut. Sie fröstelte unbehaglich, wenn sie daran dachte, dass ihr alltägliches Leben so leicht beeinträchtigt werden konnte – die U-Boote und patrouillierenden Kriegsschiffe lagen wie Finger um die Kehle Großbritanniens. Was machen wir, wenn wir nichts mehr zu essen haben?, fragte sie sich. Doch sie würden genug Zeit haben, sich um dieses Problem zu kümmern, wenn – falls – es so weit kam.

Als sie das kleine Cottage erreichte, das ihre Mutter gemietet hatte, stieg sie vom Fahrrad. Geranienblüten leuchteten vor den weiß getünchten Hausmauern. Mutter hat uns hier ein richtiges Heim geschaffen, dachte Rebecca. Der Anblick erwärmte ihr Herz. Wenn sie nur bleiben könnten – doch das hing ganz wesentlich davon ab, ob sie ihre Stelle behalten würde.

»Mutter!«, rief sie, als sie das Tor öffnete. Ihr kleiner Bruder Davy rannte ihr entgegen.

»Hast du gesehen, Rebecca? Alle großen Jungs melden sich freiwillig!«, begrüßte er sie und nahm ihr das Fahrrad ab. »Die kämpfen gegen die Deutschen! Ich wünschte, ich könnte auch gehen, ich möchte auch mit einem Gewehr schießen!«

»Sei still, Davy!« Rebecca tadelte den Jungen nur selten – er war der Liebling der Familie –, aber jetzt konnte sie nicht anders. Der Gedanke, dass auch er gehen müsste, früher oder später … Sie sah seinen erschrockenen Gesichtsausdruck und bereute ihre unbedachten Worte. »Es tut mir leid, Davy. Aber rede nicht über Dinge, von denen du nichts verstehst. Das ist kein Spiel. Komm schon, wo ist Mutter? Ich habe ein paar Sachen für sie.«

Davy ging ihr voraus und erzählte lebhaft von den Spielen, die er den ganzen Tag gespielt hatte, und die, wie Rebecca verbittert bemerkte, alle in irgendeiner Form mit Sprengstoff zu tun hatten. In der Küche knetete ihre Mutter Brotteig; das Baby lag gewickelt in einem Korb auf dem Boden neben ihr.

»Ach, Rebecca!«, begrüßte sie sie, und Rebecca sah ihr die Sorgen an, die sie sich in den Wochen ihrer Abwesenheit um sie gemacht hatte. Sie wischte die Hände an ihrer Schürze ab, ging zu ihrer Tochter und küsste sie. »Ist alles in Ordnung?« Forschend sah sie Rebecca ins Gesicht.

Rebecca strahlte sie an. »O ja! Es könnte gar nicht besser sein. Aber es ist ein solcher Schock, die ganze Stadt in Waffen zu sehen.«

»Ach Gott, es ist schrecklich. Diese vielen jungen Männer, die sich freiwillig melden – manche von ihnen können nicht älter als sechzehn sein. Ich bin so froh, dass Davy nicht alt genug ist, um in den Krieg zu ziehen.« Wieder sah sie Rebecca an. »Die Stelle gefällt dir also? Du siehst jedenfalls gut aus.«

Rebecca wich einer Antwort aus und legte ihr Päckchen auf den Tisch. »Hier sind einige Kleidungsstücke des armen Master Philip. Lady Georgiana meinte, wir könnten sie vielleicht für Davy gebrauchen.«

»Wie nett von ihr.« Dankbar nahm ihre Mutter das Päckchen an. »Aber erzähl mir – ich habe mir solche Sorgen gemacht, denn schließlich bist du nicht dazu erzogen worden, solche Arbeit zu tun. Wirst du dort gut behandelt?«

Rebecca blickte in das besorgte Gesicht ihrer Mutter. Nicht um alles in der Welt würde sie ihr sagen, wie einsam sie sich fühlte, wie sie das Wissen verletzte, dass Annie und Martha hinter ihrem Rücken über sie kicherten, wie ihre Reinigungsbürsten über Nacht beschmutzt und ihre frischen Schürzen böswillig verdorben wurden. Ihre Mutter hatte ohnehin schon genug Sorgen.

»O ja, sehr gut. Lady Georgiana ist sehr nett.«

»Und die Hausangestellten?«

Rebecca zögerte. »Sie sind ganz in Ordnung. Ich glaube, sie brauchen eine Weile, bis sie ein neues Gesicht akzeptieren – vor allem ein Zimmermädchen.«

»Bist du dem Butler unterstellt? Oje, das ist bestimmt ein mürrischer alter Mann!«

Rebecca lachte, als sie an Thomas' große blaue Augen und sein nettes Lächeln dachte. Nicht, dass dieses Lächeln oft ihr galt. Er schien sich in ihrer Gegenwart unbehaglich zu fühlen, ebenso wie die anderen Hausangestellten. Dennoch konnte sie ihre Mutter beruhigen. »Da liegst du aber weit daneben. Er ist erst siebzehn.«

»Siebzehn! Nicht älter als du.«

»Mr Cooper ist in den Krieg gezogen, weißt du, und auch der ältere Lakai hat sich freiwillig gemeldet. Daher wurde

Mr Wright befördert, jedenfalls vorübergehend – bis auch er in den Krieg zieht, nehme ich an.«

»Du meine Güte. Nun, da hat sich wirklich einiges verändert, seitdem ich Hausangestellte war.«

»Aber du bist immer noch die beste Köchin, die ich kenne.« Rebecca lächelte.

»Diesen Blick kenne ich: Du versuchst, mir Honig um den Mund zu schmieren. Also, junges Fräulein, was willst du?«

»Hast du vielleicht ein bisschen Zucker? Bei uns im Herrenhaus gibt es kein Körnchen mehr, und die Köchin ist schon ganz außer sich.«

»Ach, was du nicht sagst! Ich habe gesehen, wie die Frau des Bischofs in ihrem großen Automobil gekommen ist, und ich glaube, dass sie sämtliche Vorräte in der Stadt aufgekauft hat. Und die Preise sind schockierend. Wie gut, dass ich hauszuhalten weiß.« Sie eilte geschäftig umher, nahm einige Messlöffel Zucker aus dem Vorratsglas, verpackte sie sorgfältig und reichte sie Rebecca. Rebecca verstaute sie. Sie hatte den festen Willen, diese Stelle zu behalten und auf Somerton der oberen wie der unteren Etage zu beweisen, dass sie unentbehrlich war. Sie hatte sich fest vorgenommen, das beste Zimmermädchen zu sein, das sie sich nur wünschen konnten.

Rebecca fuhr durch das Dorf zurück. Die Soldaten paradierten über den Platz, lächelnd und Marschlieder singend. Die ganze Stadt schien sich versammelt zu haben, um ihnen zuzusehen, und unter dem blauen Himmel war es schwer vorstellbar, dass ihre Gewehre jemals dazu verwendet werden würden, jemanden zu töten.

Rebecca seufzte und kehrte nur widerstrebend zurück. Martha würde garantiert irgendeine ätzende Bemerkung machen, und Annie war bestimmt ein neuer Streich eingefallen, mit dem sie sie plagen konnte. *Aber ich muss zurück*, schalt sie sich. *Mutter kann es sich nicht leisten, mich mit durchzufüttern, und es ist eine großartige Chance für mich. Wenn ich ihnen nur beweisen könnte, wie sehr ich die Stelle will und wie entschlossen ich bin, sie zu behalten!*

Sie war so versunken, dass sie erschrak, als eine männliche Stimme rief: »Passen Sie auf!« Im nächsten Moment prallte sie gegen ein Hindernis und fiel vom Fahrrad. Es schien nichts Schlimmes passiert zu sein, aber der Korb rutschte herunter.

»Geht es Ihnen gut? Kommen Sie, ich helfe Ihnen!« Ein Mann hob das Fahrrad am Lenker auf und redete mit besorgter Stimme auf sie ein. Rebecca, die an den Zucker und das peinliche Schauspiel dachte, das sie bieten musste, kroch auf dem Boden herum und sammelte ihre Sachen ein.

»Es tut mir so leid!«, rief sie und rettete den Zucker. »Ich hätte besser aufpassen müssen …«

Sie blickte auf, und die Worte blieben ihr im Halse stecken. Der attraktive junge Mann, der ihr Fahrrad festhielt, war niemand anders als Master Michael Templeton, der Sohn der Gräfin von Westlake.

Er sah sie aufmerksam an und rief dann: »Na, wenn das nicht Rebecca ist! Sie sind unser neues Zimmermädchen, nicht wahr? Sie kamen mir doch gleich bekannt vor.«

»Ich … es tut mir so leid, Sir«, sagte Rebecca, den Blick zu Boden gerichtet. Sollte sie in dieser Situation überhaupt etwas sagen? Sollte sie den Blick abwenden, wie sie es im Haus tat? Ganz bestimmt war es ein Kündigungsgrund, den jungen Master mit dem Fahrrad über den Haufen zu fahren.

»Unsinn, es war doch genauso mein Fehler. Das ist eine unübersichtliche Ecke. Kommen Sie!«

Rebecca blickte auf und sah, dass er ihr die Hand hinstreckte. Zutiefst verwirrt, doch voller Angst, ungehorsam zu sein, nahm sie sie, und er zog sie auf die Füße.

»Sind Sie verletzt?«

»Nein, nicht im Geringsten, Sir.« Erschrocken spürte Rebecca, wie ihr die Tränen in die Augen stiegen. Sie hatte sich so einsam gefühlt, und er war so unverhofft freundlich. Sie schaute weg und blinzelte verzweifelt, aber es war zu spät.

»Geht es Ihnen wirklich gut?«, fragte Michael. Anstatt ihre Hand loszulassen, zog er sie näher zu sich heran, von der Straße herunter.

»Ja, ganz bestimmt. Ich danke Ihnen sehr für Ihre Hilfe, Sir.«

Rebecca wusste, dass sie nicht überzeugend klang. Sie nahm ihr Fahrrad und versuchte, es wegzuschieben, aber er hielt es am Sattel fest.

»Nein, warten Sie, rennen Sie nicht einfach so weg.« Seine Stimme war sanft und besorgt. »Sie sollten wissen, dass wir in Somerton niemals eine unserer Hausangestellten unglücklich sehen wollen. Gibt es irgendetwas, was ich für Sie tun kann?«

Rebecca schniefte und wischte sich mit dem Taschentuch über Augen und Nase. Endlich hatte sie die Beherrschung wiedergewonnen und konnte Michaels Blick mit einem tapferen Lächeln begegnen. »Ich – ich dachte nur gerade an meinen Vater, Sir. Er ist kürzlich gestorben, und ich vermisse ihn so sehr.«

Das stimmte, obwohl es nicht der einzige Grund war, warum sie geweint hatte.

»Das tut mir sehr leid.« Michaels Stimme klang mitfühlend. »Ich habe meinen Vater verloren, als ich noch ein kleiner Junge war. Man braucht lange, um darüber hinwegzukommen.«

Wieder kamen Rebecca die Tränen. Sie senkte den Blick und nickte.

»Ich bin mir sicher, er wäre sehr stolz auf Sie, wenn er Sie heute sehen könnte«, sagte Michael.

»Ich danke Ihnen, Master«, murmelte Rebecca und griff wieder nach ihrem Fahrrad. Sie wusste, dass es nicht richtig war, sich hier mit ihm zu unterhalten – er musste sich unbehaglich dabei fühlen, mitten auf der Straße mit einer Bediensteten zu reden. »Sie waren sehr freundlich. Ich muss jetzt wieder zurück. Mr Wright braucht meine Hilfe beim Silberputzen.«

»Natürlich.« Michael zögerte. »Auf Wiedersehen und – viel Glück, Rebecca.«

»Ich danke Ihnen, Master.« Rebecca lächelte und ging dann mit ihrem Fahrrad davon. Glücklicherweise war nichts von dem Zucker herausgerieselt. Sie blickte sich um, nur falls er sie beobachten sollte. Das tat er nicht; er war unterwegs zum Rekrutierungsbüro, aber dennoch sah sie sich noch ein- oder zweimal um. Master Michael, dachte sie, war genauso galant wie gutaussehend – was schon etwas heißen wollte.

8

Somerton

»Entschuldigen Sie, Mylord«, sagte Thomas am nächsten Tag, als er mit einem sorgenvollen Gesichtsausdruck in der Tür des Frühstückraums erschien. »Aber wird Master Templeton lange ausbleiben? Es ist nur – wir wüssten gerne, wie viele Personen zum Abendessen da sein werden ...«

Georgiana blickte auf. Sie erhaschte Charlottes Blick und erkannte, dass er ihre eigene Überraschung widerspiegelte. Michael hatte nicht erwähnt, dass er ausgehen wollte.

»Ausbleiben?« Der Graf sprach für sie alle. »Er wird nicht ausbleiben, Wright. Nicht, dass ich wüsste.«

»Äh ... Wie Sie meinen, Mylord«, sagte Thomas. Georgiana sah ihm an, dass er nicht überzeugt war.

»Vielleicht ist er schon früh ausgeritten«, meinte Lord Westlake, der Thomas' Unbehagen bemerkte.

»Es scheint sein Rasierzeug mitgenommen zu haben – tatsächlich weist alles darauf hin, dass er mindestens für ein Wochenende weggefahren ist, Mylord. Roderick hat seine Abwesenheit erst bemerkt, als er hinaufgegangen ist, um ihn anzukleiden.«

Lord Westlake sah die Gräfin an. »Hat er irgendetwas erwähnt, meine Liebe? Es wäre in höchstem Maße rücksichtslos von ihm, wenn er auf einer Spritztour unterwegs wäre.«

»Nein, mir hat er nichts gesagt. Wie typisch für den Jungen«, seufzte die Gräfin. »Ich werde ihn streng zurechtweisen, wenn er zurückkehrt.«

Doch der Vormittag verging, und Michael kehrte nicht zurück. Georgiana sorgte sich den ganzen Tag. Sie redete sich ein, es gäbe keinen Grund zur Sorge, und Michael hätte gewiss nur einen Freund besucht und ihnen in seiner üblichen rebellischen Art nicht Bescheid gesagt – doch als sie sich zum Abendessen einfanden, war er noch immer nicht da.

»Jetzt mache ich mir wirklich Sorgen«, sagte der Graf stirnrunzelnd. »Meine Liebe, meinst du nicht, wir sollten den Butler bitten, diskret das Personal befragen zu lassen, ob ihn irgendjemand gesehen hat?«

»Ja, das sollten wir tun. Wie lästig!«, erwiderte die Gräfin.

Der Graf wandte sich an Thomas. »Könnten Sie mit der Dienerschaft reden, Wright? Fragen Sie sie bitte, ob irgendjemand Master Michael gesehen hat.«

Rebecca, das Zimmermädchen, blickte überrascht auf. Bis zu diesem Augenblick hatte Georgiana vergessen, dass sie das Abendessen servierte. Sie war so unauffällig und still – nicht einmal James hätte es besser machen können. Jetzt allerdings ging sie hinüber zu Thomas und flüsterte ihm etwas ins Ohr.

Thomas hört ihr zu, nickte und drehte sich wieder zum Tisch um.

»Entschuldigen Sie, aber Rebecca möchte gerne mitteilen, dass sie Master Michael gestern in Palesbury gesehen hat.«

»Wirklich? Wo denn?«, fragte die Gräfin sofort.

»In der Nähe des Rekrutierungsbüros, Mylady«, antwortete Rebecca.

Georgiana holte tief Luft, und die Gräfin stellte ihr Glas ab.

»Sie haben ihn beim Rekrutierungsbüro gesehen und uns nichts gesagt?«, fragte sie in ihrem eisigsten und bedrohlichsten Tonfall.

Rebecca zitterte.

»Ich … ich habe mir nichts dabei gedacht.«

»Nein, natürlich haben Sie nichts gedacht!« Wütend blickte sich die Gräfin am Tisch um. »Hat man Töne! Eine solche Dummheit!«

»Haben Sie irgendeine Ahnung, was er möglicherweise in der Stadt gemacht hat?«, fragte der Graf.

»N-nein, Sir. Ich bin vom Fahrrad gefallen, und er war so freundlich, mir zu helfen, meine Sachen aufzuheben. Mehr weiß ich nicht.«

»Nur, weil er in der Nähe des Rekrutierungsbüros gesehen wurde, muss das doch nicht heißen …« Georgiana wollte vor der Dienerschaft nicht aussprechen, was alle dachten, doch Rebecca schien sie zu verstehen.

»Woran ich mich erinnere«, sagte sie zögernd, »dass er mir Glück wünschte. Ich fand das ein wenig überraschend, fast als, als …«

»Als würde er für lange Zeit weggehen!«, ergänzte die Gräfin. »Oh, Sie dumme Gans, warum haben Sie uns bloß nichts gesagt?«

»Ich danke Ihnen, Wright, Rebecca, das wäre alles«, sagte der Graf hastig. Die Dienstboten verließen den Raum, und die Familie war unter sich. Georgiana blickte von ihrem Vater zur Gräfin. Das sorgenvolle Gesicht ihres Vaters und die offensichtliche Wut der Gräfin beunruhigten sie nur noch mehr.

»Diese Frechheit, diese Ungehörigkeit! Er hat mein Verbot einfach übergangen!« Die Gräfin erhob sich und lief im Zimmer hin und her, so dass ihr der Saum ihres Seidenkleids um die Knöchel peitschte.

»Du glaubst also, er ist in die Armee eingetreten?« Charlottes scharfer Tonfall verriet ihre Sorge.

Georgiana stellte erstaunt fest, dass sie und Charlotte Templeton zum ersten Mal ein Gefühl teilten – die Angst um Michael.

»Aber er ist noch nicht volljährig«, gab sie zu bedenken. »Bestimmt nehmen sie ihn gar nicht.«

»Bedaure, aber wenn sie ihm glauben, dass er neunzehn ist, werden sie es tun«, entgegnete der Graf. »Schließlich sieht er älter aus, als er ist. Ich finde auch, er hätte warten sollen. Aber offenbar war es sein Wunsch, Soldat zu werden, und jedenfalls beweist er damit Mut und Männlichkeit.«

»Das soll doch nicht etwa heißen, dass du nichts unternehmen willst?«, rief Georgiana aus.

»Ihn gewähren lassen? Kommt gar nicht in Frage«, erwiderte die Gräfin. »Ich werde unverzüglich an das Kriegsministerium schreiben und seine Entlassung verlangen. Er ist noch nicht volljährig, und als seine Mutter bin ich sein Vormund. Er hat mir zu gehorchen, nicht Lord Kitchener! Ich habe ihm verboten zu gehen und werde ihm eine solche Renitenz nicht durchgehen lassen. Ich werde seine Entlassung verlangen.«

»Oh, aber Mutter …«, rief Charlotte, und fast im selben Moment wandte der Graf besorgt ein: »Meine Liebe, ich verstehe deine Sorge um deinen Sohn, aber denke darüber nach, was du ihm möglicherweise antust. Er ist kein Kind mehr. Er ist ein junger Mann. Er hat eine Entscheidung getroffen, nämlich für sein Land kämpfen zu wollen, obwohl er die Risiken kennt. Wie wird er sich fühlen, wenn ihm das entrissen wird, was er für seine Pflicht hält – wird er dir jemals vergeben?«

»Er ist doch noch ein Kind!«

»Er ist ein junger Mann.«

»Oh, wie furchtbar!«, rief Georgiana. »Wir können ihm nicht erlauben, in den Krieg zu ziehen!«

»Doch, wir können ihm erlauben, in den Krieg zu ziehen«, erwiderte Charlotte.

»Wie kannst du das sagen!«, rief Georgiana. »Er könnte getötet werden!«

»Du verstehst nicht, was ich meine. Ich habe auch Angst um ihn, aber denk doch mal daran, wie er sich fühlen muss!« Georgiana horchte auf, so leidenschaftlich sprach Charlotte. »Du weißt, dass er Hauptfeldwebel in seinem Offizierstrainingscorps war. In der Schule war er Präzisionsschütze. Er hasst sinnlose Disziplin, aber er wird alles aufs Spiel setzen, wenn es einen triftigen Grund gibt. Und welches größere Ziel könnte es geben, als für sein Land zu kämpfen? Ich könnte mir keinen besseren Soldaten als Michael vorstellen. Ist es nicht egoistisch von uns, seine Entlassung zu verlangen, nur weil es uns so sehr schmerzen würde, wenn ... falls er nicht zurückkehren würde?«

Georgiana betrachtete Charlotte mit neu gewonnenem Respekt. Noch nie hatte sie sie mit solcher Einfühlsamkeit und Klugheit reden hören. Diese Saison, oder vielleicht auch der Ausbruch des Krieges, schien sie von Grund auf verändert zu haben.

»Wie kannst du deine eigene Mutter als egoistisch bezeichnen!«, ereiferte sich die Gräfin. »Darf ich euch darüber in Kenntnis setzen, dass ich fest entschlossen bin. Ich werde sofort schriftlich seine Entlassung fordern.«

Sie rauschte zum Schreibtisch, öffnete ihn und setzte ein Schreiben auf. Mittendrin hob sie den Blick und bemerkte: »Ich wusste, dass dieser Unsinn mit dem Zimmermädchen zu nichts Gutem führen würde. Diese dumme Gans hat Michael praktisch auf dem Gewissen, falls irgendetwas passiert.«

»Aber woher hätte sie denn wissen sollen, was er vorhatte?«, fragte Georgiana.

»Das weiß ich auch nicht, aber sie hat ihn zuletzt gesehen und uns nicht alarmiert. Das ist unentschuldbar. Ach, wenn doch nur Cooper zurückkäme und alles wäre wie vor dem Krieg!«

9

London
Im *Eagle and Child* hing dichter Rauch; Gläser klirrten, und das Lokal war erfüllt von Stimmengewirr, unterbrochen von gelegentlichem Auflachen. Sebastian nippte an seinem Glas Bier und blickte stirnrunzelnd auf die zerkratzte Tischplatte. Er fühlte sich nicht wohl hier. Die Atmosphäre war zu indiskret – es widerstrebte ihm, mit Oliver solche Etablissements zu besuchen. Einige der anwesenden Frauen trugen Männerhaarschnitte, Hemden und Krawatten; manche Männer hatten Lippenstift aufgelegt und flirteten miteinander. Sebastian verurteilte sie nicht, doch er fand, dass Oliver und er nicht hierhergehörten. Oliver hingegen schien es nichts auszumachen.

Sebastian blickte auf, als der Pianist am Klavier eine populäre Melodie anstimmte, und sah Oliver mit ihm lachen. »Darling« nannte er ihn! Sebastian schüttete sein Bier herunter, stand mit finsterer Miene auf, ging hinüber zu Oliver und legte ihm die Hand auf die Schulter.

»Erschreck mich doch nicht so, ich dachte schon, du wärst von der Sittenpolizei«, scherzte Oliver, doch das Lachen verging ihm, als er Sebastians wütenden Gesichtsausdruck sah. »Was ist denn los?«

»Deinetwegen fallen wir hier noch auf!«

»›Wir fallen auf‹, sagt er!«, erwiderte Oliver. »Wir sind im schrägsten Pub von Fitzrovia, und er hat Angst, aufzufallen!« Oliver zupfte eine Pfingstrose aus der Vase auf dem Klavier, steckte sie Sebastian ins Knopfloch und richtete seinen Kragen. »Entspann dich, mein Lieber. Amüsier dich ein bisschen!«

Die anderen lachten, doch Sebastians Blick wurde nur noch finsterer. Er zog Oliver beiseite und stellte fest, dass er betrunken war.

»Ich hab doch nur meinen Spaß gehabt!«, protestierte Oliver.

»Komm, wir gehen«, erwiderte Sebastian. »Diese Leute hier sind wohl kaum unseresgleichen.«

»Doch, Sebastian, ebendas sind sie – unseresgleichen«, entgegnete Oliver und verdrehte die Augen.

»Das meine ich nicht. Wir mögen uns in unseren Neigungen ähneln, aber ...«

»Neigungen? Bin ich nichts weiter als eine Neigung?«

»Mach dich nicht lustig über mich. Du weißt, was ich meine. Wir sollten im Claridge's oder einem unserer Clubs verkehren, nicht in so einer Spelunke mit diesen Leuten ...«

»Du weißt, dass wir diese Wahl nicht haben«, erwiderte Oliver ernst. »So sind wir, und das sollten wir einfach akzeptieren.«

»Aber das kann ich nicht! Ich will nicht so sein! Ich will, dass wir so sind wie ... Rose und Alexander.«

Oliver sah ihn kopfschüttelnd an. »Du verstehst es nicht, oder? Man wird uns niemals erlauben, so zu sein und ... na ja, vielleicht will ich das auch gar nicht. Ich für meinen Teil bin lieber unter meinesgleichen, wo man mich versteht, wo ich so akzeptiert werde, wie ich bin, und wo mich niemand versucht zu etwas zu machen, was ich nicht bin und niemals sein kann.«

Sebastian brachte nur mit Mühe seine Antwort hervor. »Du meinst also, ich verstehe dich nicht.«

»Um ganz ehrlich zu sein, bin ich mir nicht ganz sicher.«

»Na schön«, erwiderte Sebastian gleichermaßen wütend und verletzt. »Wenn du so empfindest, gibt es ja wohl nichts mehr zu sagen.«

Er sah Oliver an, in Erwartung einer Erwiderung, doch Oliver hatte den Blick abgewandt. Sebastian drehte sich um und eilte mit großen Schritten zur Tür. Auf halbem Wege kehrte er um und rannte zu Oliver zurück. Er packte ihn am Arm, zog ihn an sich und küsste ihn wild und leidenschaftlich. Er spürte Olivers weiche Lippen auf seinen, atmete seinen köstlichen Duft ein, spürte den Puls seines Halses. Als die Umstehenden begannen, zu pfeifen und sie anzufeuern, ließ Sebastian Olivers Arm los, als sei er glühend heiß, und stolperte wieder zur Tür. Er hörte Oliver hinter sich sagen: »Sebastian …«, aber mehr bekam er nicht mehr mit. Er riss die Tür auf und stürzte hinaus in die Nacht.

Er wanderte lange Zeit umher, ohne genau zu wissen, wohin er ging. Dabei redete er sich die ganze Zeit ein, es sei nichts als ein dummer Streit gewesen. Ein kleiner dummer Streit. Du kannst jederzeit umdrehen und dich wieder mit ihm versöhnen. Du liebst ihn. Er liebt dich. Das genügt doch.

Doch insgeheim wusste er, dass es nicht genügte.

Er hielt inne und erkannte, dass er Knightsbridge erreicht hatte. Auf den Straßen war es stockfinster wegen der Verdunklungsgardinen vor den Fenstern, die inzwischen vorgeschrieben waren, um die Stadt vor Zeppelinangriffen zu schützen. Verborgen in den Schatten sah Sebastian vor den Theatern und Restaurants juwelengeschmückte Frauen aus ihren Kutschen und Automobilen steigen. Die Herren trugen Galauniform und weiße Handschuhe. In seinem gegenwärtigen Gemütszustand sah Sebastian nur eines: Die Paare bestanden stets aus Männern und Frauen, Frauen und Männern. Niemals Männern und Männern.

Mit dem seltsamen Gefühl, ein Spion zu sein, ein Außenseiter, der durch eine Glasscheibe spähte, beobachtete er ihr Lächeln, ihr Flirten. Was für eine gewöhnliche Szenerie sich ihm bot, und dennoch würde er niemals ein Teil davon sein können.

Wenn ich zu Oliver zurückkehre, so dachte er, was dann? Was für eine Art Leben kann ich ihm schon bieten?

Er hatte immer vorgegeben, sich aus den Möglichkeiten, die ihm in die Wiege gelegt waren, nichts zu machen – ein guter Ruf, Ansehen, Sicherheit, Akzeptanz, der gesellschaftliche Umgang innerhalb seiner Kreise –, aber das war, bevor er Oliver kennengelernt hatte. Jetzt wünschte er sich all das sehnlichst. Alles, was er nun nicht mehr haben konnte. Ein Heim. Ein gutes Leben. Eine große Hochzeit, verdammt nochmal. Doch er wollte diese Dinge nicht nur für sich selbst, sondern er wollte sie auch für Oliver. Oliver hatte sie verdient.

Einige Offiziere standen draußen auf den Stufen des Ritz, rauchten Zigarren und unterhielten sich gedämpft. Sebastian hörte ihr leises Lachen und trat einen Schritt nach vorn, wie hypnotisiert. Sie waren zu dritt, und ihre Uniformen trugen noch den Glanz von neuem Leder und steifem Stoff. Freiwillige, Männer, die eilig in den Kriegsdienst eingetreten waren. Sebastian machte sich insgeheim über diese naiven, patriotischen Kerle lustig, doch hier standen sie, hatten selbstverständlich Zutritt zum Ritz, und er musste draußen bleiben. Brauchte er noch mehr Beweise dafür, wie tief er gefallen war?

Einer der Offiziere kam ihm bekannt vor. Sebastian hatte gar nicht bemerkt, wie dicht er sich ihnen bereits genähert hatte.

Mit Schrecken wurde ihm bewusst, dass er aussehen musste wie ein Bettler, der sich im Schatten herumdrückte.

Der Offizier sah Sebastian mit zusammengekniffenen Augen an, und ein leichtes Stirnrunzeln verriet seine Verwirrung. Plötzlich erkannte Sebastian voller Schreck, dass er ein alter Freund von ihm aus Oxford war, Vernon Tollemache. Ohne nachzudenken nickte er ihm zu. Im selben Augenblick sah er, dass auch Vernon ihn erkannte. Und dann erstarrten die Männer auf der Treppe.

Sebastian fiel keine treffendere Beschreibung ein. Vernons Augen wurden zu Eis, kalt und hart, als existiere Sebastian überhaupt nicht. Er wandte den Blick ab und warf seinen Zigarrenstummel zu Boden. Mit leiser Stimme sagte er etwas zu den anderen Offizieren, und alle lachten. Dann drehten sie Sebastian den Rücken zu, einschließlich Vernon, und gingen die Treppe des Ritz hinauf. Die Tür öffnete sich, ließ sie ein und schloss sich hinter ihnen.

Sebastian stand da wie angewurzelt. Er konnte sich nicht rühren. Vernon hatte ihn geschnitten – ihn vollkommen ignoriert, ihn behandelt wie Luft. Ein schlimmeres gesellschaftliches Urteil gab es nicht. Die oberen Schichten besaßen chirurgisch präzise Methoden, mit Phänomenen umzugehen, die ihnen geschmacklos, monströs, widerwärtig erschienen. Sie taten einfach so, als gäbe es sie nicht. Sebastian hatte selbst schon so reagiert, damals, als er noch einer von ihnen gewesen war. Nur, dass er im Grunde nie einer der ihren gewesen war. Nicht richtig jedenfalls. Er hatte immer eine Lüge gelebt.

Er leckte sich über die Lippen und trat leise zurück in die Schatten. Die erste Welle der Scham und Wut war verebbt, und nur die graue Landschaft der Verzweiflung war geblieben.

Ja, das war alles, was er Oliver zu bieten hatte. Ausgrenzung, wie fauliges Fleisch aus dem gesunden Körper der Gesellschaft geschnitten zu werden. Nein. Das konnte er ihm nicht antun.

Sebastian wandte sich ab. Im Lauf der Geschichte hatte es für einen Mann, der nichts mehr zu verlieren hatte, immer einen sicheren Ausweg gegeben. Und heute Abend, im London von 1914, wusste Sebastian plötzlich genau, dass es ein Leichtes sein würde, diesen Weg zu beschreiten.

10

Sergeant Gilbertson, Sanitätsoffizier des Rekrutierungsbüros im Zentrum von London, dürstete nach einer Tasse Tee. Er war seit Tagesanbruch auf den Beinen, denn die potentiellen neuen Rekruten standen über die Schwelle hinaus Schlange bis weit die Straße hinunter.

»Alles ausziehen!«, blaffte er ohne aufzublicken, als die Tür geöffnet wurde und der nächste junge Mann eintrat. Er füllte noch seine Formulare zu Ende aus und sah sich dann den nackten jungen Mann an, der vor ihm stand. Erstaunt betrachtete er ihn genauer. Die meisten Jungs, die zur Musterung antraten, waren unterentwickelte, unterernährte, dürre kleine Kerlchen – kein Wunder, wo sie doch größtenteils mit der mageren Kost im Londoner East End groß geworden waren. Dieser Mann war jedoch mindestens einen Meter achtzig groß, gut gebaut und hatte eine aufrechte Statur. Er sah schon aus wie ein Soldat. Allerdings schien er weder geschlafen noch sich rasiert, dafür aber ein Fläschchen Whiskey geleert zu haben. Eine welke Pfingstrose hing im Knopfloch des Mantels, den er über die Stuhllehne gehängt hatte.

»Alter?«, fragte er.

»Zwanzig, Sir.«

Der Mann stutzte.

»Se… Rupert, Sir. Rupert … Moore.«

Der Sergeant zog eine Augenbraue hoch. Er roch einen falschen Namen auf eine Meile Entfernung. Wahrscheinlich ein zweiter Vorname. Aber was ging ihn das an? Der Mann sah aus wie ein exzellenter Rekrut für die Truppe. Drückte sich auch sehr gewählt aus. Er wäre nicht der Erste gewesen, der in den Krieg zog, um irgendeinem Skandal zu entfliehen. Nun, und auch wenn er nichts tat, außer eine Kugel abzufangen, würde er England dadurch einen Dienst erweisen.

»Stellen Sie sich auf die Waage«, sagte er daher nur, warf einen Blick auf das Gewicht und trug es in seine Unterlagen ein. »Sie können sich jetzt wieder anziehen.«

Er legte die Formulare zurecht, während der Mann sich wieder ankleidete. Als der Rekrut fertig war, räusperte sich der Offizier. »Ich habe Sie als tauglich gemustert; ich bin bereit, Sie in den Militärdienst aufzunehmen. Sie wissen schon, dass Sie nach Übersee gehen werden?«

»Ich bin bereit, Sir.«

»Sie wollen kämpfen, was?«

»Ich will nicht hierbleiben.« Die Stimme des Mannes klang bedrückt.

Gilbertson bemerkte es und zögerte, bevor er mit seinen Routinefragen fortfuhr. Dieser Unterton in der Stimme war nicht gut. Männer, die so klangen, hielten nicht lange stand. Sie wollten nicht.

Doch dort drüben würde der Neue wahrscheinlich sowieso nicht lange überleben. Denn auch Überlebenswille nützte nicht viel gegen Haubitzengranaten.

Gilbertson füllte den Fragebogen aus – Geburtsort, britische Staatsbürgerschaft und so weiter – und schob ihn zum Unterschreiben über den Tisch. »Bitte sehr. Sie verpflichten sich für drei Jahre. Sind Sie bereit, den Fahneneid zu leisten?«

Der junge Mann überflog das Formular, nickte und unterschrieb. Dann richtete er sich zu voller Größe auf, hob die Hand und wiederholte Gilbertsons Worte, die fortan sein Leben verändern sollten:

»Ich, Rupert Moore, gelobe, Seiner Majestät König George V., seinen Erben und Nachfolgern treu und aufrecht zu dienen, seine Majestät, seine Erben und Nachfolger in Person, Krone und Amt gegen alle Feinde zu verteidigen und sämtliche Befehle seiner Majestät, seiner Erben und Nachfolger sowie der mir vorgesetzten Generäle und Offiziere zu befolgen und auszuführen. So wahr mir Gott helfe.«

»Sehr gut.« Der Sergeant streckte die Hand aus, und nach kurzem Zögern schlug der junge Mann ein. »Gut gemacht, mein Junge. Sie sind jetzt in der Armee.«

Der Mann nickte. Er wirkte verloren, verwirrt. Unbewusst, wie eine Marionette, hob er die Hand und berührte die Pfingstrose in seinem Knopfloch. Sergeant Gilbertson fragte sich, ob er überhaupt begriff, was er getan hatte. Wenn nicht, drohte ihm ein böses Erwachen.

11

Oxford

»Post für Sie, Lady Ada«, sagte die Rektorin, als Ada den Frühstücksraum von Somerville betrat. »Neuigkeiten von zu Hause, das ist doch immer schön.«

Ada lächelte zum Dank und nahm den Brief an, während sie sich setzte. Er trug tatsächlich eine Briefmarke aus Palesbury, und sie erkannte Georgianas Handschrift. Aus irgendeinem Grund widerstrebte es ihr, den Brief zu öffnen. Georgiana wusste nichts von Ravi; Ada hatte sich niemandem außer Rose anvertraut. Natürlich wusste Georgiana, dass Ada in skandalöser Weise Laurence, Lord Fintan, vor dem Altar hatte stehen lassen – das wusste jeder, wie Ada dem Flüstern und den Blicken entnommen hatte, die ihr überall in Oxford folgten. Aber Georgiana ging davon aus, dass ihre Schwester es getan hatte, weil sie ihn in flagranti mit Charlotte erwischt hatte. Sie wusste nicht, dass dies nur ein Teil der Wahrheit war und auch Ravi dabei eine Rolle gespielt hatte.

Ada verspürte Gewissensbisse, weil sie dies vor ihr verborgen hielt. Sie spielte mit dem Brief in dem Glauben, dass Georgiana nichts vermutete und ihre eigenen Nachrichten so profan und simpel wie immer sein würden. Es war unangenehm, Geheimnisse vor jenen verbergen zu müssen, die man am meisten liebte. Wenn sie Ravi heiratete und mit ihm nach Indien ging, würde es natürlich keine Geheimnisse mehr geben.

Wenn.

Sie schlitzte den Umschlag mit einem Brieföffner auf und spürte dabei die Blicke ihrer Mitbewohnerinnen auf sich. Der Brief stammte tatsächlich von Georgiana. Bereits die ersten Worte ließen sie erstarren.

Wir haben ein Telegramm von Rose erhalten. Sie ist in Sicherheit, zumindest für den Augenblick, doch Alexander hat sich einem Bataillon in Kairo angeschlossen – offenbar hatte er keine andere Wahl –, und anstatt einen Platz für die Heimfahrt auf einem Kriegsschiff anzunehmen, hat Rose sich entschieden, ihm zu folgen. Wir wissen nicht genau, wo sie hingezogen sind, da diese Informationen geheim sind, müssen aber annehmen, dass es irgendwo im östlichen Mittelmeerraum ist. Oh, Ada, wenn ich an die Gefahr denke, der sie sich aussetzt, jetzt, wo die Türken als Verbündete der Deutschen in den Krieg eingetreten sind! Der ganze östliche Mittelmeerraum ist ein großes Schlachtfeld, und sie ist dort irgendwo. Wenn wir doch nur wüssten, wo!

Der Brief war noch nicht zu Ende, aber Ada las nicht weiter, sie war zu erschüttert. Sie schob das Blatt Papier wieder in den Umschlag, und als sie aufblickte, sah sie alle Augen auf sich gerichtet.

»Ich … entschuldigt mich. Meine Schwester. Die Herzogin von Huntleigh.« Ihre Stimme zitterte. »Wir haben uns so nach Nachrichten von ihr gesehnt, und jetzt haben wir endlich welche erhalten.«

»Oh, ich hoffe, es sind gute!«, sagte Helena, eine der anderen

Bewohnerinnen von Somerville, die mit weit aufgerissenen Augen am Frühstückstisch saß. Niemand brauchte zu fragen, wer die Herzogin war. Roses überraschende Heirat mit Alexander, dem Herzog von Huntleigh, hatte sie berühmt gemacht. Ada erzählte ihnen rasch, was sie wusste.

»Sie ist mit ihm gegangen!«, rief die Rektorin aus. »Das ist, nun ja, sehr mutig, entspricht aber wohl kaum den Konventionen.«

»Es überrascht mich nicht«, erwiderte Ada. »Ich kenne meine Schwester, und ich weiß, sie würde niemals nach England zurückkehren und sich in Sicherheit bringen, während Alexander in Gefahr schwebt.«

»Wie schrecklich, ausgerechnet während ihrer Hochzeitsreise!«, sagte eine andere junge Frau, und alle stimmten ihr zu. Ada war froh, dass niemand sich daran zu erinnern oder sich etwas daraus zu machen schien, dass ihre Schwester früher ein Hausmädchen gewesen war. Ja, die Zeiten haben sich geändert, dachte sie. Und das Gedächtnis der Öffentlichkeit ist glücklicherweise kurz. Außerdem war Rose so lieb und gut, dass niemand, der sie kannte, sie nicht mögen würde. Ada kamen die Tränen, als sie daran dachte, in welch großer Gefahr ihre Schwester schwebte.

»Bitte entschuldigt mich«, brachte sie hervor und stand rasch auf. Die mitleidigen Blicke ihrer Kommilitoninnen folgten ihr, als sie den Raum verließ.

Sie ging hinauf in ihr Zimmer, um ihren Ausgehmantel, Sonnenschirm und Hut zu holen. In diesem Moment wünschte sie sich nichts sehnlicher, als dass Ravi hier wäre und sie mit ihm den Fluss entlangspazieren und ihm alles erzählen könnte, dass sie an seiner Schulter weinen könnte und getröstet würde. Doch er war in London.

Sie verließ das College. Kaum war sie draußen, erblickte sie Connor Kearney, der ihr geradewegs entgegenkam. Als er sie sah, lupfte er den Hut. Er hatte dunkle Haare, doch Ada fiel auf, dass im diffusen Sonnenlicht rote und goldene Strähnen darin glänzten – eine eigenartige, aber attraktive Mischung. Er war nicht so alt, wie sie ursprünglich gedacht hatte; es war lediglich der Talar, der ihm eine derart ernste Würde verlieh.

»Lady Ada! Guten Morgen«, sagte er und ging direkt auf sie zu.

Ada murmelte einen Gruß. Sie war nicht erfreut, ihm zu begegnen. In der Gegenwart eines so überaus intelligenten Mannes, der so unerschrocken seine Meinungen äußerte, fühlte sie sich eingeschüchtert, noch dazu in ihrem gegenwärtigen Gemütszustand.

Kearney lächelte, als er vor ihr stand, ja, er strahlte über das ganze Gesicht. Ein Hauch von männlichem Eau de Toilette und Zigarrenrauch stieg Ada in die Nase. »Ich wollte Ihnen nur sagen, dass ich Ihren Vorschlag in der Debattiergesellschaft letzte Woche sehr klug fand«, sagte er. »Es war ein interessanter Gedanke. Natürlich bestand keine Hoffnung, dass Sie eine Debatte für die Unabhängigkeit Indiens gewinnen könnten, aber sie haben äußerst geschickt dafür argumentiert. Ich glaube, wenn mehr Leute aus dem Publikum sich über ihre Vorurteile hätten hinwegsetzen können, hätten Sie den Sieg davongetragen.«

Ada errötete. Ein Lob von Connor Kearney war selten, und sie fühlte sich merkwürdig befangen, so dass es ihr regelrecht die Sprache verschlug. Nachdem er eine Weile höflich abgewartet hatte, fuhr Kearney fort: »Leider bringe ich Ihnen schlechte Nachrichten. Gewiss haben Sie es schon in der Stadt gehört, also sollte ich es Ihnen vielleicht direkt sagen. Es ist wahrscheinlich, dass Somerville in naher Zukunft geschlossen wird.«

»Geschlossen!« Ada war schockiert.

»Ja. In dem Gebäude wird ein Lazarett für verwundete Offiziere eingerichtet werden«, erzählte er. »In diesen Zeiten nationaler Bedrängnis müssen wir bereit sein, Opfer zu bringen.«

»Und natürlich wird ausgerechnet das College der Frauen geschlossen und keines von denen der Männer.« Ada kochte vor Wut, als hätte all ihre angestaute Sorge um Rose endlich ein Ventil gefunden. »Nicht wir Frauen haben diesen Krieg angefangen, daher sollten wir auch nicht darunter leiden müssen. Die Männer haben ihn angezettelt – soll doch eines ihrer Colleges geschlossen werden.«

Sofort bedauerte sie ihren Ausbruch. Er war ungehörig, und gewiss hatte sie nun auf Kearney einen schlechten Eindruck gemacht – eine Koryphäe, der sie sich lieber von ihrer besten Seite präsentiert hätte.

Connor Kearney schien sich jedoch keineswegs daran zu stören. Er zog lediglich eine Augenbraue hoch. »Aber es sind nicht die Frauen, die den höchsten Preis bezahlen. Sollten Sie daher nicht froh sein, ihren Beitrag zu leisten, so gut sie können? Auf ihren Komfort verzichten, wenn sie nicht ihr Leben geben können?«

Stolz hielt Ada seinem Blick stand, dankbar dafür, dass er ihr ihre Meinungsäußerung nicht übelgenommen, sondern sie in eine Gelegenheit zur Diskussion verwandelt hatte. »Natürlich bringe ich gerne ein Opfer für mein Land, aber es sollte dem der Männer ebenbürtig sein. Nehmt uns nicht unsere Bildung, als sei sie etwas Unbedeutendes, ein Spielzeug, auf das wir leicht verzichten können. Lasst uns stattdessen gemeinsam mit den Männern an die Front gehen, und dann könnt ihr uns Somerville nehmen.«

»Bravo! Ein exzellentes Argument.« Kearney ergriff ihre

Hand und schüttelte sie breit lächelnd. Ada war erleichtert, aber zugleich auch beschämt. Rasch ließ sie seine Hand los und errötete unwillkürlich. »Aber zu meiner Freude kann ich Ihnen mitteilen, dass keine Studentin auf ihre Bildung verzichten muss. Sie werden lediglich in eines der Männercolleges umziehen.«

»Gott sei Dank!« Adas Stimme zitterte. Sie trat einen Schritt zurück, da sie einen noch peinlicheren Gefühlsausbruch befürchtete. »Bitte entschuldigen Sie mich. Ich möchte noch ein wenig den Sonnenschein genießen.«

»Eine ausgezeichnete Idee.« Wieder lupfte er den Hut, als sie sich umdrehte.

Ada eilte hinunter zum Fluss. Ihre Wangen waren rot, obwohl sie nicht genau wusste, warum – ob es an den Nachrichten über Rose oder denen über Somerville lag … Oder nur daran, dass Connor Kearney sie für ihr Argument gelobt hatte.

12

London
Charlotte wohnte gemeinsam mit der Gräfin wieder einmal einem Wohltätigkeitskonzert für das Rote Kreuz bei. Sie langweilte sich und schämte sich dafür. Dies war ihr Beitrag zu den Kriegsanstrengungen, so sagte sie sich immer wieder: Durch ihre Anwesenheit half sie Männern wie Laurence. Doch als die letzten perlenden Töne der Sängerin verklangen und Charlotte in den Applaus des Publikums einstimmte, beschlich sie das unangenehme Gefühl, dass ihre Mutter und deren Freundinnen im Grunde mit ihrem früheren Leben fortfuhren – nur dass sie es jetzt zu Wohltätigkeitszwecken taten. Irgendwie erschien ihr das zu einfach.

Als sie sich von ihren Plätzen erhoben und sich auf den Weg zum Büfett machten, berührte ihre Mutter sie am Arm. »Schau mal, da ist der junge Castleton.«

»Er sieht verändert aus in seiner Uniform«, antwortete Charlotte. Es war seltsam bewegend, jemanden, mit dem sie einst getanzt und geflirtet hatte, plötzlich so ernst und erwachsen zu sehen. Sie fragte sich, ob er auch solche Angst hatte wie Laurence – und erinnerte sich mit einem schuldbewussten Stich, dass sie noch nicht auf dessen Brief geantwortet hatte. Ihre

Mutter hatte sie in den letzten Wochen ständig in den Wirbel gesellschaftlicher Ereignisse hineingezogen.

»Vielleicht sollten wir ihn einladen, bevor er sich einschifft«, murmelte ihre Mutter ihr ins Ohr. Charlotte begriff, dass ihre Mutter Bertie unter einem ganz anderen Aspekt betrachtete als sie selbst.

»Nein, Mutter, bitte nicht! Er ist keineswegs an mir interessiert … und ich auch nicht an ihm.« Rasch ging sie weg. Ihre Mutter folgte ihr.

»Was stimmt denn nicht mit ihm?«, fragte sie leise. »Du darfst nicht so wählerisch sein. Dafür ist es zu spät.«

»Er ist fade.«

»Nun«, sagte ihre Mutter und blickte sich um, »so, wie die Dinge liegen, müsstest du seine Fadheit womöglich nicht länger als ein paar Wochen ertragen … Mein Gott, jetzt sieh mich doch nicht so an. Ich denke doch nur an dein Glück, Liebes.«

Charlotte fiel keine höfliche Antwort darauf ein. Sie strebte von ihrer Mutter weg, ohne darauf zu achten, wohin sie ging. Zu grauenvoll war der Gedanke, einen Mann mit dem Hintergedanken zu heiraten, dass er ohnehin bald getötet würde. Sie fand sich am Büfett wieder, neben einer Frau in der Uniform einer Kriegskrankenschwester. Schüchtern musterte Charlotte sie, und dann erkannte sie sie wieder. Es war Portia Claythorpe, der sie vor dem Krieg nie viel Beachtung geschenkt hatte. Sie war die Tochter eines Bischofs, rundlich, sanftmütig und so sittsam, dass sie Charlotte früher auf die Nerven gegangen war. Doch in dem fließenden weißen Gewand einer Kriegskrankenschwester sah sie hinreißend aus, obwohl die hässliche Schürze ihre kaum vorhandene Taille noch mehr verschandelte und ihr Haar unter der Kappe verborgen war. Sie sah aus, als gehöre sie richtig dazu, als trüge sie eine große Verantwortung – sie war nicht nur ein

Schoßhündchen, das von der Mutter angezogen und herumkommandiert wurde. Charlotte fand vor lauter Bewunderung keine Worte. Es dauerte einen Moment, bis sie den Mut fand, Portia anzusprechen.

»Wie ich sehe, hast du dich den Kriegskrankenschwestern angeschlossen«, sagte sie schließlich. »Du bist sehr tapfer.«

»Ach, ich weiß nicht. Irgendjemand muss doch etwas für diese armen Männer tun«, erwiderte Portia. »Man fühlt sich irgendwie besser, wenn man sich nützlich macht.«

»Warst du auch schon auf dem Festland?«

»Nein, nur hier in London. Ich hoffe jedoch, hinübergehen zu können, ja, ich sehne mich sogar danach. Ich will alles geben, was ich nur kann, um das Leiden dieser armen Männer zu lindern.«

»Es muss eine sehr inspirierende Arbeit sein.«

Portia lächelte müde, und wieder hatte Charlotte das Gefühl, dass sie mittendrin im Geschehen war und Charlotte wie eine jüngere Schwester anblickte, die nichts über die Liebe wusste. »Es ist schon eine sehr harte Arbeit. Physisch und psychisch.« Portia zögerte. »Vor kurzem sind Verwundete aus Ypern zu uns verlegt worden.« Sie senkte die Stimme. »Ich weiß, wir sollten nicht darüber reden, aber es war furchtbar, es war …«

»Aber es war doch ein Sieg für uns, oder?«

»Ja, aber …« Portia schwieg, als sich Lady Emily zu ihnen gesellte.

Charlotte erriet, was sie sagen wollte: Der Preis war zu hoch gewesen. Ihr lief es eiskalt den Rücken herunter, und sie war erfüllt von Furcht und Neugier zugleich.

»Portia, du siehst ja bezaubernd aus«, verkündete Lady Emily. »Ich würde mich ja auch den Kriegskrankenschwestern anschließen, aber Vivian will nichts davon hören. Er findet, es würde meiner Weiblichkeit schaden.«

»Ich hätte nie geglaubt, dass du dir darüber Sorgen machst«, erwiderte Charlotte mit hochgezogenen Augenbrauen. Lady Emily war früher die unerträglichste aller Suffragetten gewesen. Irgendwie deprimierte es Charlotte, die Veränderung an ihr zu sehen.

Lady Emily zuckte kokett mit den Schultern. »Es gibt andere Möglichkeiten, seinen Beitrag zu leisten. Ich habe Flaggen verkauft und Federn verteilt. Es ist eine Schande, dass sich so viele tüchtige junge Männer ihrer Pflicht entziehen. Ich glaube«, fügte sie hinzu und zog ein kleines Bündel weißer Federn hervor, »ich werde mal mit diesen beiden Kellnern reden. Mit den Waffen einer Frau, wisst ihr.«

Sie segelte davon. Charlotte und Portia wechselten einen vielsagenden Blick. Charlotte hatte das Bedürfnis, von Portia mehr über die Arbeit einer Hilfsschwester zu erfahren, doch bevor sie hätte fragen können, näherte sich ihre Mutter mit Bertie Castleton im Schlepptau. Bei dem Ausdruck höflicher Verwirrung auf seinem Gesicht wäre Charlotte am liebsten im Erdboden versunken.

»Meine Liebe«, verkündete die Gräfin, »ich dachte, du würdest vielleicht gerne den Gedichtband von Swinburne zurückgeben, den Bertie dir geliehen hat …« So fuhr sie fort und ignorierte Charlottes Proteste, dass sie sich gar kein Buch ausgeliehen hätte, indem sie einfach weiterredete. Charlotte überlegte bereits, wie sie Bertie zu Hause unterhalten sollte, wenn er ihnen am Tag vor seiner Abreise seine Aufwartung machte, doch zu ihrer Erleichterung fiel Bertie der Gräfin ins Wort.

»Verehrte Gräfin, ich bedauere, Sie unterbrechen zu müssen, aber ich glaube, Lady Emily geht es nicht gut«, sagte er besorgt.

Charlotte blickte sich um. Sie sah Lady Emily an der Tür stehen, ein Telegramm in der Hand, das ihr gerade von einem Boten überbracht worden war. Charlotte beobachtete, wie sie erbleichte und schwankte, einer Ohnmacht nahe. Ein erschrockenes Flüstern ging durch die Menge, und ein Mann sprang herbei, um ihr zu einem Stuhl zu helfen. Charlotte sah, wie ihr Portia schnell und professionell zur Seite eilte; sie kniete sich zu ihr und sprach zu ihr mit leiser Stimme.

Was war geschehen? Der Saal war heiß und überfüllt, vielleicht lag es daran, dachte Charlotte. Ein Flüstern ging durch die Menge. Hälse wurden gereckt, schwarze Federn zitterten auf Hüten. Es war Mrs Verulam, die sich zu ihnen umdrehte. Ihr Gesicht verriet auf einmal ihr wahres Alter.

»Meine Lieben, es gibt furchtbare Nachrichten«, sagte sie mit Grabesstimme und legte zu Charlottes Überraschung eine Hand auf die ihre. Als sie Charlotte in die Augen sah, ahnte diese auf einmal Schlimmes. »Es ist Lord Fintan«, sagte Mrs Verulam leise. »Laurence. Emilys Bruder. Er wurde von einem Scharfschützen erschossen. Eine Kugel, mitten ins Herz.« Sanfter als Charlotte sie jemals erlebt hatte, fügte sie hinzu: »Es tut mir so leid, meine Liebe. Ich weiß, dass er zu Ihren Freunden gehört hat.«

Charlotte rang nach Luft. Laurence, tot. Laurence, mit dem sie noch vor wenigen Monaten getanzt hatte, den sie noch vor wenigen Monaten geküsst hatte. Laurence, von dem sie einmal geglaubt hatte, sie würde ihn heiraten. Laurence, dessen unbeantworteter Brief, sein letztes Bekenntnis, noch immer in ihrem Sekretär lag.

»Ich glaube, wir sollten nach Hause gehen«, sagte ihre Mutter und durchbrach damit die Stille. »Du meine Güte. Diese Nachricht wird alle zutiefst erschüttern. Er war ein so vielversprechender junger Mann.« Sie hakte Charlotte unter, und diese seltene, liebevolle Geste ihrer Mutter verriet Charlotte, dass es die Realität war. Es war kein böser Traum, kein schlechter Witz.

Wie in einem Nebel folgte sie ihrer Mutter zum Automobil. Sie hatte geglaubt, sie hätte noch mehr Zeit. Zeit, den Brief zu beantworten.

»Charlotte? Ist alles in Ordnung mit dir?« Ihre Mutter neigte sich zu ihr, als das Automobil anfuhr. Charlotte wurde gegen die weichen Lederpolster geworfen. Ihr kam noch immer kein Wort über die Lippen, und sie umklammerte den Elfenbeingriff ihres Sonnenschirms wie einen Rettungsring.

»Ich kann es einfach nicht fassen«, brachte sie schließlich hervor. »Eine Kugel ins Herz.«

»Denk lieber nicht daran.«

Doch Charlotte konnte nicht anders. Laurence, gutgelaunt und attraktiv in einem Ballsaal oder bei einer Debattierrunde. Sie hatte ihn nie in Uniform gesehen und daher kein Bild von ihm als Soldat vor Augen. Irgendwie musste sie sich diesen lebendigen, leidenschaftlichen, ehrgeizigen jungen Mann, dessen Krawatte immer perfekt gebunden war, in einem schlammigen Feld vorstellen, mit einer Kugel im Herzen. Unwillkürlich legte sie die Hand auf ihr eigenes Herz. Aus ihrem Unterbewusstsein stieg plötzlich eine andere Erinnerung in ihr auf, von Schüssen in Somerton wenige Jahre zuvor. Explosion um Explosion zerriss den Himmel, und Vögel fielen herunter, in weichen bunten Federkleidern wie Damen in Ballkleidern, die ohnmächtig zu Boden sanken. Die Hunde kamen mit ihnen angerannt. Selbst damals hatte der Tod sauber ausgesehen.

Charlotte starrte zum Fenster hinaus. Sie sah nichts als Schwarz. Schwarze Hüte, Armbinden, Kleider, Sonnenschirme. So viel Schwarz.

»Charlotte«, wiederholte ihre Mutter.

»Es geht mir gut, Mutter«, zwang sich Charlotte zu sagen.

»Ich weiß, dass er dir am Herzen gelegen hat.« Dies war das Mitfühlendste, was Charlotte je von ihrer Mutter gehört hatte.

»Das ist es nicht.«

»Ich mache mir Vorwürfe. Ich hätte das nie unterstützen sollen. Du warst zu jung.«

»Nein, Mutter. Mir hat einmal viel an ihm gelegen, aber das ist vorbei. Es ist nur, dass …«

»Er war einer von uns. Aus unseren Kreisen.«

Charlotte wollte erwidern, dass es auch daran nicht lag. Mit Schrecken war ihr klargeworden, dass so etwas wie Kreise keine Rolle mehr spielten. Es gab nur noch Millionen von Männern, die litten und starben, und dieser Schmerz spannte sich wie ein Netz über ganz Europa und verband sie alle, ja vielleicht sogar rund um die Welt. Doch was ihre Mutter als Nächstes sagte, riss sie aus ihren Gedanken. »Wenn man dann die schockierende Art bedenkt, mit der Ada ihn behandelt hat …«

»Oh, Ada!« Charlotte schlug die Hand vor den Mund. Ada war mit Laurence verlobt gewesen, ja, sie hätte ihn beinahe geheiratet. Auf ihre Art und Weise hatte sie ihm genauso nahegestanden wie sie selbst. Charlotte wusste, dass diese Nachricht auch für sie ein harter Schlag sein würde. Sie konnte nicht zulassen, dass ihre Stiefschwester es auf die brutale Art erfuhr, durch die Zeitungen, die gewiss über den Tod eines Adligen berichten würden.

Sie hielten vor dem Haus in Mayfair, und Charlotte stieg schnellstmöglich aus. Sobald der Butler die Tür öffnete, rannte sie hinauf in ihr Zimmer. »MacIvor«, sagte sie atemlos zu ihrer erschrockenen Zofe. »Ich muss unverzüglich ein Telegramm aufgeben.«

13

Oxford

Der Hörsaal füllte sich mit gedämpftem Rumoren, als die Frauen ihre Stühle zurückschoben und ihre Bücher zusammenpackten. Ada war eine der letzten, die sich erhob; ihre Wangen waren gerötet, und ihr Herz schlug schnell.

»Professor Kearney.« An der Tür holte sie ihn ein.

»Lady Ada?«

»Ich möchte Ihnen sagen, wie sehr ich aus tiefstem Herzen dem widersprechen würde, was Sie eben in Ihrer Vorlesung gesagt haben«, keuchte sie. Sie wusste, dass sie zu schnell redete, aber sie konnte sich nicht mehr zurückhalten. Kearney sah sie überrascht an, und ihr heftiger Atem war ihr peinlich bewusst. »Und wie sehr ich Sie dafür bewundere, dass Sie all das äußern«, schloss sie.

Connor Kearney lachte. In seinen Augenwinkeln bildeten sich kleine Fältchen, und er war nun weit entfernt von dem feurigen Redner von eben. »Wenn ich Sie richtig verstehe, sind Sie also gegen ein unabhängiges Irland.«

»Ich glaube, es wäre eine große Ungerechtigkeit gegenüber den Ulstermen Nordirlands.«

»Ach, aber ist es nicht ebenso unrecht, den Kopf von den Schultern einer großen Nation abzuschneiden?«

»Das Schicksal Irlands ist mit dem Englands verbunden …«

»Unabhängig davon, was das irische Volk will.«

»Aber jetzt, mitten in dieser Krise, ist es der völlig falsche Zeitpunkt, den irischen Nationalismus zu vertreten.«

»Der falsche Zeitpunkt für England vielleicht. Für Irland könnte es der perfekte Moment sein.«

»Ach, Sie sind unerträglich!«, rief Ada aus und errötete, als ihr klarwurde, wie unpassend ihr Ton gewesen war. Zu ihrer Erleichterung lachte Kearney wieder und wirkte überhaupt nicht beleidigt.

»Bitte begleiten Sie mich bis zur Brücke, Lady Ada«, sagte er und ging weiter in Richtung Tür. »Das wird Ihrem Ruf sicherlich nicht schaden, und es ist mir immer eine Freude, mit jemandem zu reden, der eine so ausgeprägte Meinung hat und keine Angst, sie zu vertreten.«

Ada wollte gerade etwas erwidern, doch als sie die Tür des Hörsaals erreichten, rannte ein Telegrammbote auf sie zu, dessen Füße auf dem Parkettboden hämmerten. »Entschuldigen sie, Miss – sind Sie Lady Ada?«, fragte er atemlos.

»Ja, das bin ich«, antwortete Ada überrascht.

Er überreichte ihr ein Telegramm, und Ada nahm es automatisch an. Als sie es ergriff, durchfuhr sie plötzlich eine Welle der Angst. Telegramme bedeuteten so viel in diesen Tagen. Aber es war doch keiner ihrer Lieben an der Front? Es sei denn, Michael war … oder Rose – o nein, hoffentlich waren es keine schlechten Neuigkeiten bezüglich Rose! Ada riss den Umschlag auf, und ihre Finger zitterten dabei so sehr, dass sie das dünne Blatt Papier im Inneren beinahe zerrissen hätte.

LAURENCE GEFALLEN STOP 1. NOVEMBER STOP
WOLLTE NICHT, DASS DU ES AUS DER PRESSE

ERFÄHRST STOP MEIN TIEFES BEILEID STOP
CHARLOTTE

Ada hatte nicht bemerkt, dass sie heftig nach Luft geschnappt hatte, bis sie Kearneys besorgte Stimme hörte. »Lady Ada? Ich befürchte, Sie haben schlimme Nachrichten erhalten.«

Seine Stimme brachte sie wieder zu sich. Erinnerungen an Laurence – seine starken Arme um sie, als sie tanzten, sein ruhiges Selbstvertrauen, die Art, wie er sie vor diesen schrecklichen Grobianen beschützt hatte, die Williams Schulden einforderten, die Leidenschaft seiner Küsse – überwältigten sie. Wie betäubt, ohne zu wissen, was sie tat, drehte sie das Telegramm hin und her, als ob dort noch irgendetwas stehen würde, das den Inhalt Lügen strafte und sagte, dass es nur ein schlechter Scherz gewesen war. Doch da war nichts. *Gefallen.* Da stand es schwarz auf weiß.

»Das kann nur ein Missverständnis sein«, murmelte sie zu sich selbst.

»Möchten Sie sich nicht setzen? Ich befürchte, Sie werden sonst ohnmächtig.«

Ada nahm Kearneys Hilfe an und ließ sich auf einem nahen Stuhl nieder. Stark und sanft zugleich umfasste er ihren Arm. Der Telegrammbote war fort; er hatte sich mit mitleidig aufgerissenen Augen zurückgezogen. Sie waren allein.

»Es tut mir leid«, brachte Ada hervor. »Es war nur der Schock. Wir waren … ich habe immer gedacht …«

»So viele von diesen Telegrammen, und jeden Tag werden es mehr. Es tut mir schrecklich leid«, sagte Kearney leise.

Wieder blickte Ada hinunter auf das Telegramm. Es rührte sie, dass Charlotte so lieb gewesen war, ihr zu telegraphieren. Sie wusste, dass die Nachricht ihre Stiefschwester ebenso hart getroffen haben musste wie sie – vielleicht sogar noch härter. In gewisser Weise waren sie Rivalinnen um Laurence gewesen. Doch durch das, was geschehen war, hatten sie beide ihre Herzen besser kennengelernt.

Sie wurde sich bewusst, dass Kearney wieder mit ihr redete. »Soll ich eine Droschke rufen? Ich nehme an, dass Sie baldmöglichst nach Somerton zurückkehren wollen. Wenn ich Ihnen in irgendeiner Weise behilflich sein kann …«

»Nach Hause!« Ada neigte sich nach vorn. »Nein, nein. Oh …« Sie errötete, als sie begriff, was er angenommen hatte. »Nein, es war niemand, der mir noch nahegestanden hat.«

»Oh! Da bin ich aber froh. Aus Ihrer Reaktion habe ich geschlossen, es wäre möglicherweise …«

»Ich bin nicht verlobt«, sagte sie rasch. Voller Gewissensbisse dachte sie an Ravi, aber das war etwas anderes. »Es war jemand, dem ich einmal in gewisser Weise eng verbunden gewesen bin. Ein alter Freund.«

»Auch das ist ein herber Verlust«, sagte Kearney. »Ich weiß das.« Ada blickte auf in sein mitleidiges Gesicht und erkannte, dass er sie verstand. »Ja, es ist ein herber Verlust«, erwiderte sie leise. »Ich kann es einfach nicht fassen. Ich habe immer noch das Gefühl, es müsse sich um ein schreckliches Missverständnis handeln. Er ist noch so jung – war noch so jung.«

Plötzlich brach sie in Tränen aus. Kearney legte ihr den Arm um die Schultern und murmelte liebe, tröstliche Worte. Ada schluchzte, bis sie erschöpft war.

»Bitte entschuldigen Sie mein dummes Benehmen«, brachte sie schließlich hervor und wischte sich mit dem Taschentuch die Tränen aus den Augen. »Es tut mir leid.«

»Aber nein, dafür müssen Sie sich doch nicht entschuldigen. Kommen Sie, ich begleite Sie zurück nach Somerville.«

»Sie sind sehr freundlich«, erwiderte sie.

Als sie hinaus auf die Straße traten, war Ada dankbar für seine beruhigende Gegenwart. Sie hatte das Gefühl, dass sie ihm eine Erklärung schuldete, doch das war alles ein solcher Schock für sie, so verwirrend, so schrecklich, so chaotisch, dass sie selbst ganz die Orientierung verloren hatte. Die angeregte Stimmung ihrer lebhaften Unterhaltung war verschwunden wie die Sonne hinter einer Wolke. Zurück blieb nur die traurige Gewissheit, dass jemand, für den sie einst tiefe Gefühle gehegt hatte, tot war.

»Er hat sein Leben für dieses Land gegeben«, sagte sie, mehr zu sich selbst. »Ich glaube nicht, dass er das bereut hätte.«

»Er muss ein sehr ehrenwerter Mann gewesen sein.«

»Ja, das glaube ich auch. Ich kann den Gedanken nicht ertragen, dass er umsonst gestorben ist. Ich fühle mich dadurch gedrängt, mir selbst ein Herz zu fassen und denselben Einsatz zu wagen. Aber … wie sollte ich das nur anstellen?«

»Nun, indem Sie zum Beispiel in ganz England für die Rechte der Frauen eintreten, im öffentlichen wie im privaten Leben, so dass wir alle nach dem Ende dieses Krieges einen Neuanfang machen können.« Kearney sah sie erwartungsvoll an.

»Das haben Sie wunderbar ausgedrückt«, flüsterte Ada. Es war, als hätte er ihre Gefühle in Worte gefasst. Sie wollte nicht für England sterben, sondern dafür leben.

»Ich verstehe Ihren Patriotismus«, sagte er sanft.

Ada sah ihn an und erkannte, dass es eine verdeckte Anspielung auf seine eigenen Gefühle für Irland war. »Wissen Sie«, sagte sie abrupt, »irgendetwas an Ihnen erinnert mich an ihn.«

»An ihren alten Freund?« Mit einem Lächeln in den Augen sah er sie an. »Ich fühle mich geschmeichelt.«

»Ich meine, Sie sind natürlich vollkommen anders als er«, schickte Ada unsicher hinterher. »Sie haben nur so ein gewisses Etwas …«

Sie beendete ihren Satz nicht. Selbstverständlich konnte sie ihm nicht sagen, was es war. Sie fühlte sich bei ihm sicher, so sicher, wie sie sich immer bei Laurence gefühlt hatte.

Schweigend setzten sie ihren Weg fort, bis sie Somerville erreichten. Ada war noch immer vollkommen aufgewühlt, und ständig sah sie die Worte auf dem Telegramm vor Augen. *Gefallen.* Wie konnte das auf Laurence zutreffen? Sie hatte ihn doch noch vor einem Jahr gesehen. Wie konnte er auf einmal tot sein?

»Ich finde, Sie sollten heute Abend nicht alleine sein«, sagte Kearney zu ihr. »Bitte sorgen Sie dafür, dass jemand bei Ihnen ist – Freundinnen, die Verständnis für Sie haben. Hören Sie? Ada?«

Ada fuhr auf, als sie ihren Vornamen hörte. Ernst sah ihr Begleiter sie an.

»Ich mache mir Sorgen um Sie«, sagte er.

Ada rang sich ein Lächeln ab.

»Ich danke Ihnen. Ich werde Ihren Rat befolgen, aber ich muss jetzt gehen. Ich habe Angst, dass ich sonst wieder in Tränen ausbreche. Wie dumm von mir, bitte entschuldigen Sie mich.«

»Natürlich.« Sofort trat er einen Schritt zurück, und Ada eilte die Treppe hinauf in ihr Zimmer. Endlich allein, legte sie das zerknitterte Telegramm auf den Tisch. Stille umgab sie. Sie wünschte jetzt, sie hätte Kearney nicht gehen lassen. Sie musste mit irgendjemandem über Laurence reden. Schließlich griff sie zum Briefpapier und schrieb an Ravi. Sie schüttete ihm ihr Herz aus – ihre ganze Trauer und Fassungslosigkeit darüber, dass Laurence tatsächlich tot war.

Ich kann nicht glauben, dass er für immer fort ist – er war so jung, so voller Leben. Wenn ich daran denke, dass in ganz England viele Familien viel schlimmer leiden als ich, wenn ich daran denke, dass Frauen Männer verlieren, die sie so sehr lieben wie ich Dich, kann ich es kaum ertragen. Dass mein Land so leiden muss! Laurence und ich hatten viele Differenzen, aber seinen Patriotismus habe ich immer bewundert. Ich fühle mich so machtlos und empfinde eine solche Wut darüber, dass ich nichts unternehmen kann, um ebenfalls mein Land zu verteidigen. Wie seltsam, dass ausgerechnet Laurences Tod mir diese Gefühle so klar vor Augen geführt hat.

Bevor sie es sich anders überlegen konnte, versiegelte sie den Brief und ging hinunter, um ihn in die Post zu geben.

Sie konnte sich an jenem Nachmittag nicht entspannen, nicht einmal, als ihre Mitbewohnerinnen von ihren Seminaren zurückkehrten. Ihrem Flüstern und ihren Blicken entnahm sie, dass sich die Nachricht verbreitet hatte. Alle wussten, dass sie und Laurence verlobt gewesen waren und dass sie ihn am Tag der Hochzeit hatte sitzenlassen. Einen solchen Skandal konnte man nicht geheim halten, ebenso wenig wie jetzt seinen Tod. Zorn stieg in ihr auf, und die Neugier der anderen war ihr zuwider.

Der Abend brach herein, doch anstatt müde zu werden, fühlte sich Ada immer ruheloser. Sie warf ihren Mantel über und ging hinaus in den Regen. Sie wanderte durch die nassen, glänzenden Pflasterstraßen, ohne darauf zu achten, wohin sie ging. Überall sah sie Rekrutierungsplakate und khakifarbene Uniformen. England befand sich auf einem seltsamen, neuen, schrecklichen Weg, und sie wurde zwangsläufig mitgezogen. Sie konnte an nichts anderes denken als daran, dass sie, ebenso wie Laurence, dieses Land liebte – den Regen, die Steine, jeden Teil davon. Sie durfte gar nicht daran denken, es zu verlassen.

14

Somerton

Georgiana betrat die Eingangshalle und hielt inne, als sie sah, dass die Tür zum Studierzimmer ihres Vaters noch immer geschlossen war. Im Salon wischte das neue Zimmermädchen, Rebecca, Staub. Sie wandte sich rasch zum Gehen, als Georgiana eintrat.

»Nein, warten Sie bitte – ich möchte Sie etwas fragen. Ist der Graf schon lange in seinem Arbeitszimmer? Ich möchte ihn sprechen und würde gerne wissen, wie lange er möglicherweise noch braucht.«

Rebecca knickste. »Mr Bradford ist beim Grafen«, erklärte sie. »Sie sind schon seit einer Stunde dort drinnen.«

»Mr Bradford!«, wiederholte Georgiana nachdenklich. Er war der Rechtsanwalt des Grafen. Ob das zu bedeuten hatte, dass ihr Vater Schritte unternahm, um sein Testament zu ändern und William zu enterben? Sie hoffte es.

»Es ist gut, ich danke Ihnen, Rebecca.« Sie schickte sich an, darauf zu warten, dass ihr Vater Zeit hatte. Sie wollte ihn fragen, ob es Neuigkeiten von Michael gab. Sogar der Wunsch, Somerton vor William zu retten, war davor in den Hintergrund gerückt; ihre Angst um Michael und Rose, die beide in größter

Gefahr schwebten, hatte alle anderen Gedanken überschattet. Der erschütternde Tod Lord Fintans, von dem die Gräfin ihr geschrieben hatte, hatte ihr bewusst gemacht, wie groß das Risiko für die beiden tatsächlich war. Ich werde keine Ruhe finden, bevor sie wieder heil zu Hause sind, dachte Georgiana.

Einem Impuls folgend ging sie ins Musikzimmer. Früher hatte sie das Klavierspielen geliebt, genau wie Rose das Komponieren, doch jetzt, wo ihr die Verwaltung des Hauses oblag, blieb ihr nur noch wenig Zeit dafür. Sie nahm auf dem Klavierhocker Platz und stimmte eine Komposition Roses an, »Fernöstlicher Tanz«. Sie kannte das Stück auswendig. Beim Spielen traten ihr die Tränen in die Augen. Die Melodie rief Erinnerungen an alte Zeiten wach, vor dem Krieg, als Somerton ein glücklicherer Ort gewesen war.

Sie bemerkte, dass jemand in der Tür stand, und beendete das Stück. Als sie sich umdrehte, sah sie, dass Thomas wartete.

»Ja, Thomas, was gibt es?« Diskret wischte sie sich die Tränen aus den Augen.

»Entschuldigen Sie bitte die Störung, Mylady. Die Gräfin hat angerufen und mich gebeten, Sie darüber zu informieren, dass sie noch heute aus London zurückkehrt. Miss Charlotte wird dort bleiben, um einige Wohltätigkeitsveranstaltungen mit Mrs Verulam zu besuchen.«

»Ach du meine Güte!« Georgiana war bestürzt bei dem Gedanken daran, dass dem bereits überlasteten Personal noch mehr Arbeit aufgebürdet werden würde. »Also muss ihr Zimmer vorbereitet werden, und wir brauchen vollständige Bedienung beim Abendessen, sonst wird sie verstimmt sein. Glauben Sie, Sie schaffen das? Oder soll ich nach zusätzlichem Personal ins Dorf schicken?«

»Danke, Mylady, aber nicht ausgebildetes Personal macht

mehr Arbeit, als es uns nützt, wenn ich das so sagen darf«, erwiderte Thomas. »Wir schaffen das schon.«

»Ich bin Ihnen ja so dankbar.«

Sie folgte ihm mit dem Blick, als er sich entfernte. Er sah müde und überarbeitet aus, und vor allem war sie sich nicht sicher, dass ihm seine Stellung gefiel. Er tat seine Arbeit, aber ohne Leidenschaft. Georgiana war beunruhigt; sie wollte, dass alle in Somerton glücklich waren.

Doch bevor sie weiter darüber nachdenken konnte, wie sie das erreichen könnte, wurde die Tür des Arbeitszimmers geöffnet, und der Graf und Mr Bradford traten heraus, ganz in ihr Gespräch vertieft. Sofort erhob sich Georgiana und ging hinaus auf den Flur, um sie zu erwarten. Die beiden Männer blieben am Fuße der Treppe stehen, wo Thomas schon bereitstand, um den Anwalt zur Tür zu geleiten. »… ja, alles scheint in Ordnung zu sein. Ja, wirklich.« Der Graf schüttelte die Hand des Anwalts. Er lächelte, was Georgiana Hoffnung machte.

Mr Bradford verbeugte sich, und der Graf läutete. Sobald Mr Bradford gegangen war, rannte Georgiana beinahe hinüber zu ihrem Vater. Der Graf sah offenbar ihren fragenden Blick und lächelte, obwohl er traurig aussah.

»Nun, mein Liebes, es ist erledigt«, sagte er.

»Du hast dein Testament geändert?«

»Ja, das habe ich.« Der Graf klang sehr ernst. »Ich wünschte, ich wäre nicht dazu gezwungen gewesen, aber ich hatte keine andere Wahl. Ich kann es nicht zulassen, dass William Somerton in Besitz nimmt, wenn er den Titel erbt, nicht jetzt, wo ich weiß, was für ein Schuft er ist.«

»Den Titel erben? Du meinst also, er wird dennoch Graf von Westlake werden?«, fragte Georgiana. Der Gedanke hinterließ einen bitteren Geschmack in ihrem Mund.

»Ich befürchte es.«

»Aber das ist doch ungerecht!«, protestierte Georgiana. Sie konnte die Vorstellung nicht ertragen, dass der Titel des Grafen von Westlake – der Titel ihres Vaters – auf einen Mann übergehen sollte, der ein Spieler, ein Trunkenbold, ein Vergewaltiger und in ihren Augen nicht besser als ein Mörder war.

»Ich befürchte, dass Gerechtigkeit und Recht nicht immer dasselbe sind«, erwiderte der Graf mit einem freudlosen Lächeln. »Nicht ich verfüge über den Titel: Er wurde meinen Vorfahren von einem früheren Herrscher Englands verliehen und geht laut Gesetz auf den direkten Erben der rein männlichen Linie über. Da ich keine männlichen Nachkommen habe, ist bei mir Schluss. Der Nächste in der Linie, so seltsam es erscheinen mag, ist William. Der Titel kann ihm nicht genommen werden, nicht einmal dann, wenn er wegen Mordes verurteilt würde – und meiner Ansicht nach sollte er das, für das, was er diesem armen Kindermädchen angetan hat. Doch leider gehen Titel sowohl auf ehrbare Männer als auch auf Schufte über.«

Verärgert sagte Georgiana: »Nun, ich halte das einfach für unfassbar. Es ist wie ein Makel auf unserer Familie, dass ein Mann wie William einmal der Graf sein soll.«

»Ich weiß, aber wir können nichts dagegen tun. Doch wenigstens habe ich ihm das Anwesen genommen. Gott sei Dank liegt keine Hypothek darauf. Das Haus und die Ländereien von Somerton werden, ebenso wie der Großteil meines Vermögens, an meinen erstgeborenen Enkel fallen.«

»Das sind wenigstens gute Aussichten«, sagte Georgiana und seufzte. »Ich wünschte, es würde nicht alles auf einmal geschehen. Hast du irgendetwas von Michael gehört?«

Ihr Vater schnippte mit den Fingern. »Durch das viele geschäftliche Gerede habe ich das tatsächlich verdrängt. Ja, ich glaube, ich habe ihn ausfindig gemacht. Er ist in einem Ausbildungslager in Kent. Ich werde so bald wie möglich hinfahren.« Er schüttelt den Kopf. »Er ist ein mutiger Junge, aber seine Mutter lässt sich nicht erweichen. Sie bittet mich, ihn nach Hause zu holen.«

15

»Mr Wright, bitte lassen Sie mich Ihnen mit dem Silber helfen«, sagte Rebecca, als sie durch die Tür des Butlerzimmers trat. Sie atmete heftig, weil sie die Treppen von den Gemächern der Gräfin aus hinuntergerannt war, doch sie war zufrieden, dass sie die Räumlichkeiten in perfekter Sauberkeit und Ordnung hinterlassen hatte, bereit, die Dame des Hauses zu empfangen.

»Vielen Dank«, erwiderte Thomas, der vor lauter Eile und harter Arbeit, alles für die Ankunft der Gräfin vorzubereiten, schon schwitzte. »Aber ich glaube, Sie haben heute genug zu tun, schließlich müssen Sie die Gemächer der Gräfin vorbereiten.«

»Ich bin fertig. Ich habe sofort angefangen, als ich von ihrem Anruf erfahren habe.«

»Ist das Süßigkeitenglas gefüllt? Und was ist mit den Blumen?«

»Ich habe kandierten Lavendel nachgefüllt und gelbe Rosen in die Vasen gestellt, genauso, wie sie es mag. Und jetzt lassen Sie sich bitte helfen; Sie haben keine Zeit, all das neben Ihren anderen Pflichten zu erledigen.«

»Ich glaube, ich kann selbst entscheiden, wozu ich Zeit habe, Rebecca.«

Rebecca betrat den Raum und schloss energisch die Tür hinter sich. Überrascht drehte sich Thomas zu ihr um. Rebecca war sich bewusst, wie nah sie beieinanderstanden, und sie hatte plötzlich Schmetterlinge im Bauch. Doch sie blieb tapfer und ließ sich nicht beirren, denn sie wusste, wenn sie jetzt nicht aufbegehrte, würde sie sein Verhalten für den Rest ihrer Zeit in Somerton ertragen müssen. »Ich muss Ihnen jetzt mal etwas sagen. Ich habe das Gefühl, dass Sie mir Aufgaben entziehen, die mir als Zimmermädchen obliegen, und das werde ich nicht hinnehmen.«

Thomas zog eine Augenbraue hoch. »Das ist eine sehr gewagte Art und Weise, mit Ihrem Vorgesetzten zu sprechen.«

»Ich muss es zur Sprache bringen, denn ich sehe, dass das Haus in einer ineffizienten Weise geführt wird, so dass es zwangsläufig Probleme geben wird.«

»Aha.« Thomas' Stimme troff vor Sarkasmus. »Sie glauben also, dass ich daran schuld bin?«

»In der Tat. Als Zimmermädchen wurde ich eingestellt, um auch die Pflichten eines ersten Lakaien zu übernehmen. Ich soll nicht nur Staub wischen und Zimmer vorbereiten, sondern auch andere Hausarbeiten übernehmen, etwa die Bibliothek in Ordnung halten, das Silber polieren und die Kleider der Gentlemen bürsten – alle Aufgaben, die ein Lakai übernehmen würde. Sie erlauben mir nicht, dies zu tun. Stattdessen machen Sie alles selbst. Infolgedessen sind Sie überarbeitet, und nichts wird gründlich erledigt.«

»Na schön. Ehrlich gesagt bin ich nicht damit einverstanden, dass ein Zimmermädchen eingestellt wurde. Ich glaube, dass Frauen für manche Aufgaben einfach nicht geeignet sind.«

»Ach? Und wie kommen Sie zu dieser Erkenntnis, wenn ich fragen darf?«

»Rebecca, ich habe hier das Sagen, und ich erwarte, dass Sie meine Anordnungen ausführen. Ansonsten können Sie sich eine andere Stelle suchen.«

»So ist das also, wie?« Rebecca spürte, dass ihr Gesicht genauso knallrot wurde wie ihre Haare. »Nun, Mr Wright, dann muss ich Ihnen zu meinem Bedauern sagen, dass Sie ein Narr sind.«

Sie riss die Tür auf und marschierte hinaus. Das Blut pochte ihr in den Schläfen. Schon nach wenigen Schritten im kühlen Flur bedauerte sie, dass sie die Beherrschung verloren hatte. Sie konnte es sich nicht leisten, ihre Stelle zu verlieren, was jetzt unweigerlich geschehen würde. Die Glocke ertönte über ihrem Kopf. Rebecca blickte auf: die Gemächer der Gräfin. Rasch zwang sie sich zur Ruhe, ordnete ihr Haar und strich sich über die heißen Wangen. Dann holte sie tief Luft und ging hinauf. Die Arbeit blieb nicht liegen, nur weil sie verstört war. Sie fand Georgiana im Schlafzimmer der Gräfin. Deren Pelze waren auf dem Bett ausgebreitet.

»Oh, Rebecca!« Rebecca erkannte sofort, dass Lady Georgiana erschöpft und den Tränen nahe war. »Die Pelze der Gräfin sind von Motten befallen! Was sollen wir nur tun? Das wäre nie geschehen, wenn Mrs Cliffe noch hier gewesen wäre.«

Rebecca sah sich die Pelze genau an. »Sie sind offenbar ohne Mottenkugeln weggehängt worden, Mylady.« Sie wusste, wie ernst die Lage war – die Pelze waren Hunderte Pfund wert, und wenn sie ruiniert waren, würde sich die Gräfin unsäglich aufregen und allen das Leben zur Hölle machen. Ihre Mutter hatte ihr jedoch viel von ihrem Wissen über die Pflege von Pelzen weitergegeben. Sie hatte es gelernt, als sie selbst noch als Zofe gearbeitet hatte.

»Das muss Annie gewesen sein. Ich kann ihr kaum Vorwürfe

machen – sie ist nicht für die Arbeit einer Zofe ausgebildet. Aber was sollen wir denn jetzt bloß tun!« Lady Georgiana setzte sich auf das Bett, mit Tränen in den Augen. »Wenn sie sich einmal eingenistet haben, ist es unmöglich, sie wieder loszuwerden.«

Rebecca atmete tief durch. »Ich glaube, Mylady, ich könnte durchaus etwas versuchen. Meine Mutter hat früher als Zofe gearbeitet, und sie hat mir davon erzählt. Wenn man die Pelze in eine Kiste mit Eis legt, erfrieren die Eier und sterben ab.«

»Eis! Ist das nicht schädlich für die Pelze?«

»Nein, Mylady. Sie werden wieder trocken sein, bevor die Gräfin überhaupt etwas bemerkt. Ich kann sie jetzt sofort hinunter ins Eishaus bringen.«

»Sind Sie sicher?« Lady Georgiana wirkte skeptisch.

»Ganz sicher, Mylady.«

»Oh, wenn das so ist, dann handeln Sie bitte unverzüglich.«

Rasch und sorgfältig nahm Rebecca die Pelze aus dem Kleiderschrank. Lady Georgiana sah ihr zu.

»Ich kann Ihnen gar nicht genug danken«, sagte sie und rang sich ein Lächeln ab. Ihre Augen begegneten denen von Rebecca. »Es tut mir leid, dass ich mich so dumm benommen habe. Es liegt an der Belastung … Alles scheint gleichzeitig schiefzugehen.«

»Ich weiß, Mylady. Gibt es … gibt es etwas Neues von Master Michael?«

»Ja!« Lady Georgianas Gesicht hellte sich auf. »Ich glaube, wir können ihn wieder nach Hause holen – das heißt, falls sein Bataillon nicht vorher hinüber aufs Festland verlegt wird und wenn es der Armee nicht in den Sinn kommt, sich zu widersetzen und ihn nicht gehen zu lassen. Aber ich – ich wünschte, es wäre nie geschehen. Es wird ihm schwer zu schaffen machen, so nach Hause gebracht zu werden, es wird seinen Stolz verletzen.«

»Oh, Lady Georgiana, ich bereue es ja so sehr, dass ich nicht versucht habe, ihn davon abzuhalten, sich freiwillig zu melden! Aber ich wusste doch nicht, was er vorhatte, Mylady, bitte glauben Sie mir.«

»Natürlich nicht, woher sollten Sie das wissen? Bitte nehmen Sie sich die Schelte der Gräfin nicht zu Herzen. Sie war einfach bestürzt aus Sorge um ihren Sohn …«

»Natürlich, Mylady.« Rebecca senkte den Blick und knickste. Das klang hoffnungsvoll, aber sie wusste, wie freundlich Lady Georgiana war. Die Gräfin würde ihr möglicherweise nicht so schnell vergeben. »Ich gehe jetzt besser hinunter und kümmere mich um die Pelze, Mylady. Kann ich sonst noch etwas tun?«

»Nein. Nein, danke. Das heißt …« Lady Georgiana zögerte. »Wie ist die Stimmung unten, Rebecca?«

Rebecca dachte nach, bevor sie diplomatisch antwortete: »Alle geben ihr Bestes, Mylady, aber natürlich ist es sehr schwer für die Köchin, sich auch noch um das Hauspersonal zu kümmern.« Sie überlegte, ob sie von Thomas' Weigerung erzählen sollte, ihr die Aufgaben eines Lakaien anzuvertrauen, beschloss dann aber, dass es nicht fair wäre. Sie mussten ihre Differenzen unter sich ausmachen.

»Ja, ich glaube wirklich, dass wir eine Hauswirtschafterin brauchen, was immer mein Vater sagen mag. Diese Motten sind der Beweis. Ich weiß nur nicht, ob ich selbst eine suchen sollte.«

»Vielleicht könnten Sie Ihrer ehemaligen Hauswirtschafterin schreiben und sie um Rat fragen?«, schlug Rebecca vor. »Wie ich gehört habe, hat Ihnen Mrs Cliffe ausgezeichnete Dienste geleistet. Vielleicht kennt sie jemanden oder kann Ihnen wenigstens einen Ratschlag geben.«

»Was für eine wunderbare Idee, Rebecca!« Lady Georgianas Augen leuchteten auf.

Rebecca knickste. »Ist das alles, Mylady?«

»Ja. Ja, und vielen Dank, Rebecca.«

Rebecca ging mit den Pelzen hinunter und fühlte sich etwas besser. Lady Georgiana ist ein Schatz, dachte sie. Sie würde alles tun, um ihr zu helfen. Als sie am Fuß der Dienstbotentreppe ankam, hörte sie Annie und Martha miteinander klatschen, während sie die Töpfe schrubbten. Rebecca wusste bereits, welcher Anblick sich ihr in der Küche bieten würde: Wie üblich würde die Köchin die ganze Arbeit erledigen, während sich Annie müßig gegen den Tisch lehnte und Martha das schmutzige Spülwasser immer und immer wieder in derselben Pfanne herumschwenkte.

»… ich habe einen Cousin im Kriegsministerium, na ja, er ist dort der Botenjunge. Er sagte, die Bankdirektoren hätten den Krieg angezettelt.« Das war Annie. »Sie profitieren davon, dass sie an beide Seiten verkaufen.«

»Nun ja, was kann man schon von dem Judenpack erwarten?«, erwiderte die Köchin. Sie drehte sich zur Tür um und sah Rebecca dort stehen. »Oh, Rebecca. Bring diesen Tee hinauf in die Bibliothek, und zwar ein bisschen dalli, sonst wird er noch kalt.«

Rebecca sagte nichts. Das Gewicht der Pelze in ihren Armen schien ihr plötzlich zu schwer zu sein, und ihr muffiger Geruch drohte sie zu ersticken.

»Hast du gehört, Trödelliese? Steh nicht herum und halte Maulaffen feil, sonst kriegst du noch Fliegen in den Mund. Was willst du überhaupt mit diesen Pelzen?«

Thomas trat ein, und Annie sagte kichernd: »Ah, Mr Wright, Rebecca hält sich wohl für zu gut, um den Tee des Grafen hinaufzubringen. Ich nehme an, dass ich es tun muss.«

Rebecca drehte sich um und rannte fast davon, fort von der

Küche, hinaus in die erfrischende Freiheit des Gartens. Ihr Herz hämmerte, und die Pelze zerrten an ihren Armen. Gerade, als sie geglaubt hatte, ihre Lage würde sich verbessern, wurde sie daran erinnert, dass jederzeit alles zusammenbrechen konnte.

16

Georgiana stand neben der Gräfin am Fenster des Salons und beobachtete, wie sich das Automobil über die lange Zufahrtsstraße näherte. Die Bäume waren kahl, und der Raureif bedeckte den Rasen wie Schnee. Die Nachricht ihres Vaters war heute Morgen eingetroffen: Er sei auf dem Rückweg, zusammen mit Michael. Erleichterung mischte sich mit der Sorge um Michaels Gemütszustand. Georgiana kannte ihn sehr genau und wusste, dass Stolz der Schlüssel zu seinem Charakter war. Sie blickte an sich hinunter und stellte fest, dass sie die Rose an ihrer Korsage vor lauter Nervosität fast ganz zerpflückt hatte. Wenn nur Ada oder Rose hier gewesen wären! Sogar Charlottes Gesellschaft wäre ihr jetzt lieb gewesen, aber ihre Stiefschwester weilte noch immer in London. Die Gräfin beklagte sich darüber, dass sie nicht schrieb, doch Georgiana ahnte, dass sie insgeheim froh darüber war – bedeutete es doch womöglich, dass Charlotte all ihre freie Zeit mit dem vielversprechenden Bertie Castleton verbrachte.

Sobald sich das Automobil so weit genähert hatte, dass Georgiana neben ihrem Vater noch eine zweite Person erkennen konnte, drehte sie sich um und rannte beinahe zur Tür. Thomas öffnete diese gerade, und Rebecca stand bereit, um die Staubmäntel, Kappen und Schutzbrillen in Empfang zu nehmen. Der Chauffeur öffnete den Wagenschlag, und der Graf stieg aus, unmittelbar gefolgt von demjenigen, nach dem sich Georgiana so sehr gesehnt hatte – Michael.

»Ach, bin ich froh, dass du wieder heil zu Hause bist!«, rief sie.

Michaels finsterer Blick brachte sie umgehend zum Schweigen. »Ich nehme an, du hattest dabei deine Hand im Spiel«, erwiderte er mit leiser, wütender Stimme. »Erwarte nicht, dass ich dankbar bin.«

Er warf der Gräfin einen einzigen, grimmigen Blick zu und marschierte dann die Treppe hinauf. Die Gräfin wollte ihn schon zurückrufen, doch der Graf hinderte sie daran, indem er ihr die Hand auf den Arm legte. »Lass ihn jetzt lieber allein, meine Liebe«, sagte er leise.

Die Gräfin riss sich sichtlich mühsam zusammen. Der Graf winkte Georgiana zu sich und sagte: »Ich muss dich im Arbeitszimmer sprechen.«

Georgiana folgte ihm nervös. Das Arbeitszimmer war ernsten Unterredungen oder offiziellen Terminen vorbehalten. Sie fühlte sich dort niemals richtig wohl.

Ihr Vater wartete, bis sich die Tür hinter ihnen geschlossen hatte, und stellte sich dann vor den Kamin, die Hände hinter dem Rücken verschränkt. Auf Georgiana machte er den Eindruck, als hätte er ihr etwas sehr Aufregendes zu verkünden. Er wirkte wie verjüngt, was sich in seinem Gesichtsausdruck und einem unterdrückten Funkeln in seinen Augen spiegelte, das sie seltsam beunruhigte.

»Ich möchte dir sagen, dass ich fortgehen werde, allerdings nur für etwa einen Monat«, begann ihr Vater.

»Einen Monat?«, fragte Georgiana überrascht. »Aber dann

bist du über Weihnachten weg.« Das Herz wurde ihr schwer. Obwohl sie wusste, dass Weihnachten jetzt im Krieg sowieso nicht mehr dasselbe sein würde, war es doch irgendwie traurig, nicht wenigstens als Familie beisammen sein zu können.

»Nein, ich hoffe, vorher wieder zurück zu sein.«

»Gehst du nach London?« Die Gräfin wirkte nicht überrascht; sie war daran gewöhnt, dass der Graf sein eigenes Leben führte, wenn er es wünschte.

»Ja, nach London, und von da aus« – der Graf wirkte unsicher – »nach Frankreich.«

»Frankreich!«, rief Georgiana aus.

Ihr Vater warf ihr einen raschen Blick zu, und sie erkannte, dass es ihm peinlich war. Dennoch wirkte er fest entschlossen. Ja, dachte sie mit wachsendem Zorn, er erinnerte sie in diesem Moment an Michael.

»Ich bin in London meinem alten Freund Horatio begegnet – er ist jetzt Admiral –, und er erwähnte zufällig, dass Feldmarschall Sir Douglas Haig einen Berater für die indischen Truppen brauche, die derzeit in der Gegend kämpfen, und wie du weißt, habe ich auf diesem Gebiet einige Expertise …«

Die Gräfin runzelte die Stirn. »Ich kann nicht behaupten, dass mich das freut, aber gewiss wirst du dich nicht in Gefahr begeben. Du gehst doch nicht an die Front, oder?« Georgiana spürte echte Sorge hinter ihren kalten Worten. Der Graf schien es genauso zu empfinden und ergriff liebevoll ihre Hand.

»Nein, meine Liebe, für mich wird keinerlei Gefahr bestehen. Sie werden einen alten Mann wie mich aus der Schusslinie halten, glaube mir.«

»Das tut mir aber leid«, bemerkte Georgiana.

Ihr Vater blickte sie an, sichtlich verletzt. Doch sie konnte nicht schweigen. Diese entsetzliche Dummheit, dieses absurde, mörderische Blutvergießen – und jetzt sah es ganz so aus, als verhalte sich ihr Vater genauso närrisch wie Michael. Sie trat einen Schritt zurück und sagte mit zitternder Stimme: »Deine Macht und dein Einfluss hätten womöglich dazu beitragen können, diesen Krieg zu verhindern. Doch stattdessen verhältst du dich genau wie Michael, wie ein kleiner Junge, der Krieg spielen will. Es tut mir leid, Papa. Ich kann nicht so tun, als hielte ich dein Vorhaben für richtig. Ganz im Gegenteil. Ich will damit nichts zu tun haben.«

Sie drehte sich um und verließ das Zimmer. Mit Mühe hielt sie die Tränen zurück, bis sie ihr eigenes Zimmer erreicht hatte und gottlob endlich allein war.

17

Rebecca breitete Michael Templetons Abendgarderobe auf dem Bett aus und achtete sorgsam darauf, dass dabei keine Falten entstanden. Sie glättete sein seidenes Dinnerjacket und vergewisserte sich, dass die weiße Krawatte griffbereit lag, wenn Thomas ihm beim Ankleiden half. Wie es Master Templeton wohl ging? Sie hoffte, dass er nicht zu verärgert darüber war, nach Hause zurückbeordert worden zu sein. Wenn sie ihn nur hätte trösten können, so wie er sie an jenem Tag in Palesbury getröstet hatte! Doch wenn er die Wahrheit über sie wüsste, so dachte sie, würde er sie wahrscheinlich auch entlassen wollen.

Die Tür flog auf. Rebecca schnappte erschrocken nach Luft und fuhr herum, als Michael Templeton hereinmarschierte, Tränen der Wut in den Augen. Er sah ihren Blick und rang nach Fassung, konnte seine Gefühle aber nicht verbergen. »Entschuldigen Sie – ich wusste nicht …« Er wollte sich wieder zurückziehen, doch Rebecca ging voller Mitgefühl auf ihn zu.

»Nein, bitte, Sir. Ich wollte sowieso gerade gehen.«

Als sie an ihm vorbeikam, erblickte sie sein Gesicht im Spiegel. Ihm standen die Tränen in den Augen. Es versetzte ihr einen Stich ins Herz, und ohne nachzudenken drehte sie sich zu ihm um und sagte: »Bitte, Sir, erlauben Sie mir, Sie zu trösten.«

»Ich bin ein Narr!«, stieß er mit erstickter Stimme hervor.

»Nein, nein …«

»Doch, das bin ich. Verdammt nochmal!« Er schluckte die Tränen hinunter. »Zurückgeholt wie ein Kind! Ich hätte nicht geglaubt, dass Mutter so weit gehen würde. Auch von Georgiana hätte ich das nicht gedacht. Darüber komme ich nie hinweg. Ich nehme an, die ganze Dienerschaft lacht über mich.«

»Nein, niemand denkt schlecht von Ihnen. Im Gegenteil, wir bewundern alle Ihren Mut.«

»Sie sind sehr nett.«

»Ich sage nur die Wahrheit, Sir.«

»Ich werde mich als Offizier bewerben, sobald ich neunzehn werde. Es dauert ja nicht mehr lange.«

»Haben Sie Frankreich gesehen, Sir?«, platzte Rebecca heraus.

»Nein, das Glück hatte ich nicht.« Sein Lächeln verwandelte sein Gesicht. »Ich bin nicht weiter gekommen als bis zu einem Trainingslager in Kent. Dort haben wir ein Weilchen Soldat gespielt. Ich habe gelitten wie ein Hund, als meine Kameraden an die Front gegangen sind. Ich dachte, ich würde sie begleiten, aber dann bin ich zum Feldwebel gerufen worden, und dort wartete der Graf auf mich.« Seine Stimme verdüsterte sich wieder. »Meine Kameraden stehen im Kugel- und Bombenhagel, und ich – ich kleide mich fürs Abendessen um. Ich schäme mich!«

»Sir, es gibt nichts, dessen Sie sich schämen müssten«, sagte Rebecca sanft und legte ihm die Hand auf den Arm. Er lächelte sie an.

Hinter ihnen ertönte ein Räuspern. Rebecca erkannte sofort, wie kompromittierend die Situation wirken musste. Sie drehte sich um, und ihr schnürte sich die Kehle zu bei dem Gedanken, dass es die Gräfin sein könnte.

Es war nicht die Gräfin. Es war Thomas. Rebecca hatte ihn noch nie so gesehen. Seine Augen blitzten feurig, und obwohl er so diskret dastand, wie es sich für einen professionellen Butler geziemte, wirkten seine Schultern straff, als sei jeder Muskel angespannt. Er kochte vor Wut. »Bitte entschuldigen Sie die Störung, Sir«, sagte er leise und bedrohlich wie ein Tiger.

»Sie stören keineswegs«, erwiderte Michael spontan. »Rebecca war so freundlich, mir zu helfen, diesen Faden von meinem Ärmel zu entfernen.« Er wischte eine unsichtbare Verschmutzung beiseite.

Rebecca wich vor Michael zurück, unendlich dankbar für seine geistesgegenwärtige Reaktion.

»Sehr wohl, Sir«, sagte Thomas, aber Rebecca hörte an seiner Stimme, dass er nicht überzeugt war. »Rebecca, Sie werden unten erwartet. Man braucht Ihre Unterstützung beim Tischdecken.«

Er ging ins Zimmer, um Michael Templeton beim Ankleiden zu helfen. Rebecca blieb einen Augenblick vor der Tür stehen und eilte dann zur Dienstbotentreppe, so nah am Rande der Verzweiflung wie nie zuvor. Sie erreichte gerade die Tür, als sich die von Master Templetons Zimmer noch einmal öffnete und Thomas herauskam. Nachdem er sich nach links und rechts umgeblickt und überprüft hatte, dass sie allein waren, ging er geradewegs auf sie zu. Rebecca, erschrocken von seinem Gesichtsausdruck, trat einen Schritt zurück.

»Was war das denn?«, fragte er mit leiser, zorniger Stimme.

»Ich …« Rebecca starrte ihn an, erschrocken über seine heftige Reaktion.

»Hat er sich Freiheiten erlaubt? Falls er Sie berührt hat …«

»Nein!« Rebecca war entsetzt bei dieser Vorstellung. »Nein, wir haben nur … ich habe ihm mein Mitgefühl dafür ausgedrückt, dass man ihn nach Hause beordert hat. Er war so enttäuscht! Ich … ich weiß, das war sehr vertraulich von mir, und es tut mir leid …« Ihre Stimme erstarb. Sie hatte geglaubt, Thomas' Zorn sei gegen sie gerichtet, doch es schien, als sorge er sich eher um ihr Wohlergehen. »Sie brauchen sich nicht zu beunruhigen«, sagte Rebecca sanft. »Mein Ruf war zu keiner Zeit in Gefahr. Master Templeton ist ein perfekter Gentleman.«

Thomas sah ihr in die Augen, und sie wusste, dass er die Wahrheit darin erkannte. Er nickte. »Gut so«, murmelte er und wirkte ein wenig verlegen. »Nun …« Er zog sich zurück und kehrte in Master Templetons Zimmer zurück. Rebecca blieb stehen, bis sich die Tür hinter ihm geschlossen hatte. Dann ging sie durch die Dienstbotentür hinaus auf die Treppe und fühlte sich noch elender. Sie war noch keine drei Monate im Haus, und schon hatte sie es geschafft, sich bei der Gräfin unbeliebt zu machen und beim Butler den Eindruck zu erwecken, sie sei ein Flittchen.

18

Sussex

Links, rechts, links, rechts – der stampfende Marschrhythmus dröhnte Sebastian im Kopf und hinderte ihn am Nachdenken. Ringsum erstreckten sich die sanften Hügel von Sussex, doch er hatte keinen Blick dafür. Stattdessen hielt er die Augen auf den Hinterkopf des Mannes vor sich gerichtet. Seine Beine waren müde und schmerzten, und er konnte kaum noch die Füße heben, doch er zwang sich dazu und setzte jedes Mal die Stiefel mit wütender Entschlossenheit auf das Straßenpflaster. Die Schmerzen löschten jeden Gedanken, jedes Gefühl aus. Die Schmerzen waren etwas Gutes. Die Schmerzen waren das, was er gesucht hatte, als er sich freiwillig gemeldet hatte. Sie blendeten die anderen Schmerzen aus, die wie Blut aus einer unheilbaren Wunde quollen, jedes Mal wenn er genug Zeit hatte, daran zu denken und Gefühle aufkommen zu lassen.

»Kompanie … Halt!«

Die Männer traten aus dem Glied, und Sebastian ließ sich mit den anderen ins Gras am Straßenrand fallen, um seine Beine auszuruhen und zu Atem zu kommen. Seine Füße waren geschwollen, und er wusste, dass er die Stiefel nicht ausziehen durfte, weil er später nicht wieder hineinpassen würde. Der Schweiß lief ihm über das Gesicht, und sein Kopf hämmerte, obwohl die Luft kalt war. Er packte seine Wasserflasche aus und trank.

Der Kamerad neben ihm stieß ihn in die Seite und bedeutete ihm, dass auch er Durst hatte. Er war so außer Atem, dass er nicht einmal mehr sprechen konnte. Im ersten Augenblick wollte Sebastian ihn ignorieren, doch dann sah er sein bleiches Gesicht. Es ist ja nicht die Schuld des armen Kerls, dachte er und reichte ihm die Wasserflasche.

Der Junge trank dankbar und mit großen Schlucken. »Danke, Kumpel«, brachte er irgendwann hervor. »Ich bin restlos erledigt.«

Sebastian antwortete nicht. Mühsam richtete sich der Junge auf. »Noch zehn Meilen, Himmel hilf. Trotzdem werden wir bestimmt froh sein über die Übung, wenn wir nach Frankreich kommen.«

Na, wunderbar, eine Quasselstrippe, dachte Sebastian, grunzte und wandte den Blick ab. Er wollte nichts als alleingelassen werden, marschieren, schießen, Befehle befolgen, gehorchen und sein gequältes Herz so tief vergraben, bis er vergaß, dass er jemals eines besessen hatte.

Doch der Junge schien es nicht zu bemerken. Er stützte sich auf den Ellbogen hoch und blickte über die Hügel in Richtung des Meeres. »Mensch, da hinten ist der Ärmelkanal! Hätte nie gedacht, dass ich jemals in seine Nähe kommen würde. Geschweige denn, auf die andere Seite. Aber deswegen habe ich mich ja unter anderem freiwillig gemeldet – um die Welt zu sehen. Und du?« Der Kerl sah Sebastian fragend an.

Sebastian zuckte mit den Schultern. Er konnte sich um eine Antwort nicht herumdrücken, ohne noch mehr Aufmerksamkeit auf sich zu ziehen, daher murmelte er: »Ich wollte für mein Land kämpfen.«

»Ich auch. Aber ich wünschte, ich hätte vorher gewusst, wie schwer die Ausbildung ist! So etwas wie hier habe ich noch nie gemacht. Da erkennt man erst mal, wie gut es einem vorher gegangen ist. Ach, was soll's, jetzt ist es sowieso zu spät.« Er lehnte sich wieder zurück. »Mein Vater ist Jagdaufseher auf Millrace Estate, das liegt in Warwickshire. Das Regiment dort war aber schon vollzählig, deswegen bin ich nach London gefahren, um dort mein Glück zu versuchen. Na, wenn das nicht mal eine Dummheit war.« Er lachte etwas unsicher und fuhr dann fort: »Ich muss dauernd an die Wälder und Felder zu Hause denken. Es war ein gutes Leben: Wir hatten immer genug zu essen, und ich hätte die Nachfolge meines Vaters antreten können, wenn ich geblieben wäre.«

Als er das Landgut beschrieb, von dem er kam, wurde Sebastian so sehr an Somerton erinnert, dass er Heimweh empfand. Somertons sanfte Hügel, die grünen Wälder und der Fluss, der sich um den Hügel zog, so dass das Herrenhaus eingefasst war wie ein Juwel; all das sah er vor Augen, während der Junge erzählte. Seufzend schloss dieser schließlich: »Na ja, vielleicht ist der Krieg ja auch schon bald wieder vorbei.«

Sebastian sagte nichts. Er hörte, oder besser fühlte ein tiefes Grollen, das den Erdboden erschütterte. Ein dumpfes, fernes Donnern. Es beunruhigte ihn.

»Du bist schon was Besonderes, oder? Ein harter Kerl. Dir scheinen die Gepäckmärsche kaum etwas auszumachen. Hast du vorher schon in einem anderen Regiment gedient?«

Sebastian war plötzlich auf der Hut. Er musste antworten, aber so, dass er den Jungen auf eine falsche Fährte lockte. Er war als Rekrut ins Militär eingetreten, hatte aber den Vorteil, dass er bereits in Eton dem Offiziersausbildungskorps angehört hatte. Damit hatte er seinen Kameraden hier einiges voraus. Die meisten hatten noch niemals eine Waffe in der Hand gehalten und waren nicht an lange Märsche bei kargem Proviant gewöhnt. Er dagegen hatte an mehreren Sommerlagern teilgenommen, bei denen er Telegraphieren, Exerzieren, Waffenkunde, Taktik und Kartenlesen gelernt hatte. Wenn der Junge eins und eins zusammenzählte … »Ich bin wohl einfach daran gewöhnt.«

»Wirklich? Was hast du gemacht, bevor du zur Armee gegangen bist?«

Sebastian wusste nicht, was er antworten sollte. Auf dem Anmeldeformular hatte er irgendetwas erfunden, wusste aber nicht mehr, was. Ihm wurde bewusst, dass er in nächster Zeit noch sehr oft würde lügen müssen. Gottlob blieb ihm das in diesem Moment erspart.

»So, Männer, auf die Beine!«, ging der Ruf durch die Reihen. Sebastian riss sich zusammen und kämpfte sich hoch. Nach kurzem Zögern reichte er seinem Kameraden die Hand und half ihm auf. Wie seltsam, einem einfachen Kerl auf diese Art die Hand zu reichen. In seinem früheren Leben hätte er niemals jemanden aus der Unterschicht so beiläufig berührt, und sie hätten niemals diese einfache, freundliche Unterhaltung geführt. Oliver war natürlich eine Ausnahme.

»Danke, Kamerad. Ich heiße übrigens Joe«, sagte der Junge. »Joe Brown.«

»Rupert Moore«, sagte Sebastian, und das war nur halb gelogen. Rupert war sein zweiter Vorname, und Moore hieß ein Zweig seiner Familie mütterlicherseits.

Er blickte in die Ferne zum glitzernden Blau des Ärmelkanals. Stirnrunzelnd versuchte er herauszufinden, was es mit diesem fernen, dumpfen Donnergrollen auf sich hatte. Es klang zu mächtig und zu weit entfernt, als dass es sich um Wellen handeln könnte.

»Warte mal – hörst du das auch?«, fragte er unwillkürlich.

Joe lauschte für einen Moment schweigend. »Komisch, oder? Das klingt wie etwas Großes, Felsen vielleicht, die irgendwo in weiter Ferne irgendwo hinunterstürzen? Was glaubst du, was das ist?«

»Ach … wahrscheinlich nur eine Artillerieübung«, sagte Sebastian ohne ihn anzusehen. Ihm war plötzlich klargeworden, was dieser unablässige, hämmernde Lärm zu bedeuten hatte, und beschloss fast im gleichen Moment, lieber nicht darüber zu reden.

Sie stellten sich in Reih und Glied und marschierten wieder los. Das Knirschen von Stiefeln auf der Straße, das Schnaufen und Stöhnen der Männer überlagerten den fernen Lärm. Doch Sebastian war, als könne er ihn immer noch hören, so unmittelbar wie das Pochen des Blutes in seinem Kopf. Er wusste, dass er Geschützfeuer hörte, das den ganzen Weg von den Laufgräben in Nordfrankreich, wohin sie unterwegs waren, zu ihnen herübergetragen wurde. Er konnte nur noch an eines denken: Wenn es sich schon hier anhörte wie die Hölle, am anderen Ufer des Meeres, wie würde es dann aus der Nähe sein?

19

London
Charlotte kämpfte sich die steile Straße hinauf zum Krankenhaus. Kalter Regen schlug ihr ins Gesicht, und der Wind peitschte durch ihr Haar. Kälter und nasser als jetzt konnte sie kaum noch werden, doch trotz der ständigen Erkältung, die sie plagte, seitdem sie im Wohnheim lebte und im Krankenhaus arbeitete, hätte sie nicht glücklicher sein können.

Absurd, dachte sie selbstironisch. Ehrlich, Charlotte, sagte eine Stimme in ihrem Kopf, die verdächtig der ihrer Mutter ähnelte, was ist nur los mit dir? Du warst nicht glücklich in einem Ballkleid von Céline, du warst nicht glücklich in den Armen des attraktivsten Mannes aus deinem Bekanntenkreis, du warst nicht glücklich, als du dich jeden Abend in ein frisch gemachtes Bett legen und ein heißes, duftendes Bad nehmen konntest, wann immer du wolltest – du warst nicht glücklich, als du nicht einmal wusstest, was eine Küchenschabe war, geschweige denn, dass du erst welche zerquetschen musstest, bevor du dich morgens waschen konntest. Nein. Du wolltest offenbar lieber Frostbeulen und Blasen haben, Bettpfannen schrubben, Operationsbesteck zurechtlegen und die abstoßendsten Wunden pflegen. Was sollen wir nur mit dir anfangen? Sie lachte laut auf, und ein Mann, der gerade an ihr vorbeiging, warf ihr einen nervösen Blick zu. Für Charlotte war es eine ganz neue Erfahrung, durch die ärmste Gegend Londons spazieren zu können, ohne dass sie die Blicke auf sich zog. So mussten sich Männer fühlen – so selbstbewusst, so frei.

Sie dachte an ihr Bewerbungsgespräch zurück. Es schien schon lange zurückzuliegen, obwohl es erst einen Monat her war. Portia hatte ihr eingeschärft, was sie zu sagen hatte, doch sie war nicht darauf vorbereitet gewesen, während der gesamten zehn Minuten stehen zu müssen. Die Oberschwester, die das Gespräch mit ihr führte, hatte in ihrer makellosen weißen Uniform ausgesehen wie ein Origamikranich, und ihre Stimme war genauso messerscharf gewesen wie die Bügelfalten in ihrem Gewand. Zuerst war Charlotte vor Empörung die Röte ins Gesicht gestiegen, weil man sie behandelte wie eine Dienstbotin, doch als die Minuten vergingen, während sie auf ihre bescheidenen Antworten kühle Reaktionen erhielt, veränderten sich ihre Gefühle. Sie sah sich plötzlich mit anderen Augen und fand es mit einem Mal lächerlich, dass sie sich so wichtig nahm. Irgendwie lag auch etwas Tröstliches in dieser verkehrten Welt.

Aber wieder war es in erster Linie ihr Stolz gewesen, der sie dazu bewogen hatte, ebenso wie Portia im Krankenhaus von East London anzufangen. Sie wollte nicht, dass Portia – ausgerechnet Portia! – sie verachtete und für feige hielt. Daher hatte Charlotte ihre nervösen Zweifel beiseitegedrängt und das Formular unterzeichnet, das die Oberschwester ihr vorgelegt hatte. Ihr einziger Trost war es gewesen, sich ihre Schwesterntracht im L'atélier schneidern lassen zu können.

Portia reagierte darauf missbilligend.

»Du gehst doch nicht auf einen Ball!«, hatte sie protestiert, als Céline Muster von roter Seide in die Luft hielt, aus der sie das Kreuz auf Charlottes Schürze nähen wollte.

»Natürlich nicht. Aber andererseits sehe ich nicht ein, warum die Erfüllung unserer Pflicht, gute Taten und so weiter gleichbedeutend mit einem schlampigen Äußeren sein sollten.«

»Wie dem auch sei, ich finde es trotzdem unpassend«, hatte Portia stirnrunzelnd erwidert.

»Was meinen Sie dazu, Céline?«, hatte Charlotte die Schneiderin gefragt.

»Ich bin ganz Ihrer Meinung, Mademoiselle Templeton«, hatte Céline geantwortet, während sie mit Nadel und Faden hantierte, um die Stoffstreifen zu fixieren. »Die Soldaten können etwas Aufmunterung gebrauchen. Alle Männer, die ich je gekannt habe, haben sich am Anblick einer hübschen, gutgekleideten Frau erfreut. Ehrlich gesagt würde ich sogar französische Hüte für die Schwestern ärztlich verschreiben lassen.«

Portia verdrehte die Augen, aber Charlotte sah sie lächeln.

»Siehst du?«, neckte sie sie. Sie neckte Portia! Wer hätte das gedacht. »Es ist meine patriotische Pflicht, mich mit der schönsten maßgeschneiderten Tracht zu kleiden, die ich nur bekommen kann, und zu lernen, mich selbst so perfekt zu frisieren wie eine gute Zofe.«

»Na schön, wie du willst, wir werden ja sehen, wie du nach einer Woche Arbeit im First General Hospital darüber denkst.« Portia ließ den Blick im Atelier umherwandern und fügte hinzu: »Aber weißt du was … Ein neues Paar Handschuhe würde ich mir schon wünschen.«

Jetzt, einen Monat später, lächelte Charlotte in sich hinein, als sie die nackte, kalte Garderobe erreichte und den Regen von ihrem Mantel abschüttelte. Portia war ein gutes altes Mädchen.

Charlotte zog den Mantel aus und hängte ihn auf. So wie

sie mussten sich Dienstboten jeden Tag fühlen. Es war so kalt, so kahl, so bar jeden Luxus – aber sie hat eine Aufgabe. Das genügte, um sie so sehr aufzumuntern, dass sie beinahe ein Lied angestimmt hätte, obwohl die Arbeit so hart war, dass sie ihr Schwielen an den Händen verursachte.

An der Wand hing die Meldung aus, dass Freiwillige für den aktiven Dienst in Übersee gesucht würden. Charlotte warf einen raschen Seitenblick darauf; der Aushang zog sie magisch an. Das Angebot war verlockend und erschreckend zugleich. Zwei, drei Namen standen bereits auf der Liste. Nach Übersee zu gehen, würde das Fass zum Überlaufen bringen, ermahnte sie sich. Ihre Mutter regte sich schon genug über ihre Tätigkeit als Krankenschwester auf.

Charlotte betrat die Station. Bevor sie ihre Stelle angetreten hatte, hatte sie sich diese als friedlichen, ruhigen Ort vorgestellt: schweigende Schwestern, Männer, die reglos und blass in ihren Betten lagen. Nichts hätte weiter von der Wahrheit entfernt sein können – nur am frühen Morgen, wenn die Männer oft noch schliefen, entsprach die Realität ihrer Vorstellung.

»Guten Morgen, Schwester Charlotte«, begrüßte sie die Oberschwester munter. Charlotte war jedes Mal ganz stolz und aufgeregt, wenn man sie als Schwester ansprach, obwohl sie nur eine Hilfsschwester ohne Ausbildung war. Es war wundervoll, sich mit dem Nimbus einer Berufsbezeichnung umgeben zu können, die ihr das Gefühl vermittelte, fähig und stark zu sein – so dass man auf sie hörte wie auf einen Mann. Wie faszinierend, auch ohne zu flirten erwünscht zu sein, einfach diese kühle, effiziente, geschlechtslose Person einer Krankenschwester sein zu können und dennoch Respekt zu erhalten, wie sie ihn vorher nie gekannt hatte.

Sie machte sich mit den anderen zusammen an die Arbeit,

und erledigte so schnell wie möglich die üblichen Routineaufgaben, wobei sie sich bemühte, ihren Schüttelfrost zu unterdrücken, der eine Erkältung ankündigte. Die Station war erfüllt vom Stöhnen und Schreien der Männer, die nach ihrer Operation aus der Narkose erwachten, sowie dem endlosen Jaulen des Grammophons, das populäre Lieder wie »Wenn irische Augen lächeln« spielte.

Noch eine Stunde, dann endete ihre Schicht. Sie war gerade im eiskalten Waschraum und half einem der Männer, sich zu waschen und zu rasieren, als die Oberschwester zur Tür hereinblickte und sagte: »Bitte kommen Sie zu mir, wenn Sie fertig sind, Schwester.«

»Ja, Oberschwester«, antwortete Charlotte. Was sie wohl von ihr wollte?

Die Oberschwester saß an ihrem Schreibtisch und füllte Stationsunterlagen aus. Als sie zu ihr aufblickte, bewunderte Charlotte ihre kühle Professionalität. »Schwester«, sagte die Oberschwester, »gehen Sie bitte zu dem Mann, der in dem Bett ganz am Ende liegt. Ich möchte, dass Sie ihn auf eine Amputation vorbereiten und alles bereitlegen.«

Charlottes Herz klopfte. Noch nie zuvor hatte sie das tun müssen, und sie hoffte, dass sie die richtigen Worte würde finden können, für einen Mann, der kurz vor einer Operation stand, die ihn zum Krüppel machen würde. Doch sie hatte keine Wahl, sie musste gehorchen. Sie ging durch die Station, wünschte sich weit weg und zog schließlich den Vorhang um das betreffende Bett beiseite. Sie erblickte einen Jungen mit leuchtend blauen Augen und lockigen braunen Haaren, dessen bandagiertes Bein hochgelagert war. Charlotte sah den grünlichen Fleck auf dem Verband, von dem sie mittlerweile wusste, dass er Wundbrand bedeutete. Der junge Soldat konnte nicht älter als Michael sein, und der Gedanke versetzte ihr einen Stich ins Herz.

»Wird es abgeschnitten?«, fragte er ohne Umschweife.

Charlotte fand zunächst keine Worte; dann riss sie sich zusammen und antwortete: »Ja. So leid es mir tut.«

»Danke, aber Sie brauchen mich nicht zu bedauern. Es ist nicht so schlimm wie das, was mit meinen Kameraden passiert ist.« Er sah ihr zu, wie sie die Instrumente auf dem Tablett zurechtlegte, und Charlotte stellte sich vor, wie es für ihn sein musste, die Säge, die Klammern, die Pinzetten, das Spekulum sowie das Chloroform zu sehen, durch das er gottlob nichts von der Operation mitbekommen würde. Draußen vor den Vorhängen ertönte der Lärm der Station, eilige Schritte, Befehle, Schmerzensschreie, aber Charlotte und der Junge befanden sich gleichsam innerhalb eines Kokons.

»Was ist mit Ihren Kameraden geschehen?« Die Frage entschlüpfte Charlotte ganz unwillkürlich; eigentlich hatte sie ihn nur von den Skalpellen ablenken wollen.

Er antwortete nicht. Sie drehte sich zu ihm um und sah, dass er nicht sie anschaute, sondern dass seine Augen auf irgendetwas Unbestimmtes in weiter Ferne gerichtet waren.

Er kam wieder zu sich und lächelte. Es war kein echtes Lächeln, nur die Maske eines solchen, so dachte Charlotte.

»Es ist die Hölle dort draußen«, sagte er ruhig. »Sie können es sich nicht vorstellen, bis Sie es selbst erlebt haben.«

Charlotte stand da und wusste nicht, was sie erwidern sollte. Für einen Moment war sie dort draußen mit ihm – das leise Stöhnen wurde zu Schreien in frischem, rohem Schmerz, das ferne Donnern und Knallen waren nicht die Krankenpfleger, die Rollwagen schoben, sondern die Feuerlinien, die immer näher rückten. Charlotte musste wieder an den Schock denken, den die Nachricht von Laurences Tod bei ihr ausgelöst hatte.

Sie erschrak, als die Gardine beiseitegezogen wurde und der Militärarzt eintrat, verschwitzt und eilig, gefolgt von der Oberschwester. »Schwester Templeton kann bei der Amputation assistieren«, sagte die Oberschwester, »es sei denn, Sie fühlen sich dem nicht gewachsen, Schwester?«

Ihr offen geäußerter Zweifel brachte Charlotte wieder zu sich. »Ich bin gerne bereit, zu assistieren, Oberschwester«, erwiderte sie spitz. Sie trat beiseite und ergriff das bandagierte Bein, während sich die Oberschwester über den Jungen im Bett beugte, einen Wattebausch und Chloroform in den Händen. Der Arzt wählte fast unbeteiligt die von ihm benötigten Instrumente aus, und als die Oberschwester von zehn auf null herunterzählte, sah Charlotte die Hände des Jungen niedersinken, und der Geruch der eiternden Wunde erschien ihr mit einem Mal noch süßlicher und Übelkeit erregender.

Ich muss nur festhalten, sagte sich Charlotte, während der Doktor das Nachthemd des Jungen beiseiteschob und zum ersten Schnitt ansetzte.

Hinterher erinnerte sie sich nur noch an die letzten Momente der Operation, als das Bein in ihren Händen hin und her ruckte; der Doktor sägte wie ein Gärtner, der einen Ast von einem Baum abtrennt. Charlotte hatte keine Vorstellung davon gehabt, dass es so schwer sein würde, das Bein eines Mannes abzutrennen. Dieser absurde Gedanke schoss ihr durch den Kopf: Man sollte das effektiver regeln. Fast hätte sie gekichert, ganz schwindelig vor Horror, Angst und Grausen wegen ihrer diversen Ideen zu geeigneteren Operationsmethoden. Um ein Haar hätte sie das Bewusstsein verloren, als sie hörte, wie die Säge durch den Knochen fuhr, doch sie riss sich gewaltsam zusammen. Sie würde sich nicht gehenlassen. Sie würde der Oberschwester gegenüber keine Schwäche zeigen. Sie erinnerte sich daran, dass sie auf Mrs Verulams Ball in der letzten Saison gelächelt hatte, obwohl ihr Herz gebrochen worden war, und versuchte nun wieder dieselbe, eiskalte Seite ihrer selbst hervorzurufen. Tu so, als wärst du stark, und du wirst stärker werden. Sie verhärtete ihr Herz und ihren Blick.

Dann ein plötzliches Zittern, und sie hielt nicht mehr das Bein eines jungen Mannes, sondern nur noch ein loses Körperteil in der Hand.

»Vielen Dank, Schwester«, sagte die Oberschwester.

Es war vorbei. Charlotte half der Oberschwester, das amputierte Bein auf einen Rollwagen zu legen. Sie versuchte, weder hinzusehen noch darüber nachzudenken. Der Junge lag kreidebleich und bewusstlos im Bett. Auf dem Rollwagen ragte der Fuß auf, als wäre es das Bein einer Holzpuppe. Absurd, dachte Charlotte. Sie fühlte sich weit außerhalb ihrer selbst, als beobachte sie die Szene von hoch oben. Dieser Krieg ist einfach absurd.

Sie erschrak, als die Oberschwester ihr die Hand auf die Schulter legte. »Gut gemacht«, sagte sie leise. »Sie können jetzt gehen, Schwester.«

Gut gemacht. Charlotte klammerte sich an die Worte, als sie durch die Station zum Ausgang ging. Ein Lob von der Oberschwester war eine Seltenheit. Charlotte wurde von einem ihr bisher unbekannten Gefühl überrascht: Sie war stolz darauf, dass sie gute Arbeit geleistet hatte.

Sie schleppte sich in die Garderobe, wo die Erschöpfung sie schließlich übermannte. Jeder einzelne Knochen tat ihr weh, und sie lehnte sich gegen die Wand und versuchte, ihre letzten Energiereserven zu mobilisieren, um es zu Fuß zurück ins Wohnheim zu schaffen. Gleich, nur noch einen Moment, redete sie sich zu. Es wartete kein heißes Bad auf sie, nur eiskaltes Wasser, Schlaf, wenn sie Glück hatte, dann das Erwachen, wonach sie das Eis in der Waschschüssel durchbrechen und wieder von vorn anfangen musste. Zum ersten Mal fielen ihr die Blutspritzer auf ihrem Rock auf. Sie würde versuchen, sie auszuwaschen; was eignete sich noch mal besser für Blutflecken, kaltes oder heißes Wasser?

Dennoch war sie irgendwie, fast unerklärlich, glücklich. Ein Junge, vielleicht noch jünger als Michael, würde den Rest seines Lebens ein Krüppel sein. Aber er würde höchstwahrscheinlich ein Leben haben, und das war auch ihr zu verdanken. Trotz allem, was ihre Mutter gesagt hatte, war sie nützlich. Und sie konnte noch mehr tun. Sie war sich ganz sicher.

Ihr Blick fiel auf den Aushang mit dem Gesuch nach Freiwilligen für den Einsatz in Übersee. Mit großer Anstrengung stieß sie sich von der Wand ab, ging auf Füßen voller Blasen hinüber zu dem Blatt Papier, nahm den Bleistift vom Fensterbrett und schrieb ihren Namen auf die Liste.

20

Oxford

Ada presste die Finger an die Schläfen und versuchte, sich auf ihren Essay zu konzentrieren und dabei das Lachen und Plaudern ihrer Kommilitoninnen im Nebenzimmer zu ignorieren. Es war ein heller, sonniger Nachmittag, und sie hätte sich gerne zu ihnen gesellt, doch ihr Essay musste unbedingt ein Erfolg werden. Er war für Connor Kearney. Sie wusste, dass er Großes von ihr erwartete, und sie wollte ihn unter keinen Umständen enttäuschen. Und doch spukten ihr fortwährend andere Gedanken, andere Sorgen durch den Kopf und lenkten sie ab. Sie hatte vorhin ihren Vater an der Waterloo Station verabschiedet, von wo aus er nach Frankreich gereist war. Georgiana war nicht erschienen. Ada hatte ihm viel Glück gewünscht und versucht, sich ihre Besorgnis nicht anmerken zu lassen. Doch er musste sie gespürt haben, denn er hatte ihr eine Hand auf die Schulter gelegt und sanft gesagt: »Mach dir keine Sorgen, mein Liebes. Ich werde mich in keinerlei Gefahr begeben und mich weit hinter der Frontlinie aufhalten.«

»Natürlich. Es tut mir nur leid, dass Georgiana nicht kommen konnte.«

»Ich glaube, sie ist nicht damit einverstanden, dass ich gehe.«

»Das kann ich mir denken.«

»Aber du verstehst mich, oder?«

»Ja, ich verstehe deinen Wunsch, etwas für dein Land zu tun. Ich wünschte, ich könnte auch gehen.«

»Mein liebes Mädchen. Du wirst jemanden finden, der dich liebt, und deine ganze Unruhe wird verschwinden, sobald du einmal verheiratet bist.«

Seine Worte hatten sie ins Herz getroffen wie ein Messer. Er verstand sie nicht im Geringsten. Und sie konnte nichts mehr erwidern, denn er stieg bereits winkend in den Zug. Sie winkte zurück; die Lokomotive pfiff und ließ Dampf ab. Dann blieb Ada allein in einem Meer von Menschen zurück und winkte der großen Maschine nach, die ihren Vater von ihr fortbrachte.

Sie legte ihren Füller beiseite, als ein Klopfen an der Tür sie störte. Es war das Zimmermädchen. »Post, Mylady«, sagte sie, knickste und rannte wieder hinunter zu ihrer Arbeit.

Ada erkannte die Handschrift sofort. Ravi. Aus unerfindlichen Gründen hatte sie Hemmungen, den Brief zu öffnen. Sie und Ravi hatten immer offen miteinander reden können und niemals das zu fürchten brauchen, was der andere sagte. Aber diesmal hatte er so lange mit seiner Antwort gezögert. Ada spürte, dass irgendetwas nicht stimmte.

Sie öffnete den Umschlag und schalt sich eine Närrin. Rasch begann sie zu lesen. Gleich darauf errötete sie vor Ärger und Schmerz und musste sich zum Weiterlesen regelrecht zwingen. Manche Phrasen schienen sie förmlich anzuspringen und trafen sie mitten ins Herz: *Sollte ich eifersüchtig auf diesen Fintan sein? Er hat Dir ja offenbar nähergestanden, als ich vermutet habe … kann Dir nicht den makellosen englischen Gentleman bieten, und ich befürchte allmählich, dass Du das im Grunde willst … Dein Wunsch, für Dein Land Opfer zu bringen, ist schwer zu ertragen, wo doch Deine Nation meine unterdrückt … verstehe nicht, warum Du so um Lord Fintan trauerst, obwohl Du ihn doch angeblich nicht geliebt hast.*

»Nein, nein, nein!«, rief Ada laut und warf den Brief zu Boden. Was für ein furchtbares Missverständnis! Sie las zwischen den Zeilen – aus Ravis Brief sprach rasende Eifersucht. Sie drehte sich um zu ihrem Sekretär und holte den Zugfahrplan heraus. Der nächste Zug ging in einer Viertelstunde. Sie hatte gerade genug Zeit, um ihren Hut aufzusetzen und den Mantel überzuwerfen, und schon wenige Minuten später hastete sie in Richtung Bahnhof. Sie wurde nur von einem Gedanken beherrscht: Sie konnte nicht zulassen, dass Ravi auch nur eine Minute länger als nötig so empfand.

Als der Zug die Gleise entlang in Richtung London stampfte, stand Ada aufrecht am Fenster, unfähig, sich zu entspannen. Sie starrte hinaus auf die vorbeiziehende Landschaft. Es ging ihr nicht schnell genug. Sie wünschte, geflügelte Pferde kämen, trügen den Waggon hoch in die Luft, brächten sie nach London und setzten sie in Ravis Büro ab. Die Adresse stand auf einem Stück Papier in ihrem Retikül, dessen Bänder sie umklammerte. Natürlich war es vollkommen undenkbar, unangemeldet und ohne Begleitung im India House zu erscheinen; sie konnte kaum glauben, dass sie sich etwas so Schamloses überhaupt vorzustellen vermochte.

Sobald der Zug den Bahnhof erreicht hatte, rannte sie die Stufen hinunter und über den Bahnsteig. Die Uhr schlug zwölf. Wenn sie sich beeilte, konnte sie ihn eventuell auf dem Weg zum oder vom Mittagessen abpassen.

Die dichte Menschenmenge versperrte ihr den Weg. Von allen Seiten ertönte Marschmusik, Straßenbahnen ratterten, und durch den Wald von Hüten erspähte sie Rekrutierungsplakate – tapfere Männer in Uniform, ja, sogar Poster, die Frauen zur Kriegsarbeit aufriefen. Soldaten mit Tornistern, von der Front zurückgekehrte Veteranen mit einem abwesenden Blick in den Augen. Angehörige der freiwilligen Hilfsdienste wie Schwärme von Tauben, rote Kreuze wie blutige Wunden auf ihrer Brust. Unter den geschäftigen Berufstätigen auf der Straße waren ebenso viele Frauen wie Männer, fiel Ada auf, und zwar aus allen Schichten. Der Krieg sah für jeden eine Aufgabe vor.

Sie fand sich vor Ravis Arbeitsstelle wieder, unsicher, wie sie nun vorgehen sollte. Keinesfalls konnte sie einfach eintreten und kühn nach ihm fragen, da sie damit sowohl ihn als auch sich in Schwierigkeiten gebracht hätte. Also ging sie hinüber auf die andere Straßenseite, lief dort mehrmals auf und ab, versuchte, den Passanten aus dem Weg zu gehen, und beobachtete dabei den Eingang des Gebäudes. Hin und wieder öffnete der Portier einigen Gentlemen die Tür, doch Ravi war nicht unter ihnen.

Ada hörte die Kirchturmuhr einmal schlagen. Aufmerksam beobachtete sie, wie diesmal jüngere Männer das Gebäude verließen, zu zweit und allein, auf dem Weg zum Mittagessen. Angenommen, er kam mit einem Freund heraus? Daran hatte sie nicht gedacht, und unwillkürlich rang sie die Hände. Dann würde sie sich ihm nicht nähern können! Doch wieder öffnete sich die Tür, und er kam allein heraus und eilte die Steinstufen hinunter. Sein Zylinder glänzte, und er war mit jeder Faser der athletische, energiegeladene Mann, den sie liebte.

Sie folgte ihm die Straße entlang und wartete auf den richtigen Moment, sie zu überqueren. Wie sollte sie ihn bloß mitten auf der Straße auf sich aufmerksam machen? Sie konnte ihn nicht einfach ansprechen, ohne wie eine billige Prostituierte zu wirken. Sie zögerte, und in dem Moment bog er in eine ruhigere

Nebenstraße ein. Sie ergriff ihre Chance und rannte über die Straße, folgte ihm in die Gasse und sah, dass er stehen geblieben war, um sich einen Stumpen anzuzünden. Als er aufblickte, sah er sie. »Ada?«, rief er, und sein schlechtes Gewissen stand ihm ins Gesicht geschrieben.

Sie antwortete nicht. Sie rannte einfach auf ihn zu und warf sich in seine Arme. Er ließ den Stumpen fallen und zog sie eng an sich. Ihre Lippen begegneten sich mit einer Leidenschaft, die Ada sowohl erregte als auch mit Angst erfüllte. Seine Arme waren so stark, so entschlossen, niemals mehr loszulassen. Er unterbrach seine Küsse und flüsterte ihr ins Ohr: »Es tut mir leid. Es tut mir so schrecklich leid, Ada. Ich hatte Angst um unsere Zukunft. Ich hatte Angst …«

»Lass uns nicht an die Zukunft denken«, erwiderte sie. »Denken wir nur an jetzt.«

Diesmal zog er sie in seine Umarmung, mit neu angefachter Leidenschaft, während am anderen Ende der Straße London vorbeihetzte, in einem verzweifelten, hoffnungslosen Rhythmus.

21

Somerton

Georgiana ging hinüber zu den Ställen, die jetzt so gähnend leer waren, nachdem die Armee all ihre Pferde beschlagnahmt hatte. Sie musste gegen ihre Traurigkeit ankämpfen, während sie den ehemals betriebsamen Hof überquerte. So vieles hatte sich verändert, dass ihr schien, als sei ihr altes Leben für immer vorbei und könne niemals wieder so werden wie früher.

Sie warf einen Blick in die Stallungen. Michael war genau dort, wo sie gehofft hatte, ihn zu finden. Er saß auf einem umgedrehten Fass, tief in Gedanken versunken. In der Hand hielt er ein altes Schulbuch: eine Ausgabe von Caesars *De Bello Gallico*. Erschrocken blickte er auf, als ihr Schatten durch die einfallenden Sonnenstrahlen huschte.

»Ich dachte mir schon, dass ich dich hier finde«, sagte Georgiana und versuchte zu lächeln. »Diese Leere, seitdem sie die Pferde abgeholt haben! Arme Beauty, wo mag sie jetzt nur sein?«

Michael wandte den Blick ab.

»Bitte, Michael. Lass uns nicht streiten. Ich verstehe, wie du dich fühlen musst, wirklich. Aber wir hatten solche Angst um dich. Du verstehst das nicht – vielleicht verstehst du nicht, wie sehr wir dich lieben.« Sie schluckte. Nur mit Mühe hatte sie diese Worte hervorgebracht; es war so schwer, ihre Gefühle nicht zu verraten und das Falsche zu sagen.

»Jeder muss Opfer bringen«, antwortete Michael schließlich. »Ich wollte meines bringen. Mich würde ja doch niemand vermissen; nicht mehr.«

»Wir würden dich vermissen. Sogar schrecklich. Es wäre – das Leben wäre niemals mehr dasselbe, wenn dir irgendetwas zustoßen würde.«

Michael sah sie mit plötzlichem Erstaunen an. Rasch fuhr Georgiana fort: »Du wirst zur Armee gehen, sobald du neunzehn geworden bist. Das können wir nicht verhindern. Aber weißt du … es könnte sein, dass du niemals wiederkehrst. Also lass uns bitte nicht die letzten Tage, die uns möglicherweise zusammen bleiben, im Streit verbringen.«

Endlich sah er ihr in die Augen, und sie erkannte Respekt in seinem Blick. »Du hast recht«, sagte er leise, stand auf und ging auf sie zu. Georgiana war sich bewusst, wie nahe sie einander waren und dass er mittlerweile kein Junge mehr, sondern ein Mann geworden war. »Du hast recht, wie immer, Georgie. Ich weiß nicht, was ich ohne deine Vernunft und deine Freundlichkeit tun würde.«

Er streckte die Hand aus. Sie ergriff sie, und sie schüttelten sich die Hände. Die Geste war so förmlich und doch so intim. Ihr fiel auf, wie viel stärker sein Griff war als der ihre.

»Du bist mir eine sehr gute Freundin«, sagte er.

»Natürlich bin ich das – wie könnte es anders sein?« Sie schluckte. Ihre Freude mischte sich mit Schmerz. Es war so wundervoll, die Wärme in seinem Blick zu sehen, mit dem er sie betrachtete, aber würde sie jemals mehr als eine Freundin für ihn sein?

Langsam machten sie sich auf den Weg zurück zum Haus.

»Du sollst aber nicht glauben«, fuhr sie fort, »dass ich nur, weil ich den Krieg hasse, untätig bleiben werde. Wir stecken mitten in einer Krise, und ich will helfen. Ich wünschte nur, ich fände einen Weg, das zu tun, ohne Somerton verlassen zu müssen. Ich hänge so sehr daran.« Sie hielt inne. Sie sah, dass Thomas gerade die Tür öffnete und einen Mann hinausließ, den sie nicht erkannte. »Ist das einer von Mr Bradfords Kollegen?«, fragte sie Michael. »Ich hoffe, es gibt nicht wieder ein Problem mit William. In Papas Abwesenheit wäre es schwierig, damit umzugehen.«

In schweigendem Einvernehmen beschleunigten beide ihre Schritte.

Sie eilten die breiten Marmorstufen hinauf; Thomas verbeugte sich und öffnete ihnen die Tür. Georgiana steuerte auf den Salon zu, um zu sehen, ob Besuch da war. Schockiert blieb sie stehen. Die Gräfin saß auf dem Sofa und schluchzte in ihr Taschentuch.

»Was ist denn los? Mutter?« Michael ging zu ihr hin.

»Es ist vorbei – es gibt keine Hoffnung …«

»Wer? Was ist geschehen?«

»Sebastian. Oh, mein Junge!« Die Gräfin war kaum zu verstehen.

»Sebastian!«, rief Georgiana. »Was ist mit ihm passiert?«

»Er ist in den Krieg gezogen. Er hat sich unter falschem Namen freiwillig gemeldet.«

Georgiana und Michael warfen sich über ihren Kopf hinweg einen erschrockenen Blick zu.

»Woher weißt du das?«, fragte Georgiana so sanft sie konnte. Sie hatte ihre Stiefmutter noch nie so verzweifelt gesehen, doch sie wusste, dass Sebastian ihr Liebling war. Die beiden schienen immer eine Art Geheimnis miteinander geteilt zu haben.

»Es ist mein Fehler«, sagte die Gräfin statt einer Antwort. »Ich verstehe das nicht. Wie konnte er das tun?« Wieder fing sie an zu weinen.

Michael zog Georgiana zur Seite. »Ich glaube, wir sollten einen Arzt rufen«, murmelte er. »Sie scheint hysterisch zu sein.«

»Ja, natürlich«, antwortete Georgiana genauso leise und durchquerte das Zimmer, um zu klingeln. Als sie zurückkehrte, fuhr sie fort: »Aber Mutter, woher weißt du das? Ich kann mir nicht vorstellen, dass Sebastian so etwas tun würde. Ist es wirklich wahr?«

»Ja. Ich habe einen Privatdetektiv damit beauftragt, ihn zu beschatten. Er hat mir gerade Bericht erstattet.«

»Du hast ihn von einem Privatdetektiv beschatten lassen?«, fragte Michael entrüstet. Georgiana versuchte, ihn mit Handzeichen zu beschwichtigen. Jetzt war nicht der richtige Zeitpunkt, sich über die Verletzung von Sebastians Privatsphäre aufzuregen.

Michael atmete einmal tief durch. »Ich verstehe deine Sorge, Mutter, aber noch ist Sebastian nicht tot. Lass uns nicht schon vor der Schlacht kapitulieren, oder?« Mit hochgezogenen Augenbrauen sah er Georgiana an – *War das diplomatisch genug?* –, und sie lächelte anerkennend. »Ich werde den Grafen anrufen und fragen, ob er Näheres darüber herausfinden kann, was mit Sebastian geschehen ist.«

Er drehte sich um und ging hinaus. Georgiana hätte ihn am liebsten für seine Selbstbeherrschung gelobt, aber sie riss sich zusammen. Stattdessen sagte sie zu Rebecca, die auf ihr Klingeln hin erschienen war: »Bitte bringen Sie der Gräfin ein Glas Wasser.« Dann sah sie wieder ihre Stiefmutter an. Es schien, als hätte sie sich ein wenig beruhigt, daher ließ Georgiana keinen Arzt rufen. Je weniger Klatsch, desto besser.

Sie ging wieder zu ihr. Die Gräfin saß auf der Sofakante und tupfte sich die Augen. »Warum sind meine Kinder nur allesamt derartig renitent? Es ist mir ein Rätsel«, sagte sie. Georgiana war erleichtert, dass sie wieder ganz die Alte zu sein schien, obwohl jetzt statt der üblichen Kälte Traurigkeit in ihrer Stimme mitschwang.

»Aber Charlotte doch nicht«, sagte sie, in der Hoffnung, ihre Stiefmutter ein wenig aufzumuntern.

»Ach, nein? Ich habe gerade einen Brief von ihr erhalten. Sie hat sich als Kriegskrankenschwester freiwillig gemeldet.«

»Charlotte als Krankenschwester?«, fragte Georgiana ebenso überrascht wie erfreut.

»Ja, und zwar arbeitet sie derzeit in einem der schlimmsten Krankenhäuser von ganz London. Wie kann sie nur so etwas tun! Ich hätte ihr eine hübsche kleine Aufgabe im Komitee irgendeiner Wohlfahrtsorganisation vermitteln können. Ich darf gar nicht daran denken, was sie im Pflegedienst alles zu sehen bekommt. Als ich jung war, hätte kein vernünftiger junger Mann jemals ein Mädchen geheiratet, das einer derart unweiblichen Tätigkeit nachgegangen wäre.«

»Nun … Vielleicht denken die jungen Männer heute anders«, erwiderte Georgiana nachdenklich. Charlottes Schritt erfüllte sie mit Bewunderung. Ihre Stiefschwester hatte mehr Courage, als sie ihr zugetraut hätte.

22

Somerton

»Annie«, sagte Thomas, als er stirnrunzelnd die Küche betrat, »hast du gesehen, ob irgendjemand den Silberschrank geöffnet hat? Oder vielleicht den Schlüssel dazu hatte?«

Annie, die gerade vor dem Spiegel stand und die Blumen auf ihrem Hut arrangierte, blickte sich um. Es war ihr freier Nachmittag, und sie freute sich darauf, ins Dorf zu gehen, um zu sehen, was es Neues gab, und mit der Angestellten im Postamt zu tratschen.

Nach Thomas Gesichtsausdruck zu urteilen, würde es gewiss etwas zum Klatschen geben. »Nein«, antwortete sie. »Fehlt denn etwas?«

»Ja, es fehlen zwei Teelöffel. Natürlich könnten sie einfach hinten hineingerutscht sein, aber …«

»Oder jemand hat sich mit ihnen aus dem Staub gemacht!«, rief Annie. Das waren ja mal aufregende Neuigkeiten! Die Silberlöffel waren sehr wertvoll, und ihr Diebstahl wäre zumindest ein Entlassungsgrund. Vielleicht würde sogar die Polizei gerufen werden.

»Daran möchte ich gar nicht denken.«

»Von uns stiehlt niemand, Mr Wright«, warf die Köchin ein.

»Wie Sie ja wissen, gehören wir alle schon so viele Jahre zum Personal, und unsere Ehrlichkeit steht außer Zweifel.«

»Wann haben Sie entdeckt, dass sie fehlen?«, fragte Martha.

»Erst vor ein paar Tagen.«

»Und niemand Neues war im Silberraum?«, fragte Annie. »Niemand?«

Thomas druckste herum, und Annie las die Antwort schon in seinem Gesicht.

»Außer Rebecca!«, sagte sie und sog scharf die Luft durch die Zähne ein. »Ach, wer hätte das gedacht.«

»Ich denke gar nichts. Das Silber zu putzen ist ihre Aufgabe«, fuhr Thomas sie an. »Nur, weil sie als Letzte eingestellt wurde, heißt das noch lange nichts. Zunächst hatte ich auch so meine Zweifel ihretwegen, aber sie hat ausgezeichnete Arbeit geleistet, das muss ich zugeben.«

»Ja, natürlich hat sie das«, sagte Martha.

»Na klar! Um Sie auf eine falsche Spur zu locken!«, rief Annie.

»Aber, aber«, sagte die Köchin. »Sie ist ein gutes Mädchen, soweit ich bisher feststellen konnte.«

»Ich möchte diese Löffel als verlegt, nicht als gestohlen betrachten«, stellte Thomas energisch fest. »Ich werde heute beim Abendessen mit jedem reden und bitten, nach ihnen Ausschau zu halten. Wenn sie wieder auftauchen, verlange ich, dass kein Wort mehr über dieses Thema verloren wird.«

»Denken Sie doch, was Sie wollen, Thomas«, sagte Annie auf dem Weg zur Tür. »Sie werden von niemandem von uns den Satz hören: ›Wir haben es Ihnen ja gleich gesagt.‹«

»Es heißt Mr Wright, nicht Thomas«, rief der Butler Annie hinterher. Sie lächelte in sich hinein. Er würde es schon verschmerzen.

Sie ging die Straße zum Dorf hinunter und genoss die Wintersonne. Die Vögel zwitscherten am Himmel, und die Hecken waren noch immer dicht und grün.

Doch als sie das Dorf erreichte, erkannte sie auf einen Blick, wie viel sich verändert hatte und dass sie sich im Krieg befanden. Das Rekrutierungsbüro war noch immer geöffnet, obwohl sich alle potentiellen Freiwilligen bereits gemeldet hatten. Überall riefen Plakate dazu auf, die Kriegsanstrengungen zu unterstützen, indem man Nahrungsmittel sparsam verwendete oder in Munitionsfabriken arbeitete. All das war so aufregend! Das Postamt sah aus wie immer, und die Ilexhecke mit den roten Beeren davor war ein hübscher Farbtupfer. Viel Volk war im Dorf mit Fahrrädern oder zu Fuß unterwegs; ein Trupp von Soldaten paradierte am Brunnen.

Die Postangestellte unterhielt sich gerade mit ihrer Tochter, die jetzt die Post austrug, da der Postbote an die Front gegangen war. »Ich sage dir, die Adresse ist falsch, und der Brief sollte zurück an den Absender geschickt werden.«

»Nein, ich glaube nicht, dass die Adresse nicht stimmt, aber der Name ist ganz falsch geschrieben.«

Die Tochter legte den Brief so hin, dass Annie die Adresse lesen konnte. Sie lautete:

Miss R. Freudemann
c/o Hausverwaltung
von Somerton Court
Palesbury

Annie schaltete sofort: Rebecca hatte sich unter falschem Namen bei ihnen eingeschlichen. Sie hieß nicht Freeman, sondern Freudemann. Sie war eine Deutsche!

Annie dachte blitzschnell nach. Ihr Verdacht musste bestätigt werden. Ohne ein Wort zur Postfrau drehte sie sich um und ging wieder hinaus. Sie wanderte an den Cottages entlang, wo einige Kinder auf der Straße spielten. Da fiel ihr wieder ein, dass Rebecca einige abgelegte Kleider von Master Philipp mitgenommen hatte. Und dieser kleine Junge, der das gleiche rote Haar hatte wie sie, trug Kleidung, die ihr sehr bekannt vorkam …

»Ich habe eine Nachricht von Rebecca Freudemann«, sagte Annie. »Für ihren Bruder. Kennt ihn jemand von euch?«

Der Junge drehte ihr den Kopf zu und öffnete den Mund zu einer Antwort, schwieg jedoch, als er sich offenbar daran erinnerte, dass er auf den Namen Freudemann nicht reagieren durfte.

»Tut mir leid, Miss«, sagte das älteste Kind. »Wir kennen niemanden, der so heißt.«

»Schon gut«, sagte Annie lächelnd. »Dann muss es wohl ein Irrtum sein.«

Sie ging zum Dorfplatz, wobei sie hin und wieder einen Blick zurück zu den spielenden Kindern warf. Einige Augenblicke später zupfte jemand an ihrem Kleid. Sie blickte hinunter. Es war der Junge mit dem roten Haar.

»Miss«, flüsterte er. »Ich kenne ihren Bruder. Ich könnte ihm die Nachricht überbringen.«

Annies Verdacht hatte sich bestätigt, und sie hielt den Penny, den sie aus ihrer Geldbörse nahm, für eine gute Investition. »Hier, bitte, den schickt dir deine Schwester«, sagte sie.

»Oh, vielen Dank, Miss!« Er war so aufgeregt, dass er nicht daran gedacht hatte, sie zu verbessern, als sie »deine Schwester« gesagt hatte. Annie lächelte, und der Junge rannte mit der Münze davon. Voller Aufregung über diese neue Wendung trat Annie den Rückweg nach Somerton an. Rebecca war also eine

Deutsche! Sie konnte es kaum erwarten, Martha davon zu erzählen. Ein schuldbewusster Stich durchfuhr sie, als sie an das vertrauensvolle Gesicht des kleinen Jungen dachte, doch sie unterdrückte das Gefühl. Schließlich ging es hier um ihr Heimatland.

23

Frankreich

Frankreich und Lärm waren für Sebastian, der zusammengekauert unter der nassen Plane hinten auf dem Lkw hockte, zu einem Synonym geworden. Der Regen, der in der stockdunklen Nacht auf sie niederprasselte, das ferne Rattern eines Maschinengewehrs, das im Rauschen der Wassermassen fast unterging, das Mahlen und Schmatzen der Lkw-Räder, als sie auf den Laufgraben zukrochen, unsichtbar, vielleicht gar nicht existent; das Heulen einer Rakete über ihren Köpfen, das dumpfe unterirdische Beben und Dröhnen der Artillerie.

Jemand klopfte seitlich an den Lkw, und Sebastian zog die Plane weg, hob den Kopf und sah ihren Unteroffizier, Morrison, durch den Regen blinzeln. Er hegte großen Respekt vor Morrison, der schon im Burenkrieg gekämpft hatte und die Spielregeln kannte.

»Moore, Brown, Sie alle – runter vom Lkw. Wir sind da.«

Sebastian sprang von der Ladefläche, mehr oder weniger widerwillig gefolgt von den anderen seines Zuges. Joe blickte sich um, und Sebastian sah seine eigenen Zweifel im blassen Gesicht des Jungen widergespiegelt. »Verdammt, Unteroffizier, sind Sie sicher? Das sieht für mich nicht nach einem Graben aus.«

»Willkommen an der Front, Jungs.« Der Unteroffizier stieß ein bellendes, freudloses Lachen aus und sah Sebastian an. »Sie scheinen mir ein vernünftiger Kerl zu sein – kommen Sie mit mir. Zu zweit verlaufen wir uns nicht so leicht.«

Er drehte sich um und stampfte durch den saugenden Matsch in die Dunkelheit hinein. Sebastian holte sein Gepäck, das er bereits zu hassen gelernt hatte, und folgte seinem Vorgesetzten an den Sandsackwällen entlang. Die Wände sackten durch den Regen schon in sich zusammen, und Sebastian sah Schlammrinnsale herauslaufen. Joe hatte recht; das Bauwerk sah nicht nach einem Schützengraben aus dem Lehrbuch aus. Doch in den Lehrbüchern stand ja auch nichts von Regen, der in Frankreich niemals aufzuhören schien – oder in Belgien, wo immer zur Hölle sie waren.

Der Unteroffizier blieb stehen, und erst, als er eine windschiefe Tür öffnete, erkannte Sebastian, dass sie einen Unterstand erreicht hatten. Auch die Hütte war aus Sandsäcken errichtet, und der Regen hämmerte auf das Wellblechdach. Im Inneren befanden sich ein kaputter Tisch, ein wackeliger Stuhl und ein magerer, rothaariger Leutnant mit einem nervösen Zucken.

Der Unteroffizier grüßte zackig. »Unteroffizier Morrison, Sir, melde mich mit Zug B zum Dienst.«

»Gute Show, Mann.« Der Leutnant rieb sich die geröteten Augen. »Ich bin selbst gerade angekommen, als Ersatz für Leutnant Carlyle. Wir haben, äh« – er nahm eine gedruckte Nachricht vom Tisch, und Sebastian sah, dass seine Hände heftig zitterten –, »äh, gerade Befehl vom Hauptquartier erhalten, wir sollen einen Ausfall gegen den Feind unternehmen und die Maschinengewehrstellung West-Südwest einnehmen, also machen Sie Ihre Männer einsatzbereit.«

Ein Ausfall?, dachte Sebastian. Das war Wahnsinn. Man konnte die Hand nicht vor Augen sehen und sich im tiefen Schlamm kaum bewegen. Außerdem waren sie gerade erst aus Étaples eingetroffen und zum ersten Mal in einem Schützengraben.

»Wie bitte, jetzt?«, fragte Unteroffizier Morrison und fügte »Sir?«, hinzu. »Wie bitte – jetzt, Sir?«

»Ja, jetzt. So lauten die Befehle. Gott weiß, wie wir das schaffen sollen. Aber wir müssen es tun.«

Sebastian schluckte sein Grauen hinunter. Es war offensichtlich, dass der Leutnant schwer traumatisiert war, und obwohl er ihm leidtat, musste man ihn von den Männern fernhalten. Er zog sich mit Morrison zurück, der einen vielsagenden Pfiff ausstieß, sobald sich die Tür geschlossen hatte.

»So«, sagte er, und Sebastian wusste, dass ihm klar war, in welch verfahrener Situation sie sich befanden. »Rufen Sie die Männer zusammen, ich werfe solange einen Blick auf die Karte.«

»Wir machen also tatsächlich einen Ausfall?«

»Uns bleibt nichts anderes übrig.«

Ohne etwas zu erwidern, rief Sebastian die erschöpften, zitternden Männer halbwegs zur Ordnung.

»Das kann doch nicht wahr sein, Kamerad?«, flüsterte Joe ihm zu. »Die können uns doch nicht sofort rausschicken.«

»Doch, ich befürchte, das haben sie schon«, murmelte Sebastian.

»Verdammte Scheiße! Das ist Mord«, motzte Jim Kelly, ein anderes Mitglied des Zuges.

»Kopf hoch«, sagte Sebastian mit gespieltem Enthusiasmus. »Wir sind dazu ausgebildet, wir sind frisch und bereit. Diese armen deutschen Schweine hocken schon seit Tagen in den

Gräben und können nicht raus; sie müssen erschöpft und demoralisiert sein. Wir können das schaffen, und anschließend werden wir froh sein, dass dieses verdammte Maschinengewehr uns nicht jedes Mal unter Beschuss nimmt, wenn wir die Köpfe aus dem Graben rausstrecken.«

»Tja, das stimmt natürlich«, sagte Jim und wirkte schon enthusiastischer. Eilig suchte er nach seiner Ausrüstung. »Auf, Kameraden! Für Großbritannien!«

Sebastian spürte Morrisons Blicke auf sich und wurde verlegen. Hatte er seine Kompetenzen überschritten?

»Sehen Sie sich besser vor, Kamerad«, sagte Morrison ohne zu lächeln. »Wenn Sie so weitermachen, dann werden Sie noch befördert.« Er schulterte sein Gewehr und marschierte den Graben entlang los. Sebastian folgte ihm mit gemischten Gefühlen. Er hatte die Männer nicht anstacheln wollen. Er hatte ihnen zugeredet ohne nachzudenken, aus reiner Gewohnheit.

Einige Stunden später befanden sie sich in der schwarzen Finsternis des Niemandslandes. Der Untergrund war so gespickt mit Granattrichtern, dass er einem schlammigen Meer glich, voll mit Stacheldrahtfetzen und den Skeletten ausgebrannter Lafetten.

»Verdammte Scheiße, ich glaube, wir haben uns verirrt«, flüsterte ihm Joe aus der Dunkelheit heraus zu. »Ich habe die anderen schon seit einer Weile nicht mehr gesehen.«

»Wenigstens hat es aufgehört zu regnen«, erwiderte Sebastian genauso leise.

»Es ist bewundernswert, wie du in dieser Hölle die Fassung bewahrst.«

»Ach, es gibt Schlimmeres. Eton zum Beispiel.«

Joes Schweigen sagte Sebastian sofort, dass er sich verraten hatte. Er schluckte, und ihm wurde ganz übel. Aber dann sagte

Joe, und er konnte das breite Grinsen regelrecht in seiner Stimme hören: »Keine Sorge, Sir. Ich werde Ihr Geheimnis bewahren.«

Sebastian hatte keine Zeit, ihm zu danken. Lautes Knattern ertönte, und Feuerstrahlen zerrissen die Dunkelheit. Sebastian warf sich zu Boden und riss Joe mit sich. Sie landeten in einem Granattrichter. Sebastian zitterte, Joe bebte und war den Tränen nahe, während das Maschinengewehr seine Garben rings um sie ausstreute. Sie hörten Rufe, Schreie.

»Sind wir das? Schreien wir? Oder sie?« Joe bebte heftig.

Sebastian schwitzte vor Angst, doch er zwang sich, aufzustehen und über den Rand des Trichters hinwegzublicken. Er sah das Maschinengewehr, das die Nacht in Fetzen riss in nicht einmal fünfzig Meter Entfernung. Es schien nicht bewacht zu sein.

»Wenn wir uns von hinten anschleichen, haben wir eine Chance«, sagte er und ließ sich wieder in den Schlamm rutschen.

»Soll das ein Witz sein? Verdammt!«

Sebastian packte Joe und zog ihn zu sich. »Hör zu! Wenn wir dieses Maschinengewehr nicht zum Schweigen bringen, sind wir tote Männer. Sobald die Morgendämmerung hereinbricht, sitzen wir hier auf dem Präsentierteller. Ich glaube nicht, dass er weiß, dass wir hier sind. Wir müssen jetzt unsere Chance nutzen, eine andere haben wir nicht.«

Joe nickte schweigend. Sebastian ließ ihn erleichtert los – seine größte Angst war es gewesen, in diesem Granattrichter festzusitzen, in der Dunkelheit, zur Untätigkeit verdammt, machtlos, mit dem vor Angst zitternden Joe an seiner Seite. Wenn er den Jungen zum Handeln bewegen konnte, würde er überleben. Erstarrte er vor Angst, würde er sterben.

»Ich schnappe mir den Maschinengewehrschützen. Du

kümmerst dich um alles andere.« Er drückte Joe eine Granate in die Hand. »Kapiert?«

Joe nickte wortlos. Sebastian sah ihm nicht in die Augen, weil er befürchtete, beim Anblick der Angst in ihnen selbst in Panik zu geraten. Sie hatten keine Zeit für Angst.

Sie robbten bäuchlings aus dem Granattrichter und arbeiteten sich vor in Richtung der Maschinengewehrstellung. Sie hatten zwanzig Meter hinter sich gebracht, als es eine grelle Explosion gab. Sebastian schloss die Augen und versuchte, sich tot zu stellen. Doch das Leuchtfeuer war jenseits von ihnen losgegangen, und als er sich mit zusammengekniffenen Augen umsah, bot sich ihm ein Anblick, den er niemals vergessen würde – Männer, die auf die Knie fielen, die wie Kegel umsanken, wie Grashalme, die der Schnitter niedergemäht hatte. Alles in einem Lichteinfall, wie ihn Sebastian zuletzt auf den düsteren Caravaggio-Gemälden zu Hause im Treppenaufgang von Somerton gesehen hatte. Wie seltsam, dass er sich ausgerechnet jetzt an Somerton erinnerte, überlegte er halb betäubt. Doch das Bild war so schnell wie eine fliegende Gewehrkugel wieder verschwunden, und er dachte nur noch ans Überleben. Während der Deutsche den Rest des Zuges niedermähte, kämpfte sich Sebastian über die zerwühlte Erde zu dem Sandsackwall, schlich darum herum und in den Graben hinein. Dort waren Deutsche, doch sie feuerten in die andere Richtung, auf das Hauptregiment, und er schaffte es, sich bis an den Maschinengewehrschützen heranzuschleichen. Die Pistole lag in seiner Hand, und es kam der Moment, an den er bisher nicht zu denken gewagt hatte. Konnte er das tun? Konnte er kaltblütig einen Menschen erschießen? Oder sollte er einfach warten, bis er selbst erschossen würde? Dies war seine Chance; der Krieg würde ihn verschlingen. Er könnte sein Leben geben und in einem blutigen Moment des Wahnsinns fallen.

Er blickte über die Schulter des Schützen, und in dieser Sekunde sah er Unteroffizier Morrison im letzten Schein des Leuchtfeuers durchsiebt von Kugeln zu Boden stürzen. Das Letzte, was er sah, war das blanke Entsetzen in seinem Gesicht und die struppigen grauen Bartstoppeln an seinem Kinn. Diese Augen! Der Blick würde ihn sein Leben lang verfolgen.

Er drückte ab.

24

Charlotte stieg zitternd vor Kälte aus dem Zug, dicht gefolgt von Portia. Das Lazarett mit der Hausnummer 34 musste irgendwo hier in der Nähe sein, doch Charlotte sah nichts, was auch nur annähernd einem Krankenhaus glich; nur unbefestigte Straßen, streunende Katzen, einen grauen Himmel und Soldaten hier und dort. Die Holzhütten glichen Krebsgeschwüren, die an der Erdoberfläche wucherten. Untermalt wurde die Szenerie vom unablässigen Donnern der Geschütze. Das einzig Erfrischende war die salzige Meeresbrise, die über die Gleise und Dünen herüberwehte.

»Das muss wohl Étaples sein«, stellte Portia fest und blickte sich um.

Sie waren gemeinsam mit dem Schiff über den Ärmelkanal, dann mit dem Zug weiter nach Boulogne und von dort aus nach Étaples gereist. In der nordfranzösischen Stadt befand sich ein Truppenlager, das als Hauptstützpunkt der Alliierten diente, ein riesiger Hüttenkomplex, der in nur wenigen Monaten aufgebaut worden war. Jeder Soldat wurde auf seinem Weg an die Front hier durchgeschleust. Die Überfahrt war rau gewesen, und Charlotte sah ihre eigene Erschöpfung in Portias Augen widergespiegelt. In Dover hatten sie bei blauem Himmel abgelegt;

pfeilschnell sausten die Möwen durch die Luft, und die Soldaten sangen und pfiffen, um sich bei Laune zu halten. Als Charlotte hinunter auf das weiß schäumende Kielwasser geblickt hatte, war sie nervös und aufgeregt zugleich gewesen – endlich war sie unterwegs nach Frankreich, dorthin, wo der wahre Krieg tobte.

Jetzt, achtundvierzig Stunden später, war von ihrem anfänglichen Optimismus nicht mehr viel übrig. Jeder ihrer Muskeln schmerzte, und sie wünschte sich nichts sehnlicher, als ein heißes, parfümiertes Bad zu nehmen und sich anschließend ins Bett zu legen und richtig auszuschlafen. Aber darauf konnte sie wohl kaum hoffen.

»Ich kann nichts erkennen, was aussieht wie ein Lazarett«, sagte sie. »Höchstens diese Hütten dort drüben.«

»Glaubst du, dass uns jemand abholt?«

»Sieht nicht so aus.« Mit etwas Anstrengung gelang es Charlotte, munterer zu klingen, als sie sich fühlte. »Komm, machen wir uns auf den Weg; die Bewegung hält uns wenigstens warm.«

Mit einem kleinen Seufzer hob Portia ihren Koffer vom Boden hoch. Charlotte folgte ihrem Beispiel, doch als sie den Bahnsteig verließen, näherte sich ihnen ein Pferdewagen. Seitlich auf den flatternden Planen leuchtete das Rote Kreuz.

Charlotte machte Portia mit einer Berührung darauf aufmerksam, und sie warteten, bis der Wagen sie erreichte.

Die Frau, die vom Kutschbock stieg, musste um die fünfzig sein und trug auf ihrer Haube die Insignien einer Oberschwester. »Sie müssen Schwester Templeton und Schwester Claythorpe sein. Wir freuen uns, dass Sie da sind«, begrüßte sie sie.

Charlotte murmelte eine höfliche Antwort. Sie rechnete damit, dass man sie bitten würde, auf den Wagen zu steigen, doch stattdessen wandte sich die Oberschwester um und bedeutete ihnen mit einem Wink, ihr zu folgen. Charlotte und Portia gingen hinter ihr her, und zu ihrer Überraschung beobachtete Charlotte die Oberschwester dabei, wie sie auf Französisch einige Worte mit dem Bahnhofsvorsteher wechselte. Einen Augenblick später saßen sie in seinem Büro, und er verließ kurz darauf den Raum mit einer französisch-galanten Verbeugung.

Charlotte blickte sich in dem spartanisch eingerichteten Raum um. In der gesamten Umgebung wirkten alle Farben wie ausgewaschen, aschfahl wie das Gesicht eines Menschen, der bleich vor Angst war.

»Ich komme gleich zum Wesentlichen, da wir nur wenig Zeit haben. Ich möchte Sie bitten, etwas recht Unkonventionelles für uns zu tun«, begann die Oberschwester.

Charlotte zog die Augenbrauen hoch. Sie war sich ziemlich sicher, dass der Oberschwester keines von all den unkonventionellen Dingen vorschwebte, die sie bereits getan hatte.

»Natürlich, Oberschwester, wir werden alles tun, um zu helfen.« Portia sprach für sie beide. »Deswegen sind wir gekommen.«

»Es geht darum …« Die Schwester zögerte. »Sie werden hier nicht gebraucht, jedenfalls nicht so dringend wie an anderer Stelle.«

»Sie wollen uns anderswo einsetzen?«, fragte Charlotte überrascht. Dies war etwas ganz Normales, und sie fragte sich, warum die Oberschwester ein solches Geheimnis darum machte.

»Ja, aber nicht in einem der anderen Lazarette. Wir brauchen dringend Personal im Feldlazarett Hidoux. Es ist nicht üblich, freiwillige Helferinnen so dicht hinter die Frontlinie zu schicken, und es ist keineswegs eine ideale Lösung. Aber wären Sie bereit zu gehen? Jetzt sofort?«

Charlotte wusste nicht, was sie sagen sollte.

Ihr war klar, dass die Lazarette manchmal unter direkten Beschuss gerieten und auch, dass die Zustände dort wahrscheinlich chaotischer und schlimmer sein würden als hier, in der relativen Sicherheit von Étaples. Sie hatte das Gefühl, als ginge alles ein wenig zu schnell für sie. Aber sie waren nun mal im Krieg.

»Ich kann nur für mich selbst sprechen, Oberschwester«, sagte Portia nach kurzer Überlegung, »aber ich bin bereit zu gehen.«

Jetzt sahen beide Charlotte an, und diese konnte sich unmöglich weigern. Sie wollte nicht als Feigling dastehen, nicht jetzt. »Ich gehe mit«, sagte sie daher.

»Ich danke Ihnen, Schwester Templeton. Ich weiß das sehr zu schätzen.« Ein Lächeln erhellte das Gesicht der Oberschwester, und Charlotte erkannte, dass sie jünger war als vermutet. Sie war einfach nur erschöpft.

Panik stieg in ihr auf. Sie hatte geglaubt, ihrer Aufgabe gewachsen zu sein. Aber das war daheim in England gewesen, wo sie jederzeit nach Hause hätte gehen können. Das war nun vorbei. Jetzt lagen zwischen ihr und der Heimat der Ärmelkanal voller feindlicher deutscher U-Boote und, wichtiger noch: ihr Stolz. Ein Rückzieher kam für sie überhaupt nicht in Frage; das wäre zu demütigend gewesen. Damit hätte sie ihrer Mutter recht gegeben und bestätigt, dass sie für die Krankenpflege in etwa so geeignet war wie ein Schmetterling zum Kuchenbacken. Man hätte ihr unter die Nase gerieben, dass sie ihren Platz und ihre Grenzen besser hätte kennen müssen. Doch schon die wenigen Monate als Krankenschwester in London hatten ihr ein neues Leben gezeigt, eine neue Zukunft, in der sie gebraucht wurde und sich nützlich machen konnte. Sie würde nicht kampflos aufgeben. Wie alle Männer, die hier eintrafen, hatte sie einen zu weiten Weg zurückgelegt, um jetzt noch umzukehren.

25

Sebastian öffnete die Augen. Der Boden bebte vom fernen Artilleriefeuer, doch rings um ihn herum herrschte erstmals Stille – verhältnismäßige Stille.

Mühsam setzte er sich auf. Ihm tat alles weh, und er war infolge seines gestrigen Einsatzes am ganzen Körper mit Blutergüssen bedeckt. Als er aufstand, um sich zu waschen, kam ihm alles wieder in den Sinn: Morrisons Augen und das Entsetzen in ihnen, als er starb. Wie er durch Blut und Schlamm gekrochen war, die Leiche des Maschinengewehrschützen auf dem Rücken. Endlich hatte er es geschafft rauszukommen und Joe wiedergefunden, der am Bein verwundet war. Deutsche Soldaten hatten von oben angegriffen und den Graben beschossen. Es war klar, dass sie ihre Stellung nicht würden halten können. Sebastian hatte Joe durch das Niemandsland bis in den schützenden Granattrichter gebracht und von dort aus zurück zu ihrem eigenen Graben. Dort sahen sie verwundete Männer, schreiende Männer, gebrochene Männer. Und dann …

Er konnte nicht weiterdenken, entsetzt über seinen eigenen Wahnsinn, als ihn die Erinnerungen von gestern übermannten.

»Ich gehe zurück und hole Morrison«, hatte er dem Leutnant verkündet. Granaten explodierten und pulverisierten den Boden jenseits des schützenden Laufgrabens.

»Sind Sie völlig von Sinnen?«

»Nein, ich lasse ihn nicht da draußen liegen.« Sebastian drehte sich um und sah in die entgeisterten Gesichter seiner Kameraden. »Ihr wisst genau, dass er morgen nicht mehr dort sein wird, wenn wir seine Leiche jetzt nicht bergen. Er wird in einem dieser höllischen Schlammlöcher versinken, die Ratten werden ihn sich holen oder die Granaten ihn zerfetzen. Ich gehe zurück.«

»Ich komme mit dir.« Das war Joe.

»Nein.« Er verbot es ihm energisch, mit der Autorität, an die er sich aus seinem früheren Leben erinnerte – einem Leben, in dem er Dienstboten Anweisungen erteilt hatte. »Du musst hierbleiben. Ich will nicht das Leben eines anderen riskieren. Aber Morrison hat etwas Besseres verdient als ein Schlammgrab.«

Sebastian verließ den Graben wieder und arbeitete sich auf dem Bauch kriechend voran. Mit aller Gewalt musste er jenen Teil von sich ignorieren, der schrie, dass er umkehren solle, dass er sein Leben für einen toten Mann riskierte, dass er das Schicksal herausforderte, dass er leben wollte, Gott verdammt nochmal. Lichtbündel schwenkten über die verbrannte Erde: Sebastian sah Gliedmaßen, Leichen, zerfetzte Stücke von Metall, Fleisch, Holz und Leder, alles durcheinander, als hätte Gott die Welt in einem Cocktailshaker geschüttelt.

Morrison lag in einem halb mit Wasser gefüllten Granattrichter. Die Totenstarre hatte bereits eingesetzt. Sebastian wartete, bis der Strahl des Suchscheinwerfers vorbeigehuscht war, und rannte los – wie ein Hase, was ihn an die Jagd auf Somerton erinnerte. Niemals mehr würde er auf die Jagd gehen, nicht für Geld und gute Worte.

Wie es ihm gelungen war, die Leiche zu bergen, hätte er im Nachhinein nicht mehr genau sagen können. Zentimeterweise hatte er sich vorgearbeitet und sich immer wieder tief an die Erde geschmiegt, wenn der Strahl der Suchscheinwerfer über ihn hinweggeglitten war. Es dauerte Stunden. Endlich gelangte er zurück in den Graben. Dort setzte er sich hin, zu erschöpft, um sich zu rühren.

»Noch mal da raus wegen eines verdammten Toten!«, sagte Jim Kelly. Er klang fast zornig.

»Halt die Klappe, Jim. Du würdest dir auch wünschen, dass dich jemand bergen würde«, erwiderte Joe.

Das war alles, woran sich Sebastian erinnerte. Jetzt befand er sich in seinem Unterstand, und irgendein Idiot schrie draußen seinen Namen. An Ausschlafen war beim Militär nicht zu denken.

Sebastian trat hinaus und blinzelte in den Sonnenschein. »Was ist denn los?«

Vor ihm stand ein smarter, junger Offizier mit glatt zurückgekämmtem Haar, wie eine Vision aus einer anderen Welt.

»Schütze Rupert Moore? Ich habe Befehl, Sie zurück ins Hauptquartier zu bringen. Der Oberst will Sie sehen.«

Sebastian nickte nur. Wahrscheinlich hatte er irgendeinen Fehler gemacht. Irgendetwas musste es sein. Die ganze Sache war eine Farce, doch auch jede Farce nahm irgendwann ein Ende.

Er zog sich an und stieg zu dem Stabsoffizier ins Automobil. Er war zu müde, um sich zu unterhalten, ja, um auch nur nachzudenken, als sie über die vom Regen ausgewaschene Straße voller Schlaglöcher holperten. Seine Uniform starrte vor Dreck und Blut. Sein Kopf wurde hin und her geschüttelt, und er wünschte, er hätte etwas Wasser zu trinken. Überall in der aufgewühlten Erde hatten sich Pfützen gebildet, aus denen die Wracks von Lafetten hervorragten, daneben zerfetzte Baumstämme und hier und da eine aufgeblähte Leiche, als wäre so etwas ganz normal. Schweigend saß Sebastian da, froh über die Windgeräusche, die jede Unterhaltung unmöglich machten. Ganz allmählich kam er wieder zu sich. Er fühlte sich unbehaglich. Wenn der Oberst ihn bestellt hatte, weil man herausgefunden hatte, wer er war … was er war … Ihm wurde plötzlich übel, und er musste schlucken.

Am Horizont ragte die Silhouette eines Schlosses auf.

Er hatte solche Châteaus bei Urlaubsreisen ins ländliche Frankreich gesehen – früher, vor langer Zeit. Er hatte dort diniert, Champagner aus ihren Kellern getrunken und Geschichten auf Englisch mit französischem Akzent gelauscht. Und er hatte sich in den eleganten, bequemen Luxus verliebt, mit dem die Bewohner sich umgaben. Als sie sich dem Schloss näherten, sah er, dass die Fenster keine Scheiben mehr hatten. Dann sah er, dass auch ein großer Teil des Daches fehlte. Das Schloss war zerstört, wie alles hier.

»Wissen Sie, worum es geht, Sir?«, fragte er mit bemüht ruhiger Stimme.

Der Fahrer zuckte mit den Schultern. »Sie werden es erfahren, wenn Sie ankommen.« Er winkte ihn heraus, und Sebastian gehorchte. Er hatte eine üble Vorahnung; vor dem Schicksal, das ihn erwartete, konnte er nicht davonlaufen.

Ihm gingen verschiedene mögliche Szenarien durch den Kopf. Wenn herausgekommen war, dass er sich unter falschem Namen eingeschlichen hatte, wenn aufgeflogen war, wer er war, was er getan hatte … Seine Füße knirschten über Glassplitter, als er die elegante Eingangshalle des Châteaus durchquerte. Er sah zerbrochene Spiegel und leere Rahmen – eine Granate schien zu einer Wand herein- und zur anderen wieder hinausgeflogen zu sein.

Sebastian betrat das Büro des Obristen und nahm Haltung an. Dies könnte das letzte Mal sein, dass ich das tue, wenn ich aufgeflogen bin, dachte er und fand den Gedanken in gewisser Weise demoralisierend.

Der Oberst blickte kalt lächelnd auf. »Ah, Schütze Moore, nicht wahr?«

»Ja, Sir«, antwortete Sebastian wachsam.

»Sehr gut. Sehr gut. Letzte Nacht scheint ziemlich was los gewesen zu sein, wie ich hörte.«

»Ja, das könnte man wohl sagen, Sir.« Sebastian antwortete ganz unverbindlich und fragte sich, wohin das führte.

»Ich habe einen Bericht von Schütze Brown erhalten, aber wenn Sie mir die Ereignisse bitte noch einmal mit Ihren eigenen Worten schildern würden.«

Sebastian berichtete von den Geschehnissen der Nacht und registrierte, dass ein Stabsleutnant seinen Bericht mittippte. Nur zu gerne hätte er das Protokoll gelesen. Was hatte Joe gesagt?

»Exzellent. Exzellent. Nun, das war eine tapfere Aktion, und Sie werden sich freuen, zu hören, dass der Maschinengewehrposten erobert werden konnte und der Ausfall ein großer Erfolg war. Morrisons Familie wird Ihnen auf ewig dankbar sein. Dass sie seine sterblichen Überreste werden bestatten können, wird ihnen sehr viel bedeuten.«

Sebastian nickte müde. Die Erinnerung an Morrison, der zusammenbrach, ging ihm wieder durch den Kopf, und er schloss die Augen, weil er einen fast physischen Schmerz verspürte.

»Ich befördere Sie daher hiermit zum Gefreiten und Unteroffiziersanwärter, in der Erwartung, dass Ihr Dienstgrad im Laufe des Krieges offiziell bestätigt werden wird.«

Erstaunt hob Sebastian den Kopf. »Ich … ich bin Ihnen sehr dankbar, Sir«, war alles, was er sagen konnte.

»Keine Ursache. War mir ein Vergnügen.« Wieder legte sich das kühle Lächeln über das Gesicht des Obristen. »Wegtreten. Und ruhen Sie sich gut aus, bevor Sie sich wieder Ihrem Zug anschließen.«

Er salutierte, und Sebastian beantwortete seinen Gruß. Absurd, dachte er. Dieser Oberst – dieser vollkommene englische Offizier und Gentleman – würde seine Hand voller Abscheu sinken lassen, wenn er wüsste, wen er da militärisch grüßte. Aber hier war er nicht Sebastian Templeton, das verkommene, ausgestoßene Subjekt. Hier war er Rupert Moore, der gute Soldat.

»Vielen Dank, Sir«, sagte er; der Oberst nickte, und Sebastian trat weg.

Er ging wieder an den zerbrochenen Fensterscheiben vorbei, durch die man die kahlen Felder sah, und versuchte, das Geschehene zu verarbeiten. Sie wollten ihm nicht an den Kragen. Sie waren nicht hinter ihm her. Sie hatten ihn befördert, ausgerechnet! Überrascht stellte er fest, dass er stolz darauf war, ja, sogar lächelte.

Er war nicht zur Armee gegangen, um ein guter Soldat zu werden. Er hatte sich freiwillig gemeldet, weil er den Tod suchte. Aber hier war er, lebendig, und andere lebten seinetwegen. Er lachte und schüttelte voller Erstaunen den Kopf. Er war durch den Schlamm des Niemandslandes gekrochen und mit einem wertvollen Juwel zurückgekehrt – dem Leben.

Auf der Terrasse des Schlosses blieb er stehen, blickte über die Landschaft und versuchte sich vorzustellen, wie sie früher ausgesehen hatte: friedlich, die Allee von hohen Bäumen gesäumt, der frische Duft von Gras in der Luft. Doch ihm fehlte es an der nötigen Phantasie.

Ruh dich bloß nicht auf deinen Lorbeeren aus, dachte er. Für den Augenblick war es gut und schön, dass er anderen geholfen hatte und es wieder einen Grund für ihn gab, am Leben zu bleiben. Aber das war nur der Anfang. Ihm blieb noch Zeit genug, um getötet zu werden – oder aufzufliegen.

26

London

Ada und Ravi gingen Seite an Seite, so nah, dass sie sich auch an den Händen hätten halten können. Niemandem wäre es aufgefallen. Niemand hätte sich dafür interessiert. Alle hatten andere Sorgen. Alle waren in Eile, die Köpfe gesenkt, in Uniform oder auf dem Weg zu ihrer strapaziösen Arbeitsstelle, auf der mühsamen Suche nach Butter und Zucker für ihre Familien oder mit nervösen Blicken himmelwärts, nach Zeppelinen Ausschau haltend.

»Somerville wird also zweifellos requiriert werden?«, fragte Ravi. Sie unterhielten sich leise und vertraulich, und Ada merkte, dass sie diese Straßen nach all der Zeit als die ihren betrachtete, ebenso wie die Menschenmenge. Hier konnten sie allein sein, sich verlieren, unsichtbar im East End, unten bei den Docks.

»Trotz all unserer Proteste wird es so sein. Wir müssen ins Oriel College umziehen, und zweifellos werden unsere Kommilitonen uns dort das Leben so unerträglich wie möglich machen. Sie können uns nicht ausstehen.«

»Fragst du dich nie, ob dieses Studium wirklich der Mühe wert ist? All diese Schwierigkeiten … Und man wird dir nicht einmal erlauben, einen Grad zu erwerben oder als Juristin zu praktizieren, wenn du fertig bist.«

»Wenn ich nicht alles an Bildung mitnehme, was ich bekommen kann, kann ich nicht beweisen, wie sehr wir Frauen akademische Grade und Titel verdienen und dass wir gleichberechtigt mit den Männern arbeiten können.«

»Das könnte in Indien sogar leichter sein, weißt du. Mrs Sorabji hat als Anwältin ein Zeichen gesetzt, sie ist ein Vorbild für Juristinnen, und ich bin sicher, ich könnte euch miteinander bekannt machen.«

Ada schwieg.

»Ich möchte dich etwas fragen.« Seine Stimme klang gepresst, und Ada sah, dass er die Fäuste in den Jackentaschen geballt hatte.

»Bitte, du kannst mich alles fragen, was du willst.«

»Du liebst mich doch, oder?«

»Weißt du das denn nicht?« Ada blieb stehen, erschrocken über die Frage, und wandte sich ihm zu.

»Liebst du mich?« Forschend blickte er ihr ins Gesicht.

»Ja, ich liebe dich.« Sie versuchte, das leise, unterschwellige Gefühl zu verdrängen, zu dieser Antwort gezwungen worden zu sein.

»Also dann« – er blickte hinunter zur glitzernden Themse und dann hinauf zu St. Paul's – »willst du mich heiraten, Ada? Jetzt? So bald wie möglich?«

Ada schwieg. Sie wunderte sich, warum sie kein Wort hervorbrachte, warum sie das Gefühl hatte, als schnürte ihr jemand die Kehle zu. Sie hielt es für reine Freude – Freude darüber, dass sie endlich zusammen sein dürften.

»Natürlich will ich«, sagte sie endlich mit zitternder Stimme.

Der Ausdruck reiner Glückseligkeit auf Ravis Gesicht zerstreute all ihre Zweifel. Sie lachte begeistert, als er sie in seine Arme zog und sie küsste. Es war ihr egal, ob die Leute sie anstarrten, ja, es hätte ihr nicht einmal etwas ausgemacht, wenn die Gräfin in diesem Moment vorbeispaziert wäre, während sie sich an ihren Geliebten schmiegte und seine Küsse leidenschaftlich erwiderte.

»Dein Vater wird nicht einverstanden sein«, sagte Ravi, als er sie endlich losließ.

Ada lachte freudlos. »Das ist eine Untertreibung. Aber er wird sich damit abfinden müssen. Er muss lernen, dass ich nicht mehr sein kleines Mädchen bin.«

»Es tut mir so leid für dich. Sosehr ich dich auch liebe, sosehr missfällt es mir, dass ich dich möglicherweise deiner Familie entfremde.«

»Vielleicht finden sie sich irgendwann damit ab«, erwiderte Ada mit einem Selbstvertrauen, das nur gespielt war. »Und wenn nicht … na ja«, sie schluckte, »wir werden sowieso weit weg von allem und jedem sein. Es sollte also leicht sein, alles zu vergessen … Außerdem werden wir wahnsinnig glücklich zusammen sein.« Tief im Herzen war sie sich dessen jedoch nicht so sicher.

»Ich werde alles tun, um dich glücklich zu machen. Du wirst mehr Möglichkeiten haben, und obwohl sich die Gesellschaft im Vergleich zu früher gewandelt hat, hat sie durchaus ihre Vorteile.« Er redete voller Inbrunst, und Ada erkannte mit einem Stich im Herzen, wie sehr er wollte, dass sie glücklich wurde … gefolgt von einem weiteren Stich bei dem Gedanken daran, wie unglücklich jedes einzelne Mitglied ihrer Familie über ihren Schritt sein würde.

Ravi redete immer noch, Arm in Arm mit ihr, während sie durch die Straßen gingen. »Mein Einkommen reicht für ein hübsches Haus in einem der besseren Viertel. Natürlich wird es nicht das sein, woran du gewöhnt bist, aber ich glaube, es wird dir gefallen. Es gibt bei uns zu Hause einige höchst gebildete Frauen – und Männer, natürlich –, und ich wüsste keinen Grund, warum du mit deinem Ruf und deiner Klasse nicht ganz offiziell als Rechtsanwältin solltest praktizieren können.«

»Das klingt fortschrittlicher als England.«

»Ach – es ist so viel mehr als England, in jeder Hinsicht«, erwiderte er, sein Gesicht leuchtend vor Leidenschaft und Freude. »Die Berge sind höher, die Ebenen weitläufiger, der Regen heftiger, die Städte älter als jene in England. Ich kann dir gar nicht sagen, wie klein dieses Land im Vergleich dazu auf mich wirkt. Und die Sonnenuntergänge! Ich kann es nicht erwarten, dir Indien zu zeigen.«

»Du hast vergessen, dass ich bis zu meinem siebzehnten Lebensjahr dort gelebt habe«, entgegnete Ada lächelnd und versuchte, seine Kritik an ihrem Heimatland auszublenden. Sie wusste, dass es nicht als Kritik gemeint war, sondern er sich nur von seinen Gefühlen hinreißen ließ.

»Ja, aber das war etwas anderes«, erwiderte Ravi. »Jetzt wirst du es mit indischen Augen sehen.«

Es war nur eine beiläufige Bemerkung, und er fuhr fort, ihr vorzuschwärmen: Leidenschaftlich sprach er von den großen, staubigen Ebenen, den königlichen Bergen des Himalaja und den kühlen, wunderschönen Teeplantagen, dem Gefühl, wenn man einen Elefanten lautlos aus dem halbdunklen Dschungel treten sah, dem Krächzen der Papageien, die schillerten wie fliegende Juwelen, den kunstvoll gemeißelten Tempeln und Statuen – dennoch blieb ihr dieser eine einzige Kommentar den ganzen Nachmittag im Gedächtnis haften, ja, sogar noch im Zug zurück nach Oxford, wie ein nicht enden wollendes Echo. *Das war etwas anderes.*

Ada ließ die Blicke über die idyllische Landschaft schweifen – wie klein sie war, diese Insel –, die am Zugfenster vorbeizog. Pferde galoppierten über eine Weide, und Saatkrähen flatterten über den Wäldchen auf. Ada machte sich Vorwürfe, weil sie dauernd an diese eine Bemerkung dachte. Doch sie nagte an ihr, und tief im Herzen wusste sie, dass sie deswegen nagte, weil sie der Wahrheit entsprach. Würde sie jemals in der Lage sein, Indien mit den Augen einer Inderin zu sehen, wie Ravi glaubte? Wollte sie das überhaupt?

Tief in Gedanken versunken stieg sie in Oxford aus. Den Weg nach Somerville legte sie zurück, ohne sich dessen bewusst zu sein, ganz automatisch. Sie dachte an ihre Familie, und je länger sie das tat, desto schmerzlicher erschien ihr die Vorstellung, sie zu verlassen. Eine tiefe Kluft würde sich zwischen ihnen auftun. Georgiana würde sich alleingelassen fühlen, besonders wegen der ungeklärten Erbschaftsfrage. Auch solange Roses Schicksal ungewiss war, wollte sie nicht gerne fortgehen. Doch besonders ihr Vater würde untröstlich und voller Zorn reagieren. Aber war es richtig von ihm, ihrem Glück im Weg zu stehen?

Eine Welle der Wut und des Widerwillens überkam sie bei dem Gedanken daran, in welch vielfältiger Weise ihr Leben eingeschränkt war. Es war ihr nicht erlaubt zu wählen, als wäre sie ein Kind oder eine Verrückte; sie durfte studieren, aber kein Examen ablegen, selbst wenn sie eine bessere Studentin war als jeder Kommilitone; sie durfte nicht den Beruf ergreifen, den sie sich wünschte; sie wurde behandelt, als könne sie nicht auf sich selbst aufpassen; sie war vollkommen bedeutungslos, solange sie keinen Mann an ihrer Seite hatte. Ihr Vater trug zu alldem bei. Egal, was sie tat, egal, was sie erreichte, sie würde immer nur nichts weiter als seine Tochter bleiben: ein Gegenstand des beweglichen Vermögens, den man loswerden musste, ein Ornament eher als eine Person. Lass ihn doch wütend sein, dachte sie. Ist mir egal. Ich bin ihm zu nichts verpflichtet.

Sie erreichte das Ende der Straße, und das wuchtige Gebäude Somervilles ragte vor ihr auf. Nach einigen Schritten erkannte sie die junge Frau, die davor wartete. Ihr Gesicht war verschleiert, und ihre Kleidung schwarz von Kopf bis Fuß. Doch es war ihre Haltung und die Art, mit der sie sich bewegte, die ihr vertraut war, denn an den Kleidern, an der Trauer war nichts, was Ada an ihre Schwester erinnerte.

»Georgiana?«, fragte sie und rannte auf sie zu.

Georgiana drehte sich zu ihr um, und als Ada sie erreichte, sah sie, dass sie weinte.

»Georgie, was ist denn los?«

»Ada, du musst nach Hause kommen. Sofort.« Georgiana warf sich in Adas Arme und schluchzte herzzerreißend. »Es geht um Papa. Er ist tot.«

ZWEITER
AKT

27

Somerton, Dezember 1914

Das Wetter hätte kaum passender für eine Beerdigung sein können. Der Himmel wölbte sich stumpf, kalt und metallisch grau über das Land, und durch die eisige Kälte war der Boden steinhart gefroren. Georgiana stand mit Michael am Eingang zur Kirche. Über ihren Hut war ein bestickter schwarzer Spitzenschleier drapiert, der das Gesicht verbarg, und ihre Hände waren tief in einem Pelzmuff vergraben als Schutz vor der Kälte. Sie warteten darauf, dass der Trauerzug eintraf. Die Gemeinde hatte bereits in der Kirche Platz genommen. Nur Georgiana und Michael standen auf der Schwelle zwischen den weit geöffneten Eichentüren. Ein kalter Luftzug wehte hinein, wirbelte abgestorbene Blätter um ihre Füße und raschelte in den Zweigen der Ilexsträucher und des Efeus, die die Kirche umgaben. Weihnachten war gekommen und gegangen, ohne dass Georgiana es recht bemerkt hätte; zu erschüttert war sie über die Nachricht von ihrem Vater. Erst die weihnachtlich geschmückte Kirche erinnerte sie wieder an das kürzlich gewesene Fest.

»Dieser schreckliche Frost!«, bemerkte Georgiana leise zu Michael. »Ich befürchte, die Totengräber werden ihre liebe Not haben.«

»Denk nicht daran«, erwiderte er sanft. »Damit solltest du dich jetzt wirklich nicht beschäftigen.«

Georgiana antwortete nicht. Sie wusste, dass er recht hatte, aber sie konnte nicht aufhören, sich Sorgen zu machen – als hätte sie sich irgendeiner Gedankenlosigkeit gegenüber den Arbeitern schuldig gemacht. Sie wusste, dass das Unsinn war, dass sie wohl kaum verantwortlich für das Wetter Ende Dezember war. Dennoch schienen ihre Gedanken unablässig um Probleme und Sorgen zu kreisen. War das Personal gut vorbereitet, würden die Erfrischungen für die vielen Leute ausreichen, die so weit gereist waren? Waren die Blumen in Ordnung? Angenommen, es hatte eine Verwechslung gegeben, angenommen, der Trauerzug kam nicht – und vor allem fragte sie sich besorgt: Wo bleibt nur Ada? Noch immer schmerzte sie der Gedanke, dass Ada nicht unmittelbar mit ihr zurückgekehrt war. Fast hätte es dort vor dem Somerville College eine Szene gegeben.

»Ich muss noch meine Bücher holen«, hatte Ada gesagt, nachdem sie sich wieder ein wenig beruhigt hatte.

»Das ist nicht nötig«, hatte Georgiana erwidert, schockiert von diesem Gedanken. »Wie kannst du überhaupt in einer solchen Zeit ans Lernen denken?«

»Das verstehst du nicht. Ich muss mich weiter anstrengen. Wenn ich zu viel versäume, werden all meine Bemühungen umsonst gewesen sein.«

Georgiana wich von ihrer Schwester zurück. »Ich verstehe dich nicht. Ich muss leider erkennen, dass dir deine Bücher und Studien wichtiger sind als deine Familie. Na schön, mach was du willst: Komm, wenn du bereit dazu bist. Ich aber kehre jetzt sofort nach Somerton zurück.«

Georgiana zwang sich, tief durchzuatmen. In ihrem Inneren wusste sie, dass sie mit ihren Sorgen und ihrer Wut nur die tiefe Trauer verdrängte. Sie wusste, dass sie sich nicht erlauben konnte, sich auf die Tatsache zu konzentrieren, dass ihr Vater tot war – so brutal getötet, so plötzlich, ohne dass sie ihm noch hätte sagen können, wie sehr sie ihn liebte –, weil sie sonst zusammenbrechen würde. Und das konnte sie sich nicht erlauben. Sie musste sich ruhig und würdevoll verhalten – eine Averley. Das hätte ihr Vater von ihr erwartet.

»Wie wohl das Wetter war, als es passiert ist«, sagte sie rasch zu Michael. Ihre Stimme klang ihr wie die einer Fremden in den Ohren, aber sie konnte nicht aufhören zu reden, weil sie sonst angefangen hätte zu weinen. »Vielleicht war es ein schöner Tag, vielleicht hatten sie deswegen die Besichtigung der Laufgräben geplant. Und vielleicht konnte ihn der Scharfschütze deswegen so deutlich sehen, vielleicht hat die goldene Borte an seiner Mütze die Sonnenstrahlen reflektiert. Stell dir mal vor, vielleicht würde Papa noch leben, wenn es ein bedeckter Tag gewesen wäre.« Sie schwieg, denn sie traute sich nicht mehr zu, ruhig zu reden.

»Georgie«, sagte Michael. Sonst sagte er nichts, doch schon allein die Art, wie er ihren Namen aussprach, war wie ein tröstender Arm um ihre Schultern. Georgiana wusste, dass er genau verstand, wie sie sich fühlte, und sie musste ein Schluchzen unterdrücken.

»Es tut mir leid, aber ich frage mich das die ganze Zeit. Die offiziellen Verlautbarungen sind so …«

»Verdammt kalt und förmlich.«

Georgiana nickte, vorsichtig, damit ihre Augen nicht überliefen.

»Ich hoffe nur, dass sich der Arzt um die Gräfin kümmert«, sagte sie, als sie sich wieder in der Gewalt hatte. »Ich mache mir immer große Sorgen, wenn Laudanum verabreicht werden muss. Es ist so ein starkes Sedativum und, und …«

»Ach, Georgie«, sagte Michel, und diesmal nahm er ihre Hand. Überrascht sah sie ihn an. »Ich finde es schrecklich, dass du dir solche Sorgen machst. Das sollte doch das Letzte sein, worüber du nachgrübelst. Ich werde mich um meine Mutter kümmern und auch sonst alles tun, was ich kann, um dir zu helfen.«

»Du bist so lieb«, sagte Georgiana leise. Wann, fragte sie sich, war Michael so erwachsen geworden, seine Hand so viel größer und stärker als ihre? Sie schob den Gedanken beiseite und blickte die Straße hinunter. Wo blieb nur Ada? Sie wusste doch, dass die Beerdigung heute war.

Das Klappern sich nähernder Hufe, ein Klang wie einsamer Applaus, riss sie aus ihren Gedanken. Der Trauerzug kam endlich die Allee entlang. Nickende schwarze Federn wurden über den Hecken sichtbar. Georgiana schnürte sich die Kehle zu, und alle Gedanken an Ada, überhaupt alle Gedanken außer jene an die bevorstehende Trauerfeier, traten in den Hintergrund.

Wortlos drückte Michael ihre Hand. Dann ließ er los und schritt auf das überdachte Friedhofstor zu, um seinen Platz als Sargträger einzunehmen. Die versammelte Trauergemeinde draußen senkte die Köpfe, als er vorbeiging. Sogar die Krähen in den kahlen Bäumen schienen respektvoll ihr Krächzen zu unterbrechen. Georgiana blickte den Weg entlang, an dessen Ende die Träger sich rund um den schlichten Sarg aufstellten, in dem ihr Vater ruhte – Mahagoni, das Familienwappen diskret vergoldet auf dem Deckel. Darin würde er im Mausoleum zur Ruhe gebettet werden, neben seinen Vorfahren. Georgiana konnte sich einfach nicht vorstellen, dass in diesem Sarg tatsächlich ihr Papa lag. Bestimmt war er noch in Frankreich, und das hier war nur ein schlimmer Albtraum. Bestimmt würde sie ihn wiedersehen und die Erinnerung an das Zerwürfnis auslöschen können, in dem sie sich getrennt hatten. Georgiana versuchte, sich sein Gesicht vorzustellen, doch sie konnte nichts anderes sehen, sich auf nichts konzentrieren als auf den Sarg unter dem Samttuch. Wenn doch nur Ada hier wäre!

Sie drehte sich um und kehrte in die Kirche zurück. Hocherhobenen Hauptes schritt sie zu ihrer Bank ganz vorne vor dem Altar. Keiner der Anwesenden sollte später behaupten können, dass sie, die Tochter ihres Vaters, ihn bei seiner Beerdigung enttäuscht hätte. Georgiana nahm Platz und wartete darauf, dass der Sarg hereingetragen wurde. Sie presste die Lippen zusammen, um nicht in Tränen auszubrechen, als sie den leeren Platz neben sich sah. Ada, die jetzt an ihrer Seite hätte sein sollen, hatte nicht einmal geschrieben oder telegraphiert, um ihr mitzuteilen, wann sie sie erwarten konnte. Es musste eine Erklärung geben, aber welche?

Sie blickte auf, als Mrs Verulam auf sie zurauschte, prächtig wie ein trauernder Pfau in schwarzem Satin und einem mit Straußenfedern und Perlen geschmückten Hut. »Meine Liebe«, flüsterte sie, »ich glaube, es gibt eine kleine Unannehmlichkeit; Ihre Anwesenheit wäre gewiss hilfreich.«

Georgiana erhob sich, zu erstaunt, um zu antworten, und folgte Mrs Verulam zurück durch die Kirchentüren. Dort angekommen erkannte sie, dass die ältere Dame recht hatte. Der Sarg befand sich noch immer am anderen Ende des Weges. Man konnte schlecht ausmachen, was sich dort abspielte, zwischen all den gleich aussehenden, förmlichen schwarzen Anzügen und den Baumschatten, doch sie erkannte das weiße Chorhemd des Priesters und vernahm seine erhobene, bittende Stimme. Er schien zu versuchen, zwei der Sargträger zu beschwichtigen.

»Was in aller Welt geht da vor?«, fragte Georgiana. »Sie können sich doch jetzt unmöglich streiten?«

»Es hat aber den Anschein«, murmelte Mrs Verulam.

Wut flammte in Georgiana auf. Das war vollkommen inakzeptabel! Nichts durfte diese heilige Stunde stören.

Ohne ein weiteres Wort machte sie sich auf den Weg zum Sarg. Als sie sich näherte, sah und hörte sie, worum es ging.

William war erschienen. Er war nicht eingeladen, aber dennoch war er gekommen, in voller Trauerkleidung. Sein rotes Haar stand widerspenstig von seinem Kopf ab, und Georgiana fiel auf, dass seine Nase so geschwollen und rot wie eine Erdbeere war – ein sicheres Zeichen dafür, dass er getrunken hatte. Er bedrohte Michael, der ihm jedoch die Stirn bot.

»… und ich sage, dass der Graf nicht gewünscht hätte, dass Sie seinen Sarg tragen«, sagte er gerade mühevoll beherrscht.

»Wie können Sie es wagen? Sie sind nicht einmal ein Averley. Ich bin der Erbe des Grafen.« William, der größer und breiter als Michael war, versuchte, ihn von seinem Platz zu verdrängen. Georgiana sah, dass auch Lady Edith gekommen war, ebenfalls im fließenden Trauerkleid. Ostentativ hielt sie Augustus in den Armen – mit einigen Schwierigkeiten, da er zappelte und zeterte. Georgiana hatte sie noch nie ohne ein Kindermädchen erlebt; dieser Auftritt diente offensichtlich der Demonstration.

Abrupt blieb Georgiana stehen, rechts und links flankiert von den Reihen der Grabsteine wie von steinernen Zeugen. Jeder der Toten hier war mit dem großen Haus von Somerton verbunden gewesen, als Pächter, Dienstbote oder Familienmitglied. Ihre Ahnen hatten das Dach der Kirche und die Bleiglasfenster gestiftet. Dies alles flößte Georgiana ein tiefes Verantwortungsgefühl ein.

»William!«, sagte sie, selbst überrascht von der Autorität in ihrer Stimme. Erstaunt drehte sich William zu ihr um. »Wir werden dich und deine Familie in der Kirche zulassen.« Georgianas Hände zitterten von der Anstrengung, ruhig und kühl zu sprechen. Sie ballte sie zu Fäusten in ihrem Muff und erhob die Stimme, so dass Mrs Verulam, die noch immer von der Kirche aus zusah, jedes Wort würde verstehen können. Es war von entscheidender Bedeutung, klare Verhältnisse zu schaffen, um Klatsch zu vermeiden. »Als Mitglieder der Familie Averley soll es euch erlaubt sein, meinem lieben Vater euren Respekt zu erweisen. Aber er hat dir nicht die Ehre erteilt, seinen Sarg zu tragen. Daher sei so gut und gib den Weg frei, damit die Beerdigung meines Vaters in Frieden stattfinden kann.«

William sah aus, als wolle er Einwände erheben, aber ein Flüstern von Lady Edith hinderte ihn daran. Er trat jedoch nicht zurück, sondern nach vorn und marschierte mit finsterem Blick auf die Kirche zu. Das Gesicht von Mrs Verulam war zu einer Maske der Missbilligung erstarrt, als sie beiseitetrat, um ihn passieren zu lassen. Lady Edith folgte ihrem Gatten mit wesentlich langsameren Schritten und betupfte dabei hin und wieder durch den schweren Spitzenschleier hindurch die Augen mit einem schwarzen Taschentuch. Als sie Georgiana erreichte, blieb sie stehen.

»Ich kondoliere dir zum Tod deines Vaters«, sagte sie in vernehmlichem Flüsterton. »Egal, welches Unrecht er meinem eigenen lieben Sohn zugefügt haben mag« – Augustus zappelte –, »so empfinde ich doch tiefes Mitgefühl für dich. Was für eine Tragödie! Doch wir müssen uns dem Willen Gottes fügen.«

Dann rauschte sie in Richtung Kirche. Georgiana hielt die Luft an und zählte bis zehn. Auf ein Nicken des Bestatters hin setzten die traurigen, gravitätischen Trommelschläge wieder ein, und die Träger schulterten den Sarg und schritten langsam zur

Kirche. Georgiana drehte sich um und ging ihnen voraus zu ihrer Bank.

Als der Priester die Kanzel erreichte und die letzten düsteren Orgelklänge durch das kalte Steingewölbe hallten, hörte Georgiana hastige Schritte den Gang entlangkommen. Sie blickte sich um und sah Ada, elegant in schwarzer Seide und einem dramatischen langen Spitzenschleier, auf sie zu eilen. Der Situation zum Trotz konnte Georgiana ein erleichtertes Lächeln nicht unterdrücken. Doch gleich darauf verwandelte sich ihre Erleichterung in Ärger. Wie konnte Ada zu spät zur Beerdigung ihres eigenen Vaters kommen? Wie konnte sie ihr Studium über ihre Familie stellen, insbesondere in diesen Zeiten?

Ada nahm den Platz ein, der an Georgianas Seite für sie reserviert war. Sie blickte starr geradeaus, und ihre Brust hob und senkte sich heftig, während sie allmählich wieder zu Atem kam. Die Orgel stieß ihren letzten Seufzer aus.

Wieder sah Georgiana Ada von der Seite an. Durch den Schleier hindurch sah sie, dass stille Tränen über die Wangen ihrer Schwester liefen. Dann richtete Georgiana den Blick wieder geradeaus, und ihr eigenes Herz krampfte sich schmerzlich zusammen. Doch die Hand ihrer Schwester zu ergreifen, tröstend und mitfühlend, oder selbst bei ihr Trost und Mitgefühl zu suchen, war ihr nicht möglich. Nie war die Kluft zwischen ihnen tiefer gewesen.

28

Rebecca eilte so schnell sie konnte die Küchentreppe hinauf, vorsichtig das Tablett mit den Sandwiches balancierend. Ihr blieb nur noch eine halbe Stunde, bevor die Familie aus der Kirche zurückkehren würde, und bis dahin musste alles für den Empfang der Gäste fertig und perfekt arrangiert sein. Auf dem Weg durch die Eingangshalle warf sie einen prüfenden Blick auf die Blumen und stieß einen leisen Schrei der Verärgerung aus. In der Lalique-Vase standen noch immer die gelben Rosen, obwohl sie schon vor einer halben Stunde Annie und Martha hinaufgeschickt hatte, um sie durch weiße Lilien ersetzen zu lassen. Überdies war das Wasser schmutzig. Sie ging in den weißen Salon, wo der Tisch mit den Erfrischungen gedeckt war. Annie und Martha standen mitten im Raum, die Arme voller Blumen, und flüsterten aufgeregt miteinander.

Normalerweise protestierte Rebecca nicht, wenn sie die beiden herumtrödeln sah – es war wohl kaum ihre Aufgabe –, aber heute war sie zu sehr von den Erinnerungen an die Beerdigung ihres eigenen Vaters erfüllt. Die arme Lady Georgiana hatte erschöpft ausgesehen, als sie zur Trauerfeier aufgebrochen war, und Rebecca war fest entschlossen, ihr nicht ausgerechnet heute noch zusätzlich das Leben schwerzumachen. »Los, ihr beiden, jetzt steht hier nicht so herum!«, forderte sie sie auf und stellte das Tablett auf den Tisch. »Die Familie kann jede Minute eintreffen!«

Martha warf ihr einen boshaften Blick zu. »Sehr wohl, Miss Freeman – oder sollte ich sagen, Miss Freudemann?«

»Wie bitte?« Ein Stich durchfuhr Rebecca beim Klang ihres früheren Namens. »Was hast du da gerade gesagt?«

Doch Martha war bereits an ihr vorbeigerauscht. Annie eilte hinter ihr her und besaß wenigstens den Anstand, verlegen auszusehen. Rebecca stand da wie angewurzelt, und das Herz schlug ihr schmerzhaft heftig in der Brust. Sie musste die beiden zur Rede stellen. Sie musste es mit ihnen aufnehmen und alles leugnen. Doch sie konnte sich nicht dazu überwinden. Sie war es müde, zu lügen und so zu tun, als hätte sie nichts zu verbergen. Doch ihre Stelle hing davon ab …

Ein Schrei von Martha und ein Klirren brachten sie sofort auf andere Gedanken.

»O nein!«, rief sie aus, als sie zersplittertes Kristall und verstreute Blumen vor Augen sah. Sie rannte in den Raum und blieb entsetzt stehen. Es war genauso, wie sie befürchtet hatte: Die Vase war an der Kante des niedrigen Sofatischs zerschellt, und das Wasser tropfte auf den Perserteppich – doch etwas Unerwartetes kam hinzu, etwas, womit sie nicht gerechnet hatte. Martha und Annie standen da wie erstarrt, und vor ihnen, an den Kamin gedrängt wie ein gejagtes Tier, stand geduckt eine junge Frau – eine Fremde.

Rebecca war einen Moment lang sprachlos. Oberflächlich musterte sie das Mädchen. Sie war nicht von guter Herkunft; das sah man ihrem Hut und bei näherer Betrachtung auch tausend anderen kleinen Details an. Es lag nicht nur an ihrer Kleidung, sondern an ihrer gesamten Erscheinung: ihre vor Angst weit aufgerissenen blauen Augen, ihre billigen Handschuhe und die Art, wie sie dastand, passten besser in eine Speisekammer als in einen herrschaftlichen Salon und verrieten, dass sie kein offizieller Gast war.

»Ein Geist!« Martha zitterte. »Ein Gespenst!«

»Unsinn«, erwiderte Rebecca scharf. Da erkannte sie den Eindringling wieder: Sie war die Tochter des Mannes, dem das Gasthaus im Dorf gehörte, das *Averley Arms*. Sie hatte sie schon oft gesehen, wenn sie etwas im Dorf erledigte, kannte sie jedoch nicht mit Namen. »Was tun Sie hier?«, fragte sie mit mühsam beherrschter, ruhiger Stimme. »Und wie – wie sind Sie hier hereingekommen?«

»Ich bin hier, um mit der Familie zu sprechen«, antwortete die junge Frau laut und deutlich. »Ich bin durch ein offenes Fenster hineingeklettert, denn ich will und muss sie unbedingt sprechen, von Angesicht zu Angesicht.«

»Sie wollte uns alle in unseren Betten umbringen …«, begann Martha.

»Martha, bitte!« Rebecca atmete tief durch. Wieder sprach sie ruhig und streckte die Hand zu dem Mädchen aus. »Kommen Sie mit hinunter, ich bitte Sie. Sie können die Familie nicht sprechen, nicht jetzt. Der Graf ist gefallen, wussten Sie das nicht? Heute findet die Beerdigung statt. Wenn Sie hier entdeckt würden, würde es den größten Ärger geben.«

»Der Graf ist gefallen, sagen Sie!« Die junge Frau stieß ein verbittertes Lachen aus. »Glauben Sie, das würde mir das Geringste ausmachen? Ich wünschte, er wäre gestorben, bevor dieser Krieg überhaupt angefangen hat!«

»Seien Sie still, um Himmels willen!« Rebecca war entsetzt und fragte sich, ob die Frau womöglich verrückt war. Sie ging zu ihr hinüber, fasste sie sanft am Arm und versuchte, sie zur Tür zu lotsen. »Jetzt kommen Sie schon – haben Sie denn gar kein Mitleid mit der armen Lady Georgiana? Und der Gräfin?«

»Haben die denn Mitleid mit mir? Sie haben wenigstens einen Leichnam.« Das Mädchen schüttelte Rebecca ab, ihre Stimme zitterte. »Ich habe nichts zu beerdigen, ja, nicht einmal das Recht zu trauern. Niemand weiß, ach, niemand weiß, wie sehr wir einander geliebt haben!«

Gepresst stieß sie die Worte hervor, und Rebecca empfand einen Stich des Mitleids. Ja, das Mädchen war tatsächlich verrückt, erkannte sie – verrückt vor Trauer. Offenbar hatte sie jemanden verloren, der ihr sehr nahegestanden hatte. Vielleicht keinen Ehemann, vielleicht waren sie nicht einmal verlobt gewesen. Sie wusste, dass sich tagtäglich solche Tragödien ereigneten. Sie legte der jungen Frau einen Arm um die Schultern. »Ach, meine Liebe«, sagte sie mitfühlend. »Es tut mir so leid für Sie. Möchten Sie nicht lieber mit mir hinunterkommen und sich erst einmal beruhigen? Dann können Sie der Familie doch viel ruhiger und deutlicher klarmachen, was Sie möchten, ohne dabei zusammenzubrechen.«

Das Mädchen zögerte, und Rebecca befürchtete, dass ihr billiger Trick nicht funktionieren würde. Doch sie hatte wohl unterschätzt, wie erschöpft die Arme war. Rebecca konnte sich noch gut an ihre eigene Erschöpfung erinnern, die sie nach dem Tod ihres Vaters empfunden hatte. Tagelang hatte sie nicht geschlafen vor Kummer und weil sie mit dem Schicksal haderte, bis ihr Herz so wund war, dass sie sich nur noch danach sehnte, von irgendjemandem in den Arm genommen und beruhigt zu werden, so dass sie aufhören konnte zu trauern, ohne ihren Vater zu enttäuschen. Das Mädchen zitterte und entspannte sich ein wenig in ihren Armen. Rebecca trug sie fast zur Dienstbotentreppe. Als sie an Annie vorbeikam, drehte sie sich zu ihr um und flüsterte: »Räum sofort diesen Dreck weg, und bringe das Zimmer in Ordnung. Und kein Wort zu irgendjemandem, alle beide!«

Als sie das Zimmer verließ, hoffte sie, dass Annie und Martha den Mund hielten. Zwar schien es unwahrscheinlich, aber sie hatte jetzt anderes zu tun. Das Mädchen musste um jeden Preis hinuntergebracht werden, bevor die Familie eintraf.

Gerade, als sie die Tür des Salons erreichten, kam Thomas herein. Erstaunt hielt er inne, als er sie sah. »Rebecca?«, fragte er ärgerlich und besorgt zugleich. »Wer in aller Welt ist diese Person? Schaffen Sie sie hier raus! Die ersten Automobile kommen schon die Auffahrt entlang!«

»Kommandieren Sie mich bloß nicht herum!« Die junge Frau richtete sich bei seinen Worten auf. »Wenn mein James hier wäre, so wie früher, hätte er das niemals zugelassen.«

James! Das musste der Butler gewesen sein, den Rebecca nicht mehr kennengelernt hatte, weil er vor ihrer Ankunft in den Krieg gezogen war. Das las sie auch in Thomas' betrübter Miene.

Zu ihrer Erleichterung veränderte er sofort den Ton. »Tut mir leid, Miss. Ich wusste nicht, wer Sie sind. Aber wenn Sie jetzt bitte mit mir und Miss Freeman hinunterkommen würden, dann werden wir uns um Sie kümmern …«

Rebecca führte das Mädchen weiter zur Filztür, und Thomas gesellte sich an ihre andere Seite. Von ferne hörte sie, wie die Besucher durch die Eingangstür hereinkamen: gewählte Upperclass-Stimmen. Sie beschleunigte ihre Schritte, und auch ihr Herz schlug schneller. Sie erreichten die Filztür, und Thomas redete noch immer ruhig und höflich auf die junge Frau ein. Die Tür ging auf, und sie führten sie hindurch. Doch als die Tür hinter ihnen zuklappte, schreckte die Frau auf, drehte sich um und versuchte, sich wieder den Weg zurück die Treppe hinauf zu erkämpfen. Rebecca musste ihre ganze Kraft aufbieten, um sie daran zu hindern, wieder in den Salon einzudringen. Glücklicherweise war Thomas hinter ihr, und gemeinsam schafften sie es, die Frau hinunter zu den Dienstbotenräumen zu bringen, jedoch nicht ohne dass Rebecca Kratzer im Gesicht davontrug und ihr die Haube schief auf dem Kopf hing. Thomas gelang es, der Frau die Arme hinter dem Rücken festzuhalten, und so brachten sie sie zum Zimmer der Hauswirtschafterin.

»Können Sie meinen Schlüssel vom Haken nehmen und aufschließen?«, keuchte Thomas und fuhr zu der Frau gewandt fort: »Sachte, Miss, ich will Ihnen nicht weh tun.« Hastig nahm Rebecca den Schlüssel vom Nagel an der Wand und schloss das Zimmer der Hauswirtschafterin auf. Thomas drängte die Frau hinein, und Rebecca knallte die Tür hinter ihnen dreien zu.

»Ich kann Annie und Martha dort oben nicht alleinlassen – sie kommen niemals ohne mich zurecht.« Thomas war außer Atem, und die Frau widersetzte sich noch immer. »Ich bleibe bei ihr – schließen Sie uns ein«, antwortete Rebecca.

»In Ordnung – so, hierher.« Thomas schob die Frau zum Stuhl vor dem Schreibtisch, gefolgt von einem kurzen: »Tut mir leid, Miss«, und fing den Schlüssel auf, den Rebecca ihm zuwarf. Er schlüpfte zur Tür hinaus, bevor sich die Frau umdrehen konnte, und schloss sie rasch wieder hinter sich. Rebecca hörte, wie er den Schlüssel umdrehte. Die Frau wirbelte zu ihr herum; Rebecca wich einen Schritt zurück und wurde sich erstmalig der Gefahr bewusst, in der sie sich möglicherweise befand. Doch die Frau bedeckte einfach nur das Gesicht mit den Händen, fing herzzerreißend an zu schluchzen und ließ sich auf den Stuhl fallen. Sie schien am Ende ihrer Kräfte zu sein. Während Rebecca allmählich wieder zu Atem kam, betrachtete sie voller Mitleid dieses Häuflein Unglück. Es war eine solche Tragödie; kein Wunder, dass das arme Mädchen in einem derartigen Zustand war. Rebecca hatte James nie kennengelernt, doch sie hatte den anderen geholfen, Päckchen für ihn zu packen, und sie hatte seine fröhlichen, kurzen Briefe gelesen, die in der Küche aufgehängt worden waren. Die junge Frau hatte ihn offenbar sehr geliebt.

»Wie heißt du, Liebes?«, fragte sie, als das Schluchzen ein wenig nachließ.

»Jenny. Jenny Carter hätte ich werden sollen. Das hat er mir versprochen.«

»Und das hat er gewiss auch so gemeint«, sagte Rebecca sanft. Sie wusste, wie schlimm das war – eine noch junge Liebe, die den Eltern noch nicht gestanden worden war. Was sollte die arme Jenny nun tun? Sie hatte noch nicht einmal das Recht, auf seiner Beerdigung zu weinen. »Es tut mir so leid für dich«, sagte Rebecca. »Aber was kann denn die Familie dafür?«

Jenny blickte auf, zornig und anklagend. »Sie haben ihn doch dazu ermutigt, zu gehen! Er war ganz aus dem Häuschen, weil der Graf ihm die Hand geschüttelt hat! Ich habe ihn angefleht, vorsichtig zu sein, aber er hat gesagt, für einen Herrn wie diesen würde er alles tun.« Ihre Stimme zitterte vor Erregung. »Das ist un-ungerecht. Der Graf bekommt ein großes Begräbnis, mein James bekommt n-nichts. Er gilt als vermisst. Er wäre niemals in den Krieg gezogen, wenn der Graf ihn nicht dazu ermuntert hätte. Er hat mich so sehr geliebt.« Das Mädchen weinte leise und hoffnungslos. »Und jetzt ist er tot. Er ist tot!«

Wortlos ging Rebecca zu ihr hin und kniete sich vor sie, nahm ihre Hände und drückte sie mitfühlend. Sie spürte, dass das Mädchen einfach mit jemandem reden musste, mit irgendjemandem. Sie hörte zu, während Jenny ihr unter Tränen ihre

Geschichte erzählte – wie sie sich kennengelernt hatten und wie er versprochen hatte, sie zu heiraten, sobald er auf Heimaturlaub kam. Dass sie nicht gewollt hatte, dass er ging, doch er unbedingt ein Held sein wollte und diesem Ideal nachjagte. Und jetzt war nichts mehr übrig, nicht einmal ein Leichnam, den man begraben konnte. Rebecca hörte zu, und ihr war selbst zum Weinen zumute.

»Hast du etwas, was dich an ihn erinnert?«, fragte sie endlich und dachte an James' wenige Habseligkeiten, die er zurückgelassen hatte. Vielleicht konnte sie Jenny davon etwas geben.

Jenny sah Rebecca in die Augen und lächelte kurz und freudlos. »Oh, ja«, sagte sie. »Das ist ja das Problem.«

Rebecca brauchte einen Moment, um zu verstehen, was Jenny meinte. Dann – mit einer Welle des Mitleids – begriff sie. Kein Wunder, dass das arme Mädchen so außer sich war. Was sollte sie sagen? »Es tut mir leid« klang abgedroschen – und was gab es zu bedauern, wenn ein Kind aus Liebe geboren wurde? Andererseits – was gab es zu feiern, wenn ein Baby in Schande und Armut zur Welt kam, dessen Vater gestorben war, bevor er von seiner Existenz erfahren hatte?

»Vielleicht ist es gar nicht so schlimm«, sagte Rebecca schließlich. »Hast du mit seinen Eltern geredet?«

»Nein, auch nicht mit meinen eigenen. Ich weiß, was sie sagen würden.«

»Aber vielleicht irrst du dich, und deine Angst ist ganz unbegründet.« Rebecca blickte ihr ins Gesicht und wünschte sich inständig, sie trösten zu können. »Seine Eltern trauern doch sicher um ihn. Denk doch mal daran, was es ihnen bedeuten könnte, ein Enkelkind zu haben. Und deine Eltern … nun ja.« Sie dachte an ihren eigenen Vater, seine strenge, aber gütige Liebe. »Mein Vater wäre böse gewesen, aber meine Mutter hätte ihn schon zur Vernunft gebracht. Beide hätten mich am Ende verstanden.«

Jenny antwortete nicht. Rebecca schwieg. Ihr fiel nichts mehr ein, was sie hätte sagen können, um ihr zu helfen. Sie hätte sie so gern getröstet, doch Tatsache war, dass Palesbury eine Kleinstadt war und nicht alle Eltern so liebevoll wie ihre waren. Man würde Jenny als ruiniert betrachten, und das würde es schwer für sie machen, Arbeit zu bekommen, und unmöglich, einen Ehemann zu finden, der für das Kind eines anderen Mannes sorgte ... Die Zukunft sah düster aus.

Nach einer scheinbar endlos langen Zeit ertönte ein Klopfen an der Tür, und Rebecca hörte, wie sich der Schlüssel im Schloss drehte. Sie stand auf und trat Thomas entgegen. Jenny rührte sich nicht von der Stelle.

»Ist alles in Ordnung?«, begrüßte Thomas Rebecca flüsternd.

Rebecca nickte. Er musterte ihr Gesicht, das voll barmherziger Sorge war.

»Ich hätte Sie nicht allein zurücklassen dürfen, während sie in einem so aufgebrachten Zustand war«, fuhr er genauso leise fort. »Sie hätte Sie angreifen können oder sonst etwas. Ich habe nicht nachgedacht. Ich bin ein Idiot.«

»Wir hatten keine andere Wahl, und mir drohte wirklich keine Gefahr.«

»Trotzdem war es falsch von mir. Das wird nie wieder passieren.«

»Es geht ihr jetzt viel besser; ich glaube nicht, dass sie jemandem etwas tun würde«, sagte Rebecca schnell, weil sie Jenny unbedingt in Schutz nehmen wollte.

Thomas blickte hinüber zu Jenny. Sie war aufgestanden, während sie sich unterhielten, und blickte jetzt durch die rautenförmigen Butzenscheiben hinaus, den Rücken zu ihnen gekehrt.

»Ihr Verlust tut mir sehr leid, Miss«, sagte Thomas sanft. »James, gefallen – ich kann es kaum glauben. Ich muss wieder hinaufgehen, aber ich wollte Ihnen unbedingt mein Beileid aussprechen.« Mit zitternder Stimme fuhr er fort. »Wir alle haben James sehr gemocht. Er war wie ein älterer Bruder für mich.«

Jenny nickte geistesabwesend und blickte noch immer zum Fenster hinaus. Rebecca durchquerte den Raum, um zu sehen, wonach sie Ausschau hielt. Von ihrem Standort aus konnte man einen Winkel der Auffahrt erkennen, wo das Automobil des Grafen stand. Lady Georgiana stieg gerade aus, gestützt auf Master Templetons Arm. Rebecca war zu weit entfernt, um Michaels Gesicht erkennen zu können, aber irgendetwas an der zärtlichen, aufmerksamen Art, mit der er sich über seine Stiefschwester beugte, verlieh Rebecca das Gefühl, als sei ihr Herz eine Geige und als sei eine Saite – eine unbedeutende, aber liebevoll gestimmte – gerade zerrissen.

Jenny wandte sich vom Fenster ab. Ihr Gesicht zeigte nichts als Erschöpfung und Resignation. »Machen Sie sich keine Sorgen. Ich werde keine Szene machen. Ich weiß, dass Sie recht haben und es unsinnig wäre«, sagte sie. »Ich gehe jetzt nach Hause, und vielleicht … vielleicht wird wirklich alles nicht so schlimm, wie ich befürchtet habe.«

Sie ging zur Tür. Thomas trat beiseite, um sie durchzulassen. Rebecca folgte, immer noch besorgt um sie. Aber Jenny schien sich wieder vollkommen in der Gewalt zu haben. In der Küche blieb sie stehen und sagte: »Sie waren sehr nett, ich danke Ihnen beiden.«

Rebecca brachte sie zur Hintertür. Auf der Schwelle flüsterte sie Jenny zu: »Ich weiß, dass Lady Georgiana Ihnen helfen wird, wenn sie die Wahrheit erfährt. Sie ist die Freundlichkeit in Person.«

Jenny blickte zu ihr auf. »Sie weiß, was es bedeutet, zu lieben. Das sehe ich«, antwortete sie ruhig. »Am Ende sind sie wohl auch nur Menschen.«

Rebecca blickte ihr hinterher, als sie davonging. Das Herz tat ihr weh, aus Mitleid für Jenny und aus Schmerz über das Wissen, dass Master Templeton Lady Georgiana liebte – auch wenn ihre Herrin es noch nicht wusste.

Sie seufzte. Als sie sich wieder zum Flur umwandte, erschrak sie, weil Thomas immer noch dort stand und auf sie wartete.

»Ich glaube, sie meint es ehrlich, Sir«, sagte Rebecca. »Sie wird keinen Ärger machen.«

»Ich glaube Ihnen.« Er zögerte. Das Sonnenlicht fiel durch das Küchenfenster und ließ sein dunkel goldenes Haar glänzen. »Ich möchte Ihnen danken, Rebecca. Ohne Ihr schnelles, beherztes Eingreifen hätte es eine sehr unangenehme Szene gegeben.«

Rebecca errötete vor Überraschung über das Lob. »Ich habe nur getan, was getan werden musste, Sir.«

»Das haben Sie gut gemacht. Ich bin Ihnen dankbar – und ich möchte mich dafür entschuldigen, was ich über Zimmermädchen gesagt habe. Sie haben mir bewiesen, dass ich unrecht hatte.«

Er lächelte sie an. Das erstaunte Rebecca, denn sie hatte ihn noch nie zuvor lächeln sehen, jedenfalls nicht so. Seine Augen leuchteten auf; sie hatten genau dieselbe Farbe wie ein Sommerhimmel. Der Gedanke an dieses strahlende Blau begleitete sie den ganzen Tag über, während sie ihre Arbeit erledigte, und auch abends, als sie schlafen ging, war das Letzte, woran sie dachte, sein Lächeln.

29

Oxford

Ada saß schweigend im Zug nach Oxford, und ihr war während der gesamten Fahrt zum Weinen zumute. Den Blick hielt sie starr auf das Fenster und ihre Reflexion darin geheftet, ihr zartes, gespenstisches Spiegelbild. Ihr Rücken war so gestrafft, wie sie es von Kindesbeinen an gelernt hatte, und sie schwankte mit den Bewegungen des Zuges vor und zurück. Ihr breitkrempiger Hut saß wie eine Blüte auf einem hohen, schlanken Stängel. Sie sehnte sich danach, ihren schmerzenden Kopf gegen das kühle Fensterglas zu lehnen. Doch wohlerzogene Damen taten das nicht, und außerdem war sie nicht allein. Ihr gegenüber saßen zwei Männer, einer in Zivil, einer in Uniform. Sie vermutete, dass sie Kameraden waren, einer vielleicht auf Urlaub. Sie hielten eine Zeitung in der Hand, und Ada schnappte Fetzen ihrer Unterhaltung auf.

»… hat gesagt, es war furchtbar. Zwei Menschen wurden in Great Yarmouth getötet.«

»Nicht einmal in der Heimat sind wir in Sicherheit …«

Auf der Titelseite war etwas abgebildet, was Ada vor dem Krieg nur ein- oder zweimal gesehen hatte: ein Zeppelin. Der dunkle, verschwommene Schatten sah aus wie ein Fleck auf dem Papier, und ihm haftete etwas Bedrohliches an. Merkwürdig, dass etwas so Riesiges sich so geräuschlos und unsichtbar durch die Nachtwolken bewegen konnte. Ihr Blick kehrte immer wieder zu dem Bild zurück. Der dunkle Schatten war wie eine Grube, deren Grund sie nicht erkennen konnte.

Der Zug schaukelte, und das Rattern der Räder auf den Gleisen zerrte an ihren Nerven. Normalerweise liebte sie den Rhythmus des Zuges, doch jetzt, mit ihren bohrenden Kopfschmerzen, empfand sie ihn als Tortur. Schon seit Tagen hatte sie Migräne, wie immer, wenn sie geweint hatte.

Ich muss mich zusammenreißen, sagte sie sich. Das neue Semester fängt an. Ich muss mich konzentrieren. Ich muss daran denken, zu lächeln.

Doch sie wusste, dass Oxford nie wieder dasselbe sein würde, nicht nach alldem, was geschehen war.

Nachdem Georgiana sie vor der Beerdigung ihres Vaters allein in Oxford zurückgelassen hatte, hatte Ada die ganze Nacht mit Packen verbracht und ihre Bücher und Unterlagen sortiert. Dann, so früh morgens, dass es noch dunkel war, hatte sie sich erschöpft auf den Weg gemacht, ihren Koffer mit sich schleppend, um den ersten Zug nach Somerton zu erreichen. Die Baumkronen über ihr waren unsichtbar, flüsterten aber leise, als sie die Themse passierte. Der Mond schien hell auf die Pflastersteine und auf das Wasser. Und dann sah sie ihn – die Glut seines Stumpens erhellte sein Gesicht, genau wie an jenem Tag vor so langer Zeit, als sie einander zum ersten Mal begegnet waren. Ada erkannte ihn an seinen Schatten und an der Art, wie er sich bewegte. Er kam über die Brücke auf sie zu.

Ada beschleunigte ihre Schritte, betrat die Brücke und näherte sich ihm. Er warf seinen Stumpen weg, sobald er sie sah. »Ada, mein Liebling! Ich habe es gestern erfahren – die Nachricht hat sich bis nach London, ins India House verbreitet. Es tut mir so leid!« Er nahm sie in die Arme und streichelte ihr über das Haar.

»Danke dir … ja, es ist ein furchtbarer Schlag.« Ada wusste kaum, was sie sagte. Ihr war klar, dass sie jeden Moment von einem Professor gesehen werden konnten, der zu einem Mondscheinspaziergang unterwegs war, aber inzwischen war es ihr egal. »Wir hätten nie geglaubt … wir dachten, ihm drohte keine Gefahr. Ich kann es noch gar nicht fassen.«

»Wie schrecklich, du Arme!« Ravis Tonfall sagte mehr als tausend Worte. Er nahm ihr den Koffer ab. »Komm, lass uns in meine Pension gehen, hier können wir nicht ungestört reden.«

Ada folgte ihm, zu müde, um an die Gefahr zu denken, gesehen zu werden. Ravi erzählte ihr unterdessen, wie er erfahren hatte, dass ein Berater auf Truppenbesuch von einem Scharfschützen getötet worden sei. Er habe sofort an den Grafen von Westlake gedacht und sich unverzüglich auf den Weg nach Oxford gemacht.

»Ich durfte gar nicht daran denken, dass du damit allein fertigwerden müsstest«, sagte er und blieb vor einem kleinen Stadthaus stehen. »Es ist nichts Besonderes«, fügte er entschuldigend hinzu. »Ich habe gleich das Erstbeste genommen.«

Sie stiegen die schmale, steile Treppe hinauf, und er führte sie in sein Zimmer. Ada blickte sich um. So nahe war sie ihm noch nie gekommen, einen so intimen Einblick in sein Leben hatte sie noch nie erhalten: das Rasiermesser auf dem Waschtisch, sein Hemd auf dem Bügel im Schrank, und fast brachte es sie zum Weinen. Sie sehnte sich so sehr danach, ihm jeden Tag so nahe zu sein. Aber … Wie konnte sie nach Indien gehen, wenn Somerton unter dem Schlag schwankte, dass ihr Vater plötzlich nicht mehr da war?

»Mach kein Licht«, sagte sie leise. »Öffne nur die Vorhänge, so dass wir den Sonnenaufgang sehen können.«

Er tat es, und das blasse Licht der Morgendämmerung fiel herein.

»Ada«, sagte er mit tiefer Zuneigung und kam auf sie zu. Eine Hand auf seine breite Brust gelegt, hielt sie ihn zurück.

»Ravi, ich …«

»Bitte, ich weiß, dass dein Herz übervoll sein muss. Du brauchst nichts zu sagen, nur, wenn du es willst.« Sanft schob er ihre Hand weg und kam näher, so nah, dass sie den Kopf an seine Brust lehnen konnte. Sie atmete seinen Duft nach Sandelholz ein.

»Ich verstehe das einfach nicht«, sagte sie. »Er hat uns versprochen, für ihn bestünde keinerlei Gefahr.«

»Aus Armeekreisen habe ich erfahren, dass er das Schlachtfeld besichtigte, um Vorschläge für die Verbesserung der Laufgräben zu machen. Er wollte etwas für die Männer tun, um ihnen das Leben zu erleichtern.«

»Mein armer Vater!« Adas Stimme brach. »Wie typisch für ihn, an andere zu denken. Oh, ich muss zurück nach Somerton.« Sie drehte sich um, doch er folgte ihr.

»Du siehst erschöpft aus«, sagte er. »Bitte ruh dich einen Moment aus.«

Sie sehnte sich einfach nur danach, in seine Arme zu sinken. Aber das wäre nicht fair gewesen. Sie musste es ihm sagen, und in einer Aufwallung sprudelte es aus ihr heraus. »Du musst wissen, dass das bedeutet, dass wir jegliche Pläne aufschieben müssen …«

»Natürlich kannst du nicht heiraten, bevor du nicht die Trauerzeit für deinen Vater eingehalten hast.«

»Das ist es nicht allein.« Ada schwieg. »Ravi, ich habe nachgedacht, die ganze Zeit, seitdem ich Georgiana getroffen und die Nachricht erfahren habe. Mein Vater ist tot; die Gräfin ist, soweit ich gehört habe, wie von Sinnen vor Schreck und Trauer. Ich kann Somerton nicht verlassen, ohne die Gewissheit zu haben, dass es für die Zukunft in guten Händen ist. Ich kann meine Schwester nicht ohne Unterstützung alleinlassen.«

»Aber du musst die Vergangenheit hinter dir lassen«, erwiderte er ruhig und fest. »Deine Familie hat dich immer daran gehindert, dich so zu entfalten, wie du wirklich bist. Dein Titel hat dich bisher beschwert wie ein Mühlstein um deinen Hals.«

»Ganz so ist es nicht.«

»Aber du hast doch gesagt …«

»Ich weiß, so hat es sich manchmal angefühlt.« Ada ballte die Fäuste. »Ravi, bitte versuch mich zu verstehen. Was immer meine Familie mir bedeutet, was immer Somerton mir bedeutet – es ist ein Teil von mir.«

»Und ich? Bin ich nicht auch ein Teil von dir?« Er legte die Arme um sie und küsste sie auf den Hals. »Ich habe es versucht, ich sehne mich danach. Ich werde deine Familie, ich werde dein Somerton sein.«

»Ich wünschte, das könntest du«, flüsterte sie, die Augen brennend vor Tränen. »Aber ich befürchte, nichts kann sie ersetzen.«

»Was redest du denn da? Ada, denk gründlich nach …«

»Das habe ich getan. Seit Monaten schon. Ich möchte dich etwas fragen.« Sie drehte sich um, trat einen Schritt zurück und ließ dabei sanft ihre Hände auf seinen liegen. »Willst du jeden Gedanken daran, nach Indien zurückzukehren, aufgeben und hier bei mir bleiben?«

Ein langes Schweigen war die Antwort. Gequält verzog er das Gesicht.

»Du weißt, das kann ich nicht.«

»Dann weißt du, wie ich mich fühle.«

»Du meinst, du willst nicht mit mir nach Indien gehen.« Seine Stimme zitterte.

»Ich meine, dass wenn ich mit dir nach Indien gehen würde, so sehr ich es mir auch wünsche …«, sie hielt inne, es fiel ihr schwer, die Worte auszusprechen, »so weiß ich doch, dass ich dort nicht glücklich wäre. Ich könnte nicht mit der Schuld leben, meine Familie und mein Land in der Stunde der Not im Stich gelassen zu haben.«

»Aber mich wirst du im Stich lassen«, erwiderte er verbittert. »Das willst du damit sagen, oder? Du sagst, dass du … dass du …« Er schwieg. Ada sah, dass er den Tränen nahe war und dagegen ankämpfte. »Dass du mich nicht heiraten wirst.« Wütend und zornig brach es aus ihm hervor. »Dass alles, was du mir gesagt hast, gelogen war. Dass dir gar nichts an mir liegt. Dass du mich nicht liebst …«

»Hör auf!«, rief sie und hob die Hände, als wolle sie sich vor einem Schlag schützen. Einen Augenblick darauf bedeckte er ihre Hände mit leidenschaftlichen Küssen.

»Ada – es tut mir leid – ich habe das nicht so gemeint – ich bin ein Unmensch. Vergiss, was ich gesagt habe, vergiss es. Wir können noch einmal neu anfangen. Wir können diese irren Worte vergessen. Bitte vergib mir!«

Sie lehnte sich an ihn und durchnässte sein Hemd mit ihren Tränen. Endlich gewann sie die Fassung wieder und blickte zu ihm auf. »Wir können nicht noch einmal von vorn anfangen. Das weißt du. Du weißt, wenn ich mit dir nach Indien käme oder du um meinetwillen hier bliebest, hätten wir immer wieder solche Szenen. Am Ende würde es uns zerstören. Das weißt du, Ravi, bitte, habe den Mut, es dir einzugestehen.«

Er hielt sie fest umschlungen. Nach langer Zeit kam seine Antwort. Es war das, was sie ihn gebeten hatte zu sagen, wovon sie wusste, dass er die Ehrlichkeit haben würde, es zuzugeben, und dennoch brach es ihr das Herz.

»Ja. So ist es.«

Wortlos klammerten sie sich aneinander. Das Sonnenlicht erhellte die Zimmerwand, aber Ada hatte nicht das Gefühl, dass der Morgen anbrach. Die aufgehende Sonne sollte Hoffnung und Stärke bringen, so dachte sie, nicht Tränen und Schweigen.

Ein schwacher Laut verriet ihr, dass er weinte. Sie hatte das Gefühl, als würde ihr Herz entzweigerissen. Sie liebte ihn so unendlich, mit solcher Leidenschaft und solchem Schmerz. Sie küsste ihn, flüsterte ihm zu, wie leid es ihr tat und wie sehr sie ihn liebte. Er erwiderte ihre Küsse, und sie schmeckte seine Tränen. Sie wusste, dass sie aufhören sollten, aber sie hätte es nicht ertragen. Zu grausam erschien es ihr, dass sie zueinander gefunden hatten und dann wieder auseinandergerissen werden sollten, ohne einander je so nahe sein zu können, wie sie es sich ersehnte. Die Küsse wurden verzweifelt, ihre Finger suchten sein Hemd und knöpften es auf, er vergrub seine Hände in ihrem Haar, ihr Kleid glitt ihr von den nackten Schultern …

»Sag mir, ich soll aufhören«, murmelte er, wie er es schon einmal getan hatte, aber diesmal schwang nichts Neckisches in seinen Worten mit, nur eine Intensität, die sie vor Begehren erzittern ließ.

»Ich will nicht, dass du aufhörst«, erwiderte sie, und als er sie hochhob und zum Bett trug, wusste sie von ganzem Herzen, dass das die Wahrheit war.

Als sie aus dem Zugfenster blickte, war es, als könne sie noch immer seine brennenden Küsse auf ihrer Haut spüren. Niemals würde sie diese Erfahrung vergessen; wie ein kostbares Juwel bewahrte sie sie tief verborgen im schwarzen Samt ihrer Erinnerung auf. Niemand konnte ihr dieses Andenken nehmen.

Durch das Fenster sah sie, dass sie Oxford erreichten. Sie hielt Ausschau nach der Pension, in der es geschehen war. Sie hatte die Züge vorbeirattern hören, daher musste sie nahe der Gleise gelegen haben. Sie dachte daran, wie sie zu ihm gesagt hatte: *Ich habe mich immer danach gesehnt. Ich werde es niemals bereuen.* Und später: *Wenn ich doch nur gewusst hätte, wie vollkommen es sich anfühlen würde.*

Und noch später: *Lebe wohl. Lebe wohl für immer, mein Liebling, lebe wohl.*

Der Zug wurde langsamer und fuhr in den Bahnhof ein. Die mitreisenden Männer erhoben sich von ihren Plätzen, und einer von ihnen half ihr höflich, den Koffer aus der Gepäckablage zu heben. Zum Dank lächelte Ada matt und verließ mit ihnen den Waggon.

Sie blickte sich an ihrem geliebten Rückzugsort um. Oxford. Jedes Mal war sie voller Freude hier eingetroffen, doch jetzt sah sie nichts außer der grauen Misere eines belagerten Landes, eine düstere Zukunft, formlos und bedrohlich wie der Schatten des Zeppelins. Sie würde an die Universität zurückkehren und arbeiten, arbeiten, arbeiten müssen, so als wäre Ravi nicht fortgegangen, als hätte er nicht jetzt, in diesem Moment, ein Schiff in Southampton bestiegen.

Die Zeit heilt alle Wunden, hatte er zu ihr gesagt.

Aber ich werde dich nie vergessen, hatte sie geantwortet.

Nein, aber der Schmerz wird vergehen. Und dann hatte er sie geküsst. Sie hatten am Bahnhof gestanden, jeder hätte sie sehen können. Ada war es egal gewesen. Was hatte sie jetzt noch zu verlieren?

Sie nahm ihren Koffer und verließ hocherhobenen Hauptes den Bahnhof. Die Menge teilte sich vor ihr; einige warfen ihr neugierige Blicke zu, andere bemerkten sie kaum.

Wenn sie nur wüssten, dachte sie mit einer von Bitterkeit durchtränkten Euphorie. Wenn sie nur wüssten, wie frei ich mich fühle.

30

Frankreich

Das Feldlazarett befand sich in einem heruntergekommenen, vom Regen durchtränkten kleinen Bauernhof, aus dem sämtliche Tiere, Menschen, ja, jegliche Anzeichen von Leben schon lange verschwunden waren. Es war merkwürdig, wie schnell sie sich dort eingelebt hatte. Zwar war es nicht gerade wie zu Hause, dachte Charlotte, als sie über den Hof eilte, aber schon durchaus vertraut.

Sie betrat ihre Baracke, eine Holzhütte in den Ruinen der Scheune, und holte ihren ledernen Motorradmantel und ihren Muff, froh, in diese Kleidungsstücke investiert zu haben. Sie hatte sie in Boulogne einer Kriegskrankenschwester abgekauft, die zurück nach England ging, um sich dort um ihre alten Eltern zu kümmern. Mit einem leisen Stich des Bedauerns dachte Charlotte an ihre wunderschönen Pelze, die sie in England zurückgelassen hatte, und schob den Gedanken daran umgehend beiseite. Das war damals gewesen, jetzt zählte nur hier und heute. Die Pelze wären bloß nass und schwer geworden, mehr als nutzlos bei den regelmäßigen Noteinsätzen an der Front, wo sie half, die Verwundeten abzuholen.

Sie verließ die Hütte, rannte hinüber zum wartenden Krankentransporter und stieg neben dem Fahrer ein, einem grauhaarigen, kettenrauchenden Busfahrer aus dem East End namens Sid. Bei ihrer ersten Fahrt im Krankenwagen, dessen rostige, schlammverkrustete Karosserie bereits erahnen ließ, wie es im Innenraum aussah, stellte sie mit Schrecken fest, dass es keinen Beifahrersitz gab, sondern sie stattdessen mit einem rostigen Ölkanister als Sitz vorliebnehmen musste. Nach den vielen Fahrten zu den Notlazaretten, wo die Verwundeten unmittelbar nach dem Gefecht versorgt wurden, hatte sie sich daran gewöhnt, doch sie fühlte sich immer noch sehr ungeschützt. Der Transporter war wenig mehr als ein Karren mit einem angeschraubten Motor und Planen über der Ladefläche, auf der die Verwundeten transportiert wurden. Sid legte den Gang ein und gab so heftig Gas, dass Charlotte beinahe von ihrem Sitz geworfen wurde.

Schon vor ihrer Ankunft hatte Charlotte gewusst, dass sie so dicht an der Front keine Scheinwerfer benutzen durften, damit sie nicht von Flugzeugen oder Scharfschützen ausgemacht werden konnten, doch ihr war nicht klar gewesen, was das bedeutete. In dunkler Nacht holperten sie über schmierseifenglatte, mit Schlaglöchern gespickte Straßen, mitten durch die verbrannte Erde zu beiden Seiten. Sie arbeiteten sich langsam vor, blieben häufig stecken, und ab und zu ragten dunkle Schatten in der Nacht auf – die Wracks anderer Automobile, ein einzelner, geschwärzter, blattloser Baum, der irgendwie eine Granate überlebt hatte. Am Horizont glühte der letzte Schein des Sonnenuntergangs, und das Donnern der Geschütze diente ihnen als Kompass. Charlotte klammerte sich fest, wo sie nur konnte, die Augen auf dieses ferne Leuchten gerichtet, ängstlich, aber auch voll nervöser Getriebenheit, so schnell wie möglich dorthin zu gelangen und helfen zu können.

»Wen holen wir diesmal ab?«, fragte sie Sid.

»Graben B-4, die waren mitten in der Schlacht.«

»Arme Jungs. Für wenigstens ein paar von ihnen müsste es doch jetzt nach Hause gehen.«

»Wenn sie Glück haben. Sieht so aus, als wäre 1915 das Jahr, in dem wir uns eingegraben haben und steckengeblieben sind.«

Charlotte erwiderte nichts. Es war die niederschmetternde Wahrheit. Nachdem 1914 die Frontlinie zwischen Frankreich und Belgien hin und her gewandert war, bewegte sie sich jetzt kein bisschen mehr, ganz so, als sei sie im Schlamm festgefahren. Keiner der Gegner gewann an Boden. Es stand zu befürchten, dass es ein langer Krieg werden würde.

Deswegen muss ich mein Bestes tun, um zu helfen und die Männer aufzumuntern, sagte sich Charlotte entschlossen. Doch sie war noch nie so erschöpft gewesen. Es war schmerzlich für sie, hier nicht die pflegerische Arbeit leisten zu können, die sie in London als so erfüllend erlebt hatte. Was sie stattdessen tat, war ein verzweifeltes, hastiges Zusammenflicken entsetzlich zugerichteter, zerrissener Körper, bis die Männer so weit transportfähig waren, dass sie mit dem Zug zum Hauptlazarett nach Étaples verlegt werden konnten. Nun erst erkannte Charlotte, dass sie in London für Männer gesorgt hatte, die sich bereits stabilisiert hatten und deren Überlebenschancen ziemlich gut standen. Dort waren nur wenige gestorben. Hier, wo die Männer direkt vom Schlachtfeld kamen, mit inneren Blutungen und im Schockzustand, gab es so viele Tote, dass man sie nicht mehr zählen konnte. Zu viele, um sich an ihre Namen zu erinnern. Tränen brannten Charlotte in den Augen, teils aus reiner Müdigkeit, teils vor Trauer bei dem Gedanken daran.

Sie fuhren immer weiter, und sie erkannte, dass das rote Glühen am Horizont nicht der Sonnenuntergang war. Es war das

Feldlazarett, zu dem sie unterwegs waren. Das Lazarett selbst stand in Flammen.

»O Gott!«, rief sie in dem Wissen, dass es ein Volltreffer gewesen sein musste. Adrenalin strömte durch ihre Adern; sie setzte sich auf, und all ihr Selbstmitleid war verschwunden. Sid schien es im selben Moment zu erkennen, denn er fluchte und trat das Gaspedal durch. Es dauerte noch mehrere angespannte Minuten, bevor der Krankenwagen nahe genug gekommen war, um anzuhalten. Die Hitze der Flammen traf Charlotte, als sie heraussprang, und der Feuerschein verbreitete eine unheimliche Helligkeit. In der Ferne hörte sie das Donnern explodierender Granaten und das Heulen von Schrapnellen. Sie fiel beinahe über einen Soldaten, der mit dem Rücken gegen einen Erdwall gelehnt saß, schweigend und im Schockzustand zitternd. Charlotte konnte die Schwere seiner Verwundungen nur erahnen; sie wickelte ihn in eine Decke und half ihm, Wasser zu trinken.

»Hierher!«, rief ihr ein Mann zu, und als Charlotte sich aufrichtete, sah sie, dass Verwundete auf Tragen aus den Gräben gehoben wurden. Der Mann, der sie gerufen hatte, rannte auf sie zu. Sie konnte sein Gesicht nicht erkennen, weil es mit Schmutz und Blut verkrustet war, aber sein rotgoldenes Haar glänzte in den Flammen.

»Hier sind Männer, die Hilfe brauchen«, sagte er zu ihr. Charlotte hörte seinen amerikanischen Akzent, hatte aber keine Zeit, weiter darüber nachzudenken. Weitere Männer kamen aus dem Graben, einige auf Krücken stolpernd, andere aufeinander gestützt. Manche mussten von Kameraden getragen werden; zum Bau von Tragen war keine Zeit gewesen. Vor Schmerzen schreiend wurden sie einfach so hinten auf die Ladefläche des Krankentransporters gelegt. Charlotte und der Amerikaner halfen, sie sicherer zu betten. »Passen Sie doch auf!«, fuhr Charlotte den Mann an, als er beinahe einen schlimm verbrannten Soldaten fallen gelassen hätte. Sie wagte gar nicht daran zu denken, wie viele der Verwundeten die Fahrt zurück zum Lazarett überhaupt überleben würden. Das Wichtigste war jetzt, sie aus der Schusslinie zu bringen, bevor eine weitere Granate sie alle auslöschte.

»Jetzt haben wir alle!« Sid rannte an ihr vorbei zur Fahrerseite. »Rein mit dir, schnell!« Charlotte sprang auf die Ladefläche und reichte ihrem Helfer eine Hand. Als er nur mit Mühe das Trittbrett erklomm, erkannte sie, dass auch er verwundet war.

»Oh nein – Ihr Arm!« Er war offenbar gebrochen und lag in einer Schlinge. Jetzt verstand sie, warum er so ungeschickt gewesen war.

Grunzend vor Schmerz und Anstrengung setzte er sich neben sie. Eine Granate explodierte links von ihnen, und Charlotte duckte sich, erschrocken von dem Knall. Mit einem Satz startete der Krankentransporter, und sie wurde gegen den Amerikaner geworfen. Sie hörte, wie er vor Schmerz nach Luft schnappte. Auf den Brettern der Ladefläche war noch ein kleiner Fleck frei, und dorthin setzte er sich und zog sie zu sich hinunter, auf seinen Schoß. Charlotte sprang auf, als hätte sie sich verbrannt.

»Sitzen Sie still, Ma'am!«

Sie hatte keine andere Wahl: Der Krankenwagen schlingerte hin und her, und sie schwankte und fiel wieder in seine Arme. Sie hielt sich an ihm fest, wütend über ihre Lage und sich bewusst, dass sie ihre Würde als Krankenschwester jederzeit bewahren musste. Dann explodierte direkt über ihnen eine Granate, und unwillkürlich schrie sie vor Angst. Er nahm sie fester in den Arm, und ohne darüber nachzudenken klammerte sie sich an ihn. Der Feuerschein der Explosion hatte ihr das Chaos im Inneren des Krankenwagens gezeigt. Sie musste etwas unternehmen. Sie tastete nach ihrer Verbandstasche, kroch auf allen vieren zu jedem der Männer hin und versorgte sie so gut sie es in der umgebenden Dunkelheit vermochte. Als sie in sicherer Entfernung von den Explosionen waren und die Straße ebenmäßiger wurde, arbeitete sie sich wieder zurück zu dem Amerikaner.

»Wer hat Ihnen diese Schlinge angelegt?«, fragte sie und verwandelte ihre Angst in Zorn. »So ein schmutziges Drecksding.«

»Ich selbst, Ma'am. Sorry – bin leider kein studierter Arzt.«

»Sie sind kein Arzt?« Sie sah ihn genauer an. Im Strahl ihrer Taschenlampe sah sie die Abzeichen auf seiner zerrissenen Uniform: Schwingen. »Sie sind Pilot!«

»Ja, ich wurde hinter den deutschen Linien abgeschossen. Ich konnte mich mit dem Schleudersitz retten und habe mir den Arm gebrochen, als ich in einem Baum gelandet bin. Ich habe mich zwar bis zum Lazarett durchgeschlagen, aber es sieht so aus, als sei mir der Feind auf den Fersen gewesen.« Er lächelte trotz seiner Schmerzen.

Er war also hinter den feindlichen Linien abgeschossen worden, hatte es mit einem gebrochenen Arm bis zur britischen Seite geschafft und ihr dann noch geholfen, die anderen Verwundeten in den Krankenwagen zu laden. Charlotte war beeindruckt.

»Hoffentlich haben Sie keinen dauerhaften Schaden davongetragen« war alles, was sie sagte. Sie durfte keine Nähe zu den Männern zulassen, besonders nicht zu so charmanten wie diesem. Wenn sie ihm jetzt zeigte, wie beeindruckt sie war, würde er jeden Respekt vor ihr verlieren. Sie fragte sich, was ein Amerikaner im Krieg zu suchen hatte – sein Land war immerhin noch neutral –, bis eine Unebenheit auf der Straße sie wieder in seine Arme schleuderte. Wütend wehrte sie ihn ab.

»Wenn Sie es wagen, die Situation auszunutzen …«

»Keine Sorge, Ma'am, ich bin ein Mann von Ehre. Ich werde Sie heiraten, sobald ich die Gelegenheit dazu bekomme.«

Charlotte war atemlos vor Empörung. Glücklicherweise hielt der Krankenwagen in dem Moment an, und sie brauchte nicht über eine spitze Antwort nachzudenken. Sie sprang hinunter und begann, den Krankenpflegern beim Ausladen der Verwundeten zu helfen. Dann kehrte sie zur Routine mitten im Chaos zurück, half dem Arzt, Operationen durchzuführen, verabreichte Beruhigungsmittel, verteilte Wasser und Trost, reinigte und bandagierte Wunden, ständig begleitet von Schmerzensschreien, und ständig, ständig rief irgendjemand nach seiner Mutter. Es gab keine Zeit zum Nachdenken, keine Zeit zum Innehalten, keine Zeit, irgendetwas anderes zu tun, als so gut es ging zu versuchen, so viele Leben zu retten wie nur irgend möglich.

Erst viel, viel später sagte ihr der diensthabende Sanitätsoffizier, Dr. Field, dass sie nun in ihre Unterkunft gehen und sich ausruhen solle.

»Aber es gibt doch noch so viel zu tun!«, erwiderte sie. Irgendwo im Hintergrund stöhnte ein Mann im Delirium.

»Es gibt immer so viel zu tun«, erwiderte er. Sein Gesicht war aschfahl und zerfurcht vor Erschöpfung. »Trotzdem gehen Sie jetzt schlafen, sonst können Sie uns morgen überhaupt nicht unterstützen.«

Charlotte nickte, denn sie wusste, dass der ältere Mann recht hatte. Sie drehte sich um und machte sich durch die Station auf den Weg zu ihrer Unterkunft.

»Hi, hallo.«

Eine ihr bekannte Stimme sprach sie aus einem der Betten an. Charlotte drehte sich um und sah in blaue Augen, die sie anlächelten. Sauber gewaschen, war er attraktiv. Jungenhafte Sommersprossen bedeckten seine Nase, die einmal gebrochen gewesen sein musste.

»Das haben Sie wirklich großartig gemacht da draußen, Ma'am. Ich heiße Flint. Flint MacAllister.« Er streckte ihr seine bandagierte Hand hin. »Und Sie?«

Charlotte richtete sich auf, trotz ihrer schmerzenden Füße, froh, dass sie noch die Energie hatte, ihn zurechtzuweisen. »Sie können mich Schwester Templeton nennen, das heißt, falls Sie mich überhaupt ansprechen müssen – und mir wäre es lieber, Sie täten es nicht.«

Sie drehte sich zitternd vor Erschöpfung auf dem Absatz um, und stolzierte zu ihrer Unterkunft. Dort fiel sie auf das Feldbett und schlief ein, ohne ihre Tracht ausgezogen zu haben.

31

Somerton

Rebecca ging die Dienstbotentreppe hinunter, in einer Hand ihren Nähkorb. Es war eine Erleichterung zu wissen, dass sie ihn wenigstens an diesem Nachmittag nicht ständig würde abstellen müssen, weil sie auf ein Klingeln reagieren musste. Natürlich, so erinnerte sie sich, war es aus einem traurigen Anlass – die ganze Familie war bei der Eröffnung des Testaments von Lord Westlake.

Noch immer schien es unfassbar, dass er tot sein sollte. Rebecca hatte ihn nur wenige Male gesehen, als sie bei Tisch bedient hatte, und er hatte nie mit ihr gesprochen. Doch sie hatte gehört, wie freundlich er mit seiner Familie umging, und er war ihr nie als strenger Herr erschienen. Lady Georgiana musste ganz elend vor Trauer sein, dachte sie voller Mitleid. Für sie selbst war es so schrecklich gewesen, als ihr Vater gestorben war, und sie hatte sich so sehr danach gesehnt, mit irgendjemandem darüber reden zu können. Doch da war niemand gewesen. Mutter hatte ihre Unterstützung gebraucht, und Rebecca konnte ihr gegenüber ihre wahren Gefühle nicht zeigen. Sie musste immer fröhlich sein und für ihre Mutter und Davy da sein. Und jetzt … sie hatte das Gefühl, als hätte sie ihre Trauer so tief verborgen, dass sie sich gar nicht vorstellen konnte, mit irgendjemandem darüber zu reden. Doch die Gefühle waren immer noch da, wie ein unterirdischer Fluss.

Sie betrat die Küche. Sofort merkte sie, dass irgendetwas nicht stimmte. Annie und Martha sprachen mit Thomas, schwiegen jedoch sofort, als sie sie bemerkten. Annies Gesicht war leicht gerötet, und Martha hatte die Arme fest vor der Brust verschränkt. Die Köchin sah wütend aus. Die anderen Dienstboten waren still und ernst.

Rebecca blieb in der Tür stehen und nahm den schweren Korb in beide Arme.

»Stimmt etwas nicht?«, fragte sie und dachte sofort an den Krieg. Hatte es schlechte Nachrichten gegeben? Hatten die Jungs aus Palesbury wieder einen harten Schlag einstecken müssen? Oder hatte es einen dieser schrecklichen Zeppelinangriffe gegeben, die England so willkürlich trafen?

Thomas blickte zu ihr auf. Er wirkte beunruhigt. »Unglücklicherweise«, begann er, »haben wir bisher noch nicht …«

»Ach, jetzt raus mit der Sprache, Thomas«, unterbrach in Annie. Sie trat vor und zeigte auf Rebecca. »Wir wissen, dass du die Teelöffel gestohlen hast.«

Schockiert trat Rebecca einen Schritt zurück. »Das habe ich nicht! Ich habe nichts gestohlen!« Flehentlich sah sie Thomas an. »Wie können Sie zulassen, dass sie so etwas sagt? Das ist eine Lüge!«

»Nun, dann sag uns doch, wer es sonst hätte gewesen sein können?«, sagte die Köchin kopfschüttelnd. »Nein, ich schweige nicht, Thomas. Sie sind zu freundlich zu ihr. Sie wissen genau, dass niemand außer ihr den Schlüssel zum Silberschrank hatte.«

»Das stimmt nicht!« Rebeccas Schock wich der Wut. Das Blut stieg ihr ins Gesicht, und sie war den Tränen nahe, was sie umso wütender machte. »Das ist eine eiskalte Lüge; ihr solltet euch schämen!«

»Das reicht!« Thomas erhob kaum die Stimme, doch sein autoritärer Tonfall brachte alle zum Schweigen. »Ich lasse es nicht zu, dass Rebecca in dieser Form beschuldigt wird, ohne dass es Beweise gibt. Sie hat hier sehr gute Arbeit geleistet, bessere als ihr beide zusammen, Annie und Martha.«

Martha öffnete den Mund, doch Thomas hob die Hand.

»Ich habe die Nase voll von all diesen Gerüchten und dem Klatsch. Wenn die Löffel gestohlen wurden, ist das ein ernstes Vergehen. Ich rede nicht nur von fristloser Kündigung ohne Referenzen, sondern auch von Polizei und Gefängnis.« Er wartete, dass seine Worte ihre Wirkung taten. Es herrschte tiefes Schweigen. »Es ist also keine Kleinigkeit, solche Anschuldigungen auszusprechen. Ich werde jetzt ein für alle Mal der Wahrheit auf den Grund gehen.«

Rebecca umklammerte den Korb fester.

»Ich werde die Zimmer des Personals durchsuchen – alle.« Er blickte sich um. »Hat irgendjemand Einwände dagegen?«

Die Stimmung war angespannt. Roderick sah aus, als wolle er etwas erwidern, doch niemand sagte ein Wort.

»Nun gut. Ich werde das sofort erledigen. Sie«, er wandte sich an die Köchin, »achten darauf, dass niemand diesen Raum verlässt, bis ich wiederkomme. Und ich will auch kein Gerede. Keine Boshaftigkeiten gegenüber Rebecca und keine weiteren Anschuldigungen. Wir werden die Wahrheit schon bald erfahren.«

»Ja, Sir«, sagte die Köchin. Rebecca fiel auf, dass sie Thomas zum ersten Mal mit »Sir« angesprochen hatte. Sie warf Rebecca einen kalten Blick zu, und diese wusste, dass man sie ganz besonders im Auge behalten würde.

Sie ließ sich auf einen Stuhl sinken, den Korb noch immer umklammernd. Obwohl sie unschuldig war, hatte sie Angst. Annie und Martha hatten es auf sie abgesehen, und sie traute ihnen sogar zu, die Löffel in ihrem Zimmer versteckt zu haben.

32

Palesbury

Vom Bahnhof aus ging Ada die Hauptstraße entlang zur Kanzlei von Mr Bradford. Sie lag im Schatten des hohen Glockenturms neben dem Palesbury Münster. Die Straße beschrieb eine sanfte Kurve, und zwischen den Steincottages und den Schieferdächern erblickte Ada die sonnenbeschienene Landschaft, obwohl das Kopfsteinpflaster unter ihren Füßen noch immer rutschig war vom morgendlichen Regen. Einige Passanten drehten die Köpfe nach ihr, und sie wusste, dass es an ihrer Londoner Kleidung lag: dem U-Ausschnitt und dem gewagt kurzen Rock, der ihr um die Waden schwang. Einige erkannten sie und tippten sich an den Hut oder lächelten ihr einen Willkommensgruß zu. Andere zogen die Augenbrauen hoch. In London war es normal geworden, dass auch junge Ladys aus gutem Hause unbegleitet gingen, wohin sie wollten. Die Kriegsarbeit verlangte es. Aber hier in Palesbury schien es immer noch etwas Außergewöhnliches zu sein. Ada störten die missbilligenden Blicke. Sie beschleunigte ihre Schritte, die Hände tief in ihrem wärmenden Muff vergraben. Es verbitterte sie, wenn sie daran dachte, dass sie Ravi aufgegeben hatte, um hier in England zu bleiben, wo ihr alle den Rücken zukehren würden, wenn sie die Wahrheit wüssten. Wie ich dieses Land manchmal hasse, dachte sie, mit seiner kleingeistigen Heuchelei, seiner hochmütigen Selbstzufriedenheit. Nicht einmal das Wetter hat die Courage, sich für Regen oder Sonnenschein zu entscheiden. Der Gedanke brachte sie einen Moment lang zum Lächeln, doch ihr Lächeln erstarb, als sie sich an die Heftigkeit des Monsuns und die kompromisslose Hitze der indischen Sonne erinnerte. Auf all das hatte sie für immer verzichtet.

Sie erreichte die Kanzlei Mr Bradfords um Glockschlag ein Uhr und sah, dass das Automobil ihres Vaters bereits davorstand. Mit einem Kloß im Hals dachte sie daran, dass er nicht daraus aussteigen würde. Stattdessen verließen andere, schwarz gekleidete Gestalten den Wagen. Eine war die Gräfin, obwohl sie sie kaum wiedererkannte. Sie schien abgenommen zu haben und stützte sich auf Michaels Arm. Es war etwas Zerbrechliches an ihr, das Ada nie zuvor mit ihr in Verbindung gebracht hatte; offenbar hatte sie der Verlust ihres Ehemannes schwer getroffen. Ada empfand Mitleid für sie; zwar war sie nie gut mit ihrer Stiefmutter ausgekommen, doch sie leugnete nicht, dass sie den Grafen auf ihre Art geliebt hatte und dass Sebastians Verschwinden sie tief bekümmern musste.

Georgiana folgte den beiden. Ada stellte überrascht, aber erfreut fest, wie erwachsen sie geworden war. Im Näherkommen erkannte sie die neue Stärke und Ernsthaftigkeit in ihrem Gesicht. Georgiana war nicht offiziell in die Gesellschaft eingeführt worden, und dennoch schien sie die Reife einer Frau erlangt zu haben, einer jungen Lady, auch ohne vom Gesellschaftsleben Londons geformt worden zu sein. Ada war froh darüber, aber zugleich empfand sie Gewissensbisse, weil sie Georgiana in den letzten Monaten nicht zur Seite gestanden hatte.

Sie beschleunigte ihre Schritte und traf an der Tür mit ihnen zusammen.

»Ada, wie froh ich bin, dass du hier bist!«, sagte Georgiana. »Endlich.«

Adas Gruß erstarb auf ihren Lippen. Sie schluckte den Schmerz herunter, als Georgiana an ihr vorbeiging und Mr Bradfords Kanzlei betrat. Sein Sekretär führte sie hinein und verbeugte sich tief. Ada blieb zurück, bevor sie das Büro betrat, und hielt Georgiana auf.

»Georgie, ich möchte mich für meine mangelnde Rücksichtnahme bei der Beerdigung entschuldigen – und auch in der Zeit davor«, sagte sie leise. »Ich weiß, ich muss sehr lieblos gewirkt haben, aber bitte glaube mir, wenn ich dir sage, dass es nur daran lag, dass … ich selbst noch keine Orientierung hatte. Mir war noch nicht klar, was wirklich wichtig ist.«

Georgiana sah sie kurz an, und Ada erkannte Wärme in ihren Augen. Liebe Georgiana, sie konnte einem nie lange böse sein. Doch zu Adas Überraschung und Schmerz wandte Georgiana den Blick wieder ab. »Für mich war es auch nicht leicht«, erwiderte sie ruhig. »Ich will nicht schlecht von dir denken, Ada, aber ich kann nichts dafür – ich tue es. Du stellst deinen eigenen Ehrgeiz über deine Familie, und das schmerzt mich.«

Sie nahm Adas Hand von ihrem Arm und betrat das Büro. Ada blieb stehen und fühlte sich leer. Noch nie hatte sie Georgiana so verletzt erlebt. Vielleicht, so dachte sie schuldbewusst, habe ich meine Schwester zu sehr als selbstverständlich hingenommen.

Sie folgte ihr ins Büro. Im Moment konnte sie nichts sagen oder tun. Sie wünschte nur, Georgiana wüsste, was sie aufgegeben hatte, um hier sein zu können.

Sie nahmen Platz. Ada flüsterte der Gräfin, Michael und Mr Bradford eine Begrüßung zu. Der schwarze Samt und die schwarze Spitze, die schweren Schleier der Gräfin, die dunkle

Eichenholzvertäfelung, der Geruch alter Bücher und die dicken Fensterscheiben, die das Licht eher abschotteten als hereinließen – das alles verlieh Ada ein Gefühl, als müsse sie ersticken. Sie schluckte das Gefühl hinunter.

»Wir sind hier aus einem sehr ernsten und traurigen Grund versammelt«, begann Mr Bradford unter vielem Hüsteln und Räuspern. Ada ließ ihre Gedanken umherschweifen, während er die Höflichkeitsfloskeln herunterspulte. Ihr Vater war eine so liebevolle Konstante in ihrem Leben gewesen. Die Vorstellung, ohne ihn weitermachen zu müssen, war schwer zu ertragen und ließ jeden anderen Schmerz verblassen.

Draußen vor der Tür hörte sie laute Stimmen. Zunächst hielt sie es für Straßenlärm, doch die Stimmen verloren sich nicht. Sie hörte Mr Bradfords Sekretär rufen: »Unerhört!«, gefolgt von einer Stimme, die sie nur allzu gut kannte und die sie dazu brachte, scharf einzuatmen und den Rücken zu straffen. Es war William.

Mr Bradford hielt im Lesen inne, und Michael erhaschte Adas Blick. Sie sah, wie angespannt seine Kiefermuskeln waren und erkannte daran, wie mühsam auch er sich beherrschte.

»Ich verlange, bei der Verlesung zugelassen zu werden!«, polterte William wie ein brüllender Stier. »Ich bin der neue Graf von Westlake, und ich fordere, bei der Testamentseröffnung zugegen sein zu können. Ich vertrete meinen enterbten Sohn, meinen armen, ungerecht behandelten Augustus …«

»Lassen Sie ihn hinein«, sagte Michael.

»Bist du sicher?«, erwiderte Georgiana.

»Ja. Ich will nicht, dass er herumläuft und behauptet, wir würden hinter seinem Rücken handeln. Verflucht, er ist ein Unmensch, aber wir sollten ihn besser hereinlassen.«

»Ich muss Mr Templeton recht geben«, sagte Mr Bradford

und rückte seine Brille zurecht. »Es entspricht nicht meiner persönlichen Meinung … aber gewiss, ich denke, um eine Szene zu vermeiden …«

»Mutter?«, sprach Ada die Gräfin an, doch diese schüttelte hinter ihrem Schleier nur müde den Kopf.

»Nun gut.« Ada sah Mr Bradford an. »Bitte geben Sie Ihrem Sekretär die Anweisung, den Grafen von Westlake eintreten zu lassen.« Sie konnte nicht verhehlen, wie sehr es ihr missfiel, den Titel auf William anzuwenden.

Mr Bradford betätigte die Klingel, und eine Sekunde später erschien der Sekretär in der Tür. Er sah entrüstet aus. William folgte unmittelbar hinter ihm und drängte sich mit geschwungenem Stock herein, sobald er eine Lücke sah.

»Sir, entschuldigen Sie! Es ist mir nicht gelungen …« Der Sekretär war offensichtlich zwischen der Verpflichtung seinem Arbeitgeber gegenüber und dem Respekt vor dem Grafen hin- und hergerissen.

»Danke, Simpkin. Der Graf von Westlake ist hier willkommen.« Mr Bradford verneigte sich steif. Mit triumphierendem Blick marschierte William herein. Ada blickte kalt geradeaus und würdigte ihn keines Blickes.

»Schön, schön. Ich wusste, dass ein wenig Autorität Wunder wirken würde«, sagte William, als Mr Bradford ihm einen Stuhl hinstellte. Er setzte sich, den Stock in einer Hand, und sah aus, als würde er den ganzen Raum erobern wollen. Ada hasste ihn und erkannte an Georgianas verkniffenen Lippen, dass sie genauso empfand. »Fahren Sie fort, Bradford. Lassen Sie uns hören, was mein Onkel zu sagen hatte.«

Nervös las Mister Bradford weiter. Nach einer ausführlichen juristischen Präambel kam er endlich zum Hauptpunkt:

»Das Anwesen Somerton Court und die Einkünfte daraus hinterlasse ich meinem erstgeborenen Enkel. Meine drei Töchter, Ada, Georgiana und Rose, erhalten zu gleichen Teilen mein Vermögen sowie meine beweglichen und unbeweglichen Besitztümer. Mein Großneffe Augustus wird lebenslang zehn Prozent der Einkünfte von Somerton Court erhalten. All dies unter der Voraussetzung, dass Fiona, Gräfin von Westlake, die Erlaubnis erhält, weiterhin auf Somerton Court zu leben, als wäre es ihr eigenes Haus, so lange bis sie selbst es nicht mehr wünscht. Darüber hinaus verfüge ich, dass das Wohnhaus von Somerton Court für die Dauer des derzeitigen Krieges einem guten Zweck nach Wunsch meiner Familie dienen soll, zugunsten unserer Nation.«

Nachdem Mr Bradford geendet hatte, herrschte unbehagliches Schweigen. Alle warteten darauf, was William dazu sagen würde.

»Na schön.« Williams Stimme klang ruhig und gleichmäßig. Er war nüchtern, erkannte Ada – ein ziemlich erschreckender Gedanke. Das bedeutete nämlich, dass man ihn ernst nehmen musste. »Na schön. Der alte Mann glaubt also, er könnte mich betrügen, was? Nun, wir werden sehen.«

»Rede nicht so respektlos von meinem Vater!«, erwiderte Georgiana mit blitzenden Augen.

William sah sie an und lachte. »Er ist tot, und ich werde so über ihn reden, wie ich es will, du kleines verzogenes Gör.«

Georgiana zuckte zurück, als hätte man sie geschlagen. Aus dem Augenwinkel heraus nahm Ada eine schnelle, heftige Bewegung wahr und sah, wie Michael von seinem Stuhl aufsprang und auf William losging, mit geballter Faust. William erhob sich halb, doch Michaels Hieb traf ihn, ehe er sich aufgerichtet hatte. Die Gräfin schrie auf, als William rückwärts über seinen Stuhl flog und mit dem Kopf gegen die Bücherregale prallte.

Georgiana sprang auf, ebenso Ada, die schockiert war – und sich dennoch innerlich wünschte, einen Jubelschrei ausstoßen zu können. Michael stand über William gebeugt, schwer atmend und mit derangiertem Kragen.

»Steh auf!«, sagte er, heiser vor Anstrengung, seine Stimme zu beherrschen, »und dann verschwinde.«

William kämpfte sich auf die Füße und hielt sich dabei die Nase. Blut sickerte unter seiner Hand hervor, und er warf Michael einen hasserfüllten Blick zu. »Dafür bringe ich dich vor Gericht«, warnte er ihn mit dumpfer Stimme. »Und euch alle mit dazu, als Zeugen.«

»Raus!«, rief Michael.

William ging zur Tür. Er drängte sich an dem Sekretär vorbei, der mit einer Karaffe Wasser gekommen war, und stürmte hinaus. Bevor die Tür zuklappte, sah Ada, dass sich draußen vor dem Haus eine kleine Menschenmenge versammelt hatte und die Szene beobachtete. Als William herauskam, die Hand über der Nase, wurden die Köpfe zusammengesteckt.

»Es tut mir leid«, sagte Michael verlegen. »Das war töricht von mir.«

»Ich wünschte, du hättest noch fester zugeschlagen!«, stieß Georgiana hervor. »Dieser grässliche Mensch – ich schäme mich bei dem Gedanken, dass ich mit ihm verwandt bin. Ich kann es kaum ertragen, dass er der Graf von Westlake sein soll.«

»Es ist ungeheuerlich«, stimmte ihr Ada zu. »Er bringt Schande über unsere Familie und über den Titel.«

»Lady Averley! Die Gräfin …« Mr Bradford klang panisch.

Ada drehte sich um und sah, dass ihre Stiefmutter auf ihrem Stuhl in sich zusammengesunken war. Sie rannte zu ihr und erkannte sofort, dass sie ohnmächtig war. »Wasser bitte, schnell!«, sagte sie über ihre Schulter hinweg.

Das Wasser wurde gebracht, und Ada half der Gräfin sanft wieder zu sich zu kommen, so dass sie aufstehen konnte. Michael geleitete sie zum Automobil. Ada und Georgiana blieben noch einen Moment bei Mr Bradford zurück. »Glauben Sie, dass mein Cousin das Testament tatsächlich anfechten wird?«, fragte Ada den Rechtsanwalt.

»Schwer zu sagen. Möglich wäre es.« Mr Bradford sah äußerst besorgt aus.

»Ich werde es nicht zulassen, dass er Somerton Court bekommt«, erwiderte Georgiana hitzig. »Wie könnte ich Thomas je wieder ins Gesicht sehen, wenn ich ihm sagen müsste, dass William sein Herr werden würde?«

»Keine Sorge, Georgie. Das wird nicht geschehen. Dafür werde ich sorgen«, versprach Ada.

Zum ersten Mal sah ihr Georgiana direkt ins Gesicht. »Was könntest du schon tun, Ada, um es zu verhindern? Und … ist es dir überhaupt wichtig genug, um es zu versuchen?«

Sie drehte sich um und verließ rasch das Zimmer. Ada folgte ihr einen Augenblick darauf, die Augen tränenerfüllt. Nie hätte sie gedacht, dass ihre Schwester so sehr an ihr zweifeln könnte.

33

Somerton Court

Rebecca saß noch immer auf demselben Stuhl, auf den sie sich hatte sinken lassen, als Thomas zur Durchsuchung der Zimmer nach oben gegangen war. Am anderen Tischende hockten Annie und Martha in verstocktem Schweigen. Die Köchin hantierte am Spülstein herum. Die anderen Dienstboten hatten sich an die Wand zurückgezogen und warteten ebenfalls. Die Atmosphäre in der Küche war angespannt. Jeder fragte sich, was die anderen zu verbergen hatten … und niemand, so dachte Rebecca, stand unter schärferer Beobachtung als sie.

Sie saß aufrecht und gerade und erwiderte keinen der neugierigen Blicke, die förmlich auf ihrer Haut brannten. Stattdessen betrachtete sie die Regentropfen, die am Küchenfenster glitzerten. Noch nie hatte sie sich so sehr danach gesehnt, wieder in Manchester zu sein. Das verrauchte, schmutzige Manchester! Sie hatte es gehasst und sich nach frischer Landluft gesehnt. Doch wenigstens hatte sie dort niemand so angesehen wie hier. Dort, in der Stadt, waren Immigranten nichts Ungewöhnliches. Der Metzger war Deutscher, die Schneiderin Holländerin. Durch den Hafen kamen häufig Afrikaner und Inder von den Schiffen aus in die Stadt, obwohl diese unter sich blieben. Aber Somerton Court war etwas anderes.

Sie erschrak, als sie Schritte die Treppe hinunterkommen hörte. Einen Augenblick später erschien Thomas in der Tür. Alle blickten ihn an, einschließlich Rebecca.

Er räusperte sich. Rebecca sah ihm an, dass er unzufrieden war.

»Ich habe alles gründlich durchsucht«, sagte er, »aber ich habe nichts gefunden. Keine Löffel.«

Einen Augenblick lang herrschte Schweigen, dann redeten alle durcheinander. Mit erhobener Hand bat Thomas um Ruhe.

»Das bedeutet nicht, dass wir kein Problem haben«, fuhr er fort. »Das Silber ist verschwunden. Das ist eine sehr ernste Sache, und ich wiederhole es noch einmal – wenn irgendjemand etwas weiß, soll er sich jetzt melden, und ich werde so weit wie möglich Milde walten lassen. Aber momentan haben wir jedenfalls keinen Beweis dafür, dass sich irgendjemand im Haus des Diebstahls schuldig gemacht hat. Also will ich keine weiteren Anschuldigungen hören.«

»Aber, Sir …«, begann Martha.

»Es reicht, Martha!« Thomas erhob kaum merklich die Stimme, und doch schwiegen alle in der Küche abrupt. »Habe ich mich klar ausgedrückt?«

»Aber sie ist eine Spionin!«, platzte Annie heraus und zeigte auf Rebecca.

»Eine deutsche Spionin«, warf Martha ein. »Annie hat es in einem Brief gelesen.«

Rebecca lachte. Sie konnte nicht anders. Die Anschuldigung war zu lächerlich, und dennoch hatte sie irgendwie damit gerechnet. So etwas hatte geschehen müssen. Sofort verspürte sie ein Ziehen in der Magengrube, wie ein schwarzes Loch. Es war zu glattgegangen. Es hatte irgendwann ein Ende nehmen müssen.

»Unverschämtes Frauenzimmer, uns so ins Gesicht zu lachen!«, rief die Köchin.

Thomas blickte zwischen Martha, Annie und Rebecca hin und her, und sein erstauntes, ungläubiges Gesicht bewies, dass ihm die Worte fehlten. Schließlich sagte er: »Wie bitte, Annie? Was soll denn dieser Unsinn?«

»Das ist kein Unsinn. Die Frau von der Post weiß es auch. Alle in Palesbury wissen es.«

»Haben Sie irgendeinen Beweis?«

Annie schwieg.

»Und?« Thomas' Stimme klang nun nicht mehr erstaunt, sondern verärgert. »Sie haben keinen! Oder?«

»Ich habe es in einem Brief gelesen …«

»Sie haben was gelesen? War er etwa adressiert an Miss Freeman, Spionin, wohnhaft in Somerton Court?«, fragte Thomas sarkastisch.

»Das mit der Spionin weiß ich nicht genau, Sir. Ich möchte niemanden grundlos beschuldigen. Aber eines ist sicher: Sie ist eine Deutsche«, erklärte Martha feierlich.

Erschrocken schnappten alle nach Luft.

»So ein Quatsch«, erwiderte Roderick. »Jeder sieht doch, dass sie genauso englisch ist wie du und ich.«

Martha warf ihm einen verächtlichen Blick zu. »Die Deutschen sehen nicht anders aus als wir, Mensch. Sie sehen genauso aus wie Engländer.«

»Ich habe jetzt genug davon«, herrschte Thomas sie an. »Ich dulde keine weiteren absurden Anschuldigungen gegen Rebecca. Ihr seid ja nur neidisch – ja, weil sie hart arbeitet und sehr gut noch dazu. Was ihr macht, ist Schikane, und das dulde ich nicht. Die nächste Person, die hier Lügen über Rebecca Freeman verbreitet, kann sich als fristlos entlassen betrachten.«

Die Antwort war tiefes Schweigen. Vor Verlegenheit und Erleichterung blinzelte Rebecca Tränen weg.

»Ich hoffe, ich habe mich klar ausgedrückt. Und jetzt: zurück an die Arbeit. Die Familie muss jeden Moment eintreffen.«

Die Dienstboten sahen einander an und kehrten dann schweigend zurück an die Arbeit. Martha sah aus, als wollte sie protestieren, aber Annie zog sie fort.

Rebecca stand auf. Zum Stopfen war sie schließlich doch nicht gekommen, wie sie benommen feststellte; sie würde es heute Abend erledigen müssen. Sie war schon fast an der Tür, als Thomas sagte: »Rebecca, auf ein Wort, bitte.«

Das war's. Jetzt würde sie gefeuert werden. Sie wusste, dass Thomas ein guter Mann war, doch als sie ihm zu seinem Raum folgte, befürchtete sie, dass sie unter keinen Umständen würde hierbleiben können, wenn er die Wahrheit erfuhr.

Thomas schloss die Tür hinter ihnen. Rebecca blickte zu ihm auf, und ihre Augen brannten vor Tränen. Sie hatte bereits beschlossen, was sie tun würde, wenn dieser Moment gekommen war. Sie würde nicht lügen. Sie war stolz auf ihren Vater, egal, was irgendjemand sonst behauptete.

»Es tut mir leid, dass man Sie so schlecht behandelt hat«, sagte Thomas sanft. Er sah zu ihr hinunter, und sie musste zu Boden schauen; seine Augen waren einfach zu blau, und die Befürchtung schmerzte sie, dass sie nie wieder so freundlich blicken würden. »Martha und Annie haben eine Abneigung gegen Sie entwickelt.«

Rebecca schwieg weiterhin.

»Ich möchte Sie fragen, ob irgendetwas an dem, was Martha behauptet hat, der Wahrheit entspricht«, fuhr Thomas fort.

Zunächst antwortete Rebecca lange Zeit nicht. Dann blickte

sie zu ihm auf. Sie würde dies tapfer, offen und schnell erledigen. »Ja, das tut es«, sagte sie leise.

Thomas' Wimpern flatterten kurz; das einzige Zeichen seiner Überraschung. Rebecca schluckte und fuhr fort: »Mein richtiger Name ist nicht Freeman, sondern Freudemann. Meine Mutter hat beschlossen, beim Ausbruch des Krieges unseren Nachnamen zu ändern, als wir aufs Land ziehen mussten. Wir haben befürchtet, dass man uns aufgrund unseres deutschen Namens ablehnen würde. Mein Vater ist … mein Vater war …«

Sie konnte nicht weiterreden und musste schlucken.

»Mein Vater ist schon als junger Mann aus Deutschland nach England ausgewandert«, sagte sie schnell, ohne Thomas anzusehen, weil sie es so rasch wie möglich hinter sich bringen wollte. »Er dachte, er würde hier auf eine tolerantere Gesellschaft stoßen. Er war Jude, wissen Sie.«

Sie lauschte dem Schweigen und fuhr dann fort. Irgendwie war es eine Erleichterung, all das auszusprechen. Sie wusste, wenn sie aufblickte und sein Gesicht sehen würde – mitleidig, angewidert oder enttäuscht –, würde sich alles so bitter anfühlen, aber im Augenblick schaffte sie es, erst einmal weiterzureden.

»Er hatte ein Architekturbüro in Manchester und entwarf Unterkünfte für die Arbeiterschichten. Dann wurde er krank. Letztes Jahr ist er gestorben. Erst nach seinem Tod haben wir herausgefunden, dass sein Partner in der Firma Geld unterschlagen hat. Wir mussten alles verkaufen. Als der Krieg ausbrach, beschloss meine Mutter, unseren Familiennamen zu ändern und irgendwohin zu ziehen, wo uns niemand kennt.«

Endlich blickte sie auf.

Thomas' Miene überraschte sie. Sanft sah er sie an. »Es tut mir leid«, sagte er leise. »Sie müssen Ihren Vater sehr vermissen.«

Rebecca schluckte vernehmlich. Sie brachte keine Antwort hervor, doch sie wusste, dass ihr Gesichtsausdruck alles sagte.

»Ich möchte«, sagte Thomas nach einem Augenblick des Nachdenkens, »dass Sie sich den Nachmittag freinehmen.«

Rebecca war so überrascht, dass sie ohne ans Weinen zu denken erwiderte: »Aber Sir, wie wollen Sie das schaffen?«

»Wir schaffen das, keine Sorge.« Thomas lächelte sie an. »Sie sind eine große Hilfe, Rebecca, aber ich werde ohne Sie zurechtkommen, wenn auch nur für einen Nachmittag. Länger würde ich es nicht gerne versuchen, das ist die Wahrheit. Aber jetzt vergessen Sie für diesen Nachmittag einmal die Arbeit. Unternehmen Sie einen Spaziergang, ruhen Sie sich aus, besuchen Sie Ihre Mutter oder was immer Sie wollen. Ich werde versuchen, Annie zur Abwechslung einmal zum Arbeiten zu bewegen. Machen Sie sich bitte keine Sorgen.«

Er nickte ihr zu und verließ das Butlerzimmer. Rebecca, die allein zurückblieb, versuchte zu begreifen, was gerade geschehen war. *Länger würde ich es nicht gerne versuchen!* Das bedeutete – das konnte nur bedeuten –, dass er sie nicht entlassen würde. Obwohl er die Wahrheit kannte. Sie dachte an das schelmische Grinsen, das sein Gesicht wie ein Sonnenstrahl erhellte. Und sie erkannte, dass das Schönste am Hierbleibendürfen war, dass sie ihn nicht verlassen musste.

34

Frankreich

»Was für ein schöner Tag«, sagte Portia, während sie Verbände aufrollte und einen nach dem anderen auf die Metalltabletts legte. »Ich glaube, jetzt haben wir den Winter endgültig überstanden.«

»Das hoffe ich, am meisten für die Truppen«, erwiderte Charlotte. Sie warf einen Blick durch die Station. Es war einer der seltenen friedlichen Momente. Augenblicklich war die Hälfte der Betten leer, und sie hatten die Möglichkeit, Arbeit nachzuholen, jedes Bett so gut zu beziehen, wie es sein sollte, und sogar ihren müden Füßen zwischendurch Ruhe zu gönnen. Die Fenster waren geöffnet, um frische Luft und Sonnenlicht hereinzulassen. Die meisten Männer saßen im Bett und lasen oder ruhten sich aus. Andere – die gehfähigen – hatten sich rund um das Bett von Schütze Trent versammelt, einem bedauernswerten, spindeldürren jungen Kerl, der schlimme Gasvergiftungen erlitten hatte und noch immer nicht alleine sitzen konnte, ohne von Kissen gestützt zu werden. Sein Gesicht war fast vollständig mit Verbänden umwickelt, in denen nur Löcher für die Augen und den Mund freigelassen worden waren. Rührend, dachte Charlotte, dass die Soldaten zu ihm gingen, weil sie wussten, dass er nicht zu ihnen kommen und am Gespräch teilnehmen konnte.

Charlotte warf einen Blick auf die Tabletts mit dem Verbandszeug und sah, dass etwas fehlte. »Ich hole noch etwas mehr Jod.« Sie stand auf und machte sich auf den Weg durch die Station zum Medikamentenschrank.

Als sie an der Gruppe der kartenspielenden Männer vorbeikam, sah sie glänzendes rötlich-goldenes Haar und vernahm eine Stimme, die ihr in der kurzen Zeit seiner Anwesenheit hier bereits vertraut geworden war. »… ich passe! Gehört alles euch, Kumpels. Hatte noch nie Glück im Five Card Draw. Das erinnert mich an ein Spiel damals in Texas. Nur, dass es dabei höllisch heiß herging und die Getränke ein kleines bisschen stärker waren.« Er zwinkerte Charlotte zu, als sie an ihm vorbeikam, und hob seine Teetasse wie zu einem Toast. Rasch wandte Charlotte den Blick ab, verärgert darüber, dass ihm ihre Aufmerksamkeit nicht entgangen war. Seine Stimme verfolgte sie auf ihrem Weg durch die Station – seine Geschichten schienen kein Ende zu nehmen. Verärgert stellte sie fest, dass Portia ihm lächelnd zuhörte. Als sie zu ihr zurückkehrte, stellte sie mit einem Knall die Flasche Jod auf das Tablett.

»Ich finde, es ist eine Zumutung, dass dieser schreckliche Amerikaner immer noch hier ist. Ich wünschte, der Sanitätsoffizier würde endlich entscheiden, was mit seinem Arm geschehen soll, und ihn weiterschicken.«

»Ach, ich mag ihn«, erwiderte Portia. »Er erzählt so aufregende Geschichten, und du musst zugeben, dass das mal eine Abwechslung ist. Mir wird es leidtun, wenn er geht.«

»Mir nicht. In meinen Augen ist er viel zu sehr von sich überzeugt.« Charlotte setzte sich und begann Verbände aufzurollen, wobei sie versuchte, Flints breiten Akzent zu überhören, mit dem er von Schießereien, dem Zureiten wilder Pferde und Saloons berichtete. »Was hat er überhaupt hier zu suchen? Die Amerikaner sind gar nicht im Krieg.«

»Nein, aber viele junge Männer melden sich freiwillig. Er hat erzählt, er hätte beim Ausbruch des Krieges in London für eine Flugshow gearbeitet, als ein General ihn seine Loopings hätte drehen sehen. Prompt habe dieser dann beim Buckingham Palace darum ersucht, ihn als Piloten verpflichten zu können, da man ohne ihn unmöglich den Krieg gewinnen könne ...«

»Das ist ja unerträglich!«, unterbrach sie Charlotte. Zu ihrem Ärger lachte Portia. »Ach, das sind doch alles nur dreiste Lügen.«

»Du musst aber zugeben«, erwiderte Portia, »dass er bei den Männern für Ablenkung sorgt. Seitdem er hier ist, hat sich die Stimmung auf der Station erheblich verbessert. Noch nie habe ich so viel Gelächter gehört. Und wir alle wissen, dass die Grundstimmung der wichtigste Faktor bei der Heilung ist.«

Charlotte presste die Lippen zusammen. Portia hatte recht, das konnte sie nicht leugnen. Flint heiterte die Männer auf, Flint sorgte dafür, dass Trent im Zentrum des Pokerspiels stand. Sie musste zugeben, dass der arme Trent ohne Flints joviale Freundlichkeit wahrscheinlich aufgegeben hätte. Sie hatte so etwas schon erlebt – Männer, die nur deswegen aufgaben, weil ihnen das Leben nicht mehr lebenswert erschien.

»Nun«, sagte sie in dem Gefühl, irgendeinen, wenn auch noch so kleinen Sieg erringen zu müssen, »jedenfalls werde ich das Spielen auf der Station nicht dulden. Das ist unmoralisch«, fügte sie hinzu und schob dabei Erinnerungen an einen gewissen Nervenkitzel in Ascot beiseite. Wenn die Pferde den Eltern der Freunde gehörten, war es ja fast unhöflich, nicht einen oder zwei Schillinge auf sie zu setzen. Sie erhob sich, gereizt von Portias Lächeln, und ging zu der Gruppe hinüber. Auf dem Weg sah sie, wie die Männer lachten und wie fröhlich sie alle aussahen. Es wäre eigentlich ein Jammer, das Spiel zu beenden, und doch ging sie weiter. Flint blickte auf, sah sie und sprang sofort auf die Füße.

»Schwester Templeton, bitte machen Sie uns die Freude und spielen Sie mit.« Er bot ihr einen Stuhl an.

Charlotte errötete vor Wut. Als würde sie sich an einem ordinären Kartenspiel beteiligen!

»Entschuldigen Sie, Captain MacAllister«, entgegnete sie ihm, laut und mit jener Autorität, die sie gewöhnlich Dienstboten gegenüber eingesetzt hatte, »aber ich kann es nicht zulassen, dass auf dieser Station gespielt wird. Bitte hören Sie sofort auf, und überlegen Sie sich stattdessen … einen erbaulicheren Zeitvertreib.« Sie wünschte, ihr wäre ein weniger lächerliches Wort als »erbaulich« eingefallen.

Die Männer verdrehten die Augen, und einige stöhnten auf, aber Flint brachte sie mit strengem Blick zum Schweigen. Er behandelte Charlotte stets ausgesucht höflich, das musste sie sich widerwillig eingestehen. Und doch ging er ihr damit extrem auf die Nerven.

»Es tut mir sehr leid, Ma'am. Ich versichere Ihnen, dass wir nicht um Geld gespielt haben. Das tue ich niemals, seitdem ich in Flagstaff mein ganzes Vermögen verloren habe.«

»Mr MacAllister sagt die Wahrheit, Ma'am«, meldete sich einer der anderen Soldaten zu Wort. »Wir spielen nicht um Geld, sondern nur zum Vergnügen.«

»Bitte, lassen Sie uns weitermachen, Miss«, fiel ein weiterer Offizier ein, der einen Verband um ein Auge trug.

Charlotte kam sich unglaublich dumm vor und darüber hinaus wie eine Spielverderberin. Sie wollte schon nachgeben, aber

Flint unterbrach die Männer. »Bitte, wir sollten nicht vergessen, wie viel wir den Krankenschwestern zu verdanken haben. Wenn es nicht Damen wie Schwester Templeton gäbe, wären wir alle tot. Wenn sie also sagt, keine Karten, dann heißt das, keine Karten.« Er griff nach dem Spiel und raffte es zusammen, aber mit nur einer freien Hand war er ungeschickt und ließ seine eigenen Karten zu Boden fallen. Unwillkürlich kniete sich Charlotte hin, um sie aufzuheben. Sie reichte sie ihm, weil sie nicht wusste, was sie sonst hätte tun sollen, und seine lächelnden, warmherzigen blauen Augen trafen die ihren, als sich ihre Finger berührten. Ihr stieg die Hitze in die Wangen, und es kribbelte ihr in der Magengegend.

»Sie hatten drei Asse«, sagte sie, reumütiger als beabsichtigt.

»Ich zähle nie meine Verluste«, erwiderte er.

Er half ihr wieder auf. Charlotte war sich bewusst, dass sie um ein Haar die Contenance verloren hätte. Sie staubte sich ab, und ohne ihn eines weiteren Blickes zu würdigen, drehte sie sich um und ging fort, ohne genau zu wissen, wohin. Sie spürte seinen Blick auf dem ganzen Weg durch die Station bis zu den Waschräumen. Ohne nachzudenken griff sie sich eine Bettpfanne und begann diese wütend zu schrubben.

Sie war halb fertig. Ihre Uniform war mit Wasser bespritzt, und das Haar hing ihr strähnig unter der Haube hervor, als sie bemerkte, dass er ihr gefolgt war und in der Tür zum Waschraum stand. Rasch und verärgert richtete sie sich auf. Es war ihr peinlich bewusst, dass sie wahrscheinlich noch nie in ihrem Leben weniger attraktiv ausgesehen hatte – ungepflegt und mit einer Bettpfanne in der Hand, ausgerechnet!

»Ich habe mich gefragt, ob Sie schon Zeit hatten, über meinen Heiratsantrag nachzudenken, Schwester«, sagte er mit einem angedeuteten Lächeln.

Einen Augenblick lang stand Charlotte da wie angewurzelt. Dann sprudelte es aus ihr heraus. »Mr MacAllister, Sie mögen sich ja für besonders klug und amüsant halten, aber lassen Sie mich Ihnen sagen, dass Ihre ständigen Belästigungen unpassend und beleidigend sind. Ich bin keine Amerikanerin« – sie bemühte sich, das Wort mit der nötigen Verachtung auszusprechen – »und ich bin an gewisse Standards im Benehmen von Gentlemen gewöhnt: Bescheidenheit, Höflichkeit und … und … ich werde ganz gewiss keine Frechheiten hinnehmen!«, endete sie und wünschte, sie hätte etwas Besseres zu sagen gewusst. Man sollte niemals die Beherrschung verlieren, sondern immer kühl, ruhig und gefasst reagieren.

»Ich bitte um Entschuldigung, Ma'am«, sagte er schließlich. Sein Lächeln war verschwunden, und er sah traurig und älter aus als zuvor. »Es war nie meine Absicht, Sie zu beleidigen – ganz im Gegenteil. Ich weiß, dass meine Manieren nicht die eines Hochwohlgeborenen sind, und ich bin es wohl einfach nicht gewöhnt, mit einer Lady wie Ihnen umzugehen – aus gutem Hause, meine ich. Ja, es tut mir wirklich leid. Ich wollte Sie nur zum Lächeln bringen.«

Er sah so niedergeschlagen aus, dass Charlotte ihn zu ihrer Überraschung am liebsten umarmt hätte. Es war so schrecklich, sein Lächeln verschwinden zu sehen und die Müdigkeit und den Schmerz zu erkennen, die sich darunter verbargen. Sie hatte das Gefühl – um es mit Michaels Worten auszudrücken –, unmanierlich gewesen zu sein. »O nein, Captain, ich bin diejenige, die sich entschuldigen sollte«, sagte sie. Es fiel ihr schwer, es auszusprechen, aber danach fühlte sie sich gleich besser. »Ich … ich bin ein wenig müde und nicht gerade bester Laune. Es tut mir leid. Und bitte fahren Sie mit Ihrem Pokerspiel fort.«

Er winkte mit einer müden Geste ab, doch sie kam ihm zuvor, ehe er etwas erwidern konnte.

»Ich meine es ernst. Bitte. Ich sehe doch, wie viel Freude es den Männern macht, und Gott weiß, wie sehr sie das brauchen.«

Sie lächelte sogar. Es kostete sie große Mühe, sich trotz der Verlegenheit und Reue, die sie empfand, dazu durchzuringen, aber sie schaffte es.

Sofort kehrte auch Flints Lächeln zurück, strahlender und breiter als zuvor. Es war wie ein Leuchtfeuer, das hinaus in die Nacht strahlte, so beruhigend und Sicherheit vermittelnd. Solange ich dieses Lächeln sehe, dachte Charlotte zu ihrer Verwunderung, weiß ich, dass alles nicht so schlimm sein kann.

»Sind Ihre Geschichten eigentlich wahr?«, fragte sie unvermittelt.

»Die meisten von ihnen …«

Sie musste sich das Lachen verbeißen.

»… sind größtenteils wahr.«

Jetzt lachte sie laut, und er fiel in ihr Lachen ein.

»Schwester?«, ertönte Dr. Fields Stimme aus der Station. Charlotte setzte rasch wieder ein würdevolles Gesicht auf.

»Ich komme, Sir«, antwortete sie und schlüpfte an Flint vorbei zur Tür. Sie spürte, wie er ihr mit den Blicken folgte, als sie den Gang entlang zur Oberschwester ging, und konnte nicht verhindern, dass sie errötete. Und obwohl sie sich eine Närrin schalt, war sie jetzt doch sehr froh, dass sie ihre Tracht trotz allem im L'atélier bestellt hatte.

35

Somerton

Frühstück in Somerton wird nie wieder dasselbe sein, dachte Georgiana, als sie Thomas beobachtete, der mit seinem schwarzen Trauerflor zu Ehren des Grafen schweigend den Tee einschenkte. Niemand sagte ein Wort. Ihr fiel auf, dass Michael ebenso wenig Appetit hatte wie sie, und die Gräfin hielt sich wieder einmal in ihrem Zimmer auf. Georgiana konnte sich nicht vorstellen, dass sie je wieder glücklich sein würde, selbst wenn die offizielle Trauerzeit vorbei war.

»Hat deine Mutter alles, was sie braucht?«, fragte sie Michael, sobald Thomas gegangen war.

»Ich glaube schon. Der Arzt sagt, man könne wenig tun; ihre Seele leidet, nicht ihr Körper.« Er seufzte. »Sie redet die ganze Zeit von Sebastian.«

»Das ist ja wenigstens etwas.«

»Aber sie redet von ihm, als sei er bereits tot.«

»Oh.« Georgiana war schockiert und traurig.

»Ich glaube, sie wirft sich vor, in irgendeiner Weise versagt zu haben. Der Tod des Grafen war ein schwerer Schlag, und jetzt sind auch noch Charlotte und Sebastian beide in Frankreich …« Er beendete den Satz nicht. »Sie gibt sich selbst die

Schuld. Sie glaubt, wenn sie besser auf sie eingewirkt hätte, wären sie hiergeblieben.«

»Das glaube ich nicht. Sie haben das getan, was sie als ihre Pflicht betrachteten«, erwiderte Georgiana leise. Sie blickte auf, als Thomas erneut den Raum betrat. »Ein Brief, Mylady. Ich befürchte, er wurde verspätet zugestellt. Er ist in sehr schlechtem Zustand.«

Georgiana nahm den knittrigen Umschlag von dem Silbertablett, das er ihr hinhielt. Die Adresse war wässrig verlaufen, und Georgiana öffnete den Umschlag vorsichtig, um das Papier nicht weiter zu beschädigen. Die Schrift auf dem eigentlichen Brief war halb ausgelöscht. Stirnrunzelnd versuchte sie, den Inhalt zu entziffern. Nach und nach reimte sie sich das eine oder andere zusammen.

»Er ist von Rose!«, rief sie.

Michael stellte seine Tasse hin. »Gott sei Dank, endlich.«

Georgiana gab sich große Mühe, weitere Zeilen zu rekonstruieren. »Der Brief wurde schon vor Monaten abgeschickt. Sie schreibt über irgendeine Schlacht, aber natürlich wurden alle Details zensiert. Ich bin jedoch sicher, dass Alexander in Sicherheit ist. Sie hätte unmöglich in so einem leichtherzigen Tonfall schreiben können, wenn er ... Steht hier etwas von einer Reise und von einem Schiff? Ich kann kaum etwas entziffern.« Frustriert legte sie den Brief hin. »Aber wenigstens ist sie in Sicherheit – sie war es jedenfalls, als sie diesen Brief abschickte.« Der Gedanke daran, wie viel Zeit zwischen dem Aufgeben und der Ankunft des Briefes vergangen sein könnte, machte sie ganz mutlos.

»Rose ist sehr tapfer«, munterte Michael sie auf. »Wenn irgendjemand durchkommt, dann sie. Mach dir keine Sorgen, Georgie.«

Georgiana nickte und legte den Brief auf den Tisch. Nachdem sie die fröhlichen Worte von Rose gelesen hatte, die doch beim Schreiben des Briefes in großer Angst gelebt haben musste, fasste sie einen Entschluss. Sie würde es nicht zulassen, dass der Tod ihres Vaters sie in die Knie zwang. Stattdessen würde sie alles daransetzen, seinen letzten Willen zu erfüllen.

»Michael, würdest du ein Stück mit mir spazieren gehen?« Sie stand auf. »Ich habe eine Idee und würde gerne wissen, was du davon hältst.«

»Mit Vergnügen.« Er erhob sich und nahm ihren Arm. Zusammen verließen sie den Frühstücksraum und durchquerten die Marmorhalle in Richtung Ballsaal. Georgiana blickte sich um und sah überall die Staubhüllen. Der Anblick tat weh, als sei ganz Somerton in Trauer um den Grafen.

»Wie du siehst«, sagte sie zu Michael, »sind viele der großen Räume bereits verschlossen; wir haben einfach nicht genügend Personal, um sie in Ordnung zu halten. Es wäre einfacher, einen ganzen Flügel abzuschließen, aber«, sie seufzte, »das wäre wie das Eingeständnis einer Niederlage.«

»Da hast du recht«, antwortete Michael.

»Dennoch gibt es keine Rechtfertigung dafür, Thomas weiterhin so hart arbeiten zu lassen, nur um das Haus in dem Zustand zu erhalten wie vor dem Krieg.«

»Ja, es ist viel Plackerei für ihn und die übrigen Dienstboten.«

Michael blickte sich um, und Georgiana wusste, dass auch er die Staubschutztücher über den Antiquitäten und Kunstwerken zur Kenntnis nahm.

»Noch dazu in Zeiten nationalen Sparzwangs.« Sie hielt inne und stieß die großen Doppelportale zum Ballsaal auf. »Sieh dir nur diesen wundervollen Saal an«, sagte sie mit einem Seufzer.

Die in regelmäßigen Abständen postierten Statuen, Beispiele klassischer Schönheit, die kannelierten Säulen, die hohe, mit vergoldeten Sternen bedeckte Saaldecke, der Caravaggio, der an einem Ende des langen Raumes hing. »Es wäre eine Schande, ihn einfach abzuschließen wie ein Mausoleum. Mein Vater hätte das nicht gewollt. Er wollte, dass wir ihn zum Nutzen der Nation verwenden.«

»Aber wie?«, fragte Michael. »Das hier ist ein Wohnhaus. Kein sehr praktisches, das gebe ich zu, aber ich kann mir nicht vorstellen, wozu es sonst dienen könnte.«

Georgiana schluckte. Sie wusste, dass ihr Vorschlag ehrgeizig klingen würde. »Na ja, wir haben ja erfahren, dass viele Gebäude für die öffentliche Nutzung umgestaltet werden«, begann sie.

Michael nickte. »Aber du kannst doch nicht wollen, dass das Kriegsministerium Kleinholz aus deinem Zuhause macht.«

»Nein, natürlich nicht. Alles, nur das nicht. Aber irgendwie müssen wir den letzten Wunsch meines Vaters erfüllen. Ich …« Sie zögerte. »Ich dachte, wie wäre es mit einem Lazarett?«

Als Michael schwieg, fuhr sie rasch fort.

»Überleg doch nur mal, wie viele Betten in diesen Saal passen würden! Wenn wir Teppiche auslegen würden, müsste auch der Fußboden nicht allzu sehr leiden. Und wie wundervoll wäre es für einen verwundeten Soldaten, hier aufzuwachen, umgeben von all dieser Schönheit! Und dann die frische Luft, die man durch die großen Türen ganz leicht hereinlassen kann. Man kann sich draußen auf die Terrasse setzen oder hinunter zu den Gärten spazieren. Meinst du nicht auch? Oh, bitte sag mir, dass du einverstanden bist!«, endete sie drängend, da sie an Michaels nachdenklicher Miene nichts ablesen konnte.

»Aber Georgie, was weißt du denn darüber, wie man ein Lazarett führt?«

»Nichts, aber wir könnten uns Hilfe holen. Und du würdest mir helfen, oder?«

»Natürlich würde ich das. Ich halte es für eine wundervolle Idee.«

»Oh, gut!«

»Aber ich sehe auch viele mögliche Probleme auf uns zukommen.« Er sah sie an, mit sanftem, amüsierten Blick. »Du siehst nie Probleme, oder?«

»Ich weiß, dass ich unvernünftig bin, aber bitte mach dich nicht lustig über mich«, erwiderte sie.

»Das wollte ich doch gar nicht! Ich habe das als Kompliment gemeint – ganz ehrlich.«

Georgiana errötete und senkte den Blick.

»Du siehst immer nur das Positive und das Gute im Menschen.«

Georgiana freute sich über das Kompliment, aber bevor sie überlegen konnte, ob der warme Unterton in seiner Stimme mehr als Freundschaft bedeuten könnte, ertönte ein leises Hüsteln an der Tür. Georgiana drehte sich um. Das Zimmermädchen stand dort, diskret im Hintergrund.

»Ja, Rebecca?«

»Ein Anruf für Sie, Mylady.«

»Oh, wer ist es?«

»Mr Bradford. Er wollte die Gräfin sprechen, aber da sie schläft und die Krankenschwester sagt, dass sie nicht gestört werden darf, dachte ich …«

»Danke, Rebecca«, sagte Michael. »Ich nehme den Anruf entgegen.« Er nickte Georgiana zu.

Georgiana fasste ihn am Ärmel. »Bitte denk über das nach, was ich zu dir gesagt habe. Du könntest deine Mutter überreden, das weiß ich.«

»Ich werde mein Bestes tun.«

Er verließ den Saal und folgte Rebecca. Georgiana, alleingelassen, blickte sich im Ballsaal um: die umhüllten Lüster, die einst strahlend hell geleuchtet hatten, der matte Fußboden, der früher glänzend gebohnert war, das stille, traurige Klavier. Es war so leer! Hier hatte sie nicht mehr getanzt seit der Hochzeit ihres Vaters mit der Gräfin – es schien so lange her zu sein. Jeden Tag erwachte sie und sah, dass ihre Trauerkleidung für sie zurechtgelegt worden war. Die Beerdigung war vorüber; es gab nichts mehr, auf das sie zustrebte, außer einer langen, traurigen Zukunft. Sie wusste, dass ihr Vater nie gewollt hätte, dass sie so deprimiert war. Er war ein Macher gewesen; er wollte das Leben der Menschen verbessern. Wenn sie doch nur ihren Traum verwirklichen und das Haus in den Dienst des Volkes stellen könnte! Das wäre es, was er gewollt hätte.

»Schlechte Nachrichten, befürchte ich.«

Erschrocken drehte sie sich um. Michael war zurück und betrat stirnrunzelnd den Raum. »Was gibt es?«

»In Mr Bradfords Kanzlei ist ein Schreiben von William eingetroffen – oder besser, eines von seinem Rechtsanwalt. Eine bekannte Londoner Kanzlei, diejenige, die den Vergleich im Campbell-Scheidungsfall erwirkt hat.«

»Und?«, fragte Georgiana, die plötzlich ängstlich wurde.

»Er will das Testament anfechten.«

»Aber auf welcher Basis? Wie kann er es wagen?«

»Einfach ausgedrückt – ich gebe nicht vor, alles zu verstehen – behauptet er, dass er ein gewisses Einkommen bräuchte, um die Würde des Titels aufrechtzuerhalten. Er kann sich auf Präzedenzfälle stützen und argumentiert, dass es unpassend und entgegen dem Geist des Testaments Ihres Vaters wäre, ihm finanzielle Mittel zu versagen.«

»Er will also Geld?«

»So scheint es, ja.«

»Oh, dieses Ungeheuer!« Georgiana drehte sich weg, unfähig, ihre Verachtung und Furcht zu verbergen. »Glaubst du, dass er Erfolg haben wird?«

Michael schüttelte den Kopf. »Ich weiß es nicht. Ich weiß nur, dass Mr Bradford gesagt hat, wir sollten die Sache ernst nehmen. Tut mir leid, Georgie. Ich wünschte, ich hätte bessere Nachrichten.«

Georgiana blickte sich in dem wunderschönen Ballsaal um. Sie hatte plötzlich das Gefühl, als seien ihre Träume beschmutzt worden. »Das darf nicht geschehen«, sagte sie. Sie hatte einen Entschluss gefasst. Was immer sie für Differenzen mit Ada haben mochte, sie mussten jetzt alles beiseiteschieben, da so viel auf dem Spiel stand. »Wir müssen an Ada schreiben. Vielleicht fällt ihr etwas ein, was wir unternehmen könnten.«

36

Frankreich

Diese Stunde war Charlotte die liebste – die blaue Stunde vor der Morgendämmerung, wenn die erste schwache Helligkeit die Dunkelheit durchbrach. Selbst die am schlimmsten verwundeten Männer waren in eine Art von erschöpftem Schlaf gesunken, und trotz ihrer Müdigkeit genoss sie die Momente der Ruhe und Stille, in dem Wissen, dass ihre Schicht schon in wenigen Stunden vorüber sein würde. Sie konnte sich sogar auf Urlaub freuen – zwei volle Tage in St. Malo.

Geräuschlos wanderte sie durch die Station und sah nach jedem Patienten, einem nach dem anderen.

Ihre Augen hatten sich an die Dunkelheit gewöhnt, und das erste Dämmergrau genügte, um sie wissen zu lassen, was sie benötigten. Sie konnte hören, welche Männer schwer atmeten, welche wach waren und möglicherweise durstig.

Links und rechts lagen Männer, schlafend, durch Nase oder Mund atmend. Einige stöhnten oder wimmerten im Schlaf. Wenn meine Mutter mich jetzt sehen könnte!, dachte Charlotte und lächelte. Noch nie zuvor war es ihr erlaubt gewesen, das Schlafzimmer eines Mannes zu betreten, und jetzt war sie gleich von zwanzig schlafenden Männern umgeben. Natürlich betrachtete ihre Mutter den Beruf der Krankenschwester mit Geringschätzung. Wenn sie nur wüsste! Denn nach Romantik stand Charlotte momentan keineswegs der Sinn. Den kleinen Widerspruch, der sich in ihr regte, weil das vielleicht doch nicht die ganze Wahrheit war, erstickte sie rasch im Keim.

Neben dem Bett von Schütze Trent blieb sie stehen. Nach ihm sah sie, wenn möglich, stets zuerst; der arme Junge hatte so furchtbare Verletzungen. Sein ganzes Gesicht war noch immer von Verbänden bedeckt. Sie wusste, dass er furchtbare Schmerzen leiden musste, aber er zeigte sie nie. Er erinnerte sie an Michael, sowohl vom Körperbau her als auch durch die frische, rosige Haut an den unversehrten Stellen. Wie es unter den Verbänden aussah, die sein Gesicht bedeckten, wagte sich Charlotte nicht vorzustellen, das brachte sie nicht fertig. Er hatte sich jetzt schon so tapfer an das Leben geklammert und würde es womöglich auch schaffen. Aber was würde aus ihm werden, wenn er nach Hause zurückkehrte? So fragte sie sich und blickte auf ihn hinunter. In einem solchen Zustand mit achtzehn Jahren, vielleicht sogar weniger. Es war grausam.

Sie bückte sich, um seine Atmung zu überprüfen. Das dunkle Loch in der Maske war still. Sie lauschte nach dem schwachen Hauch seines Atems. Nichts. Charlottes eigener Atem blieb ihr in der Kehle stecken, als schnüre sich Stacheldraht um ihren Hals. Den Blick auf ihn gerichtet, stand sie da und zwang sich, nicht in Tränen auszubrechen. Sie nahm sein Handgelenk, doch schon bevor sie nach dem Puls tastete, bestätigte ihr die Kälte der Haut, was sie bereits insgeheim befürchtet hatte.

Eine Bewegung im Bett neben ihr ließ sie aufschrecken. Flint drehte sich zu ihr um. Sein Haar war zerzaust, und er blinzelte im Morgenlicht. Gestützt auf seinen gesunden Ellbogen sah er erst sie an, dann Schütze Trent. Unverzüglich stand er auf, kam zu ihr und legte den Arm um sie. Keiner von ihnen sprach ein Wort. Charlotte lehnte sich an ihn. Tränen liefen ihr über das Gesicht und durchnässten seinen Pyjama. Ihre mangelnde Professionalität würde sie sich später noch vorwerfen können, so sagte sie sich. In diesem Moment war es einfach nur tröstlich, nicht allein zu sein – und mit ihm zusammen zu sein.

»Ich werde an seine Angehörigen schreiben«, versprach er leise. »Damit erspare ich Ihnen ein wenig Arbeit, Schwester.«

»Das ist nett von Ihnen«, brachte Charlotte hervor. Sie würde Trents wenige Habseligkeiten zusammenpacken müssen: seine blutbefleckte Uniform, seinen Revolver, seinen Rucksack. Sie würde bürokratische Formalitäten erledigen müssen. »Armer Trent. Ob er Familie hatte?«

»Er hatte ein Mädchen«, erwiderte Flint. »Er hat mich gebeten, auch ihr zu schreiben. Ich glaube, er wusste, dass er nicht mehr lange zu leben hatte.«

Später an jenem Tag beerdigten sie ihn. Der Kaplan hielt eilig eine Lesung. Charlotte stand in ihrer besten Tracht neben dem Grab, die Augen gesenkt, während die Erde auf den Sarg polterte. In der Ferne donnerten weiter die Geschütze. Ihr gegenüber stand Flint. Er schien sich unbehaglich zu fühlen, und sie wusste, dass es daran lag, dass er nicht gerne stillstand. Immer wenn sie ihn sah, war er in Aktion, lachend, scherzend, lebendig und aufgeweckt. Er war so anders als jeder Mann, den sie bisher gekannt hatte – besonders als der kühle, gewandte Laurence –, und dennoch war er faszinierend. Er brachte sie zum Lachen, und sie hatte nie gewusst, wie wichtig das war, bis jetzt, wo das Lachen zu einem so seltenen Gut geworden war, und manchmal das Einzige, was sie noch aufrecht hielt.

Der Krieg hat mich verändert, dachte sie. Erst jetzt erkannte sie allmählich, in welchem Maße.

Nach der Beerdigung folgten sie gemeinsam dem Kaplan zum Lazarett zurück. In den Dornbüschen sangen Amseln. »Ich höre gerne die Vögel zwitschern«, sagte er. »Sie erinnern mich an dickköpfige Zivilisten, die ihre Häuser nicht verlassen wollen. Ich bewundere ihren Mut.«

»Gibt es Amseln dort, wo Sie herkommen – in Ihrer Heimatstadt?«

»Ich komme nicht aus einer Stadt. Ich komme aus einer gottverlassenen Gegend – von einer Ranch in Texas. Dort gibt es Adler.«

»Natürlich«, murmelte Charlotte. Adler waren genau das, was sie mit ihm assoziiert hätte. Er wirkte auf sie nicht wie ein Mann, der sich leicht zähmen ließe. Aber wer würde auch schon einen Mann zähmen wollen, wenn Wildheit so viel interessanter war? »Wie sind Sie denn eigentlich wirklich in diesen Krieg geraten?«

»Tja, Ma'am, wir sind vom Pferd auf den Esel gekommen – um die Wahrheit zu sagen, war es mein Vater, der sein Vermögen in Flagstaff verloren hat. Sein Vermögen und die Ranch. Er hat mir nichts hinterlassen als einige wertlose Anteile an einer Smaragdmine.«

»Anteile an einer Smaragdmine erscheinen mir schwerlich als wertlos!«, rief Charlotte aus.

Er grinste sie an. »Sie sind nur etwas wert, wenn Smaragde in der Mine sind … und ich befürchte, in dieser gab es keine.«

»Ich verstehe.«

»Alle Pferde wurden verkauft, daher musste ich mir etwas anderes suchen. So bin ich zum Fliegen gekommen.«

Charlotte lächelte, als sie die Leidenschaft in seiner Stimme hörte. »Es scheint, dass Sie die Pferde nicht allzu sehr vermissen.«

»Ma'am, ein Pferd ist ein Pferd, aber dort oben …« Er deutete zum Himmel: Er war blau, und Vögel zogen ihre Kreise. »Nichts ist damit vergleichbar, dem Himmel so nah zu sein. Ich liebe es – und ich bin außerdem gut darin.«

Wieder lächelte Charlotte. Gewiss war er direkter, als die Männer, die sie früher gekannt hatte, doch allmählich erkannte sie, dass das durchaus keine Angeberei war, sondern Ehrlichkeit. Es hatte etwas Erfrischendes, bei einem Mann damit rechnen zu können, dass er einem die Wahrheit sagte, wenn es darauf ankam.

»Ich habe mich einer Flugshow angeschlossen. So weit stimmt die Geschichte. Wir sind als Teil von Wild Bill's Circus nach England gereist und dann allein weitergezogen. Bei Ausbruch des Krieges sind wir in London aufgetreten und haben Gräfinnen Gänsehaut verursacht, indem wir über dem Buckingham Palace Loopings flogen.«

»Und ein General hat speziell Sie angefordert, um den Feind aufzuhalten.«

Er lachte.

»Das habe ich den Männern nur als Witz erzählt – sie waren so fasziniert, eine dieser mystischen Gestalten namens Amerikaner kennenzulernen. Also wollte ich Ihnen eine entsprechend abenteuerliche Geschichte dazu liefern. Nein, die Wahrheit ist, dass ich dachte, ich dürfe mir so eine Gelegenheit nicht entgehen lassen, und außerdem bin ich verdammt nochmal der beste Pilot, den sie je zu sehen bekommen werden. Sie brauchen mich. So kam ich schließlich hierher. Ich kann es kaum erwarten, endlich wieder in der Luft zu sein!«

»Das kann ich gut verstehen«, sagte Charlotte mit einem kleinen Seufzer. »Es muss wundervoll sein, sich so frei zu fühlen.«

Mit einem breiten Lächeln drehte er sich zu ihr um. »Ich nehme Sie mit hinauf, sobald ich kann, wenn Sie einverstanden sind.«

»Das würden Sie wirklich tun?« Charlotte war plötzlich ganz atemlos vor Aufregung.

»Ma'am, es wäre mir eine Ehre.«

»Aber ist es nicht sehr gefährlich?« Charlotte senkte die Augenlider und warf ihm einen Blick zu. Sie fragte sich, wie er auf einen so offensichtlichen Flirt reagieren würde. Laurence hätte prompt versprochen, sie vor allen Gefahren zu beschützen – und gleich darauf sein Versprechen wieder vergessen.

»Nur, wenn man nicht weiß, was man tut, aber ich weiß das sehr genau. Außerdem vermute ich, Ma'am, dass Sie mir Sand in die Augen streuen. Auf mich wirken Sie wie ein Mädchen, das vor nichts und niemandem Angst hat.«

Charlotte lachte ganz offen über die Art, wie er sie so schnell durchschaut hatte. Sie erreichten das Lazarett. Charlotte beschleunigte ihre Schritte. »Sobald ich aus dem Urlaub zurück bin«, warf sie ihm über die Schulter hinweg zu, »werde ich Sie beim Wort nehmen.«

37

London

»Ich fühle mich geschmeichelt, dass Sie mir Ihr Vertrauen schenken, Lady Ada«, sagte Connor Kearney, als sie den sonnigen Norwood Square überquerten. »Seien Sie versichert, dass ich alles tun werde, um Ihnen zu helfen.«

»Ich weiß, dass ich Ihnen vertrauen kann«, erwiderte Ada.

Sie hatte nicht lange überlegen müssen, um ihn ins Vertrauen zu ziehen, nachdem sie von Mr Bradford erfahren hatte, in welch misslicher Lage sie sich befanden. Allerdings hatte sie nicht erwartet, dass er ihr so bereitwillig seine persönliche Hilfe zusichern würde, und dass er Hannah Darford kannte, war eine Überraschung für sie gewesen – es stellte sich heraus, dass sie schon oft für ihn gearbeitet hatte. Da Oxford keine akademischen Grade an Frauen verlieh, konnte sie nicht persönlich Mandanten vor Gericht vertreten. Doch er hatte Hannah sofort als Spezialistin für Erbrecht empfohlen.

»Ich nehme jede juristische Herausforderung gerne an, aber das ist nicht mein Fachbereich«, hatte er Ada erklärt. »Miss Darford hingegen ist genau die Richtige für unseren Fall, besonders, da Sie sich bereits kennengelernt haben.«

Deswegen waren sie hier – um sie in ihrem Büro am Norwood Square Nummer zwölf aufzusuchen. Sie musste dort ihre Kanzlei neu eingerichtet haben, denn Ada hatte Hannah bereits vor Beginn ihres Studiums in Oxford an anderer Adresse besucht. Sie erinnerte sich daran, dass Hannah davon gesprochen hatte, dass sie gern etwas Eigenes anstatt ihrer gemieteten Räume besäße.

Es scheint ein angenehmes Umfeld zu sein, dachte Ada und blickte sich um. Natürlich war es nicht Mayfair, und die Gräfin hätte es als »eindeutig Mittelklasse« abqualifiziert. Aber es war hell und luftig, und das Laub der Platanen und Kirschbäume, die den kleinen Stadtpark umsäumten, raschelte in der Brise und spendete den Kindermädchen und Babys Schatten. Einige Automobile parkten am Straßenrand und bewiesen, dass es gewiss eine respektable Adresse war. Die Art von Gegend, in der Ravi und sie gemeinsam hätten glücklich werden können, wenn er geblieben wäre. Ada schnappte nach Luft, so plötzlich durchfuhr sie der Schmerz. Fast war sie froh, dass William Ärger verursachte, weil es ihr half, sich auf etwas anderes zu konzentrieren und ihre Gedanken von ihrem Kummer abzulenken. Außerdem hatte sie sich mit geradezu wildem Eifer auf ihr Studium gestürzt und lernte verbissen für ihre Prüfungen. Ihren Kopf mit Latein und Griechisch zu füllen, vertrieb Ravi wenigstens bis zum Abend daraus, wenn sie sich schlafen legte. Dann erst konnte sie ihren Tränen freien Lauf lassen.

»Sie scheinen sich für die Gegend zu interessieren«, stellte Kearney mit einem Blick auf sie fest.

»Ehrlich gesagt bin ich neugierig«, sagte Ada und zwang sich zu einem Lächeln. Sie schwieg, um ihre Gefühle wieder unter Kontrolle zu bekommen, und fuhr dann so munter sie konnte mit der Halbwahrheit fort. »Ich bewundere Hannah Darford sehr; sie hat Außerordentliches erreicht. Deshalb erwarte ich fast, dass auch ihr Haus etwas Besonderes sein muss.« Sie blickte an dem Stadthaus hinauf. Es sah keineswegs außergewöhnlich aus, sondern unterschied sich nur durch eine Glyzinie und einige welke Topfgeranien von den Nachbarhäusern.

»Das Besondere daran ist eigentlich nur, dass es ihr allein gehört und nicht ihrem Ehemann.« Kearney läutete die Glocke.

»Sie ist verheiratet?« Ada sah ihn überrascht an. »Das wusste ich gar nicht.«

»Ach, entschuldigen Sie – ich hätte sagen sollen ›nicht einem Ehemann‹. Sie ist nicht verheiratet.«

»Das überrascht mich nicht«, sagte Ada seufzend.

»Nicht?«

»Nein. Liebe scheint nicht zur Gleichberechtigung zu passen – keine glückliche Liebe, jedenfalls.«

Sie war froh, dass die Tür geöffnet wurde und Connor sie nur fragend ansehen, aber nichts weiter sagen konnte. Ada hatte ein Hausmädchen erwartet, sah aber sofort, dass die Lady in dem altmodischen langen Rock, der Krawatte – ganz wie 1910 üblich – und dem Kneifer auf der Nase keineswegs ein Hausmädchen war. Ihr strenger Gesichtsausdruck wurde sofort weicher, und sie lächelte, als sie Connor sah. »Oh, Mr Kearney! Bitte kommen Sie doch herein. Miss Darford erwartet Sie.«

»Vielen Dank.« Connor folgte ihr über die Schwelle. »Lady Ada, gestatten Sie, dass ich Ihnen Miss Evesham vorstelle. Miss Evesham ist Miss Darfords Sekretärin.«

Die Damen begrüßten einander, und Ada und Connor folgten Miss Evesham ins Haus. Es war unverkennbar als Kanzlei eingerichtet, aber das weibliche Dekor fiel Ada sofort auf. Im Gegensatz zu Mr Bradfords Büro war das Haus in hellen Pastellfarben gestrichen, moderne Gemälde hingen an den Wänden, und elegante Blumenarrangements standen auf fast jeder

Oberfläche. Helles Licht schien durch große Fenster, reflektiert von kunstvoll platzierten Spiegeln und Kristallgegenständen. Daneben gab es jedoch auch einige nüchtern wirkende Aktenschränke und einen großen Schreibtisch im Directoire-Stil. Die Räumlichkeiten waren feminin, ohne frivol zu sein.

»Wie wunderbar modern!«, rief Ada aus.

»Nicht wahr? Ich bewundere Miss Darfords Geschmack.« Kearney sah sich sichtlich erfreut um.

»Ein Ort wie dieser – so offensichtlich das Büro einer Frau – verleiht mir das Gefühl, dass wir den Kampf bereits gewonnen haben.« Ada lächelte. »Doch leider ist das nur ein Traum.«

»Aber nicht mehr lange, hoffe ich.« Hannah Darford, flink und geschäftig und wie immer lächelnd, kam durch die Tür auf sie zu. Sie schüttelte sowohl Connor als auch Ada kräftig die Hand. »Lady Ada, mein Beileid zum Verlust Ihres Vaters. Es ist so furchtbar.«

»Ich danke Ihnen«, antwortete Ada leise. Die meisten Leute hatten ihr bereits kondoliert, entweder persönlich oder mittels schwarz umrandeter Karten. Aber hin und wieder begegnete sie jemandem, der ihr noch nicht sein Beileid ausgesprochen hatte, und jedes Mal schien es die Wunde wieder aufzureißen. Sie wusste, dass Connor sie sorgenvoll ansah.

Sie setzten sich, und Hannah Darford sah sie fragend an. »Soweit ich weiß, wenden Sie sich in einer Erbschaftsangelegenheit an mich. Ich nehme an, es betrifft den letzten Willen des verstorbenen Grafen?«

»Ja«, antwortete Ada. »Wir haben Anlass zu großer Sorge. Mein Cousin William – der jetzige Graf von Westlake, ein furchtbarer Mensch – ficht das Testament meines Vaters an. Er verlangt, einen Teil des Einkommens aus dem Anwesen zu erhalten. Ich habe sein Schreiben bei mir.«

Sie überreichte es Hannah, bang, was diese dazu sagen würde. Während sie las, beobachtete Ada ihr Gesicht, voller Sorge, wie ihre Meinung wohl ausfallen würde. Hannah nahm sich Zeit, sagte aber dann schließlich »Hmpf!« und legte den Brief auf den Tisch.

»Nun, Miss Darford?«, fragte Kearney.

»Er hat keinerlei Aussicht auf Erfolg«, erwiderte Hannah.

»Genau, wie ich es mir gedacht habe«, sagte Kearney.

Erleichtert blickte Ada von einem zum anderen. Kearney lächelte jedoch nicht, sondern sah nachdenklich aus. Hannah runzelte die Stirn.

»Aber … ich vermute, dass mehr dahintersteckt?«, fragte Ada. »Ich sehe Ihnen an, dass es nicht ganz so einfach ist.«

»Ich gehe davon aus, dass er selbst nicht mit einem Erfolg rechnet«, erwiderte Hannah. »Die Präzedenzfälle, die er anführt, stehen auf tönernen Füßen. Dieser Mann ist ein Spieler, richtig? Ja, das sehe ich schon Ihrem Gesichtsausdruck an.« Sie blickte Kearney an, und beide lächelten.

»Das ist der Schachzug eines Spielers«, erklärte Kearney. »Er setzt darauf, Sie mit dem Brief zu erschrecken, so sehr, dass Sie ihm ohne weiteres Geld geben, um ihn davon abzuhalten, weitere Ansprüche auf das Anwesen zu erheben – Ihr Zuhause. Ich vermute folgendes: Wenn Sie sich nicht einschüchtern lassen, wird er zu seinem nächsten Schlag ausholen, nämlich, Ihre Familie aus Rache so beschämend wie möglich in Verlegenheit zu bringen. Ihre Schwester Georgiana ist bisher nicht verheiratet, oder? Es könnte sehr unangenehm für Sie alle werden, wenn er nichts zu verlieren hat und dazu übergeht, den Namen Averley zu besudeln. Ein Mann, der keinen eigenen Ruf zu verlieren hat, hat keinen Grund, nicht zu lügen und Gerüchte zu verbreiten, um den Ruf anderer zu zerstören.«

»Er hat vor, uns zu erpressen«, stellte Ada fest. Sie war schockiert, obwohl sie geglaubt hatte, dass sie nichts mehr würde erschüttern können. Sie zitterte vor Wut, wenn sie an die Gefahr für Georgiana dachte.

»Davon gehe ich aus«, sagte Hannah. »Es gibt nichts Gefährlicheres als einen Mann, der nichts zu verlieren hat.«

»Also geben wir ihm etwas zu verlieren«, fügte Kearney hinzu.

»Aber was?« Ada sah in ihre Gesichter und erriet die Antwort. »Geld. Sie meinen also, dass wir ihm Geld geben sollen, damit er verspricht, nichts weiter gegen uns zu unternehmen.«

»Es müsste vor allem ein juristisch bindendes Versprechen sein«, sagte Kearney und nickte zustimmend.

»In dem er auf jegliche weiteren Ansprüche verzichtet?«

»Ja. Unsere Antwort könnte lauten, von ihm zu fordern, jegliche Drohungen und Erpressungen zu unterlassen und keine weiteren Forderungen zu stellen. Im Gegenzug bieten wir ihm … sagen wir, dreitausend Pfund?« Kearney sah mit hochgezogenen Augenbrauen Hannah an, die nickte und zugleich mit den Schultern zuckte.

»Dreitausend Pfund?«, stieß Ada fast atemlos hervor. »Aber wie sollten wir eine solche Summe auftreiben?«

Kearney und Hannah sahen erst einander, dann Ada an.

»Meine Liebe, ist Ihnen nicht klar, was das Testament Ihres Vaters für Sie bedeutet?«, fragte Connor und klang für einen Moment ausgesprochen irisch. »Das überrascht mich!« Er lächelte. »Sie sind eine reiche Frau. Ihr Vater hat Ihnen und Ihren Schwestern das Vermögen auf seinem Konto bei Coutts vererbt. Ich gehe davon aus, dass Sie die Summe bezahlen können und dennoch mehr als genug übrig behalten werden.«

»Ich muss zugeben, dass ich daran nicht gedacht hatte. Ich habe das Schreiben der Bank erhalten, indem ich um Instruktionen gebeten wurde, aber es erschien so unwichtig im Vergleich zu allem anderen …« Ada beendete den Satz nicht. Sie war nicht daran gewöhnt, sich selbst als reich zu betrachten, doch als Alexander nach der Hochzeit mit Rose die Schulden der Familie getilgt hatte, war ihr Vater so umsichtig gewesen, seine geretteten Investitionen mit mehr Voraussicht zu behandeln als zuvor.

»Es ist wichtiger, als Sie glauben«, erwiderte Hannah und blickte sich in ihrem Büro um. »Der einzige Grund, warum ich mich hier etablieren konnte und als Juristin arbeiten kann, ist das Testament meines verstorbenen Vaters. Er hatte die Summe, die er mir hinterlassen hat, als großzügige Mitgift geplant, doch ich habe sie dazu benutzt, mich als Geschäftsfrau niederzulassen. Ich kann nicht damit rechnen, genauso viel zu verdienen wie ein Mann, deswegen bin ich froh, eigenes Vermögen zu besitzen.«

Ada saß einen Moment lang schweigend da. Sie hatte tatsächlich nicht ganz verstanden, welche Bedeutung das Testament ihres Vaters für sie hatte. Es hatte zu viel anderes gegeben, worüber sie nachdenken musste. Jetzt dachte sie an alles, wofür sie gerne Geld ausgeben würde. Eine Kanzlei wie diese. Einen Fonds, mit dem sie anderen Frauen helfen könnte, die Universität zu besuchen und eine Berufsausbildung zu erlangen. Eine Wohltätigkeitsorganisation, um armen Frauen zu helfen. Mit Geld konnte man alles tun – offenbar sogar Williams Drohungen abwenden.

»Natürlich werde ich das tun. Bitte setzen Sie das Schreiben an Williams Rechtsanwalt auf.«

Hannah reagierte nicht sofort. Connor sah Ada an. »Sind Sie sicher, Ada?« Seine Stimme klang sanft. »Ich habe vielleicht etwas zu übereilt und unsensibel meine Meinung geäußert. Ich dachte als Anwalt, der mit einem Problem konfrontiert wird, und habe dabei außer Acht gelassen, dass es letzten Endes Ihr Geld ist.«

»Natürlich«, sagte Ada. »Ich danke Ihnen, aber … Somerton ist mir sehr wichtig. Meine Familie ist mir sehr wichtig.« Sie schluckte, dachte wieder an Ravi und schloss kurz die Augen, um die Tränen zurückzuhalten.

Hannah läutete die Glocke.

»Miss Evesham, bitte zum Diktat«, sagte sie, als die Sekretärin eintrat.

Als der Brief aufgesetzt und unterzeichnet war, verließ Kearney das Büro und wartete im Empfangsraum. Ada blieb sitzen und wandte sich an Hannah. »Ich danke Ihnen, Miss Darford. Sie haben mir so sehr geholfen.«

»Keine Ursache.« Hannah zögerte und fuhr dann fast verlegen fort. »Könnte ich Sie vielleicht … in einer ganz anderen Angelegenheit sprechen?«

Ada nickte, neugierig, worum es sich handeln könnte.

»Haben Sie irgendetwas von Mr Sebastian Templeton gehört?«

Ada schüttelte den Kopf.

»Nichts, und wir alle machen uns furchtbare Sorgen. Aber warum fragen Sie?«

»Ehrlich gesagt brennt mein Bruder Daniel darauf, zu erfahren, was mit ihm geschehen ist.«

»Daniel?«

»Ach, entschuldigen Sie. Sie kennen ihn als Oliver. Vielleicht haben Sie es noch nicht gehört, aber mein Bruder ist ein … sehr enger Freund Ihres Stiefbruders Sebastian Templeton.«

Ada zögerte. Sie hatte vage Gerüchte darüber gehört, dass etwas zwischen Sebastian und Oliver wäre – aber sie hatte nie die ganze Wahrheit erfahren. »Wenn ich irgendetwas wüsste«, antwortete sie, »würde ich es Ihnen sagen. Aber ich befürchte, dass wir ebenso wenig wissen wie Sie. Sobald ich etwas erfahre, werde ich Sie selbstverständlich kontaktieren.«

Hannah nickte ernst. »Vielen Dank.«

Sie gingen hinaus in den Empfangsraum. Miss Evesham schenkte ihnen ihr kühles Lächeln, und dann traten sie hinaus auf die Straße.

Eine Weile gingen sie ohne zu reden nebeneinander her. Von ferne hörte Ada eine Militärkapelle. Sie war tief in Gedanken versunken, als Connor das Wort ergriff. »Es war sehr mutig von Ihnen, so viel von Ihrem Geld aufzugeben«, sagte er und warf ihr einen Seitenblick zu. »Ich hoffe, Sie fühlen sich nicht dazu gedrängt. Weder ich noch Hannah Darford hätten schlechter von Ihnen gedacht, wenn Sie sich dazu entschlossen hätten, Ihr Vermögen für sich zu behalten.«

»Vielleicht hätte ich das tun sollen.« Ada seufzte. »Es ist so schwer, eine richtige Entscheidung zu treffen. Ich hätte anderen Menschen damit helfen können.«

»Und Sie hätten mehr Möglichkeiten gehabt, so zu praktizieren, wie es Hannah tut.«

»Ja.« Ada schluckte. »Aber nein, ich habe das Richtige getan. Ich schulde es meinem Vater und darüber hinaus auch meiner Schwester Georgiana. Ich schulde es Somerton.«

»Ich glaube, Sie haben recht.«

Schweigend setzten sie ihren Weg fort. Connor, der sehr nachdenklich schien, sprach wiederum als Erster. »Haben Sie von dem neuen Reformgesetz gehört?«

»Dem Gesetz zur Repräsentation des Volkes? Natürlich habe ich das. Es würde allen Männern, sogar denen aus der Arbeiterklasse, das Wahlrecht einräumen. Und auch den Frauen über dreißig – sofern sie Immobilien besitzen, natürlich.«

»Nun, und wenn der Krieg einmal vorbei ist, versichere ich Ihnen, dass nichts die Verabschiedung dieses neuen Gesetzes aufhalten kann – und damit werden Sie, liebe Ada, der gesetzlichen und gesellschaftlichen Gleichberechtigung mit den Männern einen Schritt näher kommen.«

»Glauben Sie das wirklich?« Ada verspürte einen Funken Hoffnung.

»Ja, das tue ich.«

»Aber es gibt so viel Widerstand in beiden Parlamentskammern.«

»Das stimmt, aber Tatsache ist, dass die große Mehrheit der Männer, die jetzt gerade in der Fremde für ihr Land kämpfen und sterben, gegenwärtig nicht das Recht haben zu wählen. Stellen Sie sich vor, wie sie sich fühlen müssen! Die Notwendigkeit, dass in diesen Notzeiten das ganze Land zusammenhält, bedeutet, dass es zunächst keine Rebellion gegen diese Ungerechtigkeit geben wird. Doch ist der Krieg einmal vorbei, wird es unmöglich sein, ihnen ihre Rechte weiterhin zu verwehren. Das Gesetz wird gewiss verabschiedet werden, und auch die Frauen werden davon profitieren. Wenn nicht, würde eine Revolution ausbrechen.«

Ein Kindermädchen, das gerade vorbeikam und das Wort »Revolution« aufschnappte, blickte auf und eilte schnell weiter. Ada lächelte. »Sie machen mir Hoffnung«, sagte sie.

»Berechtigte Hoffnung. Ich glaube, dass die Gleichberechtigung noch zu unseren Lebzeiten verwirklicht wird. Doch ganz abgesehen davon verspreche ich Ihnen, meine liebe Ada, dass ich dort sein werde, um Ihnen die Hand zu schütteln, wenn Sie erstmals Ihre Stimme zur Wahl abgeben.«

»Alles ist möglich«, sagte sie mit hochroten Wangen, und trotz der Trennung von Ravi, trotz allem, schlug ihr Herz höher beim Gedanken an die Zukunft.

38

Frankreich

»Wie gut es tut, endlich einmal weg von der Front zu sein!«, rief Charlotte, warf den Kopf in den Nacken und atmete die frische Luft tief ein, während sie den Weg zu den Dünen entlanggingen. Sie waren gerade in St. Malo angekommen, und sie konnte noch immer kaum glauben, dass nicht ein Notfall in letzter Minute ihren Urlaub verhindert hatte. Schon jetzt fühlte sie sich erholt.

»Ja, und einmal ein bisschen Zeit für sich zu haben!«, ergänzte Portia. »Unfassbar, oder? Es scheint mir eine Ewigkeit her zu sein, dass wir den lieben langen Tag nichts anderes zu tun hatten, als uns anzukleiden, Briefe zu beantworten und vielleicht irgendwohin zum Mittagessen oder zum Tennisspielen zu gehen …«

»Ja, als wäre es in einem anderen Leben gewesen.« Charlotte schüttelte ungläubig den Kopf. »Und wir wussten es nie zu schätzen, haben uns ständig gelangweilt! Wenn ich noch einmal einen ganzen Tag für mich hätte, würde ich ihn mit den herrlichsten Dingen füllen. Ich würde reiten, ein duftendes Bad nehmen, anschließend ganz allein die Oxford Street entlangspazieren, ins Kino gehen …«

»Skandalös!«, neckte Portia sie.

»Das würde ich tun, ganz alleine!« Charlottes Lachen erstarb. »Aber bestimmt gibt es auch drüben in England jetzt nicht viel zu lachen.«

»Nein, bestimmt nicht.« Aus Portias müdem Seufzer sprach eine ebenso tiefe Erschöpfung wie aus den tiefen Ringen unter ihren Augen. »Weißt du noch? Die Bälle, und wie wir bis zum Morgen getanzt haben? Ob wir wohl je wieder so tanzen werden?«

Schweigend gingen sie weiter. Charlotte spürte, wie die Last des Krieges sie zu überwältigen drohte, wie immer, wenn sie nicht aktiv darum bemüht war, eine positive Einstellung zu behalten. Fast wünschte sie, wieder zurück im Lazarett zu sein; dort brachte wenigstens Flint sie zum Lachen. Noch eine letzte Düne lag zwischen ihnen und dem Meer, und trotz ihrer Müdigkeit rannte sie los. »Wer als Erste oben ist!«, rief sie.

Lachend und protestierend versuchte Portia, sie einzuholen. Mit schmerzenden Beinen oben angekommen, war Charlotte froh, so schnell gelaufen zu sein. Ein breiter Sandstrand erstreckte sich hinunter zu den Wellen, die krachend ans Ufer schlugen, und Möwen tanzten über dem Wasser und tauchten nieder wie Nadeln, die an einem unsichtbaren Teppich stickten. Der Wind fuhr Charlotte ins Gesicht, bis ihr die Augen tränten. Sie war dankbar; sie brauchte eine Entschuldigung für Tränen in den Augen.

Sie rutschte die Düne hinunter, und Portia folgte ihr atemlos. »Charlotte, was machst du bloß!«, sagte sie zu ihr, als sie den Fuß der Düne erreichten. »Was wird man wohl in der Teestube von uns denken, wenn wir so schmutzig dort ankommen?«

Charlotte zuckte mit den Schultern, lachte und klopfte sich den Sand vom Rock. »Sie werden glauben, dass ich mich mit einem attraktiven Offizier in den Dünen gewälzt habe.«

»Du bist unmöglich!« Auch Portia wischte sich den Sand von der Kleidung. »Ehrlich gesagt finde ich es ziemlich schockierend, was dahingehend alles passiert. Manche der Kriegskrankenschwestern haben überhaupt keinen Anstand.«

»Ich kann ihnen nicht verdenken, dass sie sich amüsieren, solange sie können. Schließlich leben wir in ständiger Angst.«

»Sogar du? Dabei wirkst du immer so stark«, erwiderte Portia, als sie auf die kleine Teestube zugingen, die in einer der Strandhütten eröffnet hatte.

»Natürlich habe ich Angst«, antwortete Charlotte. Dabei verschwieg sie, dass nicht der Krieg, die Bomben und die Verletzungen ihr die meiste Angst einflößten, sondern der Gedanke daran, wie es nach dem Krieg weitergehen würde. Sie hatte keinerlei Vorstellung davon.

Sie betraten die Teestube. An einem Tisch saßen mehrere Sanitätsoffiziere. Portia und Charlotte suchten sich einen Platz, und Portia warf einen Blick in die Karte.

Charlotte sah zum Fenster hinaus auf das Meer und die windgepeitschten Dünen. Sie fühlte sich innerlich leer und wäre lieber wieder im Lazarett gewesen. Verbände mussten gewechselt, tausend Aufgaben erledigt, traurige Erinnerungen verdrängt werden.

Da hörte sie plötzlich jemanden sagen: »Schade um MacAllister. Er ist ein patenter Kerl.«

Es war einer der Sanitätsoffiziere. Sie unterhielten sich beim Tee. Keiner von ihnen bemerkte Charlottes plötzliche, schweigende Aufmerksamkeit.

»Stimmt. Einer der Besten.«

»Ja, und dazu noch ein Teufelskerl von einem Pilot.«

»Umso schlimmer.«

»Sie meinen also, es gibt keine Hoffnung?«

»Nein, es ist aussichtslos. Es ist ein hässlicher Bruch, und er wurde nicht rechtzeitig gerichtet; bestimmt wegen der Verzögerung an der Front. Dr. Field in Hidoux hat sein Möglichstes getan, aber er wird keinesfalls wieder fliegen können.«

»Nein, mit einem solchen Arm kann man kein Flugzeug steuern.«

»Wohl kaum. Die Nerven sind beschädigt, in drei Fingern hat er kein Gefühl mehr.«

Reglos saß Charlotte da, innerlich so kalt, als hätte man sie mit Eis überschüttet. Sie dachte an ihre Gespräche mit Flint. Er hatte ihr erzählt, wie er ohne Mutter und mit einem ständig betrunkenen Vater auf einer Ranch aufgewachsen war. Wie er Pferde geliebt und Trost bei ihnen gefunden hatte, bis er seine wahre Leidenschaft entdeckte: das Fliegen. Wie er davon träumte, seine eigene Flugshow auf die Beine zu stellen, und wie er sich nach dem Tag sehnte, an dem er endlich wieder in der Luft sein würde – »hoch über alldem«, hatte er gesagt und seinen gesunden Arm ausgestreckt wie ein Vogel, der sich aufschwingt.

Und jetzt sagten sie, dass er niemals wieder würde fliegen können.

Portia blickte von der Speisekarte auf. »Charlotte, ist dir nicht gut?«, fragte sie besorgt. »Du siehst ja ganz blass aus.«

Charlotte schaffte es immerhin, den Kopf zu schütteln. Wie sollte sie es ihm bloß beibringen? Es war ihr ein Rätsel. Doch auf keinen Fall konnte sie zulassen, dass irgendjemand anders ihm die Nachricht überbrachte.

39

Oxford
Ada kam aus ihrem Zimmer im Oriel College und ging die knarrende Holztreppe hinunter. Die Tür der Direktorin stand einen Spalt offen, und sie zögerte, als sie Stimmen aus dem Büro hörte. Hannah und Connor Kearney. Sie war nervös. Sie wusste, dass Williams Rechtsanwalt geantwortet hatte, kannte aber noch keine Einzelheiten.

Sie betrat das Büro, wo das Zimmermädchen gerade Tee servierte und die Direktorin sich freundlich mit Hannah unterhielt, während Connor, ungewöhnlich ruhelos, die Bücher inspizierte. Er drehte sich sofort um, als er die aufgehende Tür hörte.

»Es tut mir leid, dass ich Sie habe warten lassen«, begrüßte Ada Hannah und Connor und nahm auf dem Stuhl Platz, den die Direktorin ihr anbot.

»Hannah und ich haben ein wenig über alte Zeiten geplaudert«, erklärte die Direktorin lächelnd.

Es entstand eine verlegene Pause. Niemand wollte so recht damit beginnen, die Privatangelegenheiten der Averleys vor der Direktorin zu erörtern, und dennoch wurde von ihr erwartet, dass sie als Adas Anstandsdame anwesend war. Wenn sie nur wüssten, dachte Ada ein wenig verächtlich, dass dafür kein Anlass mehr besteht – über meine Keuschheit zu wachen, hat sich längst erübrigt!

Glücklicherweise war die Direktorin eine kluge Person. Sie stand auf und sagte: »Ich weiß, dass Sie Privatangelegenheiten zu besprechen haben. Daher ziehe ich mich jetzt in den Musikraum zurück. Ich bin sicher, dass Miss Darford einwandfreie Gesellschaft genug ist.«

Sie blickten ihr nach, und dann wandte sich Ada an Hannah, unfähig, ihre Neugier zu unterdrücken. »Sie haben eine Antwort erhalten? Was hat er geschrieben?«

»Es tut mir leid, aber ich habe keine guten Nachrichten.« Hannah reichte Ada den Brief. Während sie ihn las, wurde ihr ganz übel. Die Ausdrucksweise war nüchtern und kalt, der Text offenbar vom Rechtsanwalt geschrieben und nicht von William diktiert. *Die Summe ist zu klein, geradezu beleidigend. Der Graf hat die Absicht, mit seiner Familie nach Amerika zu reisen und in die dortigen Ölfelder zu investieren.*

»Ich verstehe das nicht«, sagte Ada, die innerlich fröstelte. »Warum sagt er, dass er ins Ausland gehen will?«

»Weil der Schuft mehr Geld will«, erklärte Connor.

»Nun, wie viel will er denn?«, rief Ada aus.

Connor und Hannah wechselten besorgte Blicke.

Hannah sagte: »Ich befürchte, dass er sich nicht mit weniger als zehntausend Pfund zufriedengeben wird. Damit bliebe Ihnen aber kaum noch etwas übrig.«

»Das spielt keine Rolle. Natürlich müssen wir diese Bedrohung um jeden Preis abwenden.«

»Lady Ada, bei allem Respekt, aber ich glaube nicht, dass Sie daran gewöhnt sind, sich Gedanken um Geld zu machen«, erwiderte Connor. »Ihr Anteil an der Erbschaft beträgt kaum über zehntausend Pfund insgesamt – abgesehen von der kleinen Summe, die Ihr Vater hinterlassen hat, um Sie während Ihrer Ausbildung zu versorgen. Ihr jetziges Vermögen würde ausreichen, um Sie bis ans Ende Ihres Lebens gut zu versorgen und es Ihnen ermöglichen, zu tun, was immer Sie möchten – als Anwältin zu praktizieren, anderen zu helfen. Wenn Sie auf dieses Geld verzichten, werden Sie gezwungen sein, entweder Ihren eigenen Lebensunterhalt zu verdienen – in welcher Weise auch immer – oder des Geldes wegen zu heiraten. Es ist keine leichte Entscheidung.«

Ada schwieg für einen Moment. »Verzeihen Sie, aber da bin ich anderer Meinung«, erwiderte sie schließlich. »Ich kann es nicht hinnehmen, dass dieses Damoklesschwert über Somerton schwebt. Es ist mein Zuhause, es ist …« Sie hielt inne, da sie befürchtete, ungewollt auf das große Opfer anzuspielen, das sie bereits für Somerton und ihre Familie gebracht hatte. »Das Geld erscheint mir unbedeutend im Vergleich zu anderen Dingen. Haben Sie nicht selbst gesagt, dass das Gesetz zur Gleichberechtigung in Kraft treten wird? Ich gehe davon aus, dass wir Frauen, sobald wir einmal das Wahlrecht haben, auch uneingeschränkt einem Beruf nachgehen können. Ja, ich glaube, Sie haben recht. Das Gesetz wird in Kraft treten, und eines Tages werde ich meine Abschlussurkunde erhalten. Damit werde ich in der Lage sein, auf ehrenvolle Weise mein eigenes Geld zu verdienen.«

»Ihr Vertrauen in die Zukunft ist bewundernswert«, sagte Connor mit glänzenden Augen.

»Wie auch immer, es ist eine schwerwiegende Entscheidung«, gab Hannah zu bedenken.

»Mein Entschluss steht fest. Geben Sie ihm die Zehntausend.« Ada erhob sich. »Bitte lassen Sie mich jetzt an meinen

Bankier schreiben, dann können Sie den Brief für mich mitnehmen.«

Sie ging hinauf und schrieb den Brief, faltete ihn zusammen und steckte ihn in einen Umschlag. Keinen Augenblick hielt sie inne, um sich zu fragen, ob sie das Richtige tat. Sie war im Innersten davon überzeugt.

Als sie zurückkehrte, war die Direktorin wieder im Büro und redete mit Hannah. Connor öffnete die Tür. Hatte er sie abgepasst, damit sie für einen Augenblick allein miteinander reden konnten?

»Sind Sie ganz sicher?«, fragte er, als Ada ihm den Brief reichte. Sie standen verborgen hinter der Tür, und Ada empfand intensiv die Nähe und Intimität dieses Augenblicks.

»Ja, das bin ich.«

Ein fast gespannter, jungenhafter Ausdruck lag auf seinem Gesicht, als er erwiderte: »Sie sind edel, Lady Ada, im wahrsten Sinne des Wortes.«

Zu ihrer Überraschung errötete Ada.

40

Frankreich

Sebastian zündete sich eine Zigarette an, und als die erste Morgenröte den Horizont rosa färbte, sog er den Rauch tief in seinen kalten, schmerzenden Körper ein. Er war nie ein Raucher gewesen, hatte weder den Geschmack noch den Geruch von Tabak gemocht. Doch hier war alles anders. Wenn man nur noch von Schlamm und Regen, Ratten und tief in die Erde gestampften menschlichen Überresten umgeben war, bedeutete eine Zigarette zumindest etwas Warmes, einen kleinen Hoffnungsschimmer, an den man sich halten konnte. Sie dämpfte Sebastians Hunger und gab ihm eine Beschäftigung. Vor allem aber half sie ihm, seine zitternden Hände ruhig zu halten. Er wusste, dass viele andere Männer aus denselben Gründen rauchten.

Eine schattenhafte Gestalt drängte sich mit einem gemurmelten: »Viel Glück, Korporal«, durch den Graben an ihm vorbei.

»Viel Glück, Kamerad«, erwiderte er. Der Himmel hellte sich nach und nach auf, und Sebastian erkannte die Umrisse des Stacheldrahts und der Geschütze, dort, wo sich die Deutschen hartnäckig eingegraben hatten, denen sie seit Tagen gegenüberstanden. Schwer vorstellbar, dass in knapp über einer Stunde

– nein, in weniger als einer Stunde inzwischen – alles vorüber sein würde, so oder so.

Das war's. Sebastian dachte an Oliver. Jene Zeiten schienen so fern, die sonnigen Tage vor dem Krieg. Wenn sie einander je wiedersähen, würde er es ihm erklären können? Würde er noch dieselbe Person sein, die er damals gewesen war? Er wünschte, er hätte etwas sagen, hätte schreiben können. Doch jedes Mal, wenn er sich hinsetzte und versuchte, seine Gefühle zu Papier zu bringen, dort im nassen lehmigen Unterstand, fehlten ihm entweder die Zeit oder die Worte, jemand wurde erschossen, oder ein Stabsbefehl kam, die eisernen Rationen zu zählen – irgendeine unsinnige Beschäftigungsmaßnahme. Er hatte nie geschrieben, und als sich die Szenerie vor ihm unaufhaltsam erhellte, wusste er, dass er es auch niemals tun würde.

Er erkannte jetzt das Zifferblatt seiner Uhr, die schwach glimmenden Zahlen. Zeit, dem Leutnant Bescheid zu sagen.

Sebastian verließ seinen Posten und kehrte zurück zum Unterstand. Entlang des Grabens passierte er Männer in Gefechtsposition, stumm und wachsam, das Gewehr im Anschlag.

»Viel Glück«, murmelte er jedem zu. Die Worte schienen so zerbrechlich, so nutzlos. Er war überrascht, dass man ihn nicht auslachte. Stattdessen antworteten die Soldaten ihm jedes Mal, als bedeute der Wunsch tatsächlich etwas. Erst gestern Abend hatte Joe zu ihm gesagt: »Wir können jetzt nur noch auf Gott vertrauen, Sir.« Sebastian hatte nicht gewusst, was er antworten sollte; letzten Endes konnte er nur zustimmen.

Er klopfte an die Tür des Unterstandes und stieß sie auf. Der Leutnant saß am Tisch, die Hände vor sich ausgestreckt. Stumm und reglos blickte er zur Tür. Sein Gesicht lag im Schatten und war nur im Umriss erkennbar.

Er hätte längst als dienstunfähig fortgeschickt werden sollen, dachte Sebastian. Dass er ein nervliches Wrack war, sah doch ein Blinder. Zu spät.

»Es wird Zeit, Sir«, sagte er.

Der Offizier reagierte nicht. Sebastian beobachtete ihn nervös. Plötzlich spürte er, dass etwas nicht stimmte. Der Mann saß vollkommen reglos da.

»Sir?«, fragte er. Er durfte gar nicht daran denken, was geschehen würde, wenn der Leutnant sich weigerte zu gehen. Er würde ihn mit vorgehaltener Waffe dazu zwingen müssen.

Er ging einen Schritt näher. Dann sah er das Rasiermesser. Einen Augenblick lang stand Sebastian da wie angewurzelt und betrachtete die dunklen nassen Pfützen auf dem Tisch und auf dem Boden, lauschte dem Tropfen, das nicht vom Regen durch das undichte Dach stammte. Vor dem Offizier lagen ein Blatt Papier und ein Stift. Doch wenn er irgendetwas zu Papier gebracht hatte, war es längst vom Blut ausgelöscht worden.

»Korporal?« Eine nervöse Stimme an der Tür. Es war Joe. Sebastian drehte sich um und ging zu ihm, um ihn am Hereinkommen zu hindern. Der Schock des Anblicks ließ ihn erzittern. Der Mann hatte sich lieber umgebracht, als dem ins Auge zu blicken, was sie jenseits des Grabens erwartete.

»Was ist los, Korporal? Wo ist der Leutnant?« Joe war nervös.

»Der Leutnant kommt nicht mit uns«, erwiderte Sebastian. Er ließ Joe keine Zeit, weitere Fragen zu stellen, sondern eilte durch die Gräben. Jetzt hat mir der Scheißkerl den Schlamassel aufgebürdet, dachte er. Er wusste, dass durch den Tod des Leutnants er derjenige war, der die Männer über die Brustwehr führen musste. Das wiederum bedeutete, dass er ganz vorne in der Feuerlinie stand. Er versuchte, nicht daran zu denken, aus Angst, in Panik zu geraten. Aber er wusste, was das hieß.

In ein paar Minuten würde er gewiss genauso tot sein wie der Leutnant.

Er sah auf die Uhr.

»Uhrenvergleich.« Er gab den Befehl mit leiser Stimme, und er wanderte weiter die Linien entlang. »Angriff um 7:05 Uhr. Sie wissen Bescheid: Wir rücken in geordneter Formation vor, direkt auf die deutsche Linie zu.«

Hier und dort ertönte hohles Kichern. Sebastian wusste, dass er etwas sagen musste.

»Die Artillerie sprengt zunächst die Stacheldrahtwehr«, begann er, lauter diesmal, energischer. *Denk daran, wie man Befehle erteilt. Denk an früher, als du keine anderen Sorgen hattest als den Sitz deines Krawattenknotens.* »Wir sind gut ausgebildet. Wir werden erfolgreich sein. Wir sind Profis, und zu Hause in England verlässt man sich auf uns. Eure Frauen und Mütter, eure Liebsten.« Dann sprach er tief aus dem Herzen zu ihnen über alles, worüber er in den langen Nächten und Tagen voller Gefahr nachgedacht hatte. Über das Wesentliche, was ihn hier draußen gehalten hatte. »Sie glauben, dass Sie durch das Niemandsland nach Deutschland marschieren. Doch das ist es nicht, was auf der anderen Seite des Niemandslandes liegt. Auf der anderen Seite des Niemandslandes liegt England. Frieden. Zu Hause. Und zwar ein besseres England, als das, was Sie verlassen haben, das beste denn je. Wenn wir nicht aufstehen und durch dieses Land marschieren, wird der Krieg nie zu Ende gehen. Der einzige Weg nach Hause führt uns nach vorn.«

In diesem Moment begann die Artillerie zu feuern. Der Lärm war unbeschreiblich, ein Sturm von Feuer und Donner über ihren Köpfen. Sebastian ging ganz in dem Höllenkrach auf, erlaubte ihm, Besitz von ihm zu ergreifen. Er stellte seinen Fuß auf die Gefechtsstufe. Sobald die Mörser schwiegen, würde er aus dem Graben klettern, aufwärts, als stiege er in den Sattel seines Lieblingsjagdpferdes, und er würde voranstürmen, als warte Oliver auf der anderen Seite und mit ihm jener sonnige Tag vor langer Zeit, an dem sie einander zum ersten Mal geküsst hatten.

Ich will leben, dachte er. Der Gedanke durchfuhr ihn wie ein plötzlicher Schock. Er wollte einen weiteren Tag mit Oliver. Er wollte seine Hand nehmen, ihn küssen und sich für die Art und Weise entschuldigen, wie sie auseinandergegangen waren. Es war falsch von ihm gewesen, ihre Liebe aufzugeben. Aber nun war es zu spät.

Die Geschütze schwiegen. Rauch schwebte über dem Schlachtfeld, als hätte das unheilvolle Schweigen Gestalt angenommen.

»Vorwärts!«, rief Sebastian. Er sprang nach vorn, hinauf und über die Brustwehr. Jeder Moment danach war ein Bonus, das wusste er. Leben, mit dem er nicht gerechnet hatte.

Kugeln prasselten an ihm vorbei wie Hagelkörner. Einmal blickte er zurück, um zu überprüfen, dass die Männer ihm folgten. Sie taten es. Zahlreich. Feuer spie aus den Mündungen ihrer Gewehre. Sebastian drückte selbst unablässig den Abzug und fühlte die aus der Trommel abgefeuerten Geschosse mehr, als dass er sie hörte. Er hatte jetzt mindestens schon drei Schritte getan, drei glückliche Schritte, drei Schritte, für die er dankbar sein sollte. Er kämpfte sich nach vorn, über menschliche Überreste und Geschützteile und durch hartgebackene Granattrichter. Vier. Fünf. Warum erwiderten die Deutschen nicht das Feuer? Dann veränderte der Rauch seine Farbe, wurde von Weiß zu Gelb. Unter den beißenden Korditgeruch mischte sich ein anderer, süßlicher und erstickender Gestank. Gas.

Sebastian erkannte es im selben Moment, als es ihm die

Kehle zuschnürte. Sofort ließ er sich zu Boden fallen und kroch unter den Wolken hindurch. Schweigend vor panischer Angst und Verzweiflung riss er sich mühsam einen Ärmel ab und bedeckte Mund und Nase mit dem Stofffetzen. Die Wolke wälzte sich über ihn hinweg in die Reihen der Soldaten. Mit brennenden, von Tränen verschleierten Augen sah er verschwommene Gestalten, die zusammenbrachen, würgten, kotzten, ihren Hals umklammerten und sich die Augen zuhielten. Joe! Er wollte nach ihm rufen, aber er konnte nicht einmal atmen. Der Wind trieb die tödliche Wolke vorwärts.

Sebastian kroch dicht am Boden direkt in eine weitere Wolke hinein. Er wusste, dass das Selbstmord war. Die Wolke wurde dicker und senkte sich um ihn herum, so dass die wenige Luft, die er durch das dicht am Boden Kriechen gewonnen hatte, schon bald verbraucht sein würde. Das Gas kam von der deutschen Linie, und die einzige Chance, es aufzuhalten, die wahnsinnige Hölle um ihn zu beenden, war, seine Quelle zu erreichen und es dort zu zerstören.

Er rollte sich in einen dreckigen Granattrichter, an dessen Boden er wieder etwas Luft bekam. Über ihm hörte er Geschrei, erstickende, furchtbare Laute. Er legte sein Gewehr an und feuerte in die Gaswolke hinein, als sei sie ein Feind von fester Gestalt. Er wusste, dass die Deutschen hinter ihr vorrückten. Ob irgendeine der Kugeln ihr Ziel erreichte, konnte er nicht feststellen. Doch dann drehte sich der Wind, und die Gaswolken rissen einen Moment lang auf. Sebastian sah, wie Männer auf ihn zukamen, die Gaswerfer trugen und die tödliche Wolke versprühten. Panik schnürte ihm die Kehle zu wie Stacheldraht. Mit aller Kraft musste er den Impuls unterdrücken, sich umzudrehen und wegzulaufen. Wenn nur eine seiner Kugeln traf, wenn er einen Mann tötete, der einen Gaswerfer trug, konnte er unter Umständen dadurch seinen ganzen Zug retten. Er musste weiterkämpfen.

Er sprang auf die Füße, rannte los und feuerte gleichzeitig. Das Gas drang ihm in die Augen, so dass sie brannten wie Feuer. Er sah die erschrockenen Augen eines deutschen Soldaten, der die Geschützmündung auf ihn richtete. Das glühende Gewehr verbrannte seine Hände und bäumte sich bei jedem Schuss auf, doch Sebastian hielt den Finger fest am Abzug. Er konnte nichts mehr sehen, er konnte nicht mehr atmen. Kugeln prallten rings um ihn auf. Er zwang sich weiter, sah nach vorn, obwohl die Deutschen ihr Feuer jetzt auf ihn konzentrierten.

Oliver, dachte er. Ich will dich wiedersehen.

Schritt für Schritt bewegte er sich nach vorn, bis er nichts mehr sehen konnte und in Schwärze und Schmerz blind feuerte. Dann traf ihn etwas hart ins Bein und in die Seite, und er fiel auf die Knie. Selbst dann feuerte er weiter, den Finger auf den Abzug gepresst, bis er schließlich das Bewusstsein verlor.

41

Somerton

Rebecca hatte den Frühstückstisch gedeckt. Die Teller glänzten, Silber und Kristall funkelten. Sie zog die Vorhänge beiseite, so dass das Sonnenlicht ins Zimmer fiel. Was für ein wunderbarer Anblick, dachte sie. Er tat ihr jeden Tag gut. Sie wusste, dass ihre Mutter hier glücklich war und David in der frischen Landluft wuchs und gedieh. Wären nicht der Schatten des Krieges und die bedrückende Tatsache gewesen, dass ein Dieb im Haus war, wäre sie vollkommen glücklich gewesen. Sogar Lady Georgiana war glücklich, nachdem sie die Nachricht erhalten hatte, dass William – es war immer noch schwierig, an ihn als den Grafen von Westlake zu denken – sich tatsächlich auf der *Europa* nach Amerika eingeschifft hatte.

Sie drehte sich wieder um. Es gab immer etwas zu tun. Sie ging hinunter zum Butlerzimmer, wo die noch druckfeuchten Morgenzeitungen darauf warteten, gebügelt zu werden. Rebecca überflog sie, auf der Suche nach Neuigkeiten. Das Gerücht ging, dass es einen weiteren großen Vorstoß an der westlichen Front gegeben hatte. Es war schwer vorstellbar, wie es dort sein musste. Die Zeitungen brachten nichts als Zahlen und leere Propaganda. Ihr war es unmöglich, sich Granatfeuer vorzustellen, all die toten Männer. Rebecca dachte an Jenny und James. Das steckte hinter diesen Zahlen – ein tapferer Lakai, der niemals wieder nach Hause kommen würde. Hastig bügelte sie zu Ende und legte die Zeitung auf das Frühstückstablett. Es nützte nichts, sie mit Tränen zu beflecken.

Als sie herauskam, bemerkte sie, dass es in der Küche stiller war als gewöhnlich. Thomas – Mr Wright, wie sie nicht vergessen durfte, ihn zu nennen – stand in der Küche und redete mit der Köchin, als sie hereinkam.

»Hallo«, sagte Rebecca. »Ist das Frühstück bereit, hinaufgetragen zu werden?«

Keine Antwort. Annie wischte sich eine Träne aus dem Auge. Thomas ergriff das Wort.

»Gleich. Annie, würden Sie bitte Marthas Arbeit zu Ende bringen? Ich weiß, dass es nicht Ihre Aufgabe ist, aber ich wäre Ihnen sehr dankbar, wenn Sie sie für heute übernähmen.«

»Was ist passiert?«, fragte Rebecca. »Wo ist Martha?«

»Martha kommt nicht wieder«, antwortete die Köchin. »Sie hat eine Dummheit gemacht – eine sehr große Dummheit.«

Rebecca sah sie erstaunt an und fuhr damit fort, die Tabletts für die Familie zusammenzustellen. Obwohl sie neugierig war, sah sie der Köchin ihre Bestürzung an und wollte sie nicht drängen.

»Sie kann es ruhig wissen«, sagte Roderick. »Das ist nicht mehr als fair, nachdem sie derartig beschuldigt wurde.«

Annie zuckte ärgerlich mit den Schultern.

»Die Löffel sind aufgetaucht«, sagte Thomas ruhig. »Der Mann, der die Küchenabfälle von der Köchin kauft, wurde in einer Stadt nördlich von hier verhaftet, als er versuchte, sie an einen Pfandleiher zu verhökern – glücklicherweise wurde dieser misstrauisch, als er sah, dass das Wappen weggefeilt worden war.

Er hat zugegeben, die Löffel von Martha erhalten zu haben. Sie hat sie unter den Essensresten hinausgeschmuggelt. Den Erlös wollten sie sich teilen.«

»Ich kann das nicht von ihr glauben«, schniefte die Köchin.

»Oh!« Rebecca war schockiert. »Also ist Martha …«

»Sie wird nicht mehr wiederkommen«, sagte Thomas und fügte hinzu: »Ich möchte mich bei Ihnen entschuldigen, Rebecca, für alle von uns. Es war falsch, Sie ohne Beweise zu beschuldigen, und es tut mir sehr leid. Das hätte nicht passieren dürfen, und ich garantiere Ihnen, dass es nie wieder vorkommt.«

»Mir tut es auch leid.« Zu ihrer Überraschung kam die Köchin auf Rebecca zu und drückte ihr die Hand. »Ich komme mir so dumm vor, weil ich ihr geglaubt habe.«

Gemurmelte Entschuldigungen kamen auch von allen anderen Dienstboten. Sogar Annie flüsterte widerwillig: »War nicht so gemeint.«

Rebecca spürte Tränen in den Augen, Tränen der Erleichterung und des Glücks. Es sah tatsächlich so aus, als ob sie würde bleiben können!

»Sie sind alle so nett«, sagte sie und wischte sich die Tränen aus den Augen. »So«, fügte sie hinzu und gewann wieder ihre professionelle Beherrschung zurück, »soll ich jetzt das Frühstück hinaufbringen?«

Sie entfernte sich durch den Flur, war sich aber bewusst, dass Thomas ihr nachblickte, und schämte sich für das breite, glückliche Lächeln auf ihrem Gesicht.

Als sie den Frühstücksraum betrat, war Lady Georgiana bereits dort und las einen Brief. Rebecca zögerte. Lady Georgiana blickte auf.

»Entschuldigen Sie, Mylady – ich habe so früh noch niemanden hier erwartet.«

»Sie brauchen sich nicht zu entschuldigen.« Lady Georgiana lächelte sie an, obwohl sie besorgt aussah. Rebecca fuhr mit ihrer Arbeit fort und servierte das Frühstück auf dem Büfett. »Ich nehme an, Sie haben von Martha gehört«, sagte Lady Georgiana hinter ihr.

»Das habe ich, Mylady. Es tut mir sehr leid.« Rebecca beendete ihre Arbeit und drehte sich um.

»Ja, es ist schrecklich, das arme törichte Mädchen. Jetzt mangelt es uns noch mehr an Personal! Umso dringender brauchen wir eine Hauswirtschafterin – eine Person, die die Zügel in die Hand nimmt.«

»Hat Mrs Cliffe jemals geantwortet, wenn ich fragen darf, Mylady?«

»Ich halte ihre Antwort in den Händen.« Georgiana hielt den Brief in die Luft. »Sie schreibt sehr freundlich, aber in Eile – sie ist unterwegs nach Frankreich, wo sie im Rahmen der Recherchen für einen Kriegsroman die Schlachtfelder besuchen will.«

»Sie muss sehr mutig sein«, sagte Rebecca, unsicher, ob sie entsetzt oder ehrfürchtig reagieren sollte.

»Das ist sie wirklich. Genau wie ihre Tochter.« Lady Georgiana seufzte leise, und Rebecca wusste, dass sie an Lady Rose denken musste, die so weit entfernt weilte, weiß Gott unter welchen Umständen. »Wie auch immer. Sie schreibt mir, dass ich meinem eigenen Urteil vertrauen und diejenige Person auswählen solle, die meinem Gefühl nach am geeignetsten ist. Was halten Sie davon?«

»Nun ja«, sagte Rebecca und dachte einen Augenblick lang nach. »Ich denke, es ist ein guter Rat, Mylady, aber es bringt uns nicht sehr viel weiter. Selbstverständlich haben übereilte Entscheidungen manchmal ihre Folgen, aber wir brauchen so bald wie möglich jemanden. Es gibt zu viele kleine Aufgaben, die erledigt werden müssen und die liegenbleiben, weil niemand mit der Autorität einer Hauswirtschafterin sie erkennt und delegiert. Also denke ich, dass Sie auf Mrs Cliffes Rat vertrauen sollten, Mylady, und jemanden einsetzen sollten. Wir alle werden Ihre Entscheidung respektieren und unterstützen.«

»Vielen Dank, Rebecca. Sehr vernünftig von Ihnen, aber das sind Sie ja immer.« Lady Georgiana lächelte, und Rebecca knickste und wandte sich zum Gehen. Als sie den Frühstücksraum verließ, spürte sie Lady Georgianas nachdenklichen Blick im Rücken.

42

Oxford

»Lady Ada!« Jemand klopfte an Adas Tür und rief ihren Namen. Mühsam riss sich Ada aus ihren Träumen. Ein Blick ins Zimmer verriet ihr, dass sie über dem Lernen eingeschlafen war; überall lagen Notizen und offene Bücher herum.

»Wer ist da?«, fragte sie schläfrig. Sie stand auf, strich sich das Haar aus den Augen, warf ihren Morgenmantel über und ging an die Tür. »Ich bin nicht angezogen. Was ist denn los?«

»Bitte, machen Sie die Tür auf.« Es war Adas Hausmitbewohnerin Helen Massey. Ada, überrascht von der Dringlichkeit ihrer Rufe, öffnete die Tür einen Spalt. Sie sah in Helens braune, entsetzt aufgerissene Augen. »Hier, sehen Sie nur! O Gott, es tut mir so leid!«

Ada nahm die Zeitung, die Helen ihr durch den Türspalt reichte. Die Druckerschwärze war noch feucht. Mit einem Blick überflog sie die Titelseite und erfasste sofort ihre Bedeutung: ein Foto der *Europa*, begleitet von dicken schwarzen Schlagzeilen. *Deutsche Torpedos versenken britisches Linienschiff. Keine Überlebenden. Graf von Westlake, Lady Bridlington, hochrangige Parlamentsmitglieder unter den Toten.*

»Lady Ada? Geht es Ihnen gut?«, fragte Helen.

»Ja – ja, danke«, antwortete Ada schwach. Ihr war übel. Noch konnte sie die Realität des entsetzlichen Geschehnisses nicht erfassen.

»Kann ich irgendetwas für Sie tun?«

»Nein, ich möchte jetzt lieber allein sein. Vielen Dank.«

Ada ließ sich schwer auf das Bett fallen, die Zeitung noch in der Hand. Trotz ihrer Differenzen hätte sie nie gewollt, dass so etwas geschah. Und der arme kleine Augustus … Vor Entsetzen schlug sie eine Hand vor den Mund. Wie konnte so etwas geschehen? William, Edith und Augustus, alle tot.

»Ich muss nach Somerton«, sagte Ada laut, sprang auf und zog sich in nervöser Eile an. Sie konnte Georgiana nicht noch einmal enttäuschen. Weitere schreckliche Gedanken wirbelten ihr durch den Kopf. War sie schuld an ihrem Tod, weil sie sie nach Amerika geschickt hatte? Klebte Blut an ihren Händen? Sie warf einen Blick in den Fahrplan: Der nächste Zug ging in einer halben Stunde. Sie würde rennen müssen.

Sie war auf halbem Weg zum Bahnhof, atemlos und aufgewühlt, als sie ein Automobil neben sich langsamer werden hörte und Connors Stimme sagte: »Lady Ada?«

Sie drehte sich zu ihm um.

»Bitte, steigen Sie ein, ich sehe Ihnen an, dass etwas passiert ist.« Er öffnete ihr den Wagenschlag, und sie flüchtete erleichtert in die tröstliche Wärme des Innenraums.

»Ich muss nach Hause«, stieß Ada hervor.

»Zum Bahnhof, Reeves«, sagte Connor zum Chauffeur. Dieser nickte, und sie fuhren los. Ada, keuchend und den Tränen nahe, wünschte, das Auto würde schneller fahren.

»Was ist geschehen?«, fragte Connor mit einem Ausdruck tiefer Sorge.

Sie hielt ihm zur Antwort die Zeitung hin. Er nahm sie,

während sie aus dem Fenster starrte und an nichts anderes denken konnte als an dunkles, kaltes, hereinströmendes Wasser.

»Mein Gott«, sagte er leise.

»Ich habe sie umgebracht!«, ächzte Ada. »Es ist meine Schuld!«

»Nein. Nein, so dürfen Sie nicht denken.« Er legte die Zeitung hin und nahm ihre Hände. Die Intimität dieser Geste fiel ihr erst wesentlich später auf; zu diesem Zeitpunkt erschien sie ihr vollkommen natürlich. »Er wäre so oder so nach Amerika gereist, ob Sie ihm das Geld gegeben hätten oder nicht. Seine Schulden waren zu erdrückend, als dass er in Großbritannien hätte bleiben können.«

Zur Antwort konnte sie nur schluchzen.

»Wir sind im Krieg«, fuhr Connor fort, seine Stimme ernster und zärtlicher, als Ada sie je zuvor gehört hatte. »Überall lauert Gefahr. Sie haben die deutschen U-Boote nicht in irische Gewässer geschickt. Niemand macht Ihnen Vorwürfe, und Sie sollten es selbst auch nicht tun.«

Sie wusste, dass er recht hatte, aber trotzdem belastete es sie.

»Ich muss nach Hause«, wiederholte sie, mehr zu sich selbst. »Jetzt ist alles durcheinander.«

»Nehmen Sie mir die Frage nicht übel«, bemerkte er unvermittelt, »aber haben Sie irgendeine Ahnung, auf wen jetzt der Titel übergeht? Wer der neue Graf von Westlake sein wird?«

»Ich weiß es nicht. Es tut mir leid, ich kann jetzt nicht darüber nachdenken.«

»Nein, nein, natürlich nicht. Es tut mir leid, dass ich es zur Sprache gebracht habe.«

»Aber es ist eine berechtigte Frage.« Ada riss sich mit großer Anstrengung zusammen. »Wer immer es ist, gehört in irgendeiner Weise zu unserer Familie, auch wenn er nicht das Anwesen erbt. Es ist mir noch gar nicht in den Sinn gekommen …«

»Darf ich Sie um etwas bitten?«, fragte er. »Würden Sie mir diese Angelegenheit überlassen? Ich weiß, dass Mr Bradford ein guter Anwalt ist, aber ich möchte gerne etwas für Sie tun, Lady Ada. Ich möchte Ihnen gerne helfen. Als Freund.«

»Ich wäre geehrt, aber sind Sie sicher, dass Sie die Zeit haben?« Ada war unendlich erleichtert, dass weder sie noch Georgiana sich um diese Angelegenheit würden kümmern müssen.

»Alle Zeit der Welt. Einige meiner Mandanten haben mir den Rücken gekehrt, seit die Unruhen in Irland begonnen haben – es scheint, als sei ich durch meine Verbindung zur gälischen Gemeinschaft befleckt«, sagte er ziemlich verbittert, lächelte aber dann. »Ich bin froh, denn das bietet mir die Möglichkeit, Ihnen zu helfen. Ich werde den neuen Grafen finden und Ihnen alles über ihn mitteilen, sobald ich kann. Außerdem«, fügte er hinzu, »möchte ich, dass Sie sich auf die Examina konzentrieren. Ich möchte, dass Sie bestmöglich abschneiden, denn ich weiß, dass Sie es können, doch mit dieser Unsicherheit im Hinterkopf würde es Ihnen gewiss schwerfallen.«

43

Somerton

»Es ist so furchtbar!«, seufzte Georgiana. Sie konnte es noch immer nicht fassen, obwohl die Nachricht schon vor einer Woche eingetroffen war. Sie sah zu, wie Rebecca sorgfältig den Tisch zum Tee deckte.

»Nun, hoffen wir, dass das Ganze etwas Positives zur Folge hat, dass Mr Kearney uns gute Neuigkeiten bringt und der Erbe des Titels William so unähnlich wie nur irgend möglich ist«, bemerkte Ada.

»Ich bin froh, dass du hergekommen bist«, sagte Georgiana zu ihr. »Obwohl du so viel im Kopf haben musst.«

»Nichts ist mir so wichtig wie Somerton.«

Georgiana senkte den Blick. Niemals hätte sie die Worte ihrer Schwester offen angezweifelt, aber sie konnte Adas zuletzt an den Tag gelegtes Verhalten nicht vergessen.

»Kann ich noch etwas für Sie tun, Mylady?«, fragte Rebecca die Gräfin.

Michael Templeton antwortete für seine Mutter. Die Gräfin sprach wenig in letzter Zeit; lustlos blickte sie zum Fenster hinaus. »Nein, danke, Rebecca.«

Ada folgte Rebecca mit den Blicken.

»Das Mädchen scheint sehr tüchtig zu sein.«

»Ja, das ist sie auch«, antwortete Georgiana, froh über ein angenehmes Thema.

»Dein Mr Kearney verspätet sich«, bemerkte Michael, der ans Fenster getreten war. »Ach, nein, warte – da kommt das Automobil.«

Georgiana wappnete sich; ihr Herz klopfte schneller. Ihre Schwester hatte Connor Kearneys Intelligenz so oft gepriesen, dass sie sich fast davor fürchtete, ihn kennenzulernen. Wie seltsam, dass Ada ihn so sehr mochte, hatte Georgiana Michael gegenüber bemerkt, wo doch ihre Ansichten über Irland vollkommen konträr waren.

»Sie sind uneins über alles, außer in wichtigen Dingen«, hatte er lächelnd erwidert.

Doch der drahtige, energiegeladene, attraktive Mann, der durch die Tür kam, die Augen gutgelaunt funkelnd, war weder so alt, wie Georgiana ihn sich vorgestellt hatte, noch war er ein Ehrfurcht gebietender Professor.

»Mr Kearney, was für eine Erleichterung – ich meine, was für ein Vergnügen«, sagte sie, als sie einander vorgestellt wurden. Ihr entgingen weder Adas gerötete Wangen, als sie ihn vorstellte, noch die Art, wie er ihre Schwester ansah.

»Ich fühle mich geehrt, Ihre Bekanntschaft zu machen«, sagte er zu Georgiana. Mit einem Blick auf die versammelte Familie fügte er hinzu: »Sollen wir sofort zum Geschäftlichen übergehen? Ich nehme an, Sie können sich denken, dass ich Ihnen Neuigkeiten bringe.«

»Haben Sie den neuen Grafen ausfindig gemacht?«, fragte Georgiana. Kearney hielt eine Ledermappe in der Hand, und sie erkannte eine Urkunde darin.

»So ist es.« Kearney öffnete die Mappe und gab sie zuerst der

Gräfin, die das Dokument darin studierte und dann die Mappe an Ada weiterreichte. Als sie zu Georgiana kam, erkannte diese das Dokument sofort. Es war der Stammbaum der Averleys. Ein Name war hervorgehoben: Francis Wyndham.

Mister Kearney ergriff das Wort: »Gewiss erinnern Sie sich daran, dass der Titel an die Nachkommen des letzten Grafen geht – Ihres Großvaters, Lady Ada. William war der einzige männliche Erbe dieser Linie, und durch seinen Tod und dem Ende der Linie durch Augustus, geht er noch eine Generation zurück auf die Nachkommen Ihres Urgroßvaters über.«

Georgiana erschauerte plötzlich; sie hatte nie wirklich über diesen Titel nachgedacht, der wie ein lebendiges, unsterbliches Ding an die Oberfläche getrieben war und die Blutlinien entlangschwamm, bis es seinen Wirt gefunden hatte. Vielleicht ist es lebendiger, als wir alle, dachte sie. Langlebiger ganz gewiss.

Kearney sprach weiter und fuhr mit einem Finger über das weiche Pergament, als er den Weg beschrieb, wie der Titel in Sackgassen geraten und dann neue Zweige entlanggewandert war. »Daher ist also Mr Francis Wyndham der neue Graf von Westlake.«

»Aber wer ist er?«, fragte die Gräfin, die sich plötzlich aufmerksam nach vorn neigte. Mr Kearney wandte sich an sie. »Was für eine Art Mann ist er?«

»Ganz gewiss ein Gentleman, Mylady, und offenbar ein bedeutender. Er besitzt ein großes Anwesen, Sandbourne in der Nähe von Southampton. Er ist Stabsoffizier und in London stationiert.«

»Verheiratet?«

»Nein, er ist ein noch junger Mann.«

»Und sein Charakter?«, fragte Ada. »Ich hoffe, er ist kein zweiter William.«

»Ich habe nichts gehört, was gegen ihn spräche – obwohl eine Woche natürlich nicht ausreichend ist, um alle Geheimnisse eines Mannes zu erfahren.«

»Wir müssen ihn hierher einladen«, sagte die Gräfin mit unerwarteter Entschlossenheit. »Wir müssen ihn in Somerton willkommen heißen und ihn als einen der unseren aufnehmen. Als Graf wird er zweifellos die Familie und die anderen Bewohner seines Gutes kennenlernen wollen.«

»Aber es ist nicht sein Gut«, erwiderte Ada scharf. »Es fällt an den ersten Enkel, das wissen wir doch.«

»Ja, natürlich. Aber dennoch.« Die Gräfin erhob sich von ihrem Stuhl. »Ich werde an Charlotte schreiben.« Sie rauschte aus dem Zimmer.

Georgiana tauschte einen Blick voll amüsierten, verlegenen Entsetzens mit Ada, und für einen Augenblick war es, als gäbe es keine Kluft zwischen ihnen. Mr Kearney sah verwirrt aus. Michael rettete die Situation – so wie Georgiana es inzwischen fast von ihm erwartete – und verwickelte ihn rasch in ein Gespräch über die Jagd.

»Ich möchte mich von ganzem Herzen für Ihre Hilfe bedanken, Mr Kearney«, sagte Ada, die hinuntergekommen war, um sich von ihm zu verabschieden. Plötzlich geriet sie zu ihrem Erstaunen ins Stottern.

»Es war mir ein Vergnügen, einer Freundin zu helfen.« Er lächelte, und sie sah ihm an, dass er müde war. »Außerdem war es eine willkommene Ablenkung.«

»Ich hoffe, dass Sie es im Moment nicht allzu schwer haben.«

»Leicht ist es nicht gerade. Ich hatte ein sehr schwieriges Treffen mit dem Dekan und nehme an, dass weitere folgen werden. Sie möchten mich gerne meines Postens entheben, aber das werde ich nicht hinnehmen. Es dreht sich alles nur um Misstrauen und Vorurteile, und ich werde niemals zulassen, dass diese die Oberhand gewinnen.«

Er schob beim Sprechen ein wenig das Kinn nach vorn, und Ada spürte eine große Entschlossenheit in ihm.

»Aber lassen Sie uns über ein angenehmeres Thema reden. Sie haben ein wunderschönes Anwesen«, sagte Connor, drehte sich um und bewunderte die Aussicht. »Was für ein wunderbarer Ausblick; es ist so friedlich hier.«

»Richtig, Sie haben Somerton ja noch nie besucht!«, rief Ada aus. »Ich kann es kaum glauben.«

»So unglaublich ist es nicht, befürchte ich. Ihr Vater hätte mich wohl kaum akzeptiert.«

»Oh, ich bin mir sicher ...«

»Ich bezweifle nicht, dass er mich freundlich empfangen hätte, aber gewiss wären wir in nichts einer Meinung gewesen.« Connor lachte.

Ada lächelte. Sie wusste, dass er ihrem Vater hätte das Wasser reichen können – mehr noch, dass er ihm ebenbürtig gewesen wäre. Connor, so war ihr mittlerweile bewusst, betrachtete sich nicht als irgendjemandem unterlegen, weder gesellschaftlich noch in anderer Hinsicht. Er hatte nicht das Bedürfnis, sich zu rechtfertigen oder irgendjemandes Respekt zu verdienen. Das war ein durchaus attraktiver Charakterzug.

»Nun denn, auf Wiedersehen.« Sie streckte ihm die Hand hin. Er berührte ihre Fingerspitzen und zögerte dann. Bemüht beiläufig bemerkte er: »Übrigens ist Captain Wyndham, wie schon gesagt, nicht verheiratet.«

»Ja, das haben Sie erwähnt.« Ada war sich nicht sicher, was sie dazu sagen sollte.

»Wenn ich Ihnen einen Rat geben dürfte – keinen juristischen Rat, sondern einen vernünftigen Rat des gesunden Menschenverstands –, würde ich meinen, dass es eine gute Idee wäre, ihn zu heiraten.«

Ada riss die Augen auf und sah ihn an. Ohne Umschweife fuhr er fort: »Ich weiß, dass Ihnen der Titel sehr viel bedeutet, und Sie wären eine naheliegende Partie.« Er zögerte. »Und nachdem Sie Ihr Vermögen Sir William überlassen haben, müssen Sie an Ihre Zukunft denken. Ich wäre, äh, sehr beunruhigt, wenn Sie am Ende schutzlos dastehen würden …«

Ada wandte den Blick ab und unterdrückte ein Lächeln. Du meine Güte, er ist in mich verliebt, dachte sie. Die Erkenntnis traf sie völlig unvorbereitet, und ebenso erstaunt stellte sie fest, dass es sie kein bisschen störte. Im Gegenteil, sie war ziemlich angetan von der Vorstellung. Der Mann, zu dem sie wegen seines Intellekts, seines Mutes und seiner geschickten Art zu diskutieren aufgeblickt hatte, begann zu stottern, nur weil er sie begehrte, und es brachte ihn aus dem Konzept. Es war sowohl überraschend als auch erregend, festzustellen, dass sie eine solche Macht besaß.

»Ich habe nicht vor, irgendjemanden zu heiraten«, erwiderte sie ruhig und trat näher an ihn heran, so dass Thomas sie keinesfalls hören konnte. »Die Ehe ist nichts für mich, jedenfalls im Moment nicht. Sie verschließt mehr Türen, als sie eröffnet. So viele Frauen leben im goldenen Käfig! Aber« – fuhr sie lächelnd fort, sich erstmals des Blickes bewusst, mit dem er sie ansah, und flüsterte, nur für seine Ohren bestimmt – »es gibt viele Möglichkeiten im Leben abgesehen von der Ehe.«

Überrascht sah er sie an, lächelte und sagte leise: »Sie erstaunen mich immer wieder, Lady Ada.«

44

Frankreich

Zuerst nahm er das Licht wahr. Das Licht und die Schmerzen.

Ein dumpfes Pochen pulsierte tief in seinen Augen. Seine Lider waren geschlossen … Nein, waren sie nicht, denn als er versuchte, sie zu öffnen, verwandelte sich das Licht – blass, milchig und rosig wie Sonnenstrahlen durch ein Magnolienblütenblatt – nicht in Bilder.

Seine Erschöpfung war so übermächtig, dass es zunächst keine Rolle zu spielen schien, dass er nicht sehen konnte. Er hörte Vogelgezwitscher, eine Amsel vielleicht, die auf- und absteigend mit fast unerträglicher Süße trällerte. Eine sanfte Brise wehte, die Sonne schien warm. In der Ferne hörte er regelmäßiges Quietschen wie von einem Tor, das geölt werden musste. Schatten huschten durchs Licht, als bewegten sich die Zweige eines Baumes. Als er all diese Wahrnehmungen allmählich bewusster erfasste, fragte er sich angespannt, wo er war.

Er hob die Hände zu den Augen und spürte Verbände. Seine Kehle war trocken, so trocken, dass er keinen Laut hervorbrachte, als er zu sprechen versuchte. Nach einer gefühlt sehr langen Zeit gelang ihm schließlich ein Krächzen.

Das Licht veränderte sich. Ein Schatten beugte sich über

ihn, und eine sanfte weibliche Stimme fragte: »Sind Sie wach? Ich bringe Ihnen etwas Wasser.«

Einen Augenblick später spürte er starke, weiche Hände, die ihm beim Aufsetzen halfen. Wasser berührte seine Lippen und rann seine Kehle hinunter. Es war wie eine Explosion, eher schmerzhaft als köstlich. Er schaffte nur wenige Schlucke.

»Überstürzen Sie nichts, gehen Sie es langsam an«, riet die Frau. Sie besaß die Art Stimme, wie er sie seit langem nicht gehört hatte: wohlerzogen, zart, charmant. Sie erinnerte ihn an die Zeit vor dem Krieg.

Vielleicht ist das der Himmel, dachte er. Was könnte himmlischer sein als die Vergangenheit? Wenigstens war es nicht die Hölle. Die war in den Schützengräben gewesen.

Nein, es war gewiss nicht der Himmel, sonst hätte er nicht so unbedingt wissen wollen, wo er sich befand. Der Himmel war das Ende von allem – auch der Kämpfe und des Strebens. Es herrschte nur noch Zufriedenheit. Das war ihm nie wünschenswert erschienen.

Er streckte die Hand aus, was ihn all seine Kraft kostete, bis er ihren Arm fand. Das weiche Fleisch, die daunenzarten Härchen – all dies sagte ihm, dass er am Leben war.

»Wo bin ich?«, brachte er hervor.

»Sie sind in Remy Farm – dem Feldlazarett.«

»Remy Farm!« Das war mehr Glück, als er zu hoffen gewagt hatte. »Die anderen – Joe ...«

»Ich befürchte, Ihr Bataillon ist schlimm getroffen worden.«

Sebastian hörte die euphemistische Untertreibung heraus und dachte daran, wie er Joe zum letzten Mal gesehen hatte – auf dem Boden liegend, nach Luft ringend. Unwillkürlich schloss er die Augen, als wolle er die Erinnerung physisch ausblenden. Das Licht flackerte, verdunkelte sich, erhellte sich wieder.

»Bitte nehmen Sie die Verbände jetzt ab«, sagte er. »Ich möchte sehen, wo ich bin.«

Die Krankenschwester antwortete nicht. Sebastian hielt sie immer noch am Handgelenk fest. Er spürte ihren Pulsschlag, der flatterte wie ein gefangener Schmetterling. Er hörte ihren Atem, sanft und leise. Er spürte etwas – eine unausgesprochene Botschaft im Stocken ihres Atems, in ihrem zitternden Puls. Das Schweigen schien sich ewig hinzuziehen, doch in Wirklichkeit verdrängte er nur die Gewissheit, versuchte, die Zukunft aufzuhalten, die auf ihn zustürmte wie eine gewaltige Flutwelle. Ja, er hatte es von dem Moment an gewusst, als er aufgewacht war.

»Es tut mir leid«, sagte sie, und er hörte ihrer Stimme an, wie jung sie war, wie ängstlich, wie betroffen. »Mr Moore, ich bedaure, es Ihnen auf diese Weise mitteilen zu müssen, aber ich befürchte … es würde Ihnen nichts nützen, die Verbände abzunehmen. Sie sind blind.«

DRITTER AKT

45

Somerton, April 1915

Georgiana spazierte den grasbewachsenen Hang von Selcut Hill hinauf, einem Hügel, der zu den Ländereien Somertons gehörte. Die Landschaft dehnte sich in warmer Morgenschläfrigkeit vor ihr aus: der Flickenteppich der Felder, die dunklen Linien des Flusses und der Eisenbahn, die sich nebeneinanderher schlängelten, die drei Kirchtürme von Palesbury und in der Ferne die dunstige Rauchglocke über Birmingham. Dieser Rauch war das Einzige, was Georgiana hier draußen an den Krieg erinnerte.

Ada folgte dicht hinter ihr. Georgiana war sich der Distanz zwischen ihnen schmerzlich bewusst. Früher wären sie Arm in Arm gegangen und hätten keine Geheimnisse voreinander gehabt. Jetzt schien so vieles unausgesprochen zu bleiben. Es hatte sie gerührt, dass Ada nach den Neuigkeiten über den Untergang der *Europa* nach Somerton gekommen war, und es tat gut, sie nun erneut wiederzusehen, obwohl sie nur einen Tag bleiben konnte. Aber es würde noch lange dauern, bevor das Verhältnis zwischen ihr und ihrer Schwester wieder ungetrübt sein würde.

Vor ihnen ging Michael, der die Gräfin in ihrem Rollstuhl vor sich her schob. Georgiana war sich nicht sicher, wie krank sie wirklich war, aber sie schien auf jeden Fall die Aufmerksamkeit zu genießen. Doch nicht einmal auf Michael ruhte ihr Blick lange – die einzige Person, um die sich alles drehte, war ein Mann, den sie vor dem gestrigen Tag noch nie gesehen hatte, doch dessen Ankunft sie mit einer Mischung aus Hoffnung und Angst erwartet hatte: der hochgewachsene, schlanke, dunkelhaarige Mann in der khakifarbenen Uniform. Francis Wyndham.

Sie hörte, wie Michael ihm die Geschichte des Hügels erzählte. »Wir glauben, dass es ein Keltengrab ist. Einige Historiker vor Ort waren daran interessiert, es freizulegen, aber mein Stiefvater – der verstorbene Graf – erlaubte es nicht. Er wünschte nicht, dass die Totenruhe gestört wurde.«

»Ein sehr rücksichtsvoller Mann«, sagte Captain Wyndham und nickte dabei mit dem Kopf.

Georgiana lächelte. Ja, Captain Francis Wyndham machte einen ziemlich guten Eindruck. Sie hatte keine konkreten Erwartungen gehegt, aber bis jetzt war er sehr angenehm gewesen. Er hatte die Gräfin begeistert, indem er ihr erzählte, sein Vater sei früher einer ihrer Tanzpartner gewesen und habe oft von ihrer Schönheit geschwärmt, er hatte Michael für sich eingenommen, weil er sich als guter Kricketspieler erwies, und sein Benehmen gegenüber den Dienstboten war so zuvorkommend, wie man es sich nur wünschen konnte. Das zeigt den wahren Gentleman, dachte Georgiana. Nur Ada behandelte den Captain nach wie vor mit einer gewissen kühlen Zurückhaltung. Georgiana war sich sicher, dass sie absichtlich hinter ihm ging, um ihn beobachten zu können. Die Vorstellung ärgerte sie. Er hatte nichts getan, was ihr Misstrauen gerechtfertigt hätte. Sie beschleunigte ihren Schritt, um die anderen einzuholen.

»Wissen Sie, dies ist wirklich der erste Tag des Jahres, an dem ich glauben kann, dass der Sommer tatsächlich kommt«, sagte sie, als sie zu ihm aufschloss. »Ich wünschte, wir hätten Roderick im Haus entbehren können, um uns Stühle hinauszubringen. Dann hätten wir ein Picknick machen können.«

Michael warf ihr einen lachenden Blick zu. »Gute alte Georgie – die ewige Optimistin. Wahrscheinlich hast du die dunkle Wolke im Westen noch gar nicht bemerkt. Wir werden Thomas früher brauchen, als wir denken.« Er warf einen Blick zurück, wo der Butler ihnen in diskretem Abstand mit den Regenschirmen folgte.

»Oje! Du hast recht.« Georgiana seufzte und fügte dann entschuldigend Francis gegenüber hinzu: »Abgesehen davon wäre es ohnehin nicht möglich gewesen. Bestimmt haben Sie Verständnis dafür. Der Personalmangel ... Sparmaßnahmen ... Noch vor einem Jahr wäre alles ganz anders gewesen.«

»Vor einem Jahr war für uns alle das Leben anders«, erwiderte Francis mit einer leichten Verbeugung.

Georgiana blieb stehen, um Luft zu schöpfen. Einen Moment lang schwiegen alle in der windigen Stille. Der Gesang einer Lerche war das Einzige, was die Ruhe hier oben störte. Als Georgiana sich umblickte, erkannte sie – wahrscheinlich mehr als jeder andere – das Ausmaß, in dem die Böden vernachlässigt worden waren. Beinahe alle Pächter waren zum Militär gegangen, und obwohl die zurückgebliebenen Dienstboten die Felder und den Küchengarten weiterhin bestellten, war der Garten, in dem die Bäume sonst kunstvoll beschnitten waren, traurig verwahrlost, und der Irrgarten glich einem Dschungel. Das Sommerhaus am See war, wie sie wusste, vor lauter Unkraut unzugänglich, doch die Boote waren ohnehin sämtlich aus dem Wasser gezogen worden und warteten auf Reparaturen, die drohten, niemals durchgeführt zu werden.

»Was für eine herrliche Aussicht!«, schwärmte Francis und

blickte über die Hügellandschaft. »Ich verstehe, warum Sie Ihr Zuhause so sehr lieben, Lady Georgiana.«

Georgiana lächelte und sagte ohne zu überlegen: »Ich hoffe, dass Sie es auch als Ihr Zuhause betrachten werden.«

Ada, die hinter Francis hergeschlendert war, während Georgiana sprach, warf ihrer Schwester über seine Schulter hinweg einen skeptischen Blick zu. Georgiana spürte, wie sie errötete; sie wusste, dass Ada sie ermahnen wollte, nicht zu offen zu sein. Doch Ada irrte sich sehr, wenn sie glaubte, dass sie sich zu Francis hingezogen fühlte – obwohl er durchaus attraktiv war. Sie wollte nur, dass er sich wohl fühlte, und sie sehnte sich danach, die schlechten Erinnerungen verdrängen zu können, die William hinterlassen hatte.

»Es ist sehr freundlich, dass sie Somerton loben«, sagte die Gräfin zu Francis. »Aber ich nehme an, dass Sandbourne, Ihr Anwesen, wesentlich größer ist als dieses?«

Ada hüstelte, und Georgiana errötete etwas mehr – die Fragen ihrer Stiefmutter waren einfach zu plump. Auf dem ganzen Weg den Hügel hinauf hatte sie versucht herauszufinden, wie vermögend Francis war.

»Oh, nein, kaum.« Francis' bescheidenes Lachen ließ offen, ob er höflich untertrieb oder die Wahrheit sprach. Er wirkte verlegen. »Jetzt, wo wir außer Hörweite der Dienstboten und alle versammelt sind, muss ich Ihnen etwas sagen. Ich … ich bin so dankbar für die liebenswürdige Gastfreundschaft, die Sie mir zuteil werden lassen, dass ich kaum weiß, wie ich es in Worte fassen soll …«

Überrascht wandte sich Georgiana zu ihm um, gespannt darauf, was er zu sagen hatte. Fast errötete auch er, als er stotternd fortfuhr: »Bitte, Sie können sich sicher sein, dass ich nicht die Absicht habe, aufgrund dieser Information zu handeln oder einen Vorteil daraus zu ziehen, nicht, bis die Dinge auf natürliche Weise ihren Lauf genommen haben, und zweifellos wird dies erst in sehr, sehr ferner Zukunft der Fall sein …«

»Ich kann Ihnen nicht folgen«, sagte die Gräfin, die Stimme klar und hell wie kaltes Wasser.

»Es ist mir sehr peinlich«, fuhr Francis fort und war jetzt tatsächlich rot im Gesicht. »Mein einziger Trost dabei ist die Gewissheit, dass sowohl Lady Ada als auch Lady Georgiana gewiss in Bälde ihr Eheglück finden werden – das kann man kaum bezweifeln bei einem solchen Charme und derartiger Schönheit …«

»Mein lieber Freund«, sagte Michael und sah ihn erstaunt an, »nun kommen Sie doch auf den Punkt. Was immer es ist, so schlimm kann es doch nicht sein, oder?«

Francis räusperte sich und blickte nacheinander in ihre gespannten Gesichter. »Die Angelegenheit verhält sich wie folgt. Nachdem mein Rechtsanwalt von Mr Bradford kontaktiert wurde, nahm er es auf sich, weitere Nachforschungen anzustellen. Er war erstaunt – ich kann beinahe sagen schockiert –, eine einzige Kopie eines sehr alten Dokumentes zu finden, das aus der Zeit von Königin Elisabeth stammt und dem Grafen von Westlake ohne Einschränkung das Recht auf dieses Anwesen zuspricht.«

Es herrschte Schweigen. Georgiana starrte ihn verständnislos an. »Aber nein, Sie können keinen Anspruch darauf erheben; nur deswegen konnte mein Vater den Titel von den Ländereien und dem Haus trennen.«

»Ich befürchte, dass dieses Dokument jahrhundertelang verschollen war. Es befand sich in den Archiven eines jüngeren Zweiges der Familie – meines Zweiges, wie es der Zufall will. Dort muss es wohl in den Wirren des Bürgerkriegs hinterlegt oder fälschlich abgelegt worden sein, wonach es in Vergessenheit geriet. Deshalb war sein Inhalt bis dato unbekannt.«

»Wollen Sie damit etwa sagen«, erwiderte Ada so ruhig und höflich, dass Georgiana spürte, wie überaus wütend sie sein musste, »dass Sie unsere Gastfreundschaft nur angenommen haben, um das Haus, in dem Sie untergebracht sind, sowie die umgebenden Ländereien als Ihr Eigentum zu beanspruchen?«

Francis errötete noch mehr. Fast hätte er Georgiana leidgetan, aber sie war zu schockiert. Die Nachricht war erschütternd – aber nicht von vornherein von der Hand zu weisen. Nein, gewiss nicht. Sie verspürte ein Übelkeit erregendes Ziehen in der Magengrube.

»Ich bin sicher, da muss ein Irrtum vorliegen«, sagte Ada.

»Ich befürchte, das ist nicht der Fall.« Francis' Stimme klang eiskalt, und Georgiana wusste, dass Ada ihn beleidigt hatte. »Es tut mir leid, Sie derart überrumpelt zu haben; vielleicht hätte ich förmlich schreiben sollen, aber ich hatte das Gefühl, dass wir doch zu einer Familie gehören …«

»Oh, natürlich!«, rief Georgiana rasch aus. »Wir sind einfach nur so überrascht, sehen Sie, daher … Wir …« Sie wusste, dass sie trotz des Schocks etwas sagen musste, etwas Höfliches. Aber diesmal fehlten ihr die Worte. Michael war ebenso entsetzt, und die Gräfin schwieg, obwohl sie mit scharfen Augen alles beobachtete.

Stattdessen ergriff Francis das Wort. »Glauben Sie mir«, sagte er, »wie gesagt, ich habe nicht die Absicht, irgendein Verfahren anzustrengen, bis die Zeit dafür reif ist, was, wie ich ebenfalls bereits betont habe, hoffentlich erst in vielen Jahren der Fall sein wird.« Er warf einen Blick auf die Gräfin in ihrem Rollstuhl. Überrascht stellte Georgiana fest, dass die Gräfin keineswegs bestürzt reagierte, weil so offen über ihren Tod diskutiert wurde, sondern dass sie wacher und zufriedener aussah als seit Monaten. Sie richtete sich in ihrem Stuhl auf und sprach Francis unmittelbar an.

»Wollen Sie damit sagen, dass alles an Sie fällt? Entschuldigen Sie meine Direktheit. Aber ich möchte sichergehen, dass ich alles richtig verstehe.«

Francis hob entschuldigend die Hände.

»Das ist genau das, was er meint«, sagte Ada, »jedenfalls, wenn er dieses Dokument vorweisen kann.«

Dasselbe hatte Georgiana gedacht, aber sie hätte es Francis nicht ins Gesicht gesagt. Schließlich war er der Graf von Westlake, und ebenso gut hätte man sein Wort als Gentleman anzweifeln können. Dennoch war sie immens erleichtert, dass ihre Schwester das Unaussprechliche beim Namen genannt hatte. Ihre Bildung macht sich also doch bezahlt, dachte sie.

»Ihre Reaktion überrascht mich nicht, Lady Ada«, sagte Francis mit gezwungenem Lächeln. »Selbstverständlich werde ich meinen Rechtsanwalt bitten, so bald wie möglich Mr Bradford mit dem Dokument aufzusuchen.«

»Nein, unterlassen Sie das«, erwiderte Ada kühl. »Mr Bradford ist ein sehr guter Mann, doch wie Ihnen sicher bewusst ist, ist er ein einfacher Landanwalt. Ich würde es vorziehen, dass das Dokument zu meinem Anwalt geschickt wird – Mr Connor Kearney. Möglicherweise haben Sie von ihm gehört.«

Francis' Gesichtsausdruck sagte Georgiana, dass das der Fall war. Ihre Erleichterung und ihre Dankbarkeit Ada gegenüber wuchsen. Gewiss war das alles ein tragischer Irrtum, aber es war wichtig, die Sache aufzuklären und zu regeln. Somerton sollte nicht ohne gründliche juristische Prüfung an einen Fremden fallen.

»Natürlich«, sagte Francis mit einer angedeuteten Verneigung. »Ich wusste nicht, dass Sie miteinander bekannt sind – selbstverständlich habe ich von ihm gehört. Er hat einen ausgezeichneten Ruf.«

»Ja, er ist ein exzellenter Anwalt, und ich bin mir sicher, dass er zweifelsfrei klären wird, wie sich die Situation verhält«, entgegnete Ada mit einem schwindelerregend falschen Lächeln.

Ein verlegenes Schweigen trat ein. Georgiana zermarterte sich das Gehirn mit der Frage, wie sie den Schlagabtausch beenden könnte, ohne unhöflich zu erscheinen. Michael rettete die Situation. »O nein, fängt es etwa an zu regnen?« Er streckte die Hand aus und blickte mit einer so unschuldig besorgten Miene zum Himmel, dass Georgiana trotz allem ein Lachen unterdrücken musste.

»Ich habe auch schon einen Tropfen abbekommen«, spielte sie sein Spiel mit. Sie drehte sich zu Thomas um, der sofort die Regenschirme brachte. Er spannte einen über Michael und dem Rollstuhl der Gräfin auf und reichte einen anderen Francis. Dieser nahm ihn und trat galant nach vorn, um ihn über Ada und Georgiana aufzuspannen.

»Vielen Dank, Mr Wyndham, aber ich bin durchaus in der Lage, meinen Schirm selbst zu tragen«, sagte Ada mit einem schwachen Lächeln.

»Ja, aber bitte seien Sie nachsichtig mit mir.« Er ging im Gleichschritt mit Georgiana und sprach über ihren Kopf hinweg mit Ada – beide waren größer als sie. Georgiana hob ihre Röcke, damit die Säume nicht nass wurden, und stellte neidisch fest, dass Adas moderner geschnittenes Kleid nicht so tief durch das Gras schleifte. »Wie ich hörte, haben Sie gerade Ihre Prüfungen abgelegt. Sie müssen erleichtert sein, dass sie hinter Ihnen liegen.«

»Ich werde erst erleichtert sein, wenn ich bestanden habe, und zwar mit guten Noten«, erwiderte Ada kalt.

»Ja, natürlich … natürlich.« Georgiana sah Captain Wyndham an, dass er nach Worten rang, um eine höfliche Unterhaltung in Gang zu halten, da Ada offensichtlich nicht bereit war, über ihr Studium zu diskutieren. Er blickte sich um und fuhr fort: »Könnten Sie mir vielleicht sagen, wie dieses kleine Wäldchen heißt? Es liegt so charmant zwischen den beiden Hügeln.«

»Der Name ist mir entfallen. Gewiss finden Sie ihn im Inventar, wenn Sie die Liste *Ihrer* Eigentümer durchgehen.«

»Äh – ja, gewiss.« Captain Wyndham schwieg für einen Moment und wagte dann einen erneuten Versuch. »Wie ich sehe, hat dieser Stein hier einen sehr hübschen goldenen Glanz; das Palesbury Münster glänzt ebenfalls im Sonnenlicht. Kennen Sie seine Zusammensetzung?«

»Ich befürchte nicht.«

»Ach, denn ich dachte, vielleicht sei er teilweise aus Muskovit …«

»Ich kann es Ihnen wirklich nicht sagen, aber gewiss finden Sie einen Führer über die Gegend beim Buchhändler in Palesbury, wenn Sie morgen nach Hause fahren.«

»Aber Captain Wyndham muss eine Woche bleiben, wie wir abgemacht hatten!«, rief Georgiana, der der schmerzliche Gesichtsausdruck Captain Wyndhams unangenehm war. Schließlich konnte man einen Fehler des Anwalts – eine andere Erklärung konnte sie sich nicht denken – kaum ihm vorwerfen.

»Das ist sehr nett von Ihnen, Lady Georgiana.« Dankbar sah er sie mit seinen sanften braunen Augen an.

»Es ist natürlich deine Entscheidung, Georgie«, sagte Ada gleichgültig.

Eine Weile lang setzen sie ihren Weg fort, ohne etwas zu sagen. Georgiana rang verzweifelt um Gesprächsstoff, doch die ganze Situation war zu peinlich. Ada drehte Captain Wyndham jedes Wort im Mund um, und ihr selbst hatten die schrecklichen Nachrichten die Sprache verschlagen. Schweigend gingen sie weiter, bis sie das Haus fast erreicht hatten, als Captain Wyndham schließlich das Wort ergriff. Über Georgianas Kopf hinweg wandte er sich an Ada. »Lady Ada, ich habe das Gefühl, als hätten wir einen sehr schlechten Anfang unserer Beziehung gehabt, und ich würde es gern wiedergutmachen.«

»Wie denn, Captain Wyndham? Wenn Sie die Wahrheit sagen, sind Sie ja wohl der unfreiwillige Nutznießer des Schicksals – ebenso wie wir seine Opfer sind.«

»Schicksal«, sagte Francis verzweifelt. »Wie oft es in Kriegszeiten zuschlägt.«

»So wie auch in Friedenszeiten. Das liegt wohl in der Natur des Schicksals.« Ada klang abweisend, und Georgiana versuchte verzweifelt, sich etwas einfallen zu lassen, das der Unterhaltung die Brisanz nehmen würde.

»Ja, natürlich. Ich wollte damit sagen … Haben Sie nicht auch das Gefühl, dass das Schicksal unser aller Leben lenkt? Ob wir gewinnen oder verlieren.«

»Möglich«, sagte Ada und ging schneller, als der Weg flacher wurde, so dass er regelrecht in einen Laufschritt verfallen musste, um mitzuhalten. »Doch das ist kein Grund, bei Schwierigkeiten sogleich zu kapitulieren, Captain Wyndham. Ich persönlich finde Widerstand recht anregend.«

Sie blickte ihn an, und aus ihren Augen schossen Blitze. Sie hatten nun den Rasen erreicht, und Georgiana, halb tot vor Verlegenheit im Namen des armen Captain Wyndham, der doch nur versucht hatte, das Beste aus einer peinlichen Situation zu machen, trottete mit gemurmelten Entschuldigungen hinter ihr her. Als sie ihrer Schwester in den Salon folgte, schaute sie sich um und sah Captain Wyndham allein auf dem Rasen stehen, zerknirscht dreinblickend unter dem großen Regenschirm. Doch dann bemerkte sie die Gräfin. Sie hatte sich aus ihrem Rollstuhl erhoben! Dabei hatte sie seit der Nachricht vom Tod des Grafen kaum noch auf eigenen Füßen gestanden.

»Mutter, bist du sicher, dass du …«, sagte Michael und trat nach vorn, um sie zu stützen.

»O ja, mein Lieber, ich kann laufen. Ich möchte gern ein paar Schritte zu Fuß gehen.« Sie machte sich mit erstaunlicher Energie auf den Weg und passierte Georgiana auf der Schwelle. Georgiana war erstaunt, sie nach so langer Zeit auf den Beinen zu sehen und dazu noch, wie es schien, mit neu erwachter Energie und Lebenslust. Georgiana hatte so ihre Vermutungen, was diese spontane Genesung bewirkt hatte.

46

Das Mittagessen war eine Tortur für Ada. Sie saß Captain Wyndham gegenüber und zwang sich, ihren Ärger zu verbergen, während Rebecca und Thomas die übliche Kriegsmahlzeit auftischten: alles in kleineren Mengen als früher und von schlechterer Qualität. Auch die Löffel waren nur vom zweitbesten Besteck, stellte sie fest. Über dem ganzen Haus lag eine matte, ängstliche Atmosphäre – als würde es vergeblich versuchen, mit einer Vergangenheit mitzuhalten, die zu einer Bürde geworden war. Sie beneidete Georgiana nicht um ihre alltäglichen Mühen. Das bedeutete jedoch keineswegs, dass sie es diesem schrecklichen Widerling, diesem Francis Wyndham erlauben würde, ihnen ihr Zuhause zu stehlen. Wer auch immer das erste Kind bekommen würde – und in der momentanen Situation schien es wahrscheinlich, dass es jeder außer ihr wäre –, an dessen Familie sollte Somerton gehen; sie wollte, dass der letzte Wille ihres Vaters respektiert und nicht übergangen wurde.

Endlich war das Mittagessen vorüber, und sie erhob sich, in der Hoffnung, dass sie noch etwas Zeit haben würde, allein mit Georgiana und Michael zu sprechen, bevor ihr Zug ging. Glücklicherweise hängte sich die Gräfin – der eine Art Wunderheilung widerfahren war, wie sie feststellte – an den Arm von Captain Wyndham.

»Kommen Sie, ich möchte Ihnen gerne unseren Rosengarten zeigen«, verkündete sie. »Ich nehme an, es gibt eine besondere Person in Ihrem Leben, der Sie eventuell gern ein kleines Bukett mitbringen würden …«

»Nein, ich habe niemanden«, antwortete Captain Wyndham laut und deutlich genug, dass alle am Tisch ihn hören konnten. Ada ballte die Fäuste; dieser Mann war einfach unmöglich. Rechnete er etwa damit, als Dreingabe zu dem Haus gleich noch eine Braut zu bekommen? Sie folgte Michael und Georgiana in den gelben Salon und schloss die Tür hinter sich.

»So!« Mehr sagte sie nicht, aber damit drückte sie alles aus.

»Macht es euch etwas aus, wenn ich rauche?«, fragte Michael fast gleichzeitig.

»Nein, keineswegs, ich wünschte, ich würde auch rauchen«, sagte Georgiana und setzte sich aufs Sofa, die Hände im Schoß verschränkt. »Wie furchtbar! Ich kann kaum glauben, dass es wahr sein soll.«

»Und ich denke gar nicht daran, ihm zu glauben«, sagte Ada energisch.

Georgiana blickte auf. »Meinst du, dieser Anwalt hat einen Fehler gemacht?«

Ada wechselte einen Blick mit Michael. Georgianas Arglosigkeit war schon fast naiv.

»Ja, einen Fehler, wenn es hier nicht sogar um dreiste Urkundenfälschung geht«, erwiderte Ada. »Du denkst immer von jedem das Beste, und ich hoffe, du hast recht, aber ich bin zynischer, fürchte ich.«

»Bitte entschuldige dich nicht«, erwiderte Georgiana. »Ich habe mich so gefreut, als du das ausgesprochen hast, was ich nicht wagte zu sagen. Ich muss mich entschuldigen, Ada. Ich dachte, Somerton wäre dir egal. Aber wir wissen wirklich nicht, was wir ohne dich hätten tun sollen. Meinst du, es wird Mr Kearney gelingen, die Wahrheit ans Licht zu bringen?«

»Ich habe nicht den geringsten Zweifel daran«, antwortete Ada beruhigend, gerührt von den Worten ihrer Schwester.

»Ich kann das einfach nicht verstehen!«, fuhr Georgiana fort, offenbar immer noch in dem Versuch, sich eine Welt vorzustellen, in der Captain Wyndham kein gemeiner Betrüger war. »Wie in aller Welt kann dieses Dokument unbemerkt geblieben sein? Und wie kann es jetzt noch Gültigkeit haben, nachdem es jahrhundertelang im Archiv lag?«

»Nun, das Anwesen ist immer in direkter Linie vererbt worden, und nie ist die Erbschaft angefochten worden«, sagte Ada. Dann riss sie sich zusammen und fügte hinzu: »Falls er dieses Dokument richtig verstanden hat und das Ganze nicht nur seinem Wunschtraum entspricht.«

»Ich bin genauso misstrauisch wie du«, sagte Michael und hob dann eine warnende Hand. Sie vernahmen die Stimme der Gräfin: Sie näherte sich durch den Flur, vermutlich begleitet von Francis, obwohl man ihn nicht hörte.

»Ich muss Rebecca rufen, damit sie mir mit meinem Gepäck hilft«, sagte Ada abrupt. In Wahrheit traute sie sich nicht zu, sich auch nur einen Augenblick länger im selben Raum wie Francis Wyndham aufzuhalten.

»Ach, bitte bleib doch noch Ada, wenn du jetzt abreist, hinterlässt das einen so schlechten Eindruck!«, flehte Georgiana.

»Liebe Georgie, ich habe schon vor langer Zeit aufgegeben, mich darum zu bemühen, einen guten Eindruck zu machen.« Ada lächelte. Sie gab ihrer Schwester einen Kuss auf die Wange, schüttelte Michael die Hand und ging hinaus. Sie entschuldigte sich pro forma bei der Gräfin, bemerkte aber, dass diese bei bester Laune schien und keineswegs traurig über ihre Abreise war.

Nachdem sie gepackt hatte, kam sie hinunter, gefolgt von Rebecca mit ihren Koffern. Überrascht stellte sie fest, dass Francis in der Eingangshalle wartete. Die Tür stand offen, und Roderick hatte das Automobil vorgefahren. Ada blieb stehen, als Francis hervortrat, um sie anzusprechen. Aalglatt, dachte sie und musterte ihn von Kopf bis Fuß. Sehr selbstsicher.

»Lady Ada«, sagte er lächelnd. »Ich hielt es für meine Pflicht, mit Ihnen vor Ihrer Abreise zu reden. Mir widerstrebt der Gedanke, dass wir einander nicht wohlgesonnen sind, insbesondere, da ich so eine hohe Wertschätzung für Sie hege …«

Alarmglocken schrillten in Adas Kopf. Sie wartete ab.

»Ich muss gestehen, dass ich mit solch einer Begegnung nicht gerechnet hätte. Mir war berichtet worden, dass Sie sehr schön sind, aber diese Charakterstärke, diese scharfe Intelligenz, diese leidenschaftliche Zuneigung zu Ihrer Familie und Ihrem Heim hatte ich nicht erwartet.«

Er muss geradezu verzweifelt heiraten wollen, dachte Ada. Er versucht doch tatsächlich, in der Eingangshalle mit mir zu flirten! Jetzt war sie ganz sicher, dass bei der angeblichen Erbschaft etwas nicht mit rechten Dingen zuging. Warum hätte er sonst so erpicht darauf sein sollen, sich ihre Gunst zu erschleichen, wenn er nicht einen weiteren Anspruch auf das Landgut haben wollte, falls der erste Versuch scheiterte? Doch das Problem würde sein, es zu beweisen.

»… hat mich tief beeindruckt. Ich könnte es nicht ertragen, wenn Sie jetzt abreisen würden und Böses über mich dächten.« Er griff nach ihrer Hand, und sie ließ zu, dass er sie nahm. »Ich bin so froh«, murmelte er. »Ihre kleine Faust sollte sich niemals im Zorn gegen mich ballen. Ich hoffe, ich werde nie etwas tun, um das zu verdienen … Darf ich Sie Ada nennen?«

Ada hatte genug gehört.

Sie sagte deutlich, wenn auch leise: »Ich weiß genau, was Sie vorhaben, und ich kann Ihnen gleich sagen, dass es vergeblich ist. Ich bin an einer Heirat nicht interessiert.«

Er ließ ihre Hand fallen, als sei sie glühend heiß.

»Ich weiß, dass Sie sagen werden, Sie hätten nichts dergleichen erwähnt. Aber bitte halten Sie mich nicht für eine Närrin. Ich halte Sie auch nicht für dumm. Im Gegenteil, vermutlich sind Sie sehr klug. Aber vielleicht nicht weise.«

Sie wartete auf eine Antwort von ihm, doch als keine kam, fuhr sie fort, jedes Wort klar und deutlich betonend.

»Lady Georgiana ist ebenfalls keine Närrin, doch wie Sie vielleicht bemerkt haben, hat sie ein weiches Herz. Dennoch besteht nicht die Gefahr, dass irgendjemand sie ausnutzt. Ich passe nämlich sehr gut auf meine kleine Schwester auf.«

»Ich …«

»Bitte, es besteht keine Notwendigkeit, noch etwas zu sagen. Ich möchte, dass Sie mich verstehen – und dass Ihnen klar ist, dass ich Ihren Anspruch auf das Erbe gründlich prüfen werde. Ich werde schon in Bälde nach Somerton zurückkehren, und ich hoffe, dass Sie Ihren Aufenthalt hier … erholsam finden werden.«

Sie ging an ihm vorbei in dem Wissen, dass er nichts dergleichen finden würde. Sie wusste ebenfalls, dass er sie beobachtete, wie sie in das Automobil stieg und ihren Schleier zum Schutz gegen Sonnenschein und Staub herunterließ. Sie hielt ihn für einen gefährlichen Mann, hatte aber keinerlei Beweise. Hoffentlich würde ihn ihre Warnung dazu bringen, Georgiana in Ruhe zu lassen, obwohl Michael sie ohnehin beschützte wie ein Wachhund. Der Motor erwachte zum Leben, und sie wurde die Auffahrt hinuntergetragen in Richtung Bahnhof. Ihr Schleier flatterte im Wind. Sie konnte es kaum erwarten, Connor von den Geschehnissen zu berichten.

47

Georgiana saß über dem Ordner mit den Bilanzen, den Mrs Cliffe angelegt hatte. Ihre elegante Handschrift füllte den größten Teil des Buches, abgesehen von einigen wenigen Seiten in Mrs McRorys steilem Gekritzel. Alles Weitere stand in Georgianas nervöser Hand geschrieben. Georgiana hatte schon Kopfschmerzen vor Anstrengung, die Summen korrekt zu verbuchen. Es war ihr ein Rätsel, wie sie es anstellen sollten, Somerton unbeschadet durch die Kriegszeit zu führen. Schlimmstenfalls mussten sie Leute entlassen, und das in diesen harten Zeiten. Über ihre eigene Erbschaft konnte sie nicht vor ihrem achtzehnten Lebensjahr verfügen, sonst hätte sie sie in das Haus investiert.

Eine festangestellte, Somerton ergebene Haushälterin mit einem Sinn für vernünftiges Wirtschaften war genau das, was sie brauchten. Doch wo sollte sie so jemanden finden? Sie hatte Mrs Cliffes Rat nicht vergessen, doch das Problem war, dass sie es nicht wagte, sich auf ihre Instinkte zu verlassen. Wenn wir Rebecca nicht hätten, dachte sie, wäre die Lage noch heikler.

In einem plötzlichen Impuls legte sie den Stift hin und beschloss, hinunterzugehen und Rebecca zu holen. Wenn irgendjemand einen Sinn in diesen Zahlen erkennen konnte, dann sie.

Georgiana warf einen Blick aus dem Fenster, bevor sie hinunterging. Die Gräfin spazierte freundschaftlich plaudernd mit Captain Wyndham über die Rasenflächen. Georgiana war froh darüber; es ersparte ihr die Bemühung, freundlich zu ihm sein zu müssen.

Sie ging hinunter in die Küche. Jetzt am Nachmittag erwartete sie, die Dienstboten beim Ausruhen anzutreffen, vielleicht beim Stopfen oder Flicken. Doch als sie den Flur durchquerte, hörte sie Stimmen aus der Küche. Sie erkannte die Stimme des Mannes nicht, der das Wort führte, doch dann fiel es ihr wieder ein: Natürlich, es war Francis' Lakai.

»... die Wahrheit ist, dass Lady Ada nicht die Partie ist, die er sich erhofft hatte.« Der Mann klang boshaft.

»Ach, was reden Sie denn da! Und was ist mit ihrem Geld?« Das kam von Annie.

Georgiana errötete und beschleunigte ihre Schritte. Sie musste den Mann daran hindern, über ihre Familie zu klatschen. Doch seine nächsten Worte ließen sie abrupt innehalten.

»Welches Geld? Sie hat doch alles hergeschenkt, oder etwa nicht?«

»Wie meinen Sie das?«

»Genauso, wie ich es gesagt habe. Ein Freund von mir ist Lakai in London, und vor einigen Monaten hat er gehört, dass William – der Graf von Westlake, der mit der *Europa* untergegangen ist – Personal anwürbe. Niemand rechnete damit, dass er zahlen konnte, und doch tat er es. Ja, er schien sogar ziemlich flüssig zu sein. Da hat sich mein Freund umgehört, und was glauben Sie? Lady Ada hat ihn mit ihrer ganzen Erbschaft bezahlt, damit er keine Ansprüche mehr auf Somerton erhebt. Daher hat sie keine Mitgift mehr. Und da William ohne Testament verstorben ist, geht das ganze Vermögen an die Krone.« Lautes

Teeschlürfen folgte. »Was meinen Sie, wie froh mein Freund ist, dass er auf das Geld des Grafen nicht scharf war! Dann hätte er mit seinem Herrn zusammen ein nasses Grab gefunden.«

Georgiana hatte genug gehört. Sie stand da wie angewurzelt und atmete heftig. Also hatte Ada ihre Erbschaft für ihre Familie, für Somerton geopfert! Das hätte sie niemals gedacht; sie hatte geglaubt, William hätte sich von Connor Kearney abschrecken lassen. Ihr traten die Tränen in die Augen, aber nicht vor Kummer, sondern vor Stolz.

Sie drehte sich um und ging wieder hinauf, ohne sich bemerkbar zu machen. Sie hatte Somerton seit der Beerdigung ihres Vaters nicht mehr verlassen, doch jetzt war sie entschlossen, nach Oxford zu fahren.

48

Oxford

Ada durchquerte die Eingangshalle in Richtung des schwarzen Bretts, an dem die Examensergebnisse ausgehängt waren. Ihr Herz klopfte unangenehm, und ihr war ganz übel vor Angst. Sie hatte absichtlich gewartet, bis sich die erste Traube von Studenten zerstreut hatte – einige hatten vor Freude ihre Mützen in die Luft geworfen, andere waren mit hängenden Schultern davongeschlichen –, damit sie von den männlichen Studenten nicht gestört wurde, die allzu häufig ablehnend auf Frauen in ihrer Mitte reagierten.

Endlich war sie angekommen und konnte den Moment der Wahrheit nicht länger hinauszögern. Sie blickte hinauf auf die Liste, las die Namen der beiden besten männlichen Studenten und darunter …

»Sind Sie stolz?« Sie drehte sich um, und Connor stand lächelnd hinter ihr. Sie hatte ihn gar nicht bemerkt; er hatte sich ein wenig abseits gehalten. »Ich jedenfalls bin stolz auf Sie – sehr sogar!«

»Ich bin die Drittbeste meines Studienjahres!«, sagte Ada ungläubig. »Die Drittbeste!«

»Ja, und wenn Sie es im letzten Jahr nicht so schwer gehabt

hätten, wären Sie die Beste gewesen, da bin ich mir ganz sicher«, sagte er.

Lächelnd und mit Tränen in den Augen blickte sie zu ihm auf. Er berührte ihre Wange und wischte eine Träne weg. Sie errötete unter seiner Berührung; sie war so intim. Es war etwas Angenehmes in dieser unkomplizierten, zärtlichen Beziehung. Er war nicht Ravi. Aber er war genau das, was sie augenblicklich brauchte.

»Sie sind wunderbar«, sagte er leise.

Gemeinsam durchquerten sie die leere Eingangshalle in Richtung des Ausgangs und des Sonnenscheins.

»Wie werden Sie feiern?«, fragte er sie.

»Mit meiner Schwester zusammen. Sie hat mir geschrieben, dass sie mich besuchen möchte – ich erwarte sie heute und werde sie vom Bahnhof abholen.«

»Das freut mich sehr.«

»Und Sie? Wie werden Sie den heutigen Tag verbringen?«

Sein Lächeln erstarb. »Indem ich einen ganzen Stapel Briefe schreibe, um einem Freund von mir zu helfen, der fälschlicherweise angeklagt ist, Waffen von den Deutschen gekauft zu haben und Roger Casements Revolte zu unterstützen.«

»O nein!«, antwortete Ada schockiert.

»Ja, es sieht nicht gut aus. Ich bin vorübergehend suspendiert.«

»Aber warum?«

»Dazu braucht es keinen Grund, nur Angst und Misstrauen. Ich habe nie zum Establishment gehört, und alles an mir ist suspekt, von meiner Religion bis zu meiner politischen Überzeugung. Ich wünsche mir ein unabhängiges, vereintes Irland und schäme mich nicht dafür. Aber einige in dieser Hinsicht Gleichgesinnte verbünden sich mit den Deutschen und nehmen

Waffen von ihnen an. Das macht alle von uns, die offen für ihre Ansichten eintreten, zu potentiellen Verrätern. Doch wie kann man ein Verräter an einer Nation sein, die man gar nicht als seine eigene betrachtet? Das ist mir ein Rätsel.«

»Seien Sie vorsichtig«, bat Ada leise. Während ihrer Unterhaltung hatten sie das College verlassen und waren hinaus in den Innenhof getreten. Sie sah, wie zwei Studenten zu ihnen hinüberblickten, aufmerksam geworden durch Connors laute Stimme. Sie drehte sich zu ihm um. »Connor, ich mache mir Sorgen um Sie.«

»Nicht nötig«, erwiderte er lächelnd. »Ich spiele dieses Spiel schon lange genug und werde am Ende allen um eine Nasenlänge voraus sein, keine Sorge.«

Er verbeugte sich leicht und entfernte sich. Ada blickte ihm nach, ihr Herz schwer vor Sorge. Doch sie musste aufbrechen, um Georgiana abzuholen. Die Uhr schlug bereits zwölf, und ihr Zug sollte um zehn nach zwölf eintreffen.

Sie kam gerade rechtzeitig, als Georgiana aus dem Zug stieg. Ada eilte auf sie zu und lächelte, als ihr auffiel, wie erwachsen ihre kleine Schwester im Laufe des letzten Jahres geworden war. Ihr Haar war dunkler geworden und glänzte jetzt kastanienbraun. Ihre Figur hatte sich gerundet, und darüber hinaus besaß sie eine Ausstrahlung von Würde und Kompetenz. Georgiana wirkte nervös, lächelte aber, als sie Ada sah. Ada durchfuhr Freude und Erleichterung; es lag etwas Offenes in der Miene ihrer Schwester, das andeutete, dass sie ihr verziehen hatte.

»Liebe Ada, wie schön, dich zu sehen!«

»Georgiana, ich freue mich so, dich in Oxford willkommen zu heißen«, antwortete Ada und hakte ihre Schwester unter.

Gemeinsam spazierten sie am Fluss entlang, und Georgiana bestaunte die Boote und die Strohhüte der Studenten.

»Es ist seltsam für mich, hier zu sein«, sagte Georgiana nachdenklich. »Ich habe deine Leidenschaft für das Studium niemals verstanden, und schon der Gedanke an Oxford hat mich geängstigt. Doch wie ich sehe, ist es ein wunderschöner, friedlicher Ort.«

»Ich bin für mein Leben gern hier«, sagte Ada einfach. »Einige meiner schönsten Erinnerungen sind mit diesem Ort verknüpft.«

»Und andere mit Somerton«, erwiderte Georgiana, blieb stehen und sah sie an.

»Wie kannst du das bezweifeln?«

»Ich gebe zu, dass ich das getan habe.« Georgiana spielte sichtlich verlegen mit ihrem Sonnenschirm. »Als du nicht mit mir nach Somerton zurückgekehrt bist, dachte ich … Na ja, ich habe mich im Stich gelassen gefühlt. Es kam mir vor, als sei dir alles andere wichtiger als wir, als Vater, als Somerton.«

»Oh, Georgiana!«, rief Ada. Sie war zutiefst getroffen und konnte dennoch verstehen, warum ihre Schwester so gedacht hatte.

»Aber dann habe ich die Wahrheit herausgefunden«, fuhr Georgiana mit Tränen in den Augen fort. »Du hast William dein Erbe überlassen, nicht wahr?«

»Woher weißt du das?«

»Das spielt keine Rolle; ich sehe dir an, dass es wahr ist. Oh, Ada! Was hättest du nicht alles mit diesem Geld anfangen können! Glaube nicht, ich hätte keine Vorstellung davon. Ich muss mich mit der Buchhaltung in Somerton herumschlagen und weiß, dass Geld ein notwendiges Übel ist.«

»Es war keine leichte Entscheidung.« Ada schluckte und dachte an das, was sie aufgegeben hatte: Unabhängigkeit und Sorglosigkeit. »Aber ich werde mein eigenes Geld verdienen. Ich glaube daran, dass wir Frauen nach dem Krieg mehr Freiheiten genießen und bald auch im Beruf akzeptiert werden.«

»Ich hoffe, du hast recht. Du hast so hart dafür gekämpft, und du hast es verdient!« Georgiana legte ihre Hand in die ihrer Schwester. »Bitte verzeih mir, Ada. Ich weiß jetzt, dass dir deine Familie ebenso sehr am Herzen liegt wie deine Studien. Ich habe dich falsch eingeschätzt. Es tut mir leid.«

Adas Blick verschwamm durch die Tränen in ihren Augen. Sie konnte es nicht ertragen, dass Geheimnisse zwischen ihr und ihrer geliebten Schwester standen.

»Ich bin nicht wegen des Studiums zu spät zur Vaters Beerdigung gekommen«, stieß sie hervor.

Und dann erzählte sie Georgiana alles. Von Ravi, dem Beginn und dem Verlauf ihrer Beziehung – und ihrem Ende. Georgiana hörte zu, die Augen zunächst entsetzt aufgerissen, aber dann voller Mitleid.

»Bitte betrachte mich nicht als gefallene Frau«, endete Ada. »Ich selbst sehe mich nicht so. Ich bin froh, dass ich die Möglichkeit hatte, zu erfahren, was es bedeutet, jemanden zu lieben und geliebt zu werden. Nicht viele dürfen dieses Glück erleben.«

»Oh, Ada«, war alles, was Georgiana hervorbrachte. Sie umarmte ihre Schwester, und Ada wusste, dass sie sie nicht verurteilte.

Georgiana ließ sie schließlich los, die Wangen nass vor Tränen, und sagte: »Du hast so viel für deine Familie geopfert!«

»Nicht so viel wie du«, entgegnete Ada.

»Ich? Ich habe nichts getan. Ich wünschte, ich könnte etwas tun, aber alles scheint so furchtbar schwierig zu sein. Ich weiß zwar, wen ich gerne als unsere Hauswirtschafterin sehen würde, aber ich wage es nicht, sie zu ernennen, aus Angst, die falsche Entscheidung zu treffen. Und ich wünsche mir so sehr, dass Somerton in ein Kriegslazarett umgewandelt wird, so wie Vater es sich gewünscht hat, aber ich fühle mich nicht in der Lage, das zu organisieren.«

»Aber Georgie, du bist die kompetenteste Person, die ich kenne!«, rief Ada. Sie nahm die Hände ihrer Schwester und sah ihr in die Augen. »Seit Monaten lenkst du die Geschicke von Somerton. Niemand könnte besser wissen als du, was das Richtige ist. Habe Vertrauen in dich selbst, so wie ich Vertrauen in dich setze.«

Georgiana lächelte sie unter Tränen an.

»Ich danke dir, Ada. Ich will es versuchen.«

49

Somerton

Die Sonne fiel durch die rautenförmigen Butzenscheiben und zauberte einen tiefen, warmen Glanz auf die Wäschepresse aus Mahagoni. Rebecca hielt ein Betttuch aus feinem Leinen hoch, bestickt mit einem Monogramm und dem Wappen der Averleys. Der Stoff war an einer Stelle beinahe durchgescheuert, so dass die Sonne hindurchschien.

»Siehst du«, sagte Rebecca zu Mollie, dem neuen zweiten Hausmädchen, das als Ersatz für Martha gekommen war, »die Laken nutzen sich zuerst am Fußende ab. Aber deswegen müssen wir sie nicht ausrangieren. Wir schneiden sie einfach in der Mitte durch, hier« – sie zog mit der Hand eine Linie und genoss dabei die weiche Berührung des Tuchs –, »und nähen sie andersherum wieder zusammen.«

»Meine Güte, haben denn die Ladys und Gentlemen nichts dagegen?« Mollie war ein keckes, sommersprossiges Ding, gutmütig, aber, wie Rebecca bereits festgestellt hatte, äußerst tratschsüchtig. »Ich dachte, dass sie immer alles neu haben wollten. Was nützt es denn, dass man eine Lady ist, wenn man sich keine neue Bettwäsche kaufen kann, wann immer man möchte?«

»Wir sind im Krieg, das weißt du doch«, mahnte Rebecca. »Lady Georgiana ist zu vernünftig, um hochwertige Weißwäsche zu verschwenden. Jetzt leg das hin und überprüfe weiter die Kopfkissenbezüge – wenn das Licht durch den Stoff scheint, müssen sie gestopft werden.«

»Die Gräfin, die will doch bestimmt nur gute Sachen haben, das wette ich«, fuhr Mollie fort und hielt die Kopfkissenbezüge einen nach dem anderen gegen das Licht. Rebecca konnte kaum mit ansehen, wie grob sie damit umging, aber jedenfalls war sie guten Willens. Heutzutage konnte man nicht zu wählerisch sein, da die meisten Mädchen lieber in der Fabrik arbeiteten. »Die Tante sieht mir ganz vernünftig aus.«

»Mollie!« Rebecca war entsetzt über ihren Ton, aber zugleich auch amüsiert. Sie unterdrückte ein Kichern, denn es war jetzt wichtiger, die Flickarbeit ordentlich zu erledigen.

»Tut mir leid«, sagte Mollie, doch gleich darauf sprudelte es erneut aus ihr hervor. »Ich muss dauernd an die *Europa* denken. Das muss schrecklich gewesen sein, so unterzugehen und zu ertrinken. Diese großen Schiffe sind einfach nicht sicher.«

»Denk einfach nicht mehr daran«, riet Rebecca. Sie erinnerte sich an Lady Georgianas Miene, als sie die Nachricht erfuhr. Einen solchen Ausdruck wollte sie lieber kein zweites Mal sehen.

»Ich kann es nicht ändern! Ich habe mich schon immer vor dem Ertrinken gefürchtet, seit …«

»Rebecca?« Rebecca blickte auf und sah Annie in der Tür stehen.

»Lady Georgiana möchte dich sofort im Salon sprechen.«

»Mich?« Rebecca legte ihre Arbeit beiseite und überlegte krampfhaft, was sie falsch gemacht haben könnte.

»Ja, dich.« Annie zögerte. »Soll ich in der Zwischenzeit mit dem Stopfen weitermachen?«

»Ja – danke.« Rebecca war gerührt. Es war noch immer eine etwas peinliche Situation zwischen ihr und Annie, obwohl sie es sich anders gewünscht hätte. Aber sie war froh, dass Annie offenbar versuchte, ihr Verhalten wiedergutzumachen. Sie war im Grunde gar nicht so übel, nur leicht verführbar. Es lag einfach daran, dass es keine Hauswirtschafterin gab, die das weibliche Personal richtig zu führen wusste. Die Köchin kann nicht alles erledigen, dachte Rebecca, als sie hinauf zum Salon ging und unterwegs innehielt, um ihre Haube zu richten und ihre Manschetten glattzuziehen. Was sie brauchten, war jemand mit Autorität, jemand, der sich genauso gut in den oberen Etagen wie in der Küche auskannte.

Sie ging zum Salon. Thomas öffnete die Tür für sie. Seinem Gesichtsausdruck versuchte sie zu entnehmen, weshalb man sie gerufen hatte, aber seine Miene war undurchdringlich. Als sie eintrat, sah sie Lady Georgiana und die Gräfin nebeneinander auf zwei der eleganten Regency-Stühle sitzen, die zwischen die großen französischen Fenster gerückt worden waren.

»Sie wollten mich sprechen, Mylady?« Rebecca knickste und bemerkte dabei die Staubteilchen in der Luft. Es war unmöglich, dieses Haus sauber zu halten, und sie befürchtete, die Gräfin würde sie dafür tadeln. Doch sie wirkte allerbester Laune – ziemlich selbstzufrieden sogar. Wäre sie eine Katze gewesen, hätte sie geschnurrt.

»Oh, Rebecca – es tut mir leid, Sie mitten in der Arbeit zu stören«, begann Lady Georgiana, deren Stimme ein wenig nervös klang. »Ich wollte einige ziemlich wichtige Dinge mit Ihnen besprechen. Wie Sie wissen, ist es uns bisher nicht gelungen, eine passende Hauswirtschafterin zu finden …« Rebecca sah, dass Georgiana der Gräfin ständig Blicke aus dem Augenwinkel heraus zuwarf, als suche sie Bestätigung. Außerdem fiel ihr auf, dass Thomas angespannt wirkte. Sie spürte seine Aufregung. Man musste ihm wohl etwas sehr Wichtiges mitgeteilt haben. Irgendetwas war im Busch.

»Kurzum, es hat sich nicht als leicht erwiesen, eine Person mit der nötigen Autorität und Erfahrung zu finden, die die Stelle der Hauswirtschafterin hier in Somerton übernehmen könnte. Wir haben uns gefragt, ob Sie sich vorstellen könnten, diese Aufgabe zu übernehmen – zumindest vorübergehend?«

Rebecca war so überrascht, dass es ihr die Sprache verschlug. Eilig sprach Lady Georgiana weiter. »Ich weiß, dass Sie noch nicht lange bei uns sind, aber ich habe vollstes Vertrauen in Sie. Sie arbeiten hart, Thomas hat nur Gutes über Sie berichtet, doch hauptsächlich spüre ich, dass Sie Somerton *verstehen*. Wissen Sie, was ich meine? Wären Sie bereit?«

»Ich wäre geehrt, Mylady«, brachte Rebecca hervor.

Diese Stelle bedeutete ihr alles. Damit war ihre Arbeit sicher, und falls man auf Somerton nach dem Krieg eine ständige Hauswirtschafterin fand, würde sie bis dahin Erfahrung auf höchstem Niveau in einem der großen Landhäuser besitzen, was ihr einen guten Leumund verschaffen würde. Überdies würde sie als Hauswirtschafterin die Chance erhalten, zu beweisen, wozu sie fähig war, zu zeigen, dass sie wusste, wie alles erledigt werden musste, und dies auch durchzusetzen vermochte. Es war ihr nun klar, warum Thomas so aufgeregt war, und sie fragte sich, ob er sie empfohlen hatte. Sie hätten ihr gewiss den Posten nicht angeboten, wenn er nicht einverstanden gewesen wäre. Sie wünschte, sie hätte ihn umarmen, drücken und sich bei ihm bedanken können.

»Ach, wie bin ich froh!«, sagte Lady Georgiana mit so offensichtlicher Erleichterung, dass Rebecca beinahe gelacht hätte. »Wir waren wirklich ziemlich verzweifelt.« Die Gräfin tappte ungeduldig mit dem Fuß, und Rebecca war sich sicher, dass sie anschließend Lady Georgiana ein paar Takte über den angemessenen Tonfall gegenüber den Dienstboten sagen würde, sobald sie den Raum verlassen hatte. »Und jetzt zum nächsten Thema. Ich habe ein schlechtes Gewissen, Sie gleich damit zu überfallen, aber ich möchte ... ich möchte noch etwas ganz anderes in Angriff nehmen und werde all Ihre Hilfe brauchen, um es zu schaffen. Ich möchte ... Somerton in ein Lazarett verwandeln.«

»Ein Lazarett, Mylady?« Rebecca blickte überrascht auf.

»Ja!« Georgianas Gesicht war hochrot; sie saß kerzengerade da und sprach schnell und voller Begeisterung. »Es war der Wunsch meines Vaters, etwas Sinnvolles mit dem Anwesen anzustellen, zugunsten unserer Nation. Wie könnten wir seinen letzten Wunsch besser erfüllen als dadurch – dass wir die Schönheit dieses Hauses teilen und sie jenen schenken, die so hart für uns gekämpft haben. Somerton ist ein perfekter Ort zur Erholung, und die Räumlichkeiten sind groß genug, um mindestens hundertfünfzig Betten unterzubringen, da bin ich mir ganz sicher.« Wieder sah Lady Georgiana die Gräfin an, und Rebecca folgte nervös ihrem Blick, gewiss, dass die Gräfin gegen diese Idee sein würde. Doch im Gegenteil: Sie strahlte.

»Ich werde alles tun, um Ihnen zu helfen, Mylady«, versprach Rebecca.

»Wunderbar! Ich wusste, dass Sie das tun würden. Es wird so viel Organisation erfordern, aber ich bin sicher, dass wir es gemeinsam schaffen können. Und noch etwas – ich muss Sie um noch einen großen Gefallen bitten. Ich möchte Captain Wyndham –«

»Den Grafen von Westlake«, verbesserte die Gräfin vorwurfsvoll.

»Ja, natürlich, wie dumm von mir. Also, wir möchten ihn so angemessen willkommen heißen, wie ein Graf willkommen geheißen werden sollte, im Dorf wie auch hier. Besonders für den Fall«, sie zögerte – »dass er möglicherweise eine noch engere Verbindung mit diesem Haus eingehen wird, halte ich es für wichtig, dass er Somerton kennenlernt.«

Rebecca knickste. Sie war nicht sicher, was Lady Georgiana meinte, war aber erfreut bei dem Gedanken an einen großen Anlass.

»Ich möchte eine Wohltätigkeitsparty veranstalten, um Geld für die Umgestaltung des Hauses zu sammeln – für die Anschaffung von Betten und so weiter. So etwas haben wir schon seit sehr langer Zeit nicht mehr organisiert, dazu herrschte zu große Trauer – zu viele Menschen haben schmerzliche Verluste erlitten.« Ihr versagte beinahe die Stimme, doch sie fasste sich wieder. »Ich glaube, es wäre der perfekte Anlass, um Captain den Grafen von Westlake willkommen zu heißen.«

Rebecca nickte mit einem Kloß im Hals. Ein Gedanke war in ihr aufgekommen, während Lady Georgiana sprach, aber sie wagte nicht recht, ihn zu äußern. Dann fasste sie sich ein Herz. Sie hatte schon zu lange gewartet. Dies war die perfekte Gelegenheit, und sie würde sie nicht aus einem Mangel an Mut verstreichen lassen.

»Mylady, darf ich Sie vielleicht ebenfalls um einen Gefallen bitten? Ich hoffe, Sie halten mich nicht für unverschämt oder glauben, ich wolle mich aufspielen – doch als Sie davon sprachen, dass Sie etwas für die Soldaten tun möchten, dachte ich, ich könne Sie vielleicht fragen.«

»Natürlich, Rebecca, bitte fragen Sie.« Georgiana sah sie mit erstaunten großen Augen an.

»Es ist so …« Rebeccas Kehle war trocken, und sie schluckte, weil sie plötzlich befürchtete, durch ihre Frage einen falschen Eindruck zu erwecken. »Wie Sie wissen, gilt James als vermisst.«

»Ja, armer James. Wir können nur das Beste hoffen«, erwiderte Georgiana.

»Nun, er hat ein Mädchen zurückgelassen. Jenny – Jenny Adderley. Das arme Ding ist natürlich verzweifelt. Aber schlimmer noch – und ich weiß, dass es falsch ist, Mylady, bitte glauben Sie nicht, dass ich davon nicht überzeugt bin – aber man kann es nun einmal nicht ändern. Jenny …« Sie rang nach Worten und bedauerte es schon, den Satz überhaupt angefangen zu haben. Die Gräfin hätte vor kurzem noch ihre Entlassung gefordert, wenn sie so etwas auch nur in Hörweite von Lady Georgiana erwähnt hätte, die nicht einmal offiziell in die Gesellschaft eingeführt worden war. »Sie ist … Sie ist …«

Thomas kam ihr zu Hilfe, stotternd und verlegen, aber entschlossen, das Thema zu Ende zu bringen. »Sie hat etwas getan, dass sie natürlich sehr bereut, aber Tatsache ist, Mylady, dass Jenny in einigen Monaten …«

»Jetzt ist es genug!« Die Gräfin erhob sich halb, und ihre Wangen röteten sich. »Ich bitte Sie! Wie können Sie dieses Thema in meinem Beisein erwähnen!«

»Bitte, Mutter!«, unterbrach Georgiana sie mit Bestimmtheit. Rebecca sah sie verwundert an; sie klang sehr entschlossen und hatte rote Flecken auf den Wangen, aber sie war nicht verlegen. »Ich möchte das hören. Jenny wird ein Baby bekommen, ist es das, was Sie sagen wollten?«

Rebecca nickte voller Scham. »Wenn Sie ihr vielleicht irgendeine Gunst erweisen könnten, Mylady«, murmelte sie, »nur um den Leuten zu zeigen, dass man sie nicht ausstoßen sollte. Wir als Personal haben bereits begonnen, für sie zu sammeln. Normalerweise würden wir Sie nicht darum bitten, doch jetzt, nachdem James wahrscheinlich gefallen ist … Er hatte versprochen, Jenny bei seinem nächsten Heimaturlaub zu heiraten.«

»Ich kann nicht erlauben, dass dies fortgeführt wird …«

»Ich würde sie gern besuchen«, sagte Georgiana, noch immer mit roten Flecken auf den Wangen. »Ich kann mich noch zu gut daran erinnern, was mit unserem Kindermädchen Priya geschehen ist, und ich werde nicht zulassen, dass sich eine solche Tragödie wiederholt.«

Die Gräfin saß stocksteif da, sie funkelte Georgiana wütend an. »Hast du einmal daran gedacht, Georgiana, wie das aussehen wird, wenn du zu einer gefallenen Frau Kontakt aufnimmst? Was das für deinen Ruf als unverheiratetes Mädchen bedeuten wird?«

Rebecca sah, wie Georgiana bei den Worten gefallene Frau errötete. Irgendetwas daran hatte sie verletzt, obwohl sie nicht erraten konnte, was es war. Lady Georgianas nächsten Worte waren fest und klar.

»Wir sind im Krieg, Mutter. Alles verändert sich. James hat sein Leben für dieses Land gegeben, und ist es etwa nicht unsere Pflicht, uns um seine Angehörigen zu kümmern? Alles andere verstieße gegen das Ethos von Somerton.«

»Vielen Dank, Mylady.« Rebecca legte ihr ganzes Herz in ihre Worte.

»Ist schon gut, Rebecca. Sie können jetzt gehen. Bitte überlegen Sie sich, wie wir dieses Fest zu etwas ganz Besonderem machen können.«

Sobald sie sich hinter der schützenden Filztür befanden, wechselten Rebecca und Thomas einen Blick. Rebecca stieß mit einem tiefen Seufzer den angehaltenen Atem aus. »Ich danke Ihnen, Mr Wright, oh, haben Sie vielen Dank!«

»Wofür?«

»Man hätte mir die Stelle niemals angeboten, wenn Sie nicht wären. Das weiß ich.«

»Unsinn! Man hat mich um meine Meinung gebeten, und ich habe sie ehrlich geäußert.« Thomas lächelte sie strahlend an. »Nein, ich möchte Ihnen danken – dass Sie sich für Jenny eingesetzt haben. Das war großartig!«

»Was sonst könnte ich tun? Das arme Mädchen. Ich wünschte, sie hätte selbst einmal mit Lady Georgiana gesprochen – ich spreche nicht gern hinter ihrem Rücken über sie –, aber ich bin sicher, dass es auf lange Sicht das Beste für sie ist. Ich weiß, dass Lady Georgiana sehr gutherzig ist.«

»Ja, aber haben Sie die Blicke der Gräfin gesehen? Ich nehme an, dass sie jetzt gerade eine Standpauke deswegen erhält.«

»Aber das wird sie nicht davon abhalten, das zu tun, was sie für richtig hält.« Rebecca schwieg, denn ihr war bewusst, dass sie klatschten. Aber es war zu schwer, zu schweigen. »Mr Wright, Sir, dieses Fest wird sehr viel Arbeit mit sich bringen. Meinen Sie, dass wir das schaffen?«

»Um das Fest mache ich mir keine Sorgen. Eher um das Lazarett!«

»Oh, mein Gott!« Rebecca hätte es beinahe vergessen. »Glauben Sie wirklich, Captain Wyndham wird sich über die Überraschung freuen?« Sie verbarg mit einer Hand ein Lächeln bei dem Blick, den Thomas ihr zuwarf.

»Ich glaube, er hat seine eigenen Pläne für dieses Haus und das Land.«

»Meinen Sie …« Rebecca schwieg, als Mollie die Treppe hinaufkam. Sie schämte sich dafür, dass sie Thomas gegenüber so ohne Scheu gesprochen hatte. Sie wünschte, es wäre nicht so unglaublich angenehm, ausnahmsweise einmal nicht die übliche professionelle Zurückhaltung zu üben. Und sie konnte die Zuneigung in seinen Augen nicht vergessen, als er sie dafür gelobt hatte, wie sie sich für Jenny eingesetzt hatte. Sie wusste, dass dieser Blick ihr Herz erleuchten würde wie eine kleine Kerze, noch für eine lange Zeit.

50

Frankreich

»Schwester Templeton, es ist Zeit für Ihre Pause!«, sagte Dr. Field, als er die Station betrat.

»Ja, gleich«, antwortete Charlotte und fuhr mit dem Bettenmachen fort. Die Bettwäsche wurde immer fleckiger und abgenutzter – wann sie wohl mit einer neuen Lieferung rechnen konnten? Ach, womöglich konnte es noch Wochen dauern. Sie wuchtete die schwere Matratze hoch, um sie zu lüften. Gestern erst war ein Mann darauf gestorben.

»Sofort, bitte«, sagte der Arzt, blieb neben dem Bett stehen und wartete darauf, dass sie ging.

»Aber die Tabletts mit den Verbänden ...« Charlotte legte eine Hand an die Stirn, als würde ihr plötzlich bewusst, wie erschöpft sie war. »Ja, Sir.«

Als sie das heruntergekommene Bauernhaus verließ, in dem sich die Krankensäle befanden, und auf die alte Scheune zuging, die zur Kantine umfunktioniert worden war, hörte sie die Schritte des Offiziers hinter sich und drehte sich zu ihm um. Er war ihr von Anfang an sympathisch gewesen; er erinnerte sie in gewisser Weise an den Grafen. Ebenso wie dieser vermittelte er ihr Stärke und Sicherheit. Der Graf wiederum hatte sie an ihren Vater erinnert.

Jetzt sah sie der Arzt jedoch besorgt an. »Schwester Templeton«, begann er in gedämpftem Ton, »Sie müssen Ruhepausen einlegen, wann immer es möglich ist. Mir ist aufgefallen, dass Sie oft nicht daran denken.«

»Ich will mich doch nur nützlich machen.«

»Aber das können Sie nicht, wenn Sie zu erschöpft dazu sind.«

Charlotte erwiderte nichts. Sie wusste, dass er recht hatte.

»Ich möchte, dass Sie so bald wie möglich Ihren Heimaturlaub nehmen«, fuhr er fort. »Ich sehe Ihnen an, wie müde Sie sind. Kriegskrankenschwestern sollten eigentlich nicht in solch permanenter Gefahr und unter derartigem Druck arbeiten. Sie haben Ihre Sache sehr gut gemacht, aber jetzt wird es Zeit für Sie, sich zu erholen. Haben Sie mich verstanden?«

»Ja, Sir.« Charlotte hörte das ferne Dröhnen eines Flugzeugs über ihren Köpfen. Ein feindliches oder eines der ihren?, fragte sie sich. Irgendwo würden Menschen durch die Hölle gehen, wenn es gleich seine Bombe abwarf. Schon der Gedanke daran erschöpfte sie.

»Gut.« Dr. Field nickte ihr zu, und Charlotte fiel auf, wie tief die Furchen in seinem Gesicht waren und wie stark er in letzter Zeit ergraut war. »Und jetzt nehmen Sie sich Ihre Pause.«

Charlotte betrat die Kantine, erfüllt von gemischten Gefühlen. Einerseits wusste sie genau, dass der erfahrene ältere Mann recht hatte, andererseits widerstrebte es ihr, seinen Rat zu befolgen. Ein Leben ohne Arbeit konnte sie sich inzwischen nicht mehr vorstellen. Sie wollte nicht in das Leben der Tennispartien, Bälle und langweiligen jungen Männer zurückkehren. Wenn sie jetzt nach Hause fuhr, bestand die Gefahr, dass ihre Mutter sie nie wieder würde gehen lassen.

»Post für Sie, Schwester Templeton«, sagte eine Hilfskraft,

die mit einer Handvoll Briefe den Speiseraum betrat. Charlotte sah, dass der Brief an sie in Palesbury aufgegeben worden war, was ihre bedrückte Stimmung nur noch trüber werden ließ.

»So richtig zu freuen scheinst du dich ja nie über deine Briefe, Charlotte«, neckte sie Portia. »Ganz im Gegensatz zu uns.«

»Ach, sie tut doch nur so«, fiel eine andere Kriegskrankenschwester ein. »Bestimmt hat Charlotte irgendwo einen Liebsten, stimmt's, meine Liebe?«

»Vielleicht ist er sogar näher, als du glaubst«, erwiderte Portia.

»Ich weiß nicht, was ihr meint«, sagte Charlotte. Dass über sie und Flint getratscht wurde, war das Letzte, was sie wollte. Schließlich war er keine Partie für sie – viel zu unzuverlässig, kein bisschen seriös.

Charlotte öffnete den Brief. Er kam von ihrer Mutter und trug den Briefkopf von Somerton. Schon bei dem Anblick wurde sie ganz mutlos. Die vertraute, geschwungene Schrift tanzte über das Papier, als wollten ihre Schlaufen und Schnörkel sie daran erinnern, dass sie sie noch immer gefangen hielten, in ihrem Lasso wie eines von Flints Pferden.

Meine liebe Charlotte,

ich bin zutiefst enttäuscht, dass Du noch immer nicht nach Hause zurückgekehrt bist. Ich kann nicht begreifen, dass es derart unmöglich sein soll, Heimaturlaub genehmigt zu bekommen, doch nicht für jemanden mit Deinen Beziehungen! Du bräuchtest doch nur damit zu argumentieren, Du müsstest Deine töchterliche Pflicht erfüllen und Dich um mich kümmern, dann würde man Dich auf der Stelle gehen lassen. Ohnehin muss ich jetzt darauf bestehen, dass Du nach Somerton kommst.

Mein liebes Mädchen, ich kann mir vorstellen, wie Du Dich fühlst, und ich mache mir Vorwürfe deswegen. Deine Saisons waren wirklich die reinsten Katastrophen. Warum, ist schwer zu verstehen, obwohl Du meiner Meinung nach nicht schon so früh Interesse an Lord Fintan hättest zeigen dürfen. Männer wollen jagen. Dennoch solltest Du Dich nicht dazu verpflichtet fühlen, Dich dort in Frankreich zu vergraben. Ich darf mir gar nicht vorstellen, wie unziemlich die Arbeit dort sein muss! Keine Templeton hat jemals gearbeitet, und ich finde nicht, dass wir nur aufgrund des Krieges unsere Ansprüche senken sollten. Nein, so schnell bin ich nicht bereit aufzugeben, glaube mir. Ich weiß, dass ich meinen Liebling Sebastian niemals wiedersehen werde, und das macht mich umso entschlossener, Dir, meiner einzigen Tochter gegenüber meine Pflicht zu erfüllen. Glücklicherweise hat mich das Schicksal in die Lage versetzt, genau das zu tun.

Der neue Graf, Francis Wyndham, war kürzlich zu Besuch. Bisher gehörte er nicht unmittelbar zu unseren Kreisen, obwohl er natürlich absolut comme il faut ist. Inzwischen hat sich herausgestellt, dass er nicht nur den Titel erbt, sondern auch Anspruch auf das Haus und die Ländereien erheben kann. Die logische Konsequenz ist daher, dass Du ihn heiraten solltest. Er ist ein sehr präsentabler junger Mann, der perfekte Gentleman, ganz tadellos. Als Stabsoffizier ist er in London stationiert, und ich möchte, dass Du unverzüglich nach Somerton zurückkehrst und ihn näher kennenlernst.

Bitte teile mir rechtzeitig Deine Ankunftszeit mit, so dass ich Thomas zum Bahnhof schicken kann, um Dich abzuholen.

In Liebe,

Deine Mutter, Gräfin von Westlake

Die pompöse Unterschrift der Gräfin bedeckte fast die ganze Seite.

Charlotte las den Brief wie in Trance zu Ende. Anschließend zerriss sie ihn in tausend Stücke. Erschrocken blickte Portia auf und fragte besorgt: »Ist bei dir zu Hause alles in Ordnung?«

»Ja, alles bestens.« Charlotte stand auf, ging zum Kamin und warf die Überreste des Briefes ins Feuer. Ihr zitterten noch die Hände. Wie konnte ihre Mutter es wagen, sie derart herumzukommandieren? Wie konnte sie erwarten, dass sie in Habtachtstellung springen und den Nächstbesten heiraten würde, den man ihr anbot? Ihre Mutter verachtete alles, was sie inzwischen erreicht und geleistet hatte, als bedeute es rein gar nichts. Charlotte spürte Tränen in den Augen. Erst jetzt erkannte sie, wie sehr sie sich gewünscht hatte, ihre Mutter würde sie aufgrund ihrer Arbeit als Krankenschwester anders wahrnehmen – sie vielleicht sogar respektieren. Doch vergeblich.

Auf dem Weg hinüber zu ihrer Hütte verspürte sie nicht die geringste Lust auf ein Gespräch mit Flint. Doch da war er – und die Art, wie er die Zigarette hinwarf und auf sie zukam, ließ vermuten, dass er auf sie gewartet hatte.

»Bitte, ich bin nicht in der Stimmung für Witze, Kartenspiele oder sonst etwas«, sagte sie und versuchte, an ihm vorbeizugehen.

»Ich auch nicht.« Er klang ernst, und überrascht blickte sie auf. Die Abenddämmerung warf Schatten auf sein Gesicht, doch sie sah ihm an, dass etwas geschehen war.

»Ich wollte Ihnen sagen, dass ich endlich Nachricht erhalten habe. Ich werde zur Genesung in ein Sanatorium nach England geschickt. Die Chirurgen dort hoffen, meine Knochen noch etwas weiter begradigen zu können.« Er hob seinen gebrochenen Arm, der noch immer bandagiert war.

Charlotte fühlte sofort Verzweiflung in sich aufsteigen. Sie spürte auf einmal, wie sehr sie ihn vermissen würde, wie sehr er ihr Leben hier bereichert hatte. Doch die Worte ihrer Mutter spukten ihr noch im Kopf herum: *Du hättest nicht so früh Interesse an Lord Fintan zeigen dürfen.* Sie würde denselben Fehler nicht zweimal machen.

»Ich verstehe«, sagte sie mit mattem Lächeln. »Nun, das freut mich sehr.«

»Wirklich?« Er klang verletzt, und Charlotte freute sich, obwohl sie sich deswegen schuldig fühlte.

»Natürlich. Das bedeutet doch, dass es Ihnen bessergeht, nicht wahr?«

»Ich nehme es an. Obwohl ich nicht verstehe, warum man mich nicht einfach zurück zu meiner Einheit schickt. Alles was ich will, ist, wieder zu fliegen.«

Charlotte wusste nicht, was sie sagen sollte. Sie konnte ihn nicht anlügen. Er verdiente es, die Wahrheit zu erfahren. Sie hatte es vor sich her geschoben, weil sie es nicht ertragen konnte, ihm sagen zu müssen, dass er niemals wieder würde fliegen können. Jetzt befürchtete sie außerdem, dass bei jedem weiteren Wort ihre wahren Gefühle – nämlich, wie sehr sie ihn vermissen würde – aus ihr heraussprudeln würden. Sie versuchte, an ihm vorbeizugehen, doch er hielt sie mit einer Bewegung seines Körpers auf.

»Verdammt, Charlotte, hast du nichts weiter zu sagen?«

»Was gibt es denn noch zu sagen? Ich wünsche Ihnen natürlich nur das Allerbeste.«

»Oh, natürlich. Na ja, ich nehme an, das war's dann.« Er trat einen Schritt zurück. Charlotte hatte mit mehr Widerstand gerechnet, ja, hatte ihn sich gewünscht. Sie zögerte, schämte sich und wusste, dass es ihr eigener Fehler war. »Auf Wiedersehen, Schwester.« Er drehte sich um und ging fort. Charlotte blickte ihm nach, hin- und hergerissen zwischen der Angst, ihn zu verlieren, und der Angst vor dem, was geschehen würde, wenn sie ihn zurückrief. Die Dämmerung fiel herein, und die Kerzen in der Kantine leuchteten hell. Jeden Moment konnte die Oberschwester aus der Station kommen; dann würde es vorbei sein mit der Privatsphäre.

»Ich werde Sie vermissen!«, sagte Charlotte, und ihre Stimme klang ihr wie die einer Fremden in den Ohren. Er hielt nicht inne, zögerte nicht, sondern wirbelte herum wie auf einem Paradeplatz und kehrte mit demselben selbstsicheren, schnellen Schritt zurück, mit dem er sie verlassen hatte. Charlotte stand da, sah ihn kommen und hatte keine Ahnung, was er vorhatte – bis er ihr so nahe war, dass sie seinen Atem hörte, sein Lächeln spürte und seinen warmen Körper roch. Er riss sie in seine Arme – er ließ ihr keine Chance, irgendwie zu reagieren außer mit einem kleinen Seufzer – und küsste sie. Charlotte wurde mitgerissen, atemlos vor Überraschung. Sie spürte, wie er vollständig von ihr Besitz ergriff, fühlte seine starken Arme, die Stoppeln an seinem Kinn, den rauen Stoff seines Uniformhemdes und die Messingknöpfe, die sich in ihre Haut pressten. Sie ließ es zu, dass er sie leidenschaftlich küsste, bis sie wieder Atem schöpfen konnte – und dann erwiderte sie seine Küsse, leidenschaftlicher, als sie jemals zuvor jemanden geküsst hatte. Sie fuhr mit den Händen unter sein Hemd, vorsichtig wegen seines bandagierten Arms, fand alte und frische Narben und die verführerischen, mysteriösen Konturen seiner Muskeln – wie ein verborgener Schatz, den sie zum ersten Mal erkundete. Sie hätte nicht sagen können, wie lange sie sich schon insgeheim danach gesehnt hatte; sie wusste nur, wie unfassbar schön es war, sich an seinen Körper zu schmiegen. Seine Küsse erregten und ängstigten sie zugleich; wie sollten sie sich je wieder voneinander lösen? Doch auf einmal wurde die Kantinentür geöffnet, und die vertraute

Stimme der Oberschwester rief: »Schwester Templeton? Sind Sie da draußen?«

Keuchend ließen sie einander los. Charlotte hätte fast gekichert, als sie Flints Atem rau an ihrer Wange fühlte und ihn flüstern hörte: »Diese schreckliche Frau!«

»Ja, Schwester!«, Charlottes Stimme zitterte.

»Wer ist da bei Ihnen?«

»Captain MacAllister wollte ein wenig frische Luft schnappen, und auf einmal ist ihm schlecht geworden.« Sie trat nach vorn ins Licht.

»Ich verstehe. Nun, ich hoffe, er hat sich inzwischen wieder gänzlich erholt. Ich erwarte Sie unverzüglich zurück auf der Station, Captain.«

»Ja, Ma'am.« Flint gab sich große Mühe, angeschlagen zu wirken, und machte sich auf den Weg zurück. Charlotte griff ihn am Arm und hielt ihn zurück.

»Ich muss dir etwas sagen«, flüsterte sie. Sie hätte es ihm lieber zu einem anderen Zeitpunkt eröffnet, aber die Oberschwester hob sich noch immer als Silhouette in der Tür ab. »Ich habe neulich zufällig ein Gespräch der Sanitätsoffiziere mitgehört. Ich wollte es dir schon längst sagen, aber … Du wirst niemals wieder fliegen können. Dein Arm ist zu schwer versehrt. Es tut mir so leid!«

Er schwieg.

»Schwester! Muss ich rauskommen?«

Sie konnte sein Gesicht in der Dunkelheit nicht erkennen, daher wiederholte sie. »Ich wollte es dir schon längst sagen.«

»Ich verstehe.« Seine Stimme stockte. »Ich danke dir. Ich bin froh, dass du ehrlich zu mir bist.«

»Es ist so furchtbar ungerecht!« Charlottes Stimme zitterte bei dieser Untertreibung.

»Aber ich lebe, nicht wahr?«

Charlotte zögerte. Sie hätte ihn so gern getröstet, aber sie wusste, dass es nichts gab, was sie noch hätte sagen können. Da ergriff er wieder das Wort, und seine Stimme klang nur ein klein wenig brüchig. »Verdammt, Charlotte, um nichts in der Welt wollte ich meinen alten Arm wiederhaben. Wenn ich ihn nicht verloren hätte, hätte ich dich nicht gefunden.«

Charlotte stiegen die Tränen in die Augen. Noch nie hatte jemand etwas so Liebevolles zu ihr gesagt.

Seine Lippen berührten die ihren, sanft wie zwei Blüten, die übereinander strichen.

»Ich werde schreiben«, versprach er leise. Dann kehrte er zurück ins Lazarett. Charlotte wartete einen Augenblick, bevor sie folgte. Sie war sich sicher, dass sie sich auf eine Standpauke von der Oberschwester gefasst machen konnte und die anderen Kriegskrankenschwestern sie aufziehen würden. Aber es machte ihr nicht das Geringste aus. Sie war so voller Glück wie der Himmel voller Sterne war.

51

London
Der Sommer war endlich gekommen; die Sonne schien warm, und die Themse glitzerte. Am anderen Ufer des Flusses spiegelten sich die Parlamentsgebäude im schimmernden Wasser und erinnerten mit ihren verschnörkelten gotischen Spitzen und Türmchen an die Pfeifen einer großen Orgel oder an einen Eisberg. Sie sahen sowohl schön als auch gefährlich aus wie eine stachelige, ans Flussufer geschwemmte Muschel. Ada sehnte sich danach, eines Tages dorthin zu gelangen. Eines Tages, dachte sie, würde sie sich um einen Sitz im Parlament bewerben. Eines Tages – sobald die Frauen das Wahlrecht hatten.

Sie warf einen Blick auf ihre Taschenuhr, und das juwelenbesetzte Zifferblatt zeigte ihr die gleiche Zeit an wie Big Ben. Connor verspätete sich. Es war nicht überraschend; sie hatten getrennt von Oxford aus aufbrechen müssen, um kein Misstrauen zu erwecken. Ihre Beziehung war höchst angenehm; Ada genoss jeden Moment und verspürte nicht den intensiven Schmerz, den sie mit Ravi erlitten hatte. Sie und Connor verstanden einander vollkommen.

Sie spazierte weiter, das Gesicht durch ihren Spitzensonnenschirm vor der Sonne geschützt. Wenn sie die Nadel der Kleopatra erreichte, so nahm sie sich vor, würde sie noch einmal zurücklaufen, und wenn sie den Obelisken das nächste Mal erreichte, würde er da sein, da war sie sich sicher.

Nervös und aufgeregt dachte sie an den bevorstehenden Nachmittag. Connor hatte vorgeschlagen, sie einigen Freunden vorzustellen, die in Bloomsbury lebten – Intellektuellen und Künstlern, und Ada fragte sich, ob sie mit ihnen mithalten könnte. Ihr war bewusst, dass sie noch immer sehr naiv war. Sie hatte bisher so wenig getan und noch nichts erreicht. Doch sie war sich sicher, dass sich das eines Tages ändern würde, falls bis dahin nicht alles durch die Gewalt des Krieges zerstört sein würde. Die Plakate zogen ihre Blicke auf sich, eines nach dem anderen: *Kommt zur Armee! Männer von England, wollt Ihr das hinnehmen? Für König und Vaterland.* So schlicht, so bestimmt.

Die Nadel der Kleopatra kam in Sicht. Connor war nicht da. Ada blieb ratlos stehen. Noch nie war er so spät gekommen.

Ob er ihrer überdrüssig geworden war? Die Frage drängte sich ihr auf, sie konnte sie nicht vermeiden. War womöglich alles, was er über Gleichberechtigung gesagt hatte, eine heuchlerische Lüge gewesen? Sie konnte es nicht glauben, aber ihre Wangen röteten sich dennoch.

Noch zehn Minuten, sagte sie sich.

Und dann?, fragte sie sich selbst unwillkürlich.

Darüber denke ich nach, wenn es so weit ist, entgegnete sie energisch. Sie kehrte um und ging wieder ein paar Schritte; jetzt nicht mehr so selbstsicher, denn sie konnte ihre ängstlichen Gedanken nicht unterdrücken. Sie hatte geglaubt, sie könne alles haben, auch einen Mann, der ihr in jeder Hinsicht ebenbürtig war. Sie hatte geglaubt, in Connor den Mann gefunden zu haben, der ihre Sehnsüchte erfüllen konnte – er war reif, intelligent, mit Grundsätzen, hatte aber auch Sinn für Humor. Doch angenommen, sie irrte sich? Angenommen, die Unterschiede in ihren Ansichten erschienen ihm letztendlich doch als unüberwindliches Hindernis? Sie wusste um die starken antiirischen Strömungen in der Bevölkerung. Alle befürchteten, dass die irischen Nationalisten den Krieg dazu nutzen könnten, gegen die Engländer zu rebellieren. Das würde die Kräfte der Armee spalten und eine Niederlage wahrscheinlicher machen. Die Risiken waren immens. Sie saßen auf einem Pulverfass, und jeder wusste, dass Connor der Zündfunken sein konnte, da er so leidenschaftlich für den irischen Nationalismus eintrat. Obwohl Ada seine tiefen Gefühle verstand, hielt sie ein unabhängiges Land der protestantischen Minderheit wegen für riskant. Es war Englands Pflicht, diese Menschen zu beschützen.

Die zehn Minuten waren um. Sie kehrte zu Kleopatras Nadel zurück. Connor war nicht da. Der Zeitungsjunge beobachtete sie neugierig. Ohne seinen Blick zu erwidern, ging sie rasch fort in Richtung Waterloo Station.

Zurück im Oriel College, hatte sie sich noch immer nicht beruhigt und wusste nicht, was sie glauben sollte. Die Tür zum Büro der Direktorin stand einen Spalt offen, und schon kam diese heraus, mit einem missbilligenden Gesichtsausdruck, den Ada inzwischen gut kannte. »Lady Ada, ich muss Ihnen sagen, dass es vollkommen inakzeptabel ist, sich für einen ganzen Tag zu entfernen, ohne mir vorher Bescheid zu sagen«, begann sie. »Die College-Regeln besagen klipp und klar …«

Ada hatte sich bereits mehrfach ähnliche Standpauken anhören müssen. Diesmal jedoch konnte sie sich nicht länger beherrschen. »Es tut mir leid«, erwiderte sie, obwohl es ihr kein bisschen leidtat. »Aber ich finde diese Regeln einfach lächerlich. Warum sollten wir jetzt, wo unser Land unter einer so ernsten Krise leidet, solche kleinlichen Vorschriften aufrechterhalten?«

»Sie sind keineswegs lächerlich oder kleinlich. Die Regeln sind dazu da, Ihren Ruf zu schützen.«

»Ich nenne das kleinlich. Ich habe nicht vor, nach meinem Ruf zu leben, sondern nach meiner Intelligenz und meinen Fähigkeiten.«

Sie drehte sich um, bevor sie die Antwort der Direktorin hören konnte, und rannte fast hinauf in ihr Zimmer. Dort riss sie sich die Handschuhe und den Hut herunter. Gleich darauf sah sie den Brief auf Ihrem Schreibtisch liegen. Sie nahm ihn sofort in die Hand. Es war nicht Connors Handschrift. Die Enttäuschung traf sie hart. Ohne nachzudenken riss sie den Umschlag auf. Die Notiz darin, auf einfachem weißem Papier, war hastig hingekritzelt worden, doch die Worte erregten sofort ihre Aufmerksamkeit. Der Brief war auf den vorigen Tag datiert.

Liebe Lady Ada,
ich bedauere, Ihnen mitteilen zu müssen, dass unser Freund Connor verhaftet wurde. Er hat mich heute Morgen angerufen und mir aufgetragen, Sie unbedingt zu kontaktieren. Wie Sie wissen, sind die offenen Äußerungen seiner politischen Ansichten ein Grund für Verdächtigungen in diesen Kriegszeiten, und scheinbar wird er in Zusammenhang mit Partisanen in Südirland gebracht. Ich bin sicher, dass diese Vorwürfe unbegründet sind. Dennoch dürfen wir die Sache nicht auf die leichte Schulter nehmen. Ich hoffe, Sie sehen sich in der Lage, nach London zu kommen, sobald Sie diese Zeilen erhalten. Ich werde Ihre Hilfe bei der Vorbereitung einer Verteidigung brauchen.
Mit freundlichen Grüßen
Hannah Darford

Ada zögerte keine Sekunde. Sie drehte sich um und rannte zur Tür hinaus, nur kurz innehaltend, um ihren Hut aufzusetzen.

Ihren Mantel und ihre Handschuhe ließ sie zurück, und das Letzte, was sie hörte, war der schockierte Ausruf der Direktorin, der ihr bis auf die Straße hinterherhallte, als sie so schnell sie konnte zurück zum Bahnhof eilte.

52

Somerton

Die Sonne war herausgekommen, und damit waren Rebeccas Gebete erhört worden. Sonnenstrahlen fielen zwischen den grauen Wolken hindurch und schoben sie beiseite, als wollten sie damit zugleich – jedenfalls für heute – die Gedanken an Krieg, Schlamm, Tod und alles Traurige und Pflichtgemäße verdrängen. Der Wind spielte mit den Girlanden aus roten, weißen und blauen Wimpeln und ließ sie flattern, so dass sie zu glitzern schienen. Ein riesengroßes Banner kündete von der Gartenparty zugunsten des Roten Kreuzes, und die Militärkapelle stimmte ihre Instrumente unter dem Zelt, das üppig mit Rosenranken geschmückt war. Die Musiker trugen alle Khaki, doch die Sonne spiegelte sich in den Blechblasinstrumenten wider und glänzte auf dem polierten Holz des Cellos und des Kontrabasses. Der Rasen war ordentlich gemäht worden – dieser Teil jedenfalls. Rebecca wusste, dass sie nicht genügend Personal hatten, um auch das Gras auf der anderen Seite des Hauses kurz zu halten. Doch was machte das schon? Soweit sie erkennen konnte, sah alles genauso aus, wie es vor dem Krieg gewesen sein musste – so, wie es sich gehörte.

»Die Wimpel sehen sehr schön aus«, lobte Georgiana und

blieb an dem Tisch stehen, wo Rebecca die hausgemachten Marmeladen ausstellte, die sie zugunsten des Roten Kreuzes verkaufen wollte. »Wo haben Sie nur das Geld für den Stoff aufgetrieben?«

Rebecca errötete. »Um die Wahrheit zu sagen, Mylady, haben wir die alten Unterröcke des Hausmädchens verwendet. Ich habe sie für den Notfall aufbewahrt.«

»Wie klug von Ihnen!« Georgiana klatschte in die Hände, und in dem Moment glitt die Gräfin auf sie zu, schwarz gekleidet, die Hutkrempe tief ins Gesicht gezogen, um die Haut vor der Sonne zu schützen. Sie wirkte gut erholt, bemerkte Rebecca, obwohl keine Coldcream einige der Falten in ihrem Gesicht und die Müdigkeit in ihren Augen überdecken konnte. »Hast du das gehört, Mutter? Rebecca hat alles so gut gemacht!«

»Ich muss zugeben, dass die Vorbereitungen besser verlaufen sind, als ich zu hoffen gewagt hatte«, sagte die Gräfin zu Rebeccas Erstaunen. Sie gewährte ihr sogar ein kühles Lächeln. Rebecca knickste zum Dank. Dieses kleine Lob von der Gräfin bedeutete viel, und aus dem Blick, den Georgiana ihr zuwarf, als sich die Gräfin abgewandt hatte, wusste sie, dass es auch ihr aufgefallen war. Die Gräfin scheint tatsächlich guter Laune zu sein, dachte Rebecca. Doch bevor sie den Grund dafür erahnen konnte, kam Michael auf sie zu, gefolgt von Thomas, der den Erdbeerkuchen trug.

»Rebecca!«, begann Michael voller Dankbarkeit. »Wie aufmerksam von Ihnen, mir einen Kuchen zu backen. Wirklich, ich habe in meinem hohen Alter von neunzehn Jahren schon befürchtet, ich würde keinen mehr bekommen.«

Wieder knickste Rebecca

»Das ist doch gar nichts, Master Templeton. Thomas hat mir erzählt, dass Geburtstage auf Somerton stets mit einem Familientee gefeiert wurden, und ich fand es eine Schande, diese Tradition nur wegen des Krieges zu unterbrechen.«

»Da bin ich ganz ihrer Meinung«, pflichtete ihr Georgiana bei. »Der Krieg sollte uns nicht davon abhalten, uns zu amüsieren.«

»Aber ich möchte Sie etwas fragen«, fuhr Michael fort. »Hätten Sie etwas dagegen, wenn ich ihn für unsere Sache stiften würde? Es wäre doch ein schöner erster Preis für unser Schätze-das-Gewicht-Spiel. Ich nehme an, dass sehr viele Familien kommen werden, die sich sogar noch mehr darüber freuen würden als ich.«

»Nein, ich habe nicht das Geringste dagegen, Sir, was für eine wunderbare Idee!« Rebecca strahlte. Sie hatte damit die Hauptattraktion für ihre Tischdekoration gefunden. Nachdem sich Georgiana, Michael und die Gräfin wieder entfernt hatten, half sie, Platz für den Kuchen zu schaffen, und Thomas stellte ihn vorsichtig ab. Glänzend floss die Sahne über Erdbeeren und Biskuitboden bis auf den Kuchenständer aus Kristall. Rebecca, den Kopf schief zur Seite geneigt, wand weiße Sommerrosen um den silbernen Fuß.

»So«, murmelte sie. »Wollen wir die Marmeladengläser zu einer Pyramide aufstapeln? Ach, ich weiß nicht, vielleicht sollten wir alles doch besser auf dem anderen Tisch aufbauen …«

»Ich glaube, Sie sollten alles genauso stehen lassen«, sagte Thomas mit einem Lächeln in den Augen, als er sie ansah. »Es sieht wundervoll aus, Rebecca – äh, Miss Freeman.«

»Meinen Sie nicht, die Sandwiches sollten lieber beim Apfelsaft stehen? Oh, ich hoffe, dass Annie daran gedacht hat, ihn zu filtern!«

»Wie gesagt, ich halte alles für vollkommen, so wie es ist. Sehen Sie: Die Dorfbewohner kommen!«

»Du meine Güte!« Rebecca straffte den Rücken. Die ersten Besucher traten durch den Girlandenbogen und betraten schüchtern den Garten des großen Hauses. Kinder klammerten sich an die Röcke ihrer Mütter, Väter schritten steif im Sonntagsstaat einher. So wenige Väter, bemerkte Rebecca. Und so viel Schwarz – Handschuhe, Hutbänder, die Säume der Kinderschürzen. Der Krieg wirft seinen Schatten auf alles, dachte sie. Kriegskrankenschwestern mischten sich unter das Volk und rasselten mit ihren Sammelbüchsen. Rebecca erblickte ihre Mutter und David und lächelte ihnen einen Willkommensgruß zu, fühlte sich aber zu sehr an ihre Aufgabe gebunden, um sie zu begrüßen.

Sie strich ihr schwarzes Hausdamenkleid glatt, in dem sie sich noch immer ein wenig unsicher fühlte, so schick war es. Am Hals trug sie eine kleine Perlenbrosche, eines der wenigen Dinge, die sie aus ihrem früheren Leben hatte retten können.

»Mir wäre es lieber, ich würde noch meine Zimmermädchentracht tragen«, vertraute sie Thomas an. »Ich befürchte die ganze Zeit, ich könne für eine Lady gehalten werden, und das wäre mir äußerst peinlich.«

»Was soll das heißen, für eine Lady gehalten werden?«, Erwiderte er scherzhaft.

Rebecca sah ihn vorwurfsvoll an. »Bitte lachen Sie nicht. Ich bin keine Lady, ich bin eine Dienstbotin.«

»Unsinn, Sie sind eine perfekte Lady. Wenn Sie es nicht wären, glauben Sie denn, die Gräfin hätte auch nur einen Augenblick lang Ihre Anstellung erwogen?«

»Oh, aber …« Rebecca stockte bei dem Gedanken daran, wie sehr die Gräfin anfangs gegen sie zu sein schien.

»Hunde die bellen, beißen nicht«, flüsterte Thomas, kurz bevor die Dorfbewohner näher kamen, getragen von einer Welle glücklichen Lachens und Plauderns. »Sie wollte Sie auf die Probe stellen – und Sie haben bestanden. Übrigens habe ich gehört, wie sie beim Abendessen sagte, dass sie sehr beeindruckt davon sei, wie Sie es geschafft hätten, ihre Pelze vor den Motten zu retten. So, und jetzt wird es Zeit, dass Sie sich amüsieren.«

Er steckte ihr einen kleinen Strauß Rosenblüten in den Rockbund. Rebecca errötete und fand keine Worte, um zu protestieren. Als sich die Gärten mit Besuchern füllten, ging sie umher und überprüfte sorgfältig, dass alles lief wie geplant. Insgeheim war sie entzückt und überwältigt, dass sie und Thomas dieses Ereignis zusammen auf die Beine gestellt hatten. Alles schien seinen Gang zu gehen, nichts war schiefgelaufen. Mollie hatte weder ihren Daumen in die Butter gehalten noch Tee über die Frau des Bischofs geschüttet, alle fanden sich zu den richtigen Gruppen zusammen, ohne dass es zu peinlichen Situationen kam. Der Saft schien auszureichen – sie hatten sämtliche Äpfel vom vergangenen Jahr verwendet und den Saft so weit wie möglich mit Quellwasser gestreckt –, die Plätzchen, die sie mit der neuen Margarine gebacken hatten, schmeckten nicht allzu abscheulich, und Gott sei Dank schien die Sonne, und die Militärkapelle spielte. Die Kinder verloren ihre Scheu und begannen, zwischen den Rhododendren Verstecken zu spielen. Über allem ragte wie eine wohlwollende Gastgeberin das große Haus auf, Somerton Court. Rebecca blickte an der Fassade empor, den eleganten Säulen, den breiten Fenstern. Wie schön es war. Zum ersten Mal dachte sie ohne Gram an ihren Vater und wie er sich über Zeichnungen von großen Häusern gebeugt hatte. Er hatte ihr den goldenen Schnitt der Proportionen gezeigt und erklärt, dass Schönheit eine Frage der Substanz und Balance sei. Der richtige Stein, das richtige Verhältnis der Fenster. Er hätte Somerton Court geliebt, dachte sie.

Sie senkte den Blick wieder und sah einen Mann und eine Frau, die nur Jennys Eltern sein konnten. Sie standen etwas abseits, und aus ihren grimmigen Mienen schloss Rebecca, dass sie befürchteten, für das Verhalten ihrer Tochter geächtet zu werden. Sie beobachtete, wie der Vater sich umblickte und stirnrunzelnd auf Klatsch oder neugierige Blicke wartete. Doch dann sah sie, wie Lady Georgiana sich auf den Weg zu ihnen machte. Der Ausdruck auf dem Gesicht von Jennys Vater veränderte sich fast in komischer Weise, als ihm klarwurde, dass Lady Georgiana sie tatsächlich ansprechen würde. Jennys Mutter knickste ungeschickt und wirkte halb verängstigt, halb trotzig.

Rebecca hätte zu gerne gehört, was gesprochen wurde, doch was sie sah, genügte, um sie zu beruhigen. Die Miene von Jennys Vater wurde weicher und spiegelte seine Überraschung wider. Jennys Mutter schien den Tränen nahe zu sein, doch Jennys Vater beruhigte sie mit einer sanften Berührung an der Schulter. Aus Lady Georgianas Gesichtsausdruck las Rebecca, dass sie der Familie Unterstützung und Hilfe anbot.

Gute alte Lady Georgiana, dachte sie. Ich wusste, dass sie tun würde, was sie kann.

Sie drehte sich um, als die Kapelle aufhörte zu spielen und der Vikar laut um Ruhe bat. Die Gräfin hatte die Bühne betreten, stand im Schatten der Markise und blickte über die Menge hinweg wie ein Kapitän über die unruhige See. Alle schwiegen und drehten sich zu ihr um.

»Ich freue mich, Sie alle zu dieser Gartenparty zugunsten des Roten Kreuzes willkommen zu heißen«, begann die Gräfin, und ihre Stimme trug ohne Schwierigkeiten über die ganze Rasenfläche. »Wir dürfen nicht die Männer vergessen, für die wir das alles tun …«

Rebeccas Aufmerksamkeit schweifte ab. Sie beobachtete die

Menge und fragte sich, wie die Leute auf die Nachricht reagieren würden, die sie gleich zu hören bekamen.

»Wir haben gründlich nachgedacht, bevor wir die Entscheidung trafen, diese Party zu veranstalten«, fuhr die Gräfin fort. »Und wir glauben, dass mein lieber Ehemann, der Graf, es so gewollt hätte. Wir haben beschlossen, Somerton Court in ein Lazarett zu verwandeln. Ab nächsten Monat werden wir Verwundete zur Genesung aufnehmen.«

Erst herrschte Schweigen, dann folgte feierlicher Applaus.

53

Georgiana beobachtete den Verlauf des Festes. Die Dorfbewohner vergnügten sich, und die Freunde ihres Vaters, die sie eingeladen hatte, gaben Geld aus, insbesondere bei der Tombola, bei der man unter anderem signierte Ausgaben von Mrs Cliffes neuestem Roman gewinnen konnte. Alles verlief zufriedenstellend, und dennoch wollte sich kein Glücksgefühl einstellen. Seltsam, dachte sie, wie das Leben weitergeht, obwohl Vater nicht mehr da ist. Einen solchen Tag ohne ihn hätte sie sich vor ein paar Monaten nicht vorstellen können, und so richtig hatte sie noch immer nicht realisiert, was geschehen war. Manchmal erschien ihr die Trauer, die sie jeden Tag beim Erwachen überfiel, wie ein Traum, dann wieder hasste sie sie und empfand deswegen Schuldgefühle.

»Du siehst traurig aus«, sagte Michael an ihrer Schulter. Erschrocken blickte sie auf.

»Ich denke nur gerade an meinen Vater«, sagte sie und rang sich ein Lächeln ab. »Es tut mir leid – ich sollte an deinem Geburtstag nicht so bedrückt herumstehen.«

»Ich wünschte, dass du nie bedrückt sein müsstest«, erwiderte er ernsthaft.

»Und was können wir dagegen tun?«, entgegnete Georgiana

traurig. Den weiteren Grund für ihren Kummer verschwieg sie Michael: dass er früher oder später an die Front gehen würde. Jetzt, wo er neunzehn und damit volljährig war, konnte sie ihn hier nicht mehr halten.

Michael war losgelaufen, und sie folgte ihm fast ohne nachzudenken in den Irrgarten mit den weißen Rosenbüschen. Seitdem der Gärtner gekündigt hatte, waren sie nicht mehr richtig gepflegt worden, und lange Ranken wucherten unkontrolliert in alle Richtungen.

»Hast du eigentlich auch in der *Times* gelesen, dass Connor Kearney verhaftet wurde?«, fragte Georgiana. »Hannah Darford und Ada haben eine solide Einrede vorbereitet, die Mr Miller vor Gericht verwenden soll.«

»Ja, es ist eine regelrechte Verschwörung gegen den armen Mann«, stimmte Michael zu. »Ich bin stolz auf Ada. In dieser aufgeheizten Atmosphäre wäre es leicht, ein falsches Urteil zu fällen.«

»Die *Times* nennt Mr Kearney einen Kriegsdienstverweigerer. Ich würde genauso handeln wie er – aber wir Frauen dürfen ja nicht mal zur Armee.«

»Du klingst ja schon wie Ada.«

»Ich glaube nicht, dass ich jemals so stark wie sie sein könnte. Ich besitze nicht ihre Intelligenz, und ich muss sagen, dass mir zu viel am Tanzen und an Kleidern liegt, um eine richtige Suffragette zu werden. Dennoch finde ich es ungerecht, dass ich so gar nichts zum Lauf der Dinge beitragen kann, gerade in diesen Zeiten, wo mir so viele Menschen, die ich liebe, genommen werden.« Sie blieb stehen, als sie an eine gänzlich zugewachsene Stelle gelangten. »Ich glaube, wir kommen hier nicht durch. Wenn wir doch nur noch einen Gärtner hätten; er hätte den Weg frei gehalten.«

»Dann lass uns doch einen neuen Weg suchen. Weißt du nicht mehr, wie du früher durch die Hecken geschlüpft bist? So lange ist das noch gar nicht her.« Michael duckte sich unter den Rosen hindurch und drehte sich mit einem herausfordernden Grinsen um.

»Mein Kleid …« Georgiana blieb zurück, konnte aber ein Lächeln nicht unterdrücken.

»Komm, ich helfe dir.« Michael streckte die Hand nach ihr aus, und sie schlüpfte, trotz ihrer Traurigkeit kichernd, ebenfalls unter den Rosen hindurch.

»Das war ja richtig aufregend«, sagte sie und warf einen Blick zurück auf das hinderliche Blattwerk. »Ich weiß nicht, warum; vielleicht nur, weil ich wünschte, jedes Hindernis im Leben sei so leicht zu überwinden.«

»Das Leben wird nicht immer so schwierig sein, liebe Georgie«, sagte Michael sanft.

»Aber wann wird es so weit sein? Dieser Krieg kann sich nicht ewig hinziehen, aber was wäre, wenn doch? Ich kann mir die Zukunft nicht vorstellen, und das macht mich traurig und ängstlich.«

»Wäre es dir lieber, wenn ich mich nicht zum Dienst melden würde?«, fragte er abrupt.

Georgiana zögerte. Die plötzliche Frage hatte sie überrumpelt, und sie wusste nicht, was sie antworten sollte. Natürlich würde sie sich wünschen, dass er es nicht täte, aber sie wusste auch, unter welchem Druck er von allen Seiten stand und dass es daher keine leichte Entscheidung für ihn sein würde. Er würde damit den Zorn aller auf sich ziehen, und es wäre ihm peinlich, trauernden Frauen oder Männern in Uniform zu begegnen. Doch am schlimmsten wäre für ihn das Gefühl, seiner Pflicht nicht nachzukommen.

»Ich …« Ihr versagte die Stimme. Konnte sie wirklich so selbstsüchtig sein, ihn zu bitten, zu Hause zu bleiben? »Ich würde nicht gerne noch jemanden verlieren, der mir am Herzen liegt, nachdem ich erst vor kurzem Vater verloren habe.«

»Ich könnte überleben, weißt du«, bemerkte er scherzend.

»Sag so was nicht«, erwiderte sie mit erstickter Stimme. Sie griff ihn an der Jacke, und er nahm sie in den Arm. So standen sie eng beieinander, ganz still, in einer grünen, dornigen Umarmung, umgeben vom schweren Duft der Rosen. Georgiana wusste genauso gut wie er, dass es viel zu viel zu sagen gab. Es gab zu viele Ängste, zu viel bedrückendes Wissen. Vor ein paar Monaten hatten sie noch nicht geahnt, was Krieg überhaupt bedeutete. Jetzt wussten sie es. Sie wussten, wie hoch das Risiko war zu sterben und dass man es kaum wagte, an ein Überleben zu denken, damit der Schmerz, der früher oder später fast sicher über einen hereinbrach, nicht absolut zerstörerisch war. All das, und die Gefühle, die sie für ihn empfand, waren zu überwältigend, um Worte dafür zu finden.

»Ich warte einfach noch«, murmelte Michael nach einer scheinbar sehr langen Zeit. »Ich werde mich nicht sofort melden.«

Georgiana lehnte den Kopf gegen seine Brust. Sie wusste nicht, wie sie ihre Dankbarkeit ausdrücken sollte. Jetzt hatte er ihr wenigstens diese Angst genommen, und schon fühlte sich ihr Herz leichter an.

Auf dem Weg zurück in Richtung der Musik suchte sie nach einem Thema, das nicht wieder den Krieg heraufbeschwören würde. »Hältst du es für möglich, dass Ada Connor Kearney heiratet?«, fragte sie. »Sie scheinen sich ja sehr nahezustehen.«

»Mr Kearney? Ich glaube nicht, dass er ein Mann zum Heiraten ist«, erwiderte Michael.

»Und auch Ada ist nicht dafür geschaffen. Trotzdem verdient sie es, glücklich zu werden.«

Als sie den Irrgarten verließen, spielte die Kapelle, und Georgiana bemerkte verwundert das seltsame Licht – lange dunkle Schatten und goldene Sonnenstrahlen, fast als zöge ein Sturm herauf. Vor den grauen Wolken leuchteten weiß die im Wind segelnden Vögel. Paare tanzten zur Musik.

Captain Wyndham kam auf sie zu und fragte: »Würden Sie mit mir tanzen, Lady Georgiana?«

»Ach, ich …« Georgiana errötete. Er war wirklich sehr attraktiv. Sie zögerte und lächelte dann. »Warum nicht?«

Schwungvoll führte er sie über das Gras. Georgiana überließ sich der Musik und stellte sich einen Moment lang vor, in einem Ballsaal zu sein. Captain Wyndham war ein ganz hervorragender Tänzer. Michael, so musste sie zugeben, war niemals so souverän gewesen. Er besaß noch immer etwas Jungenhaftes und Linkisches, wohingegen Captain Wyndham zweifellos ein Mann war und dazu noch ein höchst eleganter und geschliffener.

»Sie müssen Ihr Zuhause sehr lieben«, bemerkte er, während sie tanzten.

»Ja, das tue ich«, antwortete Georgiana und ließ ihren Blick über die herrliche Gartenanlage schweifen. »Ich wünschte, ich müsste es niemals verlassen.«

Gleich darauf bedauerte sie ihre unbedachte Äußerung; es war taktlos, die Erbschaft zur Sprache zu bringen. Sie hatte sich nichts dabei gedacht, sondern einfach nur die Wahrheit gesagt.

Captain Wyndham beugte sich etwas mehr zu ihr hinunter. Ein schwacher, maskuliner Duft wie ein Symbol für die Geheimnisse und den Glanz der Ballsäle ihrer Träume haftete seinem Kragen an. »Wenn es nach mir ginge«, murmelte er, und sein warmer Atem streichelte ihren Nacken, »werden Sie das niemals tun müssen.«

Georgiana sah ihn erstaunt an. Seine Worte konnten vieles bedeuten. Sie errötete, als sie in seine dunklen, samtigen Augen blickte. Bildete sie es sich nur ein, oder lag Zärtlichkeit darin?

Eine plötzliche Aufregung am Rande der Menge lenkte ihre Aufmerksamkeit ab. Kinder rannten quietschend davon. Georgiana sah, wie Thomas auf die Quelle der Konfusion zustrebte. Die Menge wogte wie eine bewegte Wasseroberfläche.

»Ein Entertainer!«, rief jemand.

»Haben wir einen Entertainer engagiert?«, fragte Georgiana Captain Wyndham erstaunt. Doch dann sah sie, was die Aufregung verursachte. Zwei Frauen, eine davon in fließende arabische Kleider gehüllt und mit einem Baby in den Armen, die andere in einem fleckigen Reisekleid, standen unter dem Eingangsbogen zur Party. Für einen Augenblick blieb Georgiana fasziniert stehen – das konnte nicht sein –, und dann hörte sie die Stimme der Engländerin, erschöpft, aber so vertraut, dass ihr ein Schauder des Wiedererkennens den Rücken hinunterlief.

»Entschuldigen Sie, ich suche den Grafen von Westlake. Bitte, ist jemand von der Familie hier?«

Sie drehte sich zu Georgiana um, während sie sprach, und Georgianas Mund öffnete sich in wortloser Verwunderung und Freude. Das dunkelbraune Haar, der liliengleiche Kopf, so graziös, und das Averley-Kinn …

»Rose!«, rief sie, ihre ganze Würde vergessend. Sie riss sich aus Captain Wyndhams Armen und rannte so schnell auf ihre Schwester zu, dass sie im Laufen ihren Hut verlor. Sie warf sich in ihre Arme, umhüllt von einer Mischung aus seltsamen, weihrauchartigen Düften und vertrauter Wärme und hörte Roses von Freudentränen begleitetes Lachen.

»Oh, meine liebe Georgie! Ich kann es gar nicht erwarten, euch alles zu erzählen – wir haben eine so unglaubliche Reise hinter uns!«

54

Frankreich
Charlottes Schicht war beinahe vorüber. Draußen ging die Sonne unter. Müde wanderte sie durch die Station, räumte auf und versicherte sich, dass alle Männer Wasser hatten und für die Nacht bequem gebettet waren. Gerade fuhr ratternd der letzte Zug ein, der die Verwundeten ins allgemeine Krankenhaus transportierte.

Inzwischen war sie fast so weit, nach England zurückzukehren, an Seele und Körper erschöpft. Nachdem Flint fort war, fehlte ihr jene Energie, die ihr seine Anwesenheit gespendet hatte. Sosehr sie auch bestrebt war zu helfen: Der Krieg saugte sie aus. Sogar die Gegenwart ihrer Mutter würde eine Erleichterung bedeuten.

Zurück in der Kantine, blickte sie sofort in ihr Regalfach, in das eintreffende Post gestellt wurde. Nichts. Sie versuchte, nicht traurig zu sein. Es gab zahlreiche denkbare Gründe, warum er nicht gleich schrieb. Doch als sie sich aufmachte, um sich die unvermeidliche, ewige Brühe aus Rindfleischextrakt zuzubereiten, überfiel sie die Sorge, dass sich seine Gefühle womöglich doch geändert hatten. Der Krieg war nicht die richtige Welt, und vielleicht sah für ihn in England alles ganz anders aus.

»Ach, Charlotte.« Portia kam herein, und Charlottes Blick fiel sofort auf die Umschläge, die sie in der Hand hielt. »Diese beiden hier sind für dich. Sie sind gerade mit dem letzten Zug angekommen. Von zu Hause.«

Charlottes Herz machte einen Sprung, als sie die Briefe annahm, doch gleich darauf folgte die Enttäuschung, als sie die Briefmarken sah und Portias Worte hörte. Beide Briefe kamen aus Palesbury, und auf dem einen erkannte sie die Handschrift ihrer Mutter.

»Schlechte Nachrichten?«, fragte Portia mitleidig.

Charlotte blickte mit einem ironischen Lächeln zu ihr auf. »Von meiner Mutter, also ganz bestimmt.«

Portia lächelte verständnisvoll, und Charlotte öffnete den Brief. Es war nicht angenehm, erneut eine Predigt gehalten zu bekommen. Sie war sich sicher, dass ihre Mutter wissen wollte, was mit ihr los sei und warum sie nicht auf ihren letzten Brief geantwortet habe. Sie sollte recht behalten.

Liebe Charlotte,
hast Du meinen letzten Brief nicht erhalten? Ich kann nur annehmen, dass er verlorengegangen ist. Ich muss darauf bestehen, dass Du unverzüglich nach Hause zurückkehrst. Die Situation ist ziemlich kritisch. Rose ist nach einer außergewöhnlichen Reise zurückgekommen. Sie sieht schockierend aus und hat eine unsägliche Araberin mitgebracht, als Kindermädchen für ihren kleinen Sohn Edward. Ja, Rose hat einen Sohn. Was das bedeutet, wird Dir ja wohl klar sein. Sie wird davon ausgehen, dass er das Haus und die Ländereien erhält, wie mein Gatte es in seinem letzten Willen bestimmt hat. Doch da das Anwesen durch einen Fideikommiss gebunden ist, wird Edward höchstwahrscheinlich zugunsten der begründeteren Ansprüche des Grafen von Westlake zurückstehen müssen. Ich schreibe

dies nur, damit Du vorgewarnt bist. Ich erwarte keinen ernstzunehmenden Widerstand von Rose – sie ist zu sehr damit beschäftigt, an Alexander zu schreiben, der irgendwo an der Ostfront dient, um die Interessen ihres Sohnes vertreten zu können. Nein, wahre Gefahr geht von Georgiana aus. Captain Wyndham widmet ihr seine besondere Aufmerksamkeit. Ich bin mir sicher, dass es Dir gelingen wird, ihn von ihr abzulenken, aber es ist von größter Wichtigkeit, dass Du aufhörst zu schmollen und nach Somerton zurückkommst. Zögere keine Minute länger. Breche sofort auf und telegraphiere mir Deine Ankunftszeit von London aus. In London musst Du allerdings vorher noch einige neue Kleider abholen, die ich für Dich im L'atélier bestellt habe. Alles könnte von den ersten paar Tagen abhängen. Wenn Dich das eher überzeugt, würde ich Dir sogar erlauben, mit Deiner Tätigkeit als Krankenschwester fortzufahren, während Du hier bist, da das Haus in ein Lazarett umgewandelt wurde – tatsächlich könnte das sogar eine gute Idee sein, da solche Dinge Männer beeindrucken. Du musst jedenfalls aus Frankreich weg, bevor Du jegliche Attraktivität verlierst. Denke daran, wie furchtbar es sein würde, eine alte Jungfer zu werden. Liebe Charlotte, sei vernünftig und komm sofort nach Hause.
Deine Mutter, Gräfin von Westlake

Charlotte legte den Brief hin, ein wenig verwirrt von den gemischten Gefühlen, die er in ihr hervorgerufen hatte. Sie war überrascht, wie erleichtert sie über Roses wohlbehaltene Rückkehr war. Sie hatte Rose nie leiden können, aber jetzt wurde ihr klar, dass sie das arme Mädchen ungerecht behandelt hatte, nur weil sie selbst unglücklich gewesen war. Sie hatte sie als Rivalin betrachtet, obwohl sie gar keine gewesen war. Jetzt, mit dem nötigen Abstand, vermutete sie sogar, dass sie unbewusst neidisch auf sie gewesen war, weil sie etwas besser konnte als sie – nämlich Musik komponieren –, während sie selbst sich so schrecklich nutzlos vorgekommen war. Doch jetzt …

Obwohl sie von Tod und Leid umgeben war, war sie glücklicher denn je. Die Tätigkeit als Krankenschwester hatte ihr gezeigt, wo ihre Talente lagen. Sie dachte jetzt ganz anders über Rose – nicht als Rivalin, sondern als weitere unglückliche Person, die in diesen schrecklichen Krieg geraten war, den Krieg, der ihrem eigenen Leben Sinn verliehen hatte, von dem sie jedoch wünschte, er wäre niemals ausgebrochen.

Nein, es war unmöglich, Rose zu hassen. Charlotte besaß weder die Energie noch den Wunsch dazu. Fern von ihrer Mutter zu sein, hatte es ihr ermöglicht, sich ihre eigenen Meinungen zu bilden. Sie hoffte inständig, dass Georgiana mit diesem Captain Wyndham glücklich wurde, falls sie ihn wirklich mochte, und ihre Mutter nicht nur ihre eigenen Befürchtungen auf sie projizierte. Sie selbst legte gar keinen Wert auf Somerton. Es war nie ihr Zuhause gewesen. Doch wie typisch für ihre Mutter, dass sie es Georgiana, die ihr Heim immer geliebt hatte, wegnehmen wollte!

Charlotte knüllte verärgert den Brief zusammen, und der Widerwille über den Ton ihrer Mutter kehrte zurück. Als ob sie auf ihren Ruf hin sofort nach Hause eilen würde, nur um sich in die Arme eines Mannes zu werfen, den sie noch nie gesehen hatte! Das Ganze war eine Beleidigung.

Sie riss den anderen Brief auf. Die Schrift glich eher einem Gekritzel, und sie runzelte die Stirn in dem Versuch, die Worte zu entziffern. Dann dämmerte es ihr, und ihre Wangen röteten sich vor Freude und Glück.

Liebe Charlotte,
ich muss Dir sagen, dass ich am schönsten Ort auf Gottes Erde gelandet bin! Es ist hier wie im Garten Eden. In der Mitte erhebt sich ein großes altes Haus, und darin wohne ich, umgeben von einigen der freundlichsten, nettesten Menschen auf der Welt, die sich um mich kümmern. Kaum zu glauben: Der alte Graf hat in seinem Testament bestimmt, dass das Haus zugunsten der Soldaten im Krieg genutzt werden soll! Er muss ein riesengroßes Herz gehabt haben.
Nun ja, ich war noch nie gut im Briefeschreiben, und dadurch, dass ich die linke Hand benutzen muss, ist es umso schlimmer, daher schließe ich jetzt. Ich wollte Dir nur mitteilen, dass dies meine neue Adresse ist, und ich hoffe, dass Du daran denkst, mir zu schreiben. So schön es hier auch ist, würde ich Dich gerne wiedersehen – das wäre wie ein Sonnenstrahl in meinem Leben.
Captain Flint MacAllister

Charlotte drehte den Umschlag um, nur um sich zu vergewissern. Tatsächlich, Flint war in Somerton! Sie wusste nicht, was sie mehr erstaunte – die Tatsache, dass das Haus zum Lazarett umgestaltet oder dass Flint dorthin geschickt worden war, ausgerechnet. Ihr Glück hätte nicht größer sein können! Jetzt konnte sie sofort nach Hause fahren und damit direkt zu ihm … Aber war das das Richtige?

Sie überlegte und faltete dabei den Brief immer kleiner zusammen. Sie wusste wie keine andere, wie dringend hier Pflegepersonal gebraucht wurde. Doch sie dachte auch daran, was der Sanitätsoffizier gesagt hatte. Sie konnte nicht für immer an der Front arbeiten. Und wenn sie mit der Krankenpflege weitermachen konnte, wie ihre Mutter es versprochen hatte, wäre sie dennoch eine Hilfe.

Ihr Herz traf die Entscheidung für sie. Sie steckte den Brief in die Tasche, griff nach einem Stift und nach dem Brief ihrer Mutter und kritzelte eine hastige Antwort auf den unteren Rand.

Liebe Mutter,
bitte erwarte mich in Bälde.
Charlotte

Sie steckte den Brief in einen frischen Umschlag, frankierte ihn, hielt nur noch einmal kurz inne, um ihn auf das Posttablett zu legen, und rannte zurück in ihre Hütte, um zu packen.

55

Somerton
Rebecca eilte durch den Hauptflur von Somerton. Sie passierte Zimmer, die einst Salons gewesen waren und jetzt mit ordentlichen weißen Betten bestückt waren. Ihr schwirrte noch immer der Kopf von all den Veränderungen, all dem Neuen, an das sie sich gewöhnen musste. Die ersten Männer waren vor einer Woche eingetroffen, nur zwanzig Offiziere, begleitet von Kriegskrankenschwestern. Es war schwierig, mit den oftmals gegensätzlichen Befehlen der Gräfin und der Oberschwester zu jonglieren, die das Lazarett verwaltete. Doch Rebecca sah sofort, wie sehr sich die Männer freuten, hier zu sein, mitten auf dem Land, umgeben von frischer Luft, Frieden und Ruhe, all dem, was sie gewiss schmerzlich vermisst hatten. Sie bezweifelte nicht, dass Lady Georgiana das Richtige getan hat.

Heute trafen neue Männer ein. Rebecca erreichte die Eingangshalle, und ihre Schritte veränderten ihren Klang, als sie von dem Parkett auf den Marmor trat. Draußen fuhr der Krankenwagen vor, und die Kriegskrankenschwestern halfen den Männern aus dem Wagen und dann die Treppe hinauf ins Haus. Lady Georgiana stand auf den Stufen, bereit, die Verwundeten zu begrüßen.

»Willkommen!«, sagte Lady Georgiana. Rebecca sah ihr an, dass sie nervös war, aber ihr Lächeln kam von Herzen. »Wir danken Ihnen für alles, was Sie für uns getan haben, und hoffen, dass Sie hier in Somerton vollständig genesen.«

Einer nach dem anderen murmelten die Männer ihren Dank, als sie an ihr vorbeigingen. Sie wirkten ganz überwältigt. Rebecca eilte ihnen voraus, um sie in die richtigen Zimmer zu bringen. Es war immer noch merkwürdig, unberührte, praktische Krankenbetten im gelben Salon, im weißen Salon und im Ballsaal stehen zu sehen. »Hier herein, Sir«, sagte sie und half einer Kriegskrankenschwester, einen Mann auf ein Bett unter einem Gemälde von Velázquez zu setzen, das eine Schlachtszene darstellte. Sie fragte sich, wie er sich dabei fühlte, aber es war zu spät, etwas daran zu ändern – sie konnte das Bild später mit einem Tuch verhängen, falls es Beschwerden gab.

Hinter sich hörte sie Lady Georgiana und Captain Wyndham miteinander reden – sie konnte sich nicht daran gewöhnen, ihn als Grafen zu bezeichnen, obwohl sie daran denken musste, wenn sie Platzkarten für das Abendessen schrieb. Sie folgten den Kriegskrankenschwestern, um sicherzugehen, dass die Soldaten es bequem hatten. Vor der Tür blieben sie stehen und sprachen mit leiser Stimme. Rebecca, die beim Beziehen der Betten half, vermutete, dass sie nicht wussten, dass sie da war und sie hören konnte. Sie schürzte die Lippen. Für ihren Geschmack war der Graf viel zu oft hier draußen in Somerton. Sie war sich sicher, dass er versuchte, Lady Georgiana zu beeindrucken. Es war nur so ein Gefühl, sonst nichts, aber sie konnte den Mann nicht leiden. Es lag etwas Öliges in der Art und Weise, wie er mit Lady Georgiana sprach.

»Die Verwandlung in ein Lazarett verlief doch recht glatt, meinen Sie nicht?«, hörte Rebecca Captain Wyndham sagen.

»Es hätte schlimmer sein können. Rebecca und Thomas sind ausgezeichnet organisiert!«

»Ich bin so froh, dass wenigstens dieser Teil im Testament Ihres Vaters ohne Kontroversen erfüllt werden konnte.«

»Das bin ich ebenfalls«, erwiderte Lady Georgiana. Rebecca hörte an ihrer Stimme, wie sehr sie der Gedanke erfreute. Eine Pause trat ein, und dann fuhr der Graf mit gesenkter Stimme fort: »Ich befürchte, Ihre Schwester wird mir niemals vergeben.«

»Rose? O nein. Ich glaube nicht, dass sie Ihnen wegen ihres kleinen Edward böse ist. Wir sind« – Georgiana zögerte – »natürlich traurig. Als liebende Tante wünscht man sich nichts als Gutes für seinen Neffen.«

»Es freut mich, das zu hören, aber ich habe nicht an Rose gedacht. Ich befürchte, dass Lady Ada bis zum Äußersten geht, um zu beweisen, dass meine Anwälte einen Fehler gemacht haben. Das ist natürlich verständlich.«

»Oh ...« Rebecca hörte die Verlegenheit aus Georgianas Stimme heraus. Sie wollte offenbar nichts sagen, was beleidigend oder verletzend war. Als Rebecca die Decke unter die Matratze steckte, hätte sie am liebsten gerufen: *Sie sind viel zu freundlich zu ihm, Mylady!*

»Lassen Sie uns von angenehmeren Dingen sprechen«, fuhr Captain Wyndham fort und lenkte geschickt vom Thema ab. »Ich war erfreut zu hören, dass der Herzog von Huntleigh möglicherweise bald Heimaturlaub erhält, um seine Frau und seinen Sohn zu besuchen.«

»O ja!« In Georgianas Stimme schwangen Zuneigung und Freude mit. »Es war so schrecklich für meine Schwester, dass seine Briefe von der Zensur fast ganz geschwärzt waren. Es erscheint mir wirklich grausam, dass die Männer nicht schreiben dürfen, wo sie sind. Ich weiß, dass das notwendig ist, weil die Information vom Feind abgefangen werden könnte, aber dennoch – Rose zittert bei jeder Nachricht von einem Angriff im Nahen Osten.«

»Ihr gilt mein ganzes Mitgefühl. Ich …« Er unterbrach sich, als Rebecca, die mit ihrer Arbeit fertig war, das Zimmer verließ. Rebecca erhaschte einen unangenehmen Ausdruck in seinen Augen, als er sie ansah; er stand sehr nahe bei Lady Georgiana, und sie war sich sicher, dass sie seine Pläne zum Flirten durchkreuzt hatte. Tapfer hielt sie seinem Blick stand und wünschte, sie könnte ihm die Zunge herausstrecken. Auf gar keinen Fall würde sie zulassen, dass er sich die Zuneigung ihrer Lady Georgiana erschlich.

»Wünschen Sie jetzt, dass ich mich um zusätzliche Unterbringungsmöglichkeiten für Medikamente kümmere, Mylady?«, wandte sie sich an Georgiana. »Die Ärzte haben gesagt, sie bräuchten mehr Platz. Ich bin sicher, dass wir in der Küche eine Möglichkeit für die Medikamente finden, die nicht in irgendeiner Weise gefährlich sind.«

»Ja, das ist eine gute Idee, Rebecca.« Lady Georgianas Röte im Gesicht nahm ab. Sie blickte auf, und Rebecca folgte ihrem Blick, als einige Soldaten das Zimmer betraten und mit offenem Mund die Gemälde, die hohen Decken und die vergoldeten Friese bewunderten.

»Verdammt, Bert«, sagte einer von ihnen mit starkem Cockney-Dialekt, »guck mal, wo wir gelandet sind. Das ist ja der verdammte Buckingham-Palast!«

»Oh, haben Sie sich verlaufen? Darf ich Ihnen helfen, Ihr Zimmer zu finden?« Lady Georgiana ging auf sie zu und drehte Captain Wyndham den Rücken zu.

»He, Sie! Das muss ein Fehler sein«, sagte Captain Wyndham zu Rebecca. »Wir sind ein Offizierslazarett. Diese Männer müssen sofort weggeschickt werden.«

Rebecca wich zurück. »Nein, Sir«, sagte sie so beherrscht sie konnte, »Somerton Court, das Allgemeinlazarett Nummer 66, wird sowohl Offiziere als auch Mannschaften aufnehmen. Das ist keineswegs unüblich.«

»Du meine Güte, Frau! Sie können doch nicht verlangen, dass Gentlemen Seite an Seite mit … mit …« Er deutete auf eine weitere Gruppe von Soldaten, die durch die Eingangshalle auf sie zukamen. »Tommies untergebracht werden!«

»Sie haben mit ihnen in den Laufgräben gehockt, Sir.« Rebecca war so wütend, dass sie ihre Stimme nicht ganz unter Kontrolle hatte.

Captain Wyndham merkte es nicht einmal. »Warum hat man mich in dieser Sache nicht zu Rate gezogen?«, fragte er.

»Weil Sie, Mylord, nicht der Herr von Somerton sind.«

Rebecca blickte erstaunt auf und sah, dass sich Thomas näherte. Er hatte ruhig und mit einem freundlichen Lächeln gesprochen, aber Rebecca spürte die Spannung in der Luft. Sie schluckte, als er sie erreichte, und hoffte, dass es keine Szene geben würde. Captain Wyndham blinzelte, wandte den Blick ab, versuchte ein verächtliches Lachen, und dann, als er erkannte, dass man ihm von beiden Seiten Feindseligkeit entgegenbrachte, drehte er sich um und entfernte sich rasch.

Rebecca erhaschte Thomas' Blick, und beide atmeten erleichtert auf. Eine Szene war vermieden worden – vorerst.

»Das war mutig von Ihnen«, sagte sie leise.

»Keineswegs. Er ist nicht der Herr hier, und vielleicht wird er das auch nie sein«, erwiderte Thomas genauso leise.

Rebecca lächelte anerkennend. Sie drehte sich um, doch Thomas rief sie zurück.

»Rebecca – kann ich mit Ihnen reden? Vertraulich?« Er nahm ihre Hand und zog sie beiseite in ein leeres Zimmer, ohne eine Antwort abzuwarten. Rebeccas Herz schlug schneller. »Ich wollte Sie etwas fragen, und ich dachte, jetzt wäre der richtige Augenblick«, flüsterte er.

Er wird mir doch keinen Heiratsantrag machen, sagte Rebecca sich mit pochendem Herzen ermahnend. Wirklich, sei doch nicht so dumm!

»Natürlich, Mr Wright.«

»Vielen Dank. Ich habe das Gefühl, Ihnen alles anvertrauen zu können, und ich kann Ihnen gar nicht sagen, was für eine Erleichterung das ist.« Er drückte ihre Hand. Sie waren einander sehr nahe. Sie spürte seine Wärme und wusste, dass auch sein Herz schneller schlug. Sie wagte es nicht zu antworten.

»Ich möchte Sie um einen großen Gefallen bitten. Ich muss fortgehen, nur für einen Tag. Ich will aber nicht um Urlaub bitten, weil die Herrschaften sonst wissen wollten, warum. Können Sie mich decken?«

»Natürlich.« Rebecca hoffte, dass ihre stockende Stimme ihre Enttäuschung nicht verriet. »Darf ich fragen, warum?«

»Selbstverständlich. Es ist nichts Ungehöriges, aber ich möchte nicht, dass es bekannt wird, bevor ich Genaueres weiß.« Thomas klang verlegen. »Ich fahre nach Manchester, um ein Bewerbungsgespräch zu führen.«

»Ein Bewerbungsgespräch!« Rebecca war entsetzt. »Sie meinen – Sie meinen, dass Sie fortgehen wollen?«

Thomas ließ ihre Hand los und senkte den Blick. »Die Sache ist die, Rebecca, ich möchte etwas aus mir machen. Mehr als einen Butler. Ich weiß, dass viele sagen würden, dass ich froh darüber sein sollte, diese Stelle bekommen zu haben, und dass ich bleiben sollte, wo ich bin, aber hier bin ich der Dienstbote eines anderen Mannes. Ich möchte mein eigenes Geschäft haben und mein eigenes Geld verdienen. Ich will mein eigener Herr sein. Ich weiß, dass der Krieg alles erschwert, aber es wird ein Leben nach dem Krieg geben, und ich möchte dafür bereit sein. Also möchte ich eine Ausbildung zum Ingenieur machen. Ich habe das nötige Geld dafür gespart, und es wird reichlich Arbeit geben, wenn der Krieg vorüber ist. Im Frieden möchte ich dazu in der Lage sein, meine eigene Firma aufzubauen. Mein alter Herr war Kutschenbauer. Von Kutschen zu Automobilen ist es nicht weit, wenn man die Pferde weglässt. Ich bewerbe mich vorerst nur als Lehrling, aber es ist eine feste Arbeitsstelle, und sie wird mich im Leben weiterbringen. Ich will nicht mein ganzes Leben lang hierbleiben. Zum Dienst melden kann ich mich auch nicht – meine Eltern wollen nichts davon hören, und ich werde nichts gegen ihren Willen unternehmen, auch wenn ich volljährig bin –, aber ich will auch nicht den Krieg damit verbringen, Türen zu öffnen und Krägen zu bügeln.«

Rebecca nickte schweigend. Sie wusste, wie er sich fühlte. Doch wäre es erträglicher gewesen, wenn sie es ihm nicht hätte nachfühlen können? »Natürlich werde ich Sie decken«, versprach sie leise. »Ich werde sagen, dass sie nach Palesbury zum Zahnarzt gegangen sind. Ist das in Ordnung?«

Er grinste. »Ich werde einen Tag vorher behaupten, ich hätte Zahnschmerzen. Danke, Rebecca. Ich wusste, dass ich auf Sie zählen kann.«

Noch einmal drückte er ihre Hand und ging dann hinaus zur Treppe. Rebecca folgte ihm. Gerade als sie am Fuße der Treppe angelangt war und er die Filztür erreicht hatte, flog sie auf. Annie stand auf der Schwelle. Rebeccas plötzliche Angst, dass sie sie belauscht haben könnte, verschwand, als sie ihren erstaunten Gesichtsausdruck sah und ihre Worte hörte. »Oh, Mr Wright. Hier ist ein Offizier, der den ganzen Weg aus London gekommen ist. Er möchte einen Korporal Moore sehen. Rupert Moore. Es geht um einen Orden.«

56

Die Räder des Rollstuhls ratterten über Parkett, wurden dann von Teppichen gedämpft und klapperten anschließend über Marmor. Sebastian hatte gelernt, die Geräusche zu unterscheiden, ja, er hatte überhaupt in den letzten Wochen ein schärferes Gehör entwickelt. Das, so dachte er, war ein Silberstreif am Horizont. Doch er brachte es immer noch nicht fertig, sich darüber zu freuen.

Er bekämpfte den Drang, die Kriegskrankenschwester auszuschimpfen, die den Rollstuhl schob. Am liebsten hätte er gewettert: *Ich bin nicht verkrüppelt, verdammt nochmal, nur blind.* Doch obwohl seine anderen Verletzungen längst geheilt waren, musste er hier sitzen, eine Bürde, ein Problem, das von einem Ort zum anderen gerollt wurde, ein Objekt des Mitleids. Machtlos. Allein dieser schmierige Stabsoffizier, dieser Wyndham, der über seinen Kopf hinweg mit der Krankenschwester gesprochen hatte, wobei seine Stimme vor Mitleid troff wie Blut, das aus einer Wunde floss! Hätte noch ein Funken Mumm in ihm gesteckt, hätte er den Mann geschlagen. Oder er wäre ihm mit dem Rollstuhl über den Fuß gefahren. Der Gedanke brachte ansatzweise ein Lächeln auf seine Lippen. Die Oberlippe zuckte wie ein Fisch an der Angel. Noch kein richtiges Lächeln, aber besser als gar nichts, dachte er.

Weiche Schritte hinter ihm. Raschelnde Röcke.

»Korporal Moore«, begann die Kriegskrankenschwester. Ihre Stimme klang sanft und ein wenig erstaunt, wie ein aufflatternder Schmetterling. Die waren ja alle so verdammt sanft, dachte er, und so voller Mitleid. »Möchten Sie sich nicht den anderen Offizieren im Garten anschließen? Es ist ein wunderschöner Tag.«

»Nein, danke.«

»Wenn Sie möchten, könnte ich Ihnen das Haus und den Park zeigen. Wir sind hier in …«

»Mir egal, wo wir sind.«

»Aber …

»Ich sagte, mir egal, wo wir sind!« Sebastian schlug mit der Faust auf die Lehne seines Rollstuhls und schöpfte eine perverse Freude daraus, dass sie nach Luft schnappte und zurückwich. Wenn sie glaubten, er sei ihr Haustier, hatten sie sich geirrt. Dieser Schoßhund beißt. »Warum sollten Sie mich herumführen, wenn ich nicht das Geringste sehen kann? Wenn Sie mir einen Gefallen tun wollen, lassen Sie mich allein. Und sagen allen anderen, dass sie dasselbe tun sollen.«

»Sir.« Ihre Stimme klang verletzt, und sie entfernte sich. Die Tür schloss sich hinter ihr. Sebastian war allein.

Das ist grausam, dachte er. Die Sonne schien ihm mitten ins Gesicht, so dass er erriet, dass er vor einem Fenster stand. Vogelgezwitscher und ein vertrauter Rosenduft trieben herein. Er spürte Licht und Luft um sich. Sie mussten ihm ein Einzelzimmer gegeben haben. Armer Kerl, sagten sie sich wahrscheinlich, das ist das Beste, was wir für ihn tun können.

Ich will nicht mehr bemitleidet werden, dachte er. Ich will wie ein menschliches Wesen behandelt werden.

Er wusste, dass er ungerecht zu der Krankenschwester gewesen war, die ihm nur hatte helfen wollen. Doch er wollte einfach allein sein. Was bringt mir die Zukunft?, fragte er sich. Ich gehe davon aus, dass ich mit Hilfe von Mutters Geld bequem leben kann, wie es so schön heißt. Aber wer will denn schon Bequemlichkeit? Wenn Oliver mich jetzt sehen könnte … Der Gedanke quälte ihn. Er war zu schmerzlich. Er hob die Hände und ließ sie über die Verbände wandern, die immer noch den größten Teil seines Gesichts bedeckten. Wie versehrt bin ich? Keine beschönigenden Worte, Sebastian. Bin ich ein Ungeheuer? Willst du das wissen? Würde sich Oliver voller Schrecken beim Anblick meines Gesichts abwenden? Doch das wird nicht geschehen, denn ich werde ihn nie mehr wiedersehen. Ich würde es nicht riskieren, dass er glaubt, die Verantwortung für mich übernehmen zu müssen, dass ich ihm zur Last fiele. Ich mag mein Augenlicht verloren haben, aber ich werde niemandem zur Last fallen. Lieber bringe ich mich um, als eine Bürde zu sein.

Ein Mann hinter ihm räusperte sich. Sebastian zuckte zusammen. Er schämte sich dafür, dass man ihn in diesem Zustand ertappt hatte, bei dem verstohlenen, vergeblichen Versuch, das Ausmaß seiner Entstelltheit herauszufinden. Nie wieder Privatsphäre, nie wieder, wenn jeder sich ohne Vorwarnung an einen heranschleichen konnte. Keine Sicherheit mehr.

»Wer sind Sie, und was wollen Sie?«, fragte er.

Der Mann näherte sich ihm. »Es tut mir leid, wenn ich Sie störe, Korporal.«

Sebastian erriet aus seiner schneidigen Sprache und seinen gemessenen Schritten, dass er ein Offizier war.

»Ich komme direkt aus London zu Ihnen.« Der Mann pausierte. »Von seiner Majestät.«

Sebastian schwieg für einen Moment überrascht. Eilig sprach der Offizier weiter.

»Es ist meine Pflicht – nein, meine Ehre und mein Privileg –, Ihnen mitzuteilen, dass Ihnen das Victoria-Kreuz für Ihre heldenhaften Taten im Dienst verliehen wird. Seine Majestät wird Ihnen im Palast den Orden überreichen, sobald Sie gesund genug zum Reisen sind. Ich gratuliere Ihnen von Herzen …«

»Eine Medaille?«, unterbrach ihn Sebastian.

»Das Victoria-Kreuz«, erwiderte der Offizier ehrfürchtig und bewundernd. »Das ist mehr als eine Medaille, Korporal.«

»Nun, ich freue mich darüber.« Sebastian stellte erschrocken fest, wie leicht es ihm fiel, offen seine Meinung zu sagen. Was hatte er schließlich zu verlieren? »Und was kann das Kreuz noch? Verleiht es die Kraft zur Wiederauferstehung? Macht es die Blinden sehend?«

»Ich …«

»Ich will keine verdammte Medaille. Ich will mein Augenlicht zurück! Ich will meine Kameraden zurück! Wenn seine Majestät das für mich tun kann, werde ich auf Händen und Knien in den Palast kriechen, wenn ich muss. Wenn er das nicht kann, kann er zur Hölle fahren und seinen Orden mitnehmen.«

Es herrschte bleiernes Schweigen. Sogar Sebastian konnte kaum glauben, was er gerade gesagt hatte. Über den König zu sagen, er solle zur Hölle fahren, war vermutlich Hochverrat, dachte er. Er könnte sich in der interessanten Position befinden, innerhalb von einer Minute den höchsten Orden des Landes verliehen zu bekommen und in den nächsten in Eisen geschlagen und im Tower eingesperrt zu werden.

Der Offizier durchbrach das Schweigen, ganz behutsam, als hantiere er etwas Kostbares, Zerbrechliches. »Ich kann verstehen, wie Sie sich fühlen.« Seine Stimme war sanft und leise. Sebastian war überrascht – das hatte er nicht von ihm erwartet. Sein Respekt für den jungen Offizier wuchs ein wenig. »Ich sehe, dass es noch zu früh ist. Ich werde mir im Dorf ein Zimmer nehmen und hoffe, Sie in ein paar Tagen noch einmal sprechen zu können, wenn Sie Zeit hatten, darüber nachzudenken.«

Schweigend saß Sebastian da, als sich der Mann entfernte. Er hörte, wie er stehen blieb und die Tür schloss. Dann ertönte erneut seine Stimme, denn er war zurückgekehrt.

»Wir alle haben Menschen verloren. Es ist die Hölle. Man kann die Gefallenen nicht mehr zurückbringen. Aber werfen Sie Ihr Leben nicht auch noch weg, Korporal. Ich wette, wenn Ihre Kameraden heute hier wären, würden sie sagen, dass Sie diesen Orden verdienen und ihn annehmen sollten. Lassen Sie uns so viel Gutes wie möglich aus diesem Krieg ziehen.«

Dann war er fort, und die Tür schloss sich hinter ihm.

Schweigend und gedankenverloren saß Sebastian da. Der junge Offizier hatte recht. Das erkannte er an. Aber er hatte so viel verloren! Seine Zukunft war so unsicher. Er konnte nicht nach vorne blicken, bis er seinen Frieden mit allem geschlossen hatte, was geschehen war.

Die Vögel sangen, und in der Ferne blökten die Lämmer auf den Feldern. Wind raschelte in den Zweigen draußen. Sebastian lehnte sich in seinem Stuhl zurück. Er konnte träumen, dass er hier mit geschlossenen Augen saß, dass draußen Oliver auf ihn wartete, dass es Sommer war und er wieder zurück in Somerton Court.

57

Rebecca stellte die Teetassen neben den Stuhl der Gräfin und dachte bei sich, wie wenig sich ihre Bemühungen lohnten, sich behutsam und lautlos zu bewegen, damit das feine Porzellan nicht auf der Untertasse klapperte, wo doch das Poltern der schweren Schritte aus dem Billardraum im oberen Stockwerk ohnehin alles übertönte. Aus dem Gesichtsausdruck der Gräfin, die hinaufblickte, las sie, dass sie dasselbe dachte.

»Ich weiß, dass alles für den Krieg ist, Lord Westlake«, sagte sie zu Captain Wyndham, der neben ihr saß – schon wieder hier, dachte Rebecca voller Abneigung –, »aber mein Gott, man erstickt ja förmlich, wenn man auf zwei Räume im Erdgeschoss beschränkt ist. Und überall, wo man hingeht, hört man das Trampeln von Stiefeln, riecht etwas ekelhaft Medizinisches oder begegnet einer verirrten Kriegskrankenschwester, die ratlos umherläuft. Sie müssen zugeben, dass es ermüdend ist, sein Haus mit zweihundert Soldaten zu teilen.«

»Das würde ich niemals leugnen«, antwortete Francis ernsthaft. »Ihr Opfer ist geradezu heroisch zu nennen, Mylady.«

Die Gräfin gab überzeugend vor, zu erröten.

»Sie sind zu großherzig. Ich will ja nur meinen Beitrag leisten, wie es so schön heißt.« Sie hielt inne und fuhr dann leise fort: »Lady Georgiana hat großartige Ideen, aber sie ist naiv ... flatterhaft.«

»Ach ja?«, fragte Captain Wyndham misstrauisch.

»Ja, ich mag das Mädchen wirklich gern, aber sie ist ja gerade erst den Kinderschuhen entwachsen und hat kaum einen ernsten Gedanken im Kopf.«

Rebecca hätte beinahe vor Empörung den Tee verschüttet. Die Gräfin fuhr fort: »Tatsächlich waren beide Averley-Mädchen von Anfang an fürchterlich neidisch auf meine Charlotte. Ich erzähle Ihnen dies, weil Sie zur Familie gehören; ich bin sicher, es bleibt unter uns.«

»Miss Templeton pflegt Verwundete an der Front, wie ich gehört habe? Bewundernswert.« Rebecca entnahm Captain Wyndhams Worten, dass er versuchte, sich taktvoll aus der Affäre zu ziehen.

»Das hat sie, aber ich habe sie gebeten, nach Somerton zurückzukehren. Ich erwarte sie täglich. Schließlich sind wir jetzt ein Lazarett, wozu muss sie also nach Frankreich gehen? Ich bin sicher, Sie werden sie sehr gern mögen.«

»Gewiss doch«, antwortete Captain Wyndham zögerlich.

Rebecca unterdrückte ein Lächeln. Sie war nicht unglücklich über den Plan der Gräfin, obwohl sie sich darüber ärgerte, dass Lady Georgiana verächtlich gemacht wurde. Dieser Mann war so offensichtlich ein Mitgiftjäger, und Lady Georgiana war ... Nun, zwar nichts von alldem, was die Gräfin gesagt hatte, aber sie war unerfahren und gutmütig. Wenn Captain Wyndham davon abgebracht werden konnte, sie zu verfolgen, umso besser.

Die Türglocke klingelte, und die Gräfin blickte überrascht auf.

»Wer kann das sein? Wir erwarten niemanden, oder?«

»Nein, Mylady«, sagte Rebecca. »Soll ich gehen?«

»Thomas kann öffnen«, erwiderte die Gräfin.

»Ich befürchte, er ist heute in Palesbury beim Zahnarzt.«

»Ach, wirklich! Schön, dann öffnen Sie.«

Rebecca rückte ihre Haube zurecht, glättete ihre Schürze und öffnete. Währenddessen fragte sie sich, wie es mit Thomas' Bewerbungsgespräch lief. Es war ein schmerzlicher Gedanke, und sie verdrängte ihn, so schnell sie konnte.

Eine hübsche, blonde junge Dame in taubengrauem Reisekostüm und einem schwarzen Samthut mit blassrosa Rosen stand vor der Tür. Sie begegnete Rebeccas Blick mit unbeschwertem Lächeln, und dennoch fiel Rebecca auf, wie tief erschöpft Charlotte aussah, nicht nur von der Reise.

»Guten Tag, Rebecca«, sagte sie und kam selbstbewusst die Treppe herauf. »Ist meine Mutter, die Gräfin, zu Hause?«

Rebecca nahm ihren Koffer an, doch noch bevor sie antworten konnte, hörte sie Schritte hinter sich. »Charlotte!«, stieß die Gräfin atemlos hervor und kam an die Tür geeilt. Captain Wyndham folgte auf dem Fuß. Die Gräfin breitete die Arme aus. »Mein liebes Mädchen, warum in aller Welt hast du nicht telegraphiert?«

»Oh, Mutter, wie schön! Ich komme inzwischen aber lieber allein zurecht. Ich habe mich an ein gewisses Maß von Unabhängigkeit gewöhnt.« Charlotte erlaubte ihrer Mutter, sie zu umarmen. Als sie losließ, bemerkte Rebecca erstaunt Tränen in den Augen der Gräfin. Charlotte wirkte gleichfalls verwundert. »Arme Mutter«, sagte sie, »du hast es schwer gehabt in letzter Zeit.«

»Sehr schwer.« Die Stimme der Gräfin zitterte, und sie sprach so leise, dass Rebecca sie kaum verstehen konnte. »Du ahnst nicht, was es bedeutet, eines meiner Kinder wieder in Sicherheit zu wissen.«

Charlotte wirkte erstaunt und erfreut zugleich. Rebecca war gerührt. Ihre eigene Familie war so liebevoll, und sie standen einander so nah, dass es bewegend war zu sehen, wie viel dieser kleine Beweis an Zuneigung vonseiten der kühlen Gräfin ihrer Tochter bedeutete. Doch die Gräfin hatte bereits wieder die Contenance zurückgewonnen und trat beiseite, wobei sie den Blick auf Captain Wyndham freigab, der an der Tür wartete.

»Nun, hier ist jemand, den du unbedingt kennenlernen musst«, sagte die Gräfin und drehte sich schwungvoll zu Francis um, der misstrauisch schien, aber doch bereit, charmant zu reagieren. »Der neue Graf von Westlake. Was für ein erfreulicher Zufall, dass er gerade bei deiner Ankunft zu Besuch ist!«

Charlotte lächelte höflich, doch noch während Rebecca sie beobachtete, verschwand das Lächeln und wurde von einem Ausdruck ehrlicher und übergroßer Freude ersetzt. Instinktiv drehte sich Rebecca um, ebenso wie die Gräfin und Francis, um zu sehen, was Charlottes Aufmerksamkeit erregt hatte. Sie blickte an ihnen vorbei den Flur entlang, wo die Tür zur Krankenstation im Ballsaal offen stand und einige Soldaten herumsaßen und -standen, plaudernd und scherzend. Herzliches Lachen schallte den Flur entlang, und die Szene fiel Rebecca ins Auge wie eine Fotografie, weiß und hell und sonnig am Ende eines dunklen Tunnels.

»Flint«, sagte Charlotte. »Flint!«

Sie rannte den Flur entlang auf die Männer zu. Der große – der Amerikaner mit den rotgoldenen Locken und dem verdrehten Arm – wandte sich überrascht um. Einen Moment darauf lag ihm Charlotte in den Armen. Rebecca, hin- und hergerissen zwischen Lachen und Entsetzen über diesen Bruch mit den Konventionen, sah ihre Umarmung und hörte den Amerikaner rufen: »Charlotte! Du bist es, meine Schöne!« Rebecca wagte es nicht, die Gräfin anzusehen. Die Stille war so erdrückend und frostig wie ein Eisberg. Verzweifelt ein Lachen unterdrückend, murmelte sie: »Wäre das alles, Mylady?«, und knickste.

Die Gräfin brauchte einen Moment, bis sie antwortete. »Ja, Rebecca, Sie können gehen. Und, Rebecca … ich erwarte, dass Sie nicht ein Wort über Miss Templetons skandalöses Benehmen im Untergeschoss erwähnen.«

»Selbstverständlich nicht, Mylady.« Rebecca eilte davon. Die Gräfin hatte nichts zu befürchten. Der einzige Mensch, dem sie es gerne erzählen würde, war Thomas – und mit ihm, so erinnerte sie sich mit plötzlichem Schmerz, der ihr jede Freude raubte, verband sie womöglich doch nicht ein so vertrauliches Verhältnis, wie sie es sich eingebildet hatte.

58

»Gibt es etwas Neues von Alexander?«, fragte Georgiana, als sie sich an den Frühstückstisch setzte.

Das Silber und das Porzellan waren gedeckt und die Kristallschalen mit Rosen gefüllt. Rebecca bemühte sich, jeden Morgen eine kleine Oase für die Familie zu erschaffen, fern von der Unruhe des Lazaretts. Georgiana wusste es zu schätzen.

Rose seufzte. »Wir hoffen noch immer auf Urlaub, aber ein Zeitpunkt ist noch nicht festgesetzt. Außerdem ist die Armee äußerst zurückhaltend mit der Information, wo sie ihre Kräfte konzentriert – natürlich wäre es ein Sicherheitsrisiko, aber es ist so schwer, nicht einmal zu wissen, wo er sich aufhält. Er schreibt sehr beruhigend, aber ich weiß, dass er das in jedem Fall tun würde, um mich zu verschonen. Ich habe das Gefühl, dass die ganze Wahrheit unter dem Stift des Zensors verborgen liegt.«

»Oh, Rose.« Georgiana legte ihre Hand auf die ihrer Schwester. »Ich wünschte so sehr, dass ich irgendetwas tun könnte, um dir zu helfen.«

»Es genügt, dass du einfach nur da bist«, erwiderte Rose voller Zuneigung. »Ich habe mich gefragt, ob es falsch war, Alexander zu verlassen, aber er bestand darauf, dass ich Edward in Sicherheit brachte. Nein, ich glaube, ich habe die richtige Entscheidung getroffen. Ich wollte unbedingt, dass Edward Somerton kennenlernt. Es war mein Zuhause, und ich möchte, dass er es so liebt, wie ich es tue, wie wir es alle tun.«

Georgiana wollte gerade etwas erwidern, doch dann sah sie, dass Captain Wyndham das Frühstückszimmer betrat. Sie nahm ihre Hand von Roses und fühlte sich verlegen, als hätte man sie dabei erwischt, wie sie hinter dem Rücken von Captain Wyndham über ihn redete.

»Guten Morgen«, grüßte er sie. Er schien guter Laune, doch sein Lächeln Rose gegenüber war gezwungen. Georgiana, die nach einem Thema suchte, auf das sie die Unterhaltung bringen könnte, fragte: »Hat irgendjemand Charlotte gesehen? Ich habe gehofft, sie würde zum Frühstück herunterkommen.«

Rose sah sie vielsagend an. »Sie ist immer noch in Ungnade. Ich glaube, die Gräfin hat sie oben abgefangen und hält ihr eine Standpaukc.«

»Und ich finde, damit hat sie völlig recht«, sagte Captain Wyndham, während er seinen Toast butterte. »Natürlich ist es bewundernswert, dass sie Kranke pflegt. Aber vielleicht hat sie das dazu ermuntert, ein wenig zu, sagen wir, informell in ihren Beziehungen zum anderen Geschlecht zu werden. Männer billigen ein solches Verhalten nicht, wissen Sie. Vielleicht fördern sie es in einem Mädchen, aber sie werden niemals eines heiraten, für das sie den Respekt verloren haben.«

Georgiana sah ihn überrascht an. Leider musste sie feststellen, dass er nach seiner kleinen Rede erheblich in ihrer Achtung gesunken war. Rose fing ihren Blick auf und verbarg ein Lächeln hinter einer erhobenen Teetasse.

»Ich weiß nicht, was Männer im Allgemeinen möglicherweise empfinden«, erwiderte Georgiana, »aber soweit ich erkennen konnte, hat er sich sehr gefreut, sie zu sehen. Ich sehe nicht ein, warum er sie nicht heiraten sollte. Natürlich wird die Gräfin nicht damit einverstanden sein, aber wenn er seine eigenen Mittel hat …«

»Ein sehr großes Wenn«, erwiderte Captain Wyndham in einem Ton, der schon fast höhnisch klang. »Soweit ich weiß, ist dieser Mann ein mittelloser Cowboy. Da sie die Manieren eines Cowgirls hat, passen sie ja womöglich zusammen.«

Georgiana errötete vor Ärger. »Ich wäre froh, wenn Sie nicht in dieser Art und Weise über meine Schwester sprechen würden.«

»Ich bitte vielmals um Entschuldigung.« Captain Wyndham sah sie überrascht an. »Ich dachte, sie hätten kein besonders gutes Verhältnis zueinander.«

»Vielleicht in der Vergangenheit«, sagte Georgiana so höflich sie konnte, »aber ich hoffe, dass wir uns anfreunden können – und außerdem will ich nicht hören, dass etwas so Unschuldiges in den Schmutz gezogen wird, wie sich zu verlieben und das Herz zu haben, es zu zeigen.«

»Nein, natürlich nicht. Sie haben mich missverstanden. Ich …«

»Kearney ist frei!«, rief Rose, die noch immer die Zeitung in der Hand hielt und mit großen Augen über den Rand hinwegblickte.

»Frei!«, rief Georgiana. »Bist du sicher?«

»Ja, hier steht es. Und er wurde in allen Anklagepunkten freigesprochen.«

»Wie furchtbar!« Captain Wyndham unterbrach ihr Gespräch und versuchte, ihren Tonfall nachzuahmen. »Ich finde es unglaublich, dass diese Regierung es zulässt, dass ein bekannter Aufrührer wie er freigelassen wird.«

Ein peinliches Schweigen entstand. Georgiana fand keine

Worte für ihre Empörung. Offenbar hatte er ihre Aufregung als schockierten Widerwillen interpretiert. Endlich brachte sie so ruhig wie möglich hervor: »Captain Wyndham, zufällig war meine Schwester, Lady Ada, entscheidend an der juristischen Verteidigung von Mr Kearney beteiligt. Kann ich davon ausgehen, dass Sie dies ablehnen?«

Captain Wyndham sah vollkommen niedergeschmettert aus. Georgiana war unglücklich. Sie hasste es, wenn sie die Beherrschung verlor, und sie hasste es, den Respekt für jemanden zu verlieren. Glücklicherweise sagte in dem Moment jemand: »Guten Morgen«, und alle blickten auf, als Charlotte das Zimmer betrat. Sie trug ihre Kriegskrankenschwesterntracht.

»Charlotte!«, rief Rose. »Ich dachte, die Gräfin hätte dir befohlen, oben zu bleiben.«

»Stimmt, das hat sie auch«, sagte Charlotte, nahm lächelnd einen Apfel vom Büfett und setzte sich an den Tisch. Sie schnitt das Obst graziös in Stücke. »Aber ich halte es für meine Pflicht, weiterhin zu helfen, während ich hier bin. Deswegen hat sie mich schließlich zurückgeholt. Und heute Morgen fange ich damit an.«

Georgiana und Rose tauschten einen Blick. Charlotte hatte sich unverkennbar verändert, während sie im Ausland war – und zwar zu ihrem Vorteil.

59

Rebecca unterdrückte ein Gähnen, als sie die Hand hob, um die Hintertür abzuschließen und zu verriegeln. Draußen war die Nacht so schwarz wie Samt. Oben hörte sie die Dielen knarren, als sich Patienten bewegten. Im Haus herrscht keine Stille mehr, dachte sie. Schon vorher war es ihr belebt erschienen, bei so viel Personal und wenn die Familie vollzählig versammelt war, aber jetzt gab es keinen ruhigen Moment mehr. Man konnte den Krieg nicht mehr ignorieren und hoffen, er würde einfach vergehen. Der Krieg war hier, überall um sie, in diesen fehlenden Gliedern, in diesen versehrten Gesichtern und gebrochenen Seelen. Sie verdrängte die traurigen Gedanken. Wenigstens war die Küche makellos sauber, alles lief gut. Sie ging zur Tür und hielt nur inne, um eine Schürze wegzuräumen, die eines der Hausmädchen auf dem Tisch hatte liegen lassen.

»Rebecca, könnte ich Sie sprechen, bevor Sie hinaufgehen?«

Es war die Stimme von Thomas. Rebecca sah ihn beim Licht einer einzigen Gaslampe in seiner Kammer sitzen. Ihr Herz setzte einen Schlag aus. Er hatte ihr nichts von dem Bewerbungsgespräch erzählt; es hatte seit seiner Rückkehr viel zu viel für sie zu tun gegeben, um einen Moment zu finden, in dem sie ihn hätte fragen können, wie es gelaufen war. Außerdem, so dachte sie, als sie den Flur durchquerte und zu ihm ging, war sie gar nicht sicher, dass sie es wissen wollte. Natürlich wünschte sie sich, dass er die Stelle bekam – aber sie wollte nicht wissen, was es bedeuten würde, wenn er Somerton verließ.

»Bitte setzen Sie sich.« Er stand auf, als sie eintrat, und rückte ihr einen Stuhl zurecht. Rebecca setzte sich und war sich bewusst, dass er sowohl nervös als auch aufgeregt wirkte.

»Worum geht es?«, fragte sie.

»Ich wollte mit Ihnen reden.« Er zog seinen Stuhl näher zu ihr heran und sagte leise: »Ich habe die Stelle.«

»Ach!« Rebecca war sich nicht sicher, ob ihr Ausruf freudig oder schmerzlich war. »Ich … ich gratuliere Ihnen.«

»Ich kann aber nicht fortgehen, bevor ein Ersatz für mich gefunden ist. Das habe ich der Firma gesagt. Aber für mich wird ein Traum wahr.«

»Ich freue mich sehr für Sie.« Rebecca sprach schroff, wütend auf sich selbst, weil sie nicht mit größerer Gewissheit sagen konnte, dass sie sich für ihn freute. Thomas hatte alles Gute verdient, natürlich hatte er das, und wenn er ihre Liebe nicht erwiderte – nun, Liebe konnte man nicht erzwingen. Das durfte sie nicht vergessen. »Wir werden Sie hier in Somerton natürlich sehr vermissen, aber ich bin mir sicher …«

»Warten Sie«, unterbrach er und ergriff zu Rebeccas Überraschung ihre Hand. Er drückte sie und sah ihr in die Augen. »Ich war noch nicht fertig.«

Rebecca schwieg und fragte sich, was er sagen wollte.

»Ich möchte nicht, dass Sie mich vermissen. Ich möchte mich gar nicht erst von Ihnen trennen. Ich verdiene mit der neuen Arbeit genug, für uns beide. Möchtest du mich heiraten, Rebecca? Willst du mit mir kommen?«

Rebecca fehlten vor Schreck die Worte. Hastig fuhr er fort.

»Ich weiß, dass das eine Überraschung für dich sein muss. Mir fällt es nicht leicht, über meine Gefühle zu sprechen, und ich weiß, dass wir – ich weiß, dass wir immer ein sehr professionelles Verhältnis hatten. Aber ich spüre, dass etwas zwischen uns ist. Nun, das gilt jedenfalls für mich. Ich finde, du bist die schönste Frau, die ich je gesehen habe, und dazu die intelligenteste und die liebste. Ich wäre ohne dich nicht glücklich, das ist eine Tatsache. Und ich … ich habe manchmal geglaubt, dass du mich vielleicht auch magst.« Er zögerte. »Oder irre ich mich?«

Immer noch fehlte Rebecca der Atem, um ihm zu antworten. Tränen liefen ihr über die Wangen.

»Ich irre mich, oder?« In Thomas' Stimme schwang tiefe Enttäuschung mit. Er lehnte sich zurück und lockerte den Griff um ihre Hand. Rebecca erwachte aus ihrer Starre und nahm nun ihrerseits seine Hand.

»Nein. O nein! Du irrst dich nicht«, schluchzte sie.

Thomas sah sie erstaunt an, zog sie dann an sich und küsste sie. Rebecca schmeckte Tränen, als sie sich küssten. Sie konnte nicht aufhören zu weinen.

»Heißt das also ja?«, fragte er schließlich und ließ sie los.

Sie schüttelte den Kopf. Sie weinte immer noch, aber jetzt nicht mehr vor Freude. »Mr Wright. Thomas. Ich liebe dich. Ich würde dich gern heiraten. Aber ich kann Somerton nicht verlassen. Nicht jetzt.«

»Somerton nicht verlassen? Aber …«

»Es liegt nicht daran, dass ich dich weniger liebe als dieses Haus. Das tue ich nicht. Aber schon mein Leben lang habe ich mir gewünscht, eine Arbeit zu tun, in der ich wirklich gut bin. Ich weiß, dass ich eine gute Hauswirtschafterin bin, und darüber hinaus gefällt es mir hier sehr. Ich würde niemals mehr eine Stelle finden, die ich so sehr liebe, und wenn ich auf der ganzen

Welt danach suchen würde. Ich möchte nicht nur die Ehefrau eines Mannes sein, auch wenn dieses Leben für mich bequemer wäre. Ich will das tun, worin ich gut bin. Ich bin glücklich hier, weißt du. Es tut mir leid. Ich nehme nicht an, dass du es verstehst, aber ich kann dich nicht heiraten, wenn es bedeutet, dass ich Somerton verlassen muss.«

»Ich verstehe das«, sagte er nach einer langen Pause. »Das tue ich wirklich. Ich habe nur von meinen eigenen Gefühlen gesprochen.«

»Es tut mir leid.« Sie trocknete ihre Tränen. »Ich kann kaum glauben, dass ich das sage, dass ich das tue: einen so guten Mann abzuweisen.« Bei dem Gedanken daran hätte sie beinahe wieder angefangen zu weinen.

»Trockne deine Tränen«, sagte er sanft und tupfte sie dann mit der eigenen Hand weg. »Es ist nicht der richtige Zeitpunkt, oder?«

Sie schüttelte den Kopf.

»Nun, aber eines Tages wird es so weit sein. Daran glaube ich ganz fest. Ich werde auf dich warten, Rebecca. Und wenn ich auf der anderen Seite der Welt bin, aber ich werde auf dich warten – wenn du auf mich wartest.«

»Natürlich werde ich das«, antwortete Rebecca. Diesmal flossen keine Tränen, als sie sich einander näherten und sich küssten.

60

Sebastian lag im Bett, von Kissen gestützt. Die Wirkung des Morphiums ließ frühmorgens nach, und er erwachte aufgrund der Schmerzen. Seine Gedanken bei diesem Erwachen waren genauso schmerzlich.

Jemand klopfte leise an die Tür. Gewiss war das die Krankenschwester, die seinen Verband wechseln wollte. Sebastian hasste diesen Teil des Tages. Aus dem Schweigen der Schwestern las er immer Ekel heraus. Doch sein Stolz hinderte ihn daran, zu fragen, ob er entstellt war. Er wollte nicht, dass sie dachten, es mache ihm etwas aus. Er wünschte, dass die Frau weggehen würde, doch er wusste, sie würde ohnehin hereinkommen, wenn er nicht antwortete, weil sie dann glauben würde, er wäre ernsthaft krank.

»Herein«, sagte er schweren Herzens.

Die Tür wurde geöffnet, und er hörte, wie die Krankenschwester durch das Zimmer zu ihm kam.

»Guten Morgen«, sagte sie und zog die Vorhänge beiseite; weißes Licht erfüllte sein Blickfeld. Er drehte sich weg. »Ich komme, um Ihren Verband zu wechseln.«

Sebastian antwortete nicht. Die Stimme der Krankenschwester erinnerte ihn schmerzlich an die seiner Schwester Charlotte.

So vieles hier war wie in Somerton, das Echo der Kirchenglocke erinnerte ihn an die Glocken in der Nähe seines Heimatortes. Doch die Stimme der Frau klang angenehmer als Charlottes, weniger verbittert und sarkastisch.

»Möchten Sie gerne aufstehen?«

»Und mich in diesen verflixten Stuhl setzen? Nein danke.«

»Ich dachte, Sie würden vielleicht gerne ein wenig umherspazieren.«

Er lachte. »Ich gehe davon aus, dass man dafür die Dekoration hier zu sehr schätzt.«

Ein verwirrtes Schweigen war die Antwort. Er war sich sicher, dass sie ihn anstarrte; fast konnte er ihren Blick auf sich spüren.

»Haben wir …« Die Frau schien ihre Verwirrung abzuschütteln. »Entschuldigung. Ich habe einen Stock für Sie, und es täte ihnen gut, zu lernen, wie Sie sich orientieren können.« Als er nicht antwortete, fuhr sie fort. »Sie werden nicht immer so unbeweglich sein. Mit der Zeit kann sogar Ihr Augenlicht teilweise zurückkehren.«

Das hörte Sebastian zum ersten Mal. Er antwortete nicht. Er wollte sich nicht an die Hoffnung klammern, die sie ihm bot. Doch er setzte sich auf und schwang die Beine über den Bettrand. Er hörte, wie die Krankenschwester die Verbände und die Tupfer vorbereitete. Kurz darauf begann sie, mit sanften Fingern seine Verbände zu entfernen.

»Ich habe gehört, dass man Ihnen das Victoria-Kreuz verliehen hat«, sagte sie, während sie arbeitete. »Ich gratuliere Ihnen.«

Sebastian antwortete nicht.

»Es ist die Hölle dort draußen. Ich weiß. Aber Sie haben es geschafft; Sie sind zurückgekehrt.« Ihre Stimme war sanft und beruhigend. Er hatte ein seltsames Gefühl des Déjà-vu, als die

Krankenschwester damit fortfuhr, vorsichtig die Verbände abzuwickeln, so dass das Licht heller und heller wurde …

Das letzte Stück des Verbands fiel ab. Für den Bruchteil einer Sekunde herrschte Stille, dann schnappte sie nach Luft.

»Ist es so schlimm?«, fragte Sebastian wild. Er hasste sie dafür, dass sie ihren Schock und ihren Horror nicht verbarg. Keine der anderen Krankenschwestern hatte das je zuvor getan.

Er hörte ihren rauen Atem, und ein schwarzer Kern der Angst senkte sich in ihn. Es war schlimmer, als er befürchtet hatte. Es gab also keine Hoffnung, sich mit Oliver wieder zu vereinen. Er konnte nicht verlangen, dass er zu jemandem zurückkehrte, der hilflos und abscheulich war.

»Sebastian!«, flüsterte die Schwester.

Sein Name durchfuhr ihn wie ein Schwert.

»Sebastian. Ich bin es. Charlotte. Deine Schwester.«

»Charlotte? Aber wie …« Sebastian war wie vom Donner gerührt. Charlotte, eine Krankenschwester?

»Du bist in Somerton«, fuhr sie fort. »Wusstest du das nicht?«

»Somerton!«

»Sie haben ein Lazarett daraus gemacht. Der Graf ist tot. Oh, Sebastian! Wie konnte das geschehen? Mutter, sie denkt, du bist tot! Sie …«

Sebastian griff zu, schnell wie der Blitz, und erwischte ihr Handgelenk. Er hatte erraten, wo es war, und hatte sich nicht geirrt. Wieder hörte er sie nach Luft schnappen, diesmal vor Schmerz.

Er schüttelte den Kopf; das war der Gipfel seines Pechs! Er war ausgerechnet in Somerton gelandet! Dem einzigen Ort, an dem ihn die Leute erkennen würden.

»Sag es niemandem«, brachte er hervor. »Ich will nicht, dass irgendjemand es weiß.«

»Aber …«

»Ich will niemandem zur Last fallen! Ich will kein Mitleid. Ich will einfach verschwinden. Charlotte, versprich es mir!«

»Sebastian …«

»Versprich es mir!«

»Sebastian, Mutter liebt dich. Ich liebe dich. Du kannst nicht von mir verlangen, dass ich das geheim halte. Das kannst du nicht. Du machst einen Fehler! Bitte glaube mir.«

»Wenn du mich liebst, tust du, warum ich dich bitte. Versprich es!«

»Ich … na schön, ich verspreche es!«

Sebastian hörte ein Schluchzen in ihrer Stimme und ließ ihr Handgelenk los. Ruhig sagte er: »Und jetzt lege den Verband wieder an.«

Schweigend saß er da, als sie ihn wieder versorgte, wobei ihre Hände zitterten. Er spürte ihre Tränen auf seine Haut fallen. Sein Inneres war in Aufruhr. Er wollte nicht, dass irgendjemand von früher ihn so sah, wollte keine Bürde sein, wollte nicht den Rest seines Lebens hierhin und dorthin geschoben werden. Doch wenn er an seine Mutter dachte … Sie liebte ihn wirklich. Er wusste, dass das die Wahrheit war.

Endlich war der Verband angelegt. Charlotte richtete sich auf. »Unsere Mutter glaubt, sie hätte dich verloren, und das hat ihr das Herz gebrochen«, sagte sie. »Bitte, Sebastian, ich flehe dich an, deine Meinung zu ändern.«

Er antwortete nicht. Nach einer langen Zeit drehte sie sich um und ging hinaus. Er hörte, wie sich die Tür hinter ihr schloss, und war wieder allein.

61

Das Automobil glitt die lange Auffahrt nach Somerton hinauf. Ada blickte hinaus zu den Bäumen, die die Straße säumten, den ausgedehnten grünen Rasenflächen, dem fernen, mit Schafen gesprenkelten Hügel. Ihr gegenüber saßen Connor Kearney und Mr Bradford. In der Hand hielt sie einen großen Umschlag. Es war ein merkwürdiger Gedanke, dass der Inhalt dieses Umschlags das Schicksal des großen Hauses bestimmen würde, dem sie sich näherten. Sie empfand Triumph, aber es war kein angenehmes Gefühl. Ihr wäre es lieber gewesen, sie hätte diese Reise nicht machen müssen. Sosehr sie Somerton liebte, so klar wurde ihr allmählich, dass es für sie die Vergangenheit bedeutete. Sie würde den Sommer hier verbringen, aber immer das Gefühl haben, dass ihr Leben sich anderswo abspielte, und bis sie dieselbe Unabhängigkeit besaß, wie Hannah sie hatte, würde sie nicht zufrieden sein.

»Waren Sie schon einmal in Somerton, Mr Kearney?«, erkundigte sich Mr Bradford über den Lärm des Motors hinweg. Seine Haltung gegenüber Connor war sehr respektvoll, fast ehrfürchtig, wie Ada aufgefallen war. Connors Ruf eilte ihm voraus.

»Nur einmal. Es ist ein wunderbarer Ort«, antwortete Connor. »Es tut mir leid, nicht aus angenehmeren Gründen hierher zurückzukehren.«

Ada lächelte ihn scherzhaft an. »Lügner«, murmelte sie.

»Ich bitte Sie, Lady Ada«, sagte Mr Bradford schockiert.

»Aber das ist er. Mr Kearney liebt die Konfrontation, nicht wahr? Ich nehme an, dass du dich schon seit Tagen darauf freust.«

Connors amüsierter Blick sagte ihr, dass sie recht hatte. Der Chauffeur parkte das Automobil vor dem großen Eingangsportal, und Thomas kam lächelnd hinunter, um ihnen den Wagenschlag zu öffnen.

»Guten Morgen, Mylady. Willkommen zu Hause«, begrüßte er sie, als sie ausstieg.

»Vielen Dank«, murmelte Ada. Plötzliche Erinnerungen daran, wie sie mit Ravi hier gewesen war, trafen sie ins Herz. Sie riss sich zusammen, stieg die breite Treppe hinauf und ging ins Haus.

»Ada!« Alles andere war vergessen, als sie Roses Stimme hörte. Sie blickte auf und sah sie auf dem Treppenabsatz stehen, eingerahmt von dem hell erleuchteten Fenster, so schön wie eh und je, strahlend vor Freude. Im Arm hielt sie ein kleines, in eine weiße Spitzendecke gewickeltes Bündel.

»Rose!« Ada rannte die Treppe hinauf in die Arme ihrer Schwester. Sprachlos vor Freude hielt sie inne, als sie das kleine Gesicht und die Fäustchen sah, die aus der Decke hervorragten. »Ach, Rose, er ist wunderschön! Er hat Alexanders Augen, das erkenne ich sofort – und ist das nicht der perfekte Griff, um einen Pinsel zu halten?« Sie küsste Rose auf die Wange. »Oh, wir müssen einander so viel erzählen! Da ich den Sommer hier verbringe, werden wir genügend Zeit dazu haben.«

»Ich bin so froh, dich zu sehen!« Die Tränen in Roses Augen unterstrichen ihre Worte. Mit Ada an ihrer Seite ging sie hinunter. »Kommt hier herein – das ist der einzige Salon, der uns bleibt. Die Soldaten haben alle anderen besetzt.«

»Darf ich dir Mr Kearney vorstellen?«, sagte Ada schnell, »und natürlich kennst du Mr Bradford.« Fast wünschte sie, die Männer wären nicht hier gewesen. Sie brannte darauf, Roses Geschichte zu hören. Georgiana hatte sie ihr in groben Zügen geschildert, aber sie sehnte sich danach, sie aus Roses Mund zu erfahren.

Rose lächelte beide Männer an. Sie nahm auf dem Sofa Platz, und Ada setzte sich neben sie und spielte begeistert mit Baby Edward. »Mein erster Neffe! Ich verspreche, dich über die Maßen zu verwöhnen«, sagte sie zu ihm. »Aber sag mir, Rose, wann werden wir Alexander wiedersehen?«

»Schon bald, hoffe ich.« Roses Gesicht verriet ihre Bewegung. »Ich habe gerade erfahren, dass man ihm endlich Heimaturlaub gewährt hat. Er soll Ende Juli hier eintreffen, aber der Transport ist ja so unsicher.«

»O mein Gott, was für eine Erleichterung!« Ada nahm Roses Hand. »Was musst du alles durchgemacht haben! Und das mit einem Baby!«

»Ohne Noor hätte ich es nicht geschafft«, gestand Rose. »Sie ist meine Zofe; ich habe sie in Kairo eingestellt. Sie wusste, dass ich ein Baby erwartete, bevor es mir selber klar war. Nachdem ich das erfahren hatte, konnte ich Alexander nicht verlassen. Ich wollte nicht riskieren, dass er sterben würde, ohne sein Kind gesehen zu haben.« Ihre Stimme zitterte. »Als er versetzt wurde, habe ich meinen ganzen Einfluss aufgewendet, damit der General auch uns mitnahm. Glücklicherweise war er ein begeisterter Amateurmusiker und hatte einige meiner Kompositionen gehört, daher hatte er Mitgefühl. Ich bin froh, dass ich vorher nicht wusste, welche Härten das für uns bedeuten würde, sonst hätte ich es vielleicht nicht gewagt, die Reise auf mich zu nehmen. Aber ich bin so erleichtert, dass ich es getan habe, denn jetzt weiß ich wenigstens, dass Alexander seinen kleinen Jungen gesehen hat.« Sie hielt inne, sichtlich den Tränen nahe. Ada drückte ihre Hände; Worte konnten ihre Gefühle nicht ausdrücken. Sie wusste, in welcher Gefahr Alexander schwebte. Man konnte die Tatsache unmöglich ignorieren: Jeden Tag starben Hunderte junger Männer.

»Ihr Mut ist bewundernswert«, sagte Connor, den ernsten Blick auf Rose gerichtet. »Aber wie haben Sie es nach Hause geschafft?«

»Nach Edwards Geburt war Alexander sehr besorgt um seine Sicherheit. Wir konnten einen Platz auf einem Schiff ergattern, das uns nach Italien brachte. Alexander flehte mich an abzureisen. Also gehorchte ich und schiffte mich ein. Aber das Schiff wurde mit Torpedos beschossen, und wir gerieten in Seenot …«

»O Gott, Rose!«, rief Ada aus. Rose schwieg nur kurz, bevor sie fortfuhr, die Stimme leicht zitternd.

»Wir hatten das Glück, von einem britischen Schiff gerettet zu werden. Der Kapitän war unterwegs in den östlichen Mittelmeerraum und half uns, in Spanien an Land zu gehen, das, wie ihr wisst, neutral ist – und dann sind wir über Land weitergereist. Glücklicherweise spricht Noor etwas Spanisch, und wir schafften es zur Britischen Botschaft. Der Botschafter arrangierte dann unsere weitere Reise nach England.« Sie schwieg, sichtlich erschöpft bei der Erinnerung.

»Meine arme Rose.« Ada umarmte sie. »Fast bin ich froh, dass wir nicht wussten, was du durchmachst – ich wäre gestorben vor Angst.«

Rose lächelte matt. »In gewisser Weise bin ich dankbar für diese Erfahrung. Ich kann mich jetzt viel besser in die Menschen hineinversetzen, die durch diesen Krieg auf der Flucht sind. Ich weiß, wie sehr sie leiden. Außerdem waren wir Alexander so nahe wie möglich, so lange wie möglich, und ich bin … ich bin dankbar dafür.«

»Ach, Rose.« Wieder drückte Ada ihr die Hand und hätte ihr gerne versichert, dass ihm gewiss nichts passieren würde. Doch sie wusste, dass so etwas nicht garantiert werden konnte.

Sie hörte, wie jemand den Flur entlangrannte, und dann platzte Georgiana ins Zimmer, gefolgt von Michael.

»Ada!« Georgiana kniete sich zu ihr. »Schön, dich zu sehen, und zu wissen, dass du für eine Weile bei uns bleibst. Dein Zimmer ist schon vorbereitet. Und Mr Kearney – meine aufrichtigen Glückwünsche zu ihrem Sieg. Michael, sei so lieb und klingele nach Tee, ja?«

»Michael«, sagte Ada und dachte wieder daran, weshalb sie gekommen war, »würdest du deine Mutter bitten, auch hierherzukommen? Und Captain Wyndham. Ich nehme an, er ist zu Besuch?« Sie blickte Connor an, der bestätigend nickte.

»Geht es um das Testament?« Rose blickte mit großen Augen auf. »Es hat mir leidgetan zu hören, dass es Spannungen verursacht hat. Ich war so besorgt über den kleinen Edward und so beschäftigt mit meinen Briefen an Alexander, dass ich nicht genau verstanden habe, worum es geht.« Sie brach ab, als Rebecca eintrat.

»Rebecca, bitte ersuchen Sie die Gräfin und Captain Wyndham, hierherzukommen«, sagte Michael zu ihr. Nachdem sie gegangen war, wandte er sich wieder an Ada. »Du hast also etwas herausgefunden, Ada? Was denn?«

»Ich möchte lieber noch nichts sagen. Ich möchte Captain Wyndham erst die Gelegenheit geben, mir von Angesicht zu Angesicht Rede und Antwort zu stehen«, erwiderte Ada. Sie sah

Georgiana an, deren Gesichtsausdruck schwer zu interpretieren war. Einerseits wirkte sie besorgt, aber die weichherzige Georgiana würde wohl dasselbe für jeden empfinden, der in Schwierigkeiten war. Ada wusste, dass es nicht bedeuten musste, dass sie ihr Herz verloren hatte.

Sie blickte auf, als sie den autoritären Schritt der Gräfin den Flur entlangkommen hörte. Alle schwiegen, als Rebecca ihr die Tür öffnete und sich mit einem raschen Knicks wieder zurückzog.

»Was gibt es denn so Dringendes?« Die Gräfin trat ein. »Du meine Güte, wie ich sehe, sind alle versammelt.« Sie sah Connor an und hob fragend eine Augenbraue. »Direkt aus dem Gerichtssaal, Mr Kearney?«

»Und höchst erfrischt durch die Erfahrung, danke der Nachfrage, Lady Westlake«, antwortete Connor mit einem Grinsen. Die Gräfin schürzte die Lippen.

Ada bemerkte einen Schatten an der Tür. Francis Wyndham stand dort, mit mürrischer Miene. Jetzt zeigst du uns wenigstens mal dein wahres Gesicht, dachte Ada.

»Captain Wyndham, bitte kommen Sie herein und schließen Sie die Tür, wenn Sie so gut sein würden«, sagte sie höflich. »Darf ich Ihnen Mr Connor Kearney vorstellen?«

Nach einem kurzen Zögern trat Captain Wyndham ein und tat wie geheißen. Es widerstrebte ihm sichtlich, hier zu sein. Er nickte Connor knapp und ohne zu lächeln zu.

Ada räusperte sich und erhob sich. Die Akte war noch immer in ihren Händen; sie hielt sie behutsam fest. Zwar stand ihr kein Gerichtssaal zur Verfügung, doch sie würde das Beste aus diesem Salon machen. »Captain Wyndham«, sagte sie mit ihrem freundlichsten Lächeln, »ich befürchte, Sie haben uns nicht die ganze Wahrheit erzählt.«

62

Sanft löste Charlotte den letzten Verband von Sebastians Augen. Es war still im Zimmer; man hörte nur das Tropfen von Wasser in die Nierenschale, als sie das Tuch auswrang. Die Sonne fiel durch die Fenster herein, und die Musselinvorhänge bauschten sich in der Sommerbrise. Das Licht war so rein weiß, dass es fast blendete.

Vorsichtig reinigte Charlotte die Augen ihres Bruders. Das Blau war weißlich eingetrübt, und die Haut rund um die Augen war an einigen Stellen vernarbt und geschwollen. In manchen Fällen von Gasblindheit kehrte das Augenlicht irgendwann wieder, das wusste Charlotte. Doch sie wusste auch, dass man nicht damit rechnen konnte.

Sebastian saß still da wie eine Statue und blickte geradeaus, ohne etwas zu sehen. Er zuckte nicht, als sie seine Augen reinigte. Wenigstens, so dachte sie, brauchte er jetzt keine Verbände mehr. Der Stock, den ihm der Offizier gebracht hatte, lehnte immer noch unbenutzt an der Tür.

»Fertig«, sagte sie ruhig, stand auf, ging zur Tür und öffnete sie.

Flint stand draußen, so wie sie ihn gebeten hatte.

»Ist er da?«, flüsterte sie. Sie bebte. Tat sie das Richtige? Würde es gut ausgehen oder nicht?

»Ich bin hier«, sagte eine Stimme aus dem Hintergrund, und Oliver trat nach vorn. Er sah anders aus in Uniform. Älter, ernster.

Flint zog ihn weiter. »Rein mit dir, Kumpel«, flüsterte er.

Doch Oliver blieb zunächst stehen. »Miss Templeton, ich weiß immer noch nicht, warum ich hier bin.«

»Gehen Sie!« Charlotte schob ihn durch die Tür und schloss sie hinter ihm. Wortlos sah sie Flint an. Er nahm ihre Hände und hielt sie beruhigend fest.

»Komm, lass uns gehen«, murmelte er.

»Und wenn es ganz furchtbar schiefgeht? Angenommen …«, flüsterte Charlotte, als er sie durch den Flur zum Wintergarten führte.

»Dann hast du dein Bestes getan, mehr kannst du nicht tun.«

»Aber war es richtig, ihm zu telegraphieren? Meinst du, dass das richtig war?«

»Ja, das glaube ich.« Flint legt einen Arm um sie und drehte sie dann zu sich um. »Charlotte – Schwester Templeton –, du hast immer recht. Das ist eine der Eigenschaften, die ich an dir liebe.«

»Ich habe nicht immer recht«, erwiderte Charlotte lächelnd und dachte an die vielen Gelegenheiten, bei denen sie sich geirrt hatte.

»Doch, das hast du, wenn du auf dein Herz hörst, und das ist es, was zählt.« Ein Lächeln ließ seine Augen aufleuchten.

Unwillkürlich erwiderte Charlotte sein Lächeln.

»Hör mal, ich glaube, ich schulde dir eine Erklärung«, fuhr Flint ernsthaft fort. »Bestimmt hast du dich schon gefragt, warum ich nichts unternommen habe, ich meine, warum ich nicht um deine Hand angehalten habe.«

»Ich …« Charlotte wurde klar, dass sie sich das überhaupt

noch nicht gefragt hatte. Natürlich hatte sie erwartet, dass er ihr einen Antrag machen würde. Aber sie hatte sich nicht gefragt, warum er es bisher noch nicht getan hatte. Sie hatte keine Zeit dazu gehabt.

»Das ist unverzeihlich von mir, ich weiß. Ich bin nicht einer von deinen englischen Gentlemen, doch ich hoffe, dass ich ein Gentleman bin, wenn es darauf ankommt. Ich weiß, dass ich mittlerweile schon etwas hätte sagen müssen. Aber die Sache ist die«, fuhr er verlegen fort, »dass ich nicht damit gerechnet habe, dass du einem solchen Ort entstammst. Natürlich wusste ich, dass du aus einer noblen Familie kommst, aber wir Amerikaner kennen uns nicht so gut aus mit Akzenten und so weiter, befürchte ich.«

»Das spielt doch keine Rolle«, entgegnete Charlotte und war überrascht, dass sie das wirklich ehrlich meinte.

»Ich habe so lange gebraucht, um dir zu schreiben, weil ich mich schämte – nein, schämen ist nicht das richtige Wort –, aber ich wollte nicht, dass mein Brief dir verrät, was ich für ein ungebildeter Mann bin. Manches im Leben kann ich wirklich gut, aber Briefe schreiben gehört nicht dazu. Eine solche Bildung habe ich nicht genossen.«

»Ich …«

»Die Wahrheit ist, dass ich nicht recht weiß, wie ich dich bitten kann, mich zu heiraten. Nicht, wenn ich mich umblicke und sehe, wie du lebst. Ich habe dir nichts zu bieten außer einem Leben, das härter ist als alles, was du je zuvor erfahren hast.«

»Härter als an der Front?«

»In gewisser Weise schon. Armut ist anders als Krieg.«

»Du bist nicht arm. Du erhältst doch den Sold eines Captains.«

»Aber was ist das denn im Vergleich zu dem, woran du gewöhnt bist?«

»Flint, ich habe sehr viel Geld!«

»Das ist es ja gerade. Ich will nicht als Mitgiftjäger betrachtet werden. Ich kann dich nicht bitten, mich zu heiraten, bis ich dir etwas bieten kann, das genauso gut ist wie das, woran du gewöhnt bist!«

»Ich soll also warten, bis du zum Brigadegeneral und Kommandanten der Royal Flying Corps aufgestiegen bist?« Charlotte konnte ein Lächeln kaum unterdrücken. »Wenn der Krieg lange genug dauert, könntest du das schaffen.«

»Mach dich nicht lustig über mich, Charlotte. Das hätte ich nicht von dir erwartet.«

»Es tut mir leid – aber Liebling, du bist so amüsant. Du hast mir dein Herz ausgeschüttet, also sollte ich wohl dasselbe tun, oder?« Sie hielt inne und fuhr dann fort. »Tatsache ist, dass ich mir nicht die Liebe meines Lebens nehmen lassen werde, nur deiner Skrupel wegen. Ich habe lange Zeit auf das Glück gewartet, und ich werde es nicht aufgeben, nun, wo ich es gefunden habe. Ich verstehe, dass du mir keinen Antrag machen kannst, und ich respektiere deine Lage. Also werde ich es dir ein bisschen leichter machen.« Sie trat näher zu ihm, legte ihm die Hand auf die Schulter und flüsterte ihm ins Ohr. »Ich bin fest entschlossen, dich zu heiraten, Captain MacAllister. Ich werde dich heiraten und in einem Zelt, einer Hütte oder was immer du bevorzugst leben. Ich werde saubermachen und kochen und alles andere, ich werde ganz gewöhnlich sein und dabei absolut glücklich, unter einer einzigen Bedingung – dass ich jeden Tag dein Lächeln sehe.«

»Charlotte …«

»Verstehst du mich jetzt? Ich mache dir einen Antrag. Was

sagst du dazu, Kumpel?« Jetzt konnte sie ihr Lächeln nicht mehr unterdrücken. »Und ich warne dich: Wenn du ihn ablehnst, werde ich dir einfach in der schmachvoll verkommensten Weise folgen, bis du, als Gentleman, keine andere Wahl hast, als mich zu einer ehrbaren Frau zu machen. Ist das klar? Was sagst du dazu?«

Flint hatte sie erstaunt angestarrt, und jetzt verzog er das Gesicht zu einem breiten Grinsen. Er fing an zu lachen und zog sie in seine Arme. »Das lässt mir ja praktisch keine Wahl, oder?« Und falls Charlotte noch Zweifel gehabt hätte, hätte die Zärtlichkeit in seiner Stimme sie endgültig vertrieben.

63

»Wer ist da?«, fragte Sebastian.

Er neigte den Kopf zur Seite und lauschte. Charlotte war hinausgegangen, und jemand anders war eingetreten. Wer war es? Die Person, wer immer es sein mochte, hatte weder gesprochen noch sich bewegt. Unbehagen überkam ihn – nein, nicht direkt Unbehagen, etwas, das ihm den Atem nahm. Eine Art Freude, grundlos, wie ein Kind, das am ersten Ferientag erwacht und gar nicht weiß, warum es so aufgeregt ist.

»Wer ist da?«, wiederholte er, mit schneidender Stimme vor Angst, dass er enttäuscht werden könnte.

Die Person an der Tür machte eine Bewegung in seine Richtung. In dieser Sekunde wusste es Sebastian. Natürlich brauchte er Oliver nicht zu sehen, um zu wissen, dass er es war. Allein der Rhythmus seines Atems, ein so geliebtes und vertrautes Geräusch, ein Geräusch, von dem er geträumt hatte, das er sich vorgestellt hatte, nach dem er sich gesehnt hatte in seiner Zeit in den Schützengräben, sagte ihm, wer es war. Automatisch verbarg er sein Gesicht in den Händen, denn schon der Gedanke machte ihn krank, dass Oliver ihn so sah. Dann hörte er rasche Schritte, und Oliver war bei ihm. Er nahm ihn in die Arme, kniete sich vor ihn hin und schluchzte. Unwillkürlich streckte Sebastian die Hand aus, um Olivers weiches, lockiges Haar zu berühren. Wie sehr er sich nach dieser Umarmung, diesem süßen Duft gesehnt hatte!

»Sebastian …«, stieß Oliver unter Tränen hervor. »Gott sei Dank. Ich habe gedacht, ich hätte dich verloren!« Noch immer zu seinen Füßen kniend, nahm er Sebastians Hände und bedeckte sie mit Küssen.

Sebastian blieb einen köstlichen, wunderschönen Moment lang so sitzen, doch dann zwang er sich, die Hände wegzuziehen. Er musste stark sein. Er durfte sich nicht erlauben, dieser herrlichen Versuchung nachzugeben. »Ich kann nicht«, sagte er. »Du solltest nicht hier sein.«

Statt einer Antwort umfasste Oliver sein Gesicht und zog ihn hinunter zu einem so langen und leidenschaftlichen Kuss, dass Sebastian die Luft ausging und er all seine Entscheidungen, keine Last zu sein, über Bord warf. Sie küssten sich lange, und Sebastian kämpfte nicht dagegen an. Er wusste, dass er nicht stark genug war, diesem Gefühl zu widerstehen.

Endlich gewann er die Kraft, sich zurückzuziehen. Er spürte, wie Olivers Hände sein Haar liebkosten und die geschwollene Haut um seine Augen streichelten. Er versuchte das Glück zu bekämpfen, das ihn zu überwältigen drohte. »Du hättest nicht kommen dürfen«, wiederholte er. »Das ist ganz und gar unmöglich.« Wieder küsste ihn Oliver zart auf den Mund. »Hör auf, das zu sagen.«

»Sie hätte dich nicht holen dürfen.«

»Doch, es war richtig von ihr. Du ahnst nicht, wie verzweifelt ich versucht habe, dich aufzuspüren. Ich hätte nie geglaubt, dass du dich als einfacher Soldat gemeldet hättest.« Seine zarten Finger tasteten Sebastians Augen ab. »Deine wunderschönen Augen. Tun sie dir weh?«

»Nein.« Innerlich zuckte Sebastian zusammen. »Aber du musst mich doch jetzt abstoßend finden.«

»Glaubst du das wirklich?«

Die Wärme, die Liebe und der leise Vorwurf in Olivers Stimme brachten Sebastian zum Schweigen.

»Ich will keine Last sein«, sagte er schließlich. »Nicht für dich, für niemanden.«

»Eine Last? Sebastian, dich wiederzufinden hat die einzige Last von mir genommen, die ich trug.«

»Aber ich will nicht, dass du dein Leben opferst, um dich um mich zu kümmern.«

»Aber das ist genau das, was ich tun möchte. Und ich möchte auch, dass du dich um mich kümmerst. Das sollten wir tun, genau wie du gesagt hast – und ich war zu stolz und zu dumm, um zu wissen, was für ein Schatz du bist.«

»Wie meinst du das?«

»Wir werden zusammenleben. Zurückgezogen. Niemand würde vermuten, dass ich etwas anderes bin als dein Dienstbote. Eines Tages wird dieser Krieg vorüber sein, Sebastian, und dann wird die Welt ein besserer Ort sein. Nichts wird mehr so sein wie früher, und vielleicht wird es einfacher für uns werden. Doch selbst wenn nicht, werden wir unseren Weg gehen. Was immer die Zukunft uns bringt: Ich weiß, wir können sie bewältigen – zusammen.«

Sebastian berührte den Khakistoff von Olivers Hemd, die raue Borte. Er erwiderte nichts. Er wusste, dass Oliver ihm das Beste gab, was er jemals hätte erhoffen können. Welche Tragödie, dass ein Krieg dazu nötig war, um es zu erkennen!

Olivers Küsse bedeckten sein Haar. Er hob sein Gesicht. So muss sich eine verwelkende Blume fühlen, dachte er, wenn der Regen endlich fällt.

64

»Ich verstehe Ihre Unterstellungen nicht, Lady Ada, aber ich finde sie absolut geschmacklos.« Captain Wyndham erhob die Stimme. Ada sah, wie Georgiana zusammenzuckte und zur Tür blickte. Es wäre nicht gut, wenn die Dienstboten diese Szene mithören würden.

»Meiner Meinung nach hat sich Lady Ada sehr deutlich ausgedrückt. Das Dokument, das Sie vorgelegt haben, um Ihren Anspruch auf das Landgut zu untermauern, war eine Fälschung.« Connors Stimme klang kalt und hart.

»Unsinn!«, begehrte Captain Wyndham auf. »Es ist ein altes Dokument, das …«

»Gewiss, es sieht alt aus. Es gibt geschickte Fachleute, die so etwas zuwege bringen, zu einem gewissen Preis.«

»Woher wollen Sie denn überhaupt wissen …«

»Captain Wyndham, ich habe mich bereits öfter mit derartigen Fällen befasst.«

In Connors Stimme schwang pure Verachtung mit. »Die Hinweise sind leicht zu entdecken, besonders, wenn ein Stümper am Werk war. Für mehr Geld hätten Sie eine überzeugendere Fälschung bekommen können.«

»Ich kann das nicht von Ihnen glauben, Sir«, fiel Mr Bradford ein. »Und insbesondere im Namen von Lady Georgiana könnte ich nicht trauriger sein.«

»Warum?«, fragte Ada schneidend, im selben Augenblick, in dem Georgiana sagte: »Ach? Warum meinetwegen, Mr Bradford? Vielen Dank, aber …«

»Nun ja, Ihre Verlobung … Ich nehme an, dass jetzt nichts mehr so ist wie zuvor?«

Georgiana blickte zwischen Captain Wyndham und Mr Bradford hin und her. Captain Wyndham war jetzt extrem rot im Gesicht, wie Ada fasziniert feststellte.

»Ich bin nicht mit Captain Wyndham verlobt«, sagte Georgiana mit großen Augen.

»Oh!«, rief Mr Bradford aus. »Aber der Graf hat mir zu verstehen gegeben …«

»Und Sie haben ihm daraufhin Geld aus den Einkünften des Landguts vorgeschossen«, unterbrach ihn Connor mit einem sarkastischen Lächeln. »Natürlich. Hut ab, Captain Wyndham, Sie haben an alles gedacht. Haben Sie so etwas schon einmal gemacht?«

»Nicht sehr viel Geld.« Mr Bradford errötete.

»Wir müssen auch für die kleinen Dinge dankbar sein«, bemerkte Ada trocken.

»Ich verstehe das nicht!« Die Gräfin legte eine Hand an die Stirn. »Doch ich bin sicher, wenn dies der Wahrheit entspricht, kann Captain Wyndham keine Ahnung davon gehabt haben, dass sich sein Anwalt geirrt hat.«

»Unglücklicherweise lässt ein Brief von seiner Hand andere Schlussfolgerungen zu«, sagte Connor. Er nahm ein Blatt Papier aus dem Ordner und hielt es in die Luft, so dass jeder die kühne Unterschrift erkennen konnte: *F. Wyndham*.

»Ich bin sicher, dass Captain Wyndham eine Erklärung dafür hat«, sagte Georgiana und sah ihn an. Ada fragte sich, wie irgendjemand das Herz haben konnte, ihr Vertrauen zu enttäuschen. Captain Wyndham schien ähnlich zu empfinden, denn seine Augen flackerten, und zum ersten Mal während der Unterhaltung fand Ada, dass er beschämt aussah.

»Ich werde meinen Rechtsanwalt hinzuziehen müssen«, murmelte er.

»Ich will Ihnen sagen, was Sie tun werden«, sagte Ada, die allmählich die Geduld verlor. »Sie werden sich hier hinsetzen, jetzt, an diesen Schreibtisch, und einen Brief schreiben, in dem Sie erklären, dass Sie wissen, dass das Dokument, auf dem Ihr Anspruch auf Somerton beruhte, eine Fälschung war. Damit ziehen Sie Ihren Anspruch auf das Anwesen zurück.«

»Und dabei werden Sie es belassen?«

»Ich möchte nicht, dass der Titel meines verstorbenen Vaters in den Schmutz gezogen wird.« Ada blickte reihum ihre Schwestern und die Gräfin an. Jede von ihnen nickte zustimmend.

Captain Wyndham atmete tief durch. Ada beobachtete ihn genau. Sie war sich sicher, dass unter der glatten Oberfläche sein Gehirn fieberhaft arbeitete und den besten Weg aus der Situation suchte.

»Natürlich habe ich nicht den Wunsch, vom Betrug meines Anwalts zu profitieren«, sagte Captain Wyndham schließlich und entblößte die Zähne zu einem Lächeln. »Er arbeitet seit langer Zeit für unsere Familie und glaubte zweifellos, dass ich sein Handeln gutheißen würde. Aber ich bin bereit, Ihr Wort als Gentleman zu akzeptieren, Mr Kearney, dass dieses Dokument nicht das ist, wofür ich es gehalten habe.«

»Mr Kearneys Wort und Ihr Brief als Beweis!«, rief Ada, wütend über die Art, wie er so lässig seine Schuld abzuschütteln versuchte.

Captain Wyndham durchquerte das Zimmer hinüber zum Sekretär, setzte sich und sah sie mit einem übertriebenen Lächeln an. »Briefe können falsch interpretiert werden. Möglicherweise habe ich ihn in einer ganz anderen Angelegenheit geschrieben.«

Ada stockte der Atem vor Empörung, doch sie erhaschte Connors Blick und schluckte sie hinunter. Du hast deinen Fall gewonnen, sagten seine Augen. Verdirb nicht die gute Arbeit, indem du die Selbstbeherrschung verlierst.

In der Stille hörte man nur den Füller über das Papier kratzen. Endlich erhob sich Captain Wyndham und reichte Ada den Brief. »Genügt das?«, fragte er mit einem sarkastischen Lächeln.

Ada las den Brief. Er schien nichtssagend, aber sie reichte ihn Connor. Dieser las ihn ebenfalls und deutete mit einem kurzen Nicken sein Einverständnis an.

»Na schön. Dann werde ich mich jetzt verabschieden. Lady Ada. Mr Kearney.«

Ada beantwortete seine Verbeugung mit einer eiskalten leichten Kopfbewegung.

Captain Wyndham wandte sich mit demselben sarkastischen Lächeln an die Gräfin. »Ich erwarte nicht, so bald wieder hierher eingeladen zu werden, Lady Westlake. Ich danke Ihnen für Ihre Gastfreundschaft. Lady Rose, ich wünschte, wir hätten einander besser kennengelernt, und ich hoffe, dass Ihr Ehemann den Krieg überlebt. Und Lady Georgiana …«

»Gehen Sie nicht zu weit«, sagte Michael zwischen den Zähnen hindurch.

Captain Wyndham zögerte, sein Lächeln erstarb, und er eilte zur Tür. Ada war nicht überrascht; der Blick in Michaels Gesicht war dergestalt, dass jedermann auf dem Absatz kehrtgemacht und die Flucht ergriffen hätte.

»Nun«, sagte Rose mit einem erleichterten Seufzer, als sie

Francis' Automobil die Auffahrt hinunterrollen sahen, »das ist wenigstens vorbei.«

»Wenn ich daran denke, dass ich Charlotte dazu ermuntert habe, ihn zu heiraten! Ich finde, dass er zu glimpflich davongekommen ist«, sagte die Gräfin.

»Wie könnten wir mehr gegen ihn unternehmen? Die Polizei können wir schwerlich einschalten.«

»Meine Güte, nein! Das wäre ein gefundenes Fressen für die Zeitungen.«

»Wir sollten einfach dankbar dafür sein, dass Lady Adas intelligente Nachforschungen ihre Früchte getragen haben«, sagte Connor. »Er mag der Graf von Westlake sein, aber er wird nie Herr von Somerton werden. Und sogar ein Graf kann von seinem Club ausgeschlossen werden.« Er zog eine Augenbraue hoch.

»Das können Sie arrangieren, vermute ich?« Michael sah ihn amüsiert an. »Sie scheinen alles arrangieren zu können.«

»Sie wollen doch nicht etwa schon wieder fahren!«, rief Georgiana. »Sie müssen noch bleiben, Mr Kearney.«

»Vielen Dank, aber ich muss nach Oxford zurückkehren«, erwiderte Connor. »Ich muss noch etwas erledigen und das neue Trimester vorbereiten.«

»Ich finde den Gedanken seltsam, dass das Lehren und Lernen immer noch weitergeht, als ob es keinen Krieg gäbe«, sagte Georgiana seufzend, als sie die Treppe hinunter zu dem wartenden Automobil gingen.

»Das Leben geht weiter. Ist es nicht das, wofür wir kämpfen?« Ada lächelte ihre Schwester an, als Connor in den Wagen stieg.

»Es geht weiter, aber nicht unverändert, befürchte ich«, erwiderte Georgiana.

Ada berührte liebevoll die Hand ihrer Schwester. Aus dem Auto stieg der vertraute Geruch von warmem Holz und Leder sowie der aromatische Duft von Connors Zigarre auf und hüllte sie ein.

»Auf Wiedersehen, Connor«, sagte sie, und Georgiana verabschiedete sich ebenfalls.

Connor hob die Hand zum Gruß. »Auf Wiedersehen, Lady Ada. Auf Wiedersehen, Lady Georgiana. Bis zum nächsten Mal.«

Er klopfte gegen die Trennscheibe und signalisierte seinem Chauffeur, loszufahren. Langsam rollte das Auto mit knirschenden Reifen über den Kies davon.

Ada blickte ihm nach.

»Alles verändert sich«, sagte sie zu Georgiana. »Aber vielleicht werden einige Veränderungen zum Besseren sein.«

65

Charlotte hielt Flint an der Hand und spähte zur Tür hinein. Ada und ihr Besuch hatten das Zimmer verlassen und scheinbar auch Captain Wyndham. Sie vermutete, dass sich etwas Wichtiges zugetragen hatte, konnte sich aber auf nichts konzentrieren, bis sie getan hatte, was sie tun musste. Die Gräfin saß am Fenster, still und sichtlich in Gedanken versunken. Das Abendlicht war unbarmherzig, und zum ersten Mal betrachtete Charlotte ihre Mutter als Frau an der Schwelle zum Alter – zum ersten Mal empfand sie Mitleid mit ihr.

Flint zog sie zurück, als sie zum Sprechen ansetzte. »Bist du wirklich sicher?«, flüsterte er. »Denn so, wie ich Ihre Majestät bisher erlebt habe, wird sie mir wohl nicht gerade den roten Teppich ausrollen.«

Charlotte lächelte. »Das kann gut sein«, erwiderte sie ebenfalls flüsternd. »Aber wir müssen es ihr sagen, und je eher, desto besser.«

Sie trat durch die Tür und räusperte sich. »Mutter, kann ich dich für einen Moment sprechen?«

Ihre Mutter blickte auf, sah Flint, und Charlotte beobachtete, wie sich ihr Gesicht in eine Leichenbittermiene verwandelte. »Ich nehme an, dass es mir nicht gefallen wird, was ich erfahren werde«, sagte sie und erhob sich.

»Genau das habe ich ihr auch gesagt, Ma'am, aber sie wollte nicht hören«, erwiderte Flint trocken.

»Ich glaube nicht, dass wir einander bereits vorgestellt wurden, Mr …«

»Nein, aber ich vermute, dass Sie eine Ahnung davon haben, wer ich bin, da Sie schließlich beobachtet haben, wie Ihre Tochter vor ein paar Tagen in meine Arme gesprungen ist wie eine Katze von heißen Kohlen.«

»Das ist nicht dasselbe wie eine förmliche Vorstellung«, entgegnete die Gräfin frostig.

»Mutter, genau darum geht es. Genau deswegen bin ich jetzt hier«, unterbrach Charlotte sie, bevor die Situation aus dem Ruder laufen konnte. »Ich weiß ja, dass es nicht die richtige Art war, einander kennenzulernen, und es tut mir leid. Doch jetzt möchte ich ihn dir richtig vorstellen. Dies ist Captain MacAllister. Er ist Amerikaner, aber er hat England als Pilot bei der Royal Air Force heldenhaft verteidigt. Dafür wird er demnächst das Militärkreuz erhalten.«

»Das ist bewundernswert, aber macht es ihn zu einem Gentleman?«, erwiderte die Gräfin.

»Ist mir vollkommen egal, ob es das tut oder nicht«, sagte Flint. »Ich will nicht unbedingt ein Gentleman sein. Und soweit ich sehen kann, bedeutet das, dass man sich nicht alleine anziehen oder mit irgendjemandem reden kann, ohne dass man einander vorgestellt wurde. Ma'am, wenn das Leben so weiterginge, würde sich rein gar nichts verändern. Ich glaube, die Welt braucht ein paar normale Leute wie mich, damit sie sich weiterdreht.«

Charlotte unterdrückte ein Lächeln beim Gesichtsausdruck ihrer Mutter.

»Mutter, ich weiß, dass es dir nicht gefallen wird. Du hast

sehr viel investiert, damit ich eine vorteilhafte Ehe schließe, und ich weiß, wie enttäuscht du sein musst. Aber ich liebe Flint, und ich werde ihn heiraten.«

»Ich verstehe! Nun, du kannst über das Vermögen, das dein Vater dir vererbt hat, frei verfügen, sobald du dreißig wirst. Bis dahin ist es eine lange Zeit, um in Armut zu leben.«

»Ich würde es nicht direkt als Armut bezeichnen. Ich kann arbeiten und Flint ebenso. Sein Arm hält ihn nur vom Fliegen ab, aber nicht davon, einer ordentlichen Arbeit nachzugehen.«

»Ich hätte nie gedacht, dass du je so etwas sagen würdest, Charlotte.«

»Ich hätte das auch nicht erwartet«, entgegnete Charlotte sanft. »Aber ich tue es. Und es ist das, was ich mir wünsche. Flint macht mich glücklich, und das ist alles, was ich wirklich brauche.« Sie nahm seine Hand. »Mutter, ich wünschte, ich könnte dich glücklich machen. Ich bedaure, dass ich so eine … Enttäuschung bin.« Ihre Augen füllten sich mit Tränen, womit sie nicht gerechnet hatte. »Ich weiß, dass du eine große Hochzeit für mich wolltest, und das tut mir leid.« Sie brachte es fertig, unter Tränen zu lächeln. »Ich glaube, dass Flint und ich eine wunderbare Hochzeit haben werden – vielleicht nicht in den Augen der Gesellschaft, aber in unseren eigenen. Kannst du mir verzeihen?«

Ihre Mutter seufzte. »Oh, Charlotte. Ich liebe alle meine Kinder, obwohl ich es vielleicht nicht genügend gezeigt habe.« Ihre Stimme zitterte. »Dennoch vertraut Michael mir nicht, und Sebastian …« Sie hielt abrupt inne, und Charlotte sah, dass sie den Tränen nahe war. »Ich könnte es nicht ertragen, mich auch noch von dir zu entfremden. Ich werde dich nicht an dieser Heirat hindern, obwohl ich befürchte, dass du sie bedauern wirst.«

»Ma'am«, sagte Flint, »Charlotte hat Ihnen noch etwas anderes zu sagen. Etwas, das Sie aufheitern wird, das verspreche ich Ihnen.«

Charlotte warf ihm einen raschen Blick zu. Sie war sich nicht sicher, dass das das Richtige war. Sebastian hatte sich sehr klar ausgedrückt. Doch ein weiterer Blick auf das Gesicht ihrer Mutter sagte ihr, dass Flint recht hatte.

»Ach ja?« Die Gräfin gewann wieder ein Stück weit die Beherrschung zurück. »Darf ich fragen, was?«

»Mutter«, sagte Charlotte, nahm ihre Hand und führte sie zum Sofa. »Bitte setz dich neben mich. Es könnte ein Schock für dich sein …«

66

Palesbury

Der Zug pfiff, und Dampf wallte über den Bahnsteig und verschluckte die knallroten Geranien in den Pflanzkübeln. Der Bahnhofsvorsteher hob die Flagge und das polierte Schild mit der Aufschrift *Palesbury*. Georgiana winkte mit dem Taschentuch, als die Dampflok Fahrt aufnahm und davonstampfte, einige Soldaten mit Tornistern in der Hand sowie gewöhnliche Reisende mit Koffern zurücklassend, die sich nun auf den Weg zum Bahnhofsausgang machten.

»So«, sagte Georgiana mit einem kleinen Seufzer und wandte sich an Rebecca und Rose. »Jetzt ist Thomas weg.«

»Aber er wird zurückkommen, Mylady.« Rebecca lächelte unter Tränen.

Rose nahm Rebeccas Hand und drückte sie liebevoll. »Ich weiß, wie schwer es ist, von einem geliebten Menschen getrennt zu sein«, sagte sie.

»Es ist schwer«, sagte Rebecca, »aber ich bin mir sicher, dass ich die richtige Entscheidung getroffen habe. Ich will Somerton nicht verlassen. Nicht jetzt.«

»Wir freuen uns, das zu hören«, sagte Georgiana. »Wir möchten Sie um nichts in der Welt verlieren – jedenfalls nicht, bis Thomas zurückkehrt und Sie für sich beansprucht.«

»Vielen Dank, Mylady. Es bedeutet mir viel, dass Sie das sagen. Doch wenn Sie mich jetzt entschuldigen würden – ich muss wirklich zum Haus zurückkehren.« Rebecca lächelte und ging zu ihrem Fahrrad, das am Geländer lehnte. Georgiana sah ihr nach. Rebecca blieb nur noch einmal stehen, um mit den Fingern Edward zuzuwinken, der auf Noors Schoß im Automobil saß und mit großen Augen zum Fenster hinausschaute. Noor nahm seine Hand und winkte zurück, als Rebecca durch die schattige Allee zurück nach Somerton fuhr.

»Wie süß er ist«, sagte Georgiana lächelnd. »Wenn ich daran denke, was diese Augen schon alles gesehen haben! Dennoch nehme ich an, dass er sich den Bahnhof von Palesbury genauso verwundert ansieht, wie er die Pyramiden bestaunt hat.«

Rose lachte. »Ja, er ist eine Freude. Ob er Alexander wiedererkennen wird? Ich glaube nicht, aber trotzdem hoffe ich es.« Mit plötzlicher Beklemmung fügte sie hinzu: »Oh, ich hoffe, dass nichts schiefgegangen ist. Bestimmt hat sein Zug Verspätung!«

»Nein, das ist nur die Bahnhofsuhr«, sagte Georgiana. »Keine Sorge, Rose, ich bin sicher, sein Zug wird bald eintreffen. Wir sollten hinüber auf den anderen Bahnsteig gehen.«

Sie überquerten gemeinsam den Übergang zu dem Bahnsteig, an dem der Zug aus London ankommen sollte. Kurz nachdem sie ihn erreicht hatten, klingelte die Glocke. Rose schnappte nach Luft und griff nach Georgianas Hand.

»Ich bin so dumm – verzeih mir. Ich weiß nicht, warum ich so nervös bin«, fügte sie mit einem kleinen Lachen hinzu. »Wenn ich mir vorstelle, dass er sich möglicherweise verändert hat …«

»Bestimmt denkst du an Sebastian.«

»Das stimmt. Natürlich bin ich dankbar, dass er lebt. Und

was für ein Glück es ist, ihn ausgerechnet bei uns in Somerton wiederzufinden, direkt vor unserer Nase! Aber …«

»Es bricht uns allen das Herz, dass er blind ist«, sagte Georgiana nüchtern.

»Es ist nicht nur das. Er hat sich verändert. Er wirkt trauriger und irgendwie älter.« Roses Stimme zitterte. »Ich könnte es nicht ertragen, wenn sich Alexander irgendwie verändert hätte, wenn er ein anderer geworden wäre, so dass wir einander nicht mehr verstehen würden. Es wird immer Dinge geben, die er mir gegenüber nicht ansprechen kann …«

Georgiana sah sie mitfühlend an. »Sosehr er sich möglicherweise durch das verändert hat, was er gesehen und erlitten hat, ich weiß, dass seine Liebe für dich unverändert geblieben ist. Außerdem«, sagte sie nachdenklich mit dem Gedanken an Sebastian, der noch heute Morgen von Oliver und Ada geführt durch den Garten spaziert war, »glaube ich, dass Sebastian trotz allem glücklich ist, wegen Oliver. Das ist doch im Grunde alles, was man braucht, oder? Das einem die Menschen, die man liebt, nahe sind und dass es ihnen gutgeht.«

Sie brach ab, als das ferne Pfeifen des Zuges ertönte.

»Oh, der Zug ist gleich da!« Rose klammerte sich an Georgianas Arm. »Wenn er nur darin sitzt, wie er es angekündigt hat! Ich habe schon von Männern gehört, die einen Tag vor ihrem Urlaub getötet wurden. Ach, ich bin albern, verzeih mir. Bitte lieber Gott, lass ihn in diesem Zug sitzen!«

Der Zug kam in Sicht, umgeben von weißen Wolken und in der Sonne glänzend, als er auf sie zu raste. Ein schrilles Hupen, dann fuhr er stampfend in den Bahnhof ein. Dampf umgab sie wie freundliche Gespenster, und ringsum roch es nach Ruß.

»Ich sehe ihn nicht!« Rose spähte durch den Rauch. »Oh, stell dir vor, er ist …«

Dann lösten sich die Dampfkringel allmählich auf, und Georgiana sah, wie jemand den Bahnsteig entlang auf sie zukam – jemand mit einem widerspenstigen dunklen Haarschopf unter der Mütze, in Uniform und mit Tornistern bepackt. Er wirkte dünner, als sie ihn in Erinnerung hatte, und sein Gesicht war ernst und trug die Spuren tiefer Erschöpfung. Doch er war es, zweifellos. Alexander.

Rose ließ Georgianas Arm los und rannte auf ihn zu. Er ließ seine Taschen fallen und riss sie in seine Arme. Ihre Lippen trafen sich. Georgianas Augen füllten sich mit Freudentränen, als der Dampf sie erneut verschleierte. Dann, nach einer langen Zeit, hörte sie ihre Stimmen, ihr glückliches Gelächter gemischt mit Freudenschluchzern, als sie den Bahnsteig entlang auf sie zukamen. Sie tauchten aus dem Rauch auf wie Geister aus einer anderen Welt, die Arme fest verschränkt, als wollten sie einander nie wieder loslassen.

Georgiana lächelte bei dem Anblick des Glücks auf ihren beiden Gesichtern. »Verschwende keinen Moment mit mir«, sagte sie sofort zu Alexander. »Lass mich dir nur sagen, wie froh ich bin, dich zu sehen – und jetzt ab mit euch ins Auto.«

»Ja, du musst dir ansehen, wie sehr Edward gewachsen ist!«, sagte Rose und wischte sich immer noch die Tränen aus dem Gesicht. »Ich weiß nicht, warum ich weine! Es muss die Erleichterung sein.«

Alexander warf Georgiana ein liebevolles Lächeln zu und ging dann zum Automobil. Georgiana war betroffen von der Erschöpfung in seinem Gesicht. Es war kaum ein Jahr her, seit sie einander zum letzten Mal gesehen hatten, doch sie erkannte auf einen Blick, wie tief er von seinen Erfahrungen gezeichnet war. Wenigstens, so dachte sie, war er in Sicherheit. Voller Mitgefühl folgte sie den beiden zum Automobil und sprach mit dem Chauffeur. »Bitte fahren Sie den Herzog und die Herzogin zurück nach Somerton. Ich gehe zu Fuß – es ist ein schöner Tag.«

Rose und Alexander saßen bereits im Automobil, Alexander mit Edward in den Armen. Er blickte auf. »Bist du sicher, dass du zu Fuß gehen willst? Es ist ein langer Weg.«

»Unsinn!«, unterbrach ihn Georgiana lachend. »Es ist gar nicht weit, und außerdem möchte ich euer Wiedersehen nicht stören.«

Alexander lächelte dankbar und wandte sich dann wieder seinem Sohn zu. Das Automobil fuhr los, und Georgiana hob die Hand zum Gruß. Als sie allein zurückblieb und nur noch Vogelgezwitscher und das ferne Blöken der Schafe die Stille störten, seufzte sie und fühlte sich plötzlich ein wenig einsam. Sie wandte sich zum Gatter, das von der Allee aus in die Felder führte, da sie vorhatte, über den sonnigen Hügel zu spazieren, der mit Butterblumen und Gänseblümchen übersät war und wo überall die Bienen summten. Doch als sie das Gatter entriegelte, sah sie, dass jemand den Hügel herunter auf sie zukam. Es dauerte nur einen Moment, bis sie die Gestalt erkannte. Es war Michael.

»Hallo«, begrüßte er sie außer Atem, als er auf sie zu rannte. »Ich nehme an, Alexanders Zug ist eingetroffen? Ich habe das Automobil die Allee entlangfahren sehen.«

»Ja, er ist angekommen, und jetzt fahren sie zurück nach Somerton. Es tut mir leid, dass du sie verpasst hast.«

»Ich bin gar nicht wegen Alexander gekommen. Sicher werde ich ihn beim Abendessen sehen. Nein, ich habe vermutet, dass du zu Fuß zurückgehst, und dachte mir, du würdest dich vielleicht über etwas Gesellschaft freuen.«

Georgiana war überrascht, aber glücklich. »Natürlich bin ich froh.«

Sie machten sich auf den Weg den Hügel hinauf. Michael

ging mit den Händen in den Taschen vergraben. Georgiana warf ihm Seitenblicke zu. »Sieht dir gar nicht ähnlich, so ritterlich zu sein«, neckte sie ihn.

»Ich weiß – aber vielleicht sollte ich es ein bisschen üben«, erwiderte er. »Du hast jedenfalls etwas Ritterlichkeit verdient, daher sollte ich mich anstrengen.«

Georgiana antwortete nicht und wandte den Blick ab. Wahrscheinlich ist es einfach nur so dahingesagt, ermahnte sie sich. Wortlos spazierten sie nebeneinander her. Georgianas Rock raschelte durch das Gras. Es war angenehm, in diesem einvernehmlichen Schweigen einherzugehen und sich dabei von der Sonne wärmen zu lassen. Georgiana lächelte in sich hinein, als sie daran dachte, wie Thomas sich von Rebecca verabschiedet hatte. Auch das zwischen ihnen war wahre Liebe, dessen war sie sich sicher. Früher war sie romantisch gewesen, jetzt wusste sie nicht mehr recht, was sie war, doch an die wahre Liebe glaubte sie noch immer.

»Ich wüsste gerne, was du denkst«, sagte Michael

»Ach ... ich habe gerade darüber nachgedacht, dass wir für so vieles dankbar sein müssen.«

»Ja, es ist wirklich viel«, erwiderte Michael ernst. Eine Weile lang gingen sie schweigend weiter. Georgiana hatte das Gefühl, dass Michael nach Worten suchte, um ihr irgendetwas zu sagen. Er runzelte die Stirn und vergrub die Hände tief in den Taschen. Endlich sah er sie an und sagte verlegen, fast verärgert: »Ich hoffe, du bist nicht zu enttäuscht über Captain Wyndham.«

Georgiana war überrascht. Michael musste doch wissen, wie sie diesem Mann gegenübergestanden hatte. »Natürlich bin ich enttäuscht. Wie konnte er nur so ehrlos, so ohne jeden Anstand, so ...«

»Nein, ich habe etwas anderes gemeint«, unterbrach Michael sie. »Ich hoffe du bist nicht zu sehr enttäuscht – im Herzen, meine ich.«

»Ach so!« Sie hatten den Gipfel des Hügels erreicht, über den sich eine Hecke zog. Georgiana folgte Michael hinauf zum Zaunübertritt. Michael ließ sich ins Gras fallen, doch sie blieb noch einen Moment auf diesem höchsten Punkt meilenweit stehen und blickte hinunter auf das großartige, wunderschöne Steingebäude von Somerton Court, das von Feldern und dem Fluss eingefasst wurde. Der Wind zerzauste ihr das Haar und raschelte in den Blättern der Hecke. Ohne nachzudenken sagte sie: »Ach, lieber Michael, wenn du nur wüsstest, wie wenig mir wirklich am Herzen liegt, solange ich mit dir zusammen bin.«

Am liebsten hätte sie sich die Zunge abgebissen. So offen hatte sie gar nicht sein wollen. Doch Michael drehte sich lächelnd zu ihr um. Georgiana, die immer noch auf der Stufe stand, blickte hinunter in sein Gesicht und seine warmherzigen Augen und war sich bewusst, wie nah sie ihm war. Der Wind brachte Farbe in seine Wangen und fuhr durch sein Haar, und die Art, wie seine Augen glänzten, als er sie ansah, brachte sie zum Erröten.

»Was uns die Zukunft wohl bringen wird?«, sagte sie schnell. »Uns und Somerton. Ich habe oft gedacht, wie traurig es wäre, wenn der Krieg bedeuten würde, dass wir niemals wieder tanzen würden – in Somerton, meine ich.«

Statt einer Antwort streckte Michael den Arm aus und nahm ihre Hand. Sie trat hinunter auf das Gras, wie auf den glänzenden Boden eines Ballsaals.

»Kein Krieg wird mich je daran hindern, mit dir zu tanzen«, sagte er. Dann nahm er sie in die Arme, und sie tanzten

Walzer auf dem Gipfel des Hügels, wo die Wildblumen blühten. Der Wind und der Lerchengesang tanzten zusammen mit Georgianas Herz, als er sie küsste, schöner als die wunderbarste Musik, die je ein Orchester hätte spielen können.

67

Somerton

Der lange heiße Tag zehrte allmählich an Adas Nerven. Nach einer freudigen Begrüßung waren Alexander und Rose mit dem kleinen Edward zu einem langen Spaziergang vor dem Abendessen aufgebrochen. Michael und Georgiana, die mit ziemlich roten Wangen von ihrem Spaziergang zurückgekehrt waren, waren ebenfalls verschwunden. Und so blieb sie am Nachmittag für eine Weile allein mit der Gräfin im Wintergarten. Sie hatte einige Briefe zu schreiben, doch die Gräfin war in der Stimmung zu plaudern – genauer gesagt, in der Stimmung, sich über Charlotte zu beklagen.

»Es fällt mir schwer zu glauben, dass sie eine so törichte Wahl getroffen hat, und das nach all meinen Bemühungen«, führte sie eine Unterhaltung fort, zu der Ada sie nicht ermuntert hatte.

»Du hältst sie wirklich für töricht? Captain MacAllister scheint ein sehr solider Mann zu sein, und sie sind offensichtlich verliebt.«

»Liebe ist ja gut und schön, doch Charlotte wurde dazu erzogen, eine Lady zu sein. Sie wird nicht lange glücklich bleiben mit nur einem Zimmermädchen und in diesem schäbigen kleinen Haus in der Nähe des Flughafens, das sie nach ihrer Hochzeit beziehen wollen.«

»Ich finde es sehr hübsch, so praktisch und leicht zu unterhalten.« Ada war sich bewusst, dass sie der Gräfin widersprach, doch sie war nicht bereit, Charlotte zu kritisieren. Früher hatte sie ihre Stiefschwester nicht gemocht, doch wie man leicht erkennen konnte, hatten ihre Erfahrungen sie grundlegend verändert – oder womöglich nur das Gute aus ihr herausgeholt, das immer schon in ihr gesteckt hatte. Ada hatte schon seit jeher vermutet, dass vieles an Charlottes unangenehmer Art der verbissenen Entschlossenheit ihrer Mutter zuzuschreiben war, sie zu verheiraten.

»Ach! So etwas hatte ich erwartet. Natürlich ist in deinen Augen auch etwas Minderwertiges gut genug für Charlotte, da sie ja keine Averley ist.«

»Das habe ich nicht gesagt. Ich …«

»Natürlich brauchst du dir keine Sorgen zu machen«, fuhr die Gräfin giftig fort. »Dein Vater hat dich in seinem Testament sehr großzügig bedacht.«

Ada schluckte. Die Gräfin wusste nicht, dass ihr gesamtes Erbe zusammen mit William auf den Meeresgrund gesunken war, und der Gedanke daran rief in Ada ein Gefühl der Unsicherheit hervor. Sie musste sich mehr Sorgen machen, als die Gräfin ahnte. Die Frage, wovon sie leben sollte, war keineswegs beantwortet. Ohne einen akademischen Grad, den Oxford weder ihr noch sonst einer Frau verleihen würde, konnte sie nicht als Anwältin praktizieren.

Die Gräfin sah, dass der Schlag sie in irgendeiner Weise getroffen hatte, und fuhr eilig fort.

»Ja, du bist jetzt natürlich ein guter Fang, nachdem du so viel geerbt hast, daher erwarte ich nicht, dass du noch lange in Somerton bleiben wirst, wo ich dich unterbringen und durchfüttern muss. Ich würde dir raten, dein Vermögen dazu zu benutzen, dir möglichst schnell eine bequeme Zukunft zu sichern – durch eine Ehe meine ich natürlich. Zehntausend Pfund reichen nicht so weit, wie du vielleicht glaubst.«

»Nicht halb so weit«, erwiderte Ada verbittert. Nicht einmal ganz bis nach Amerika.

»Das würde ich meinen.« Die Gräfin warf ihr einen durchdringenden Blick zu. »Nun, was planst du also, Ada? Wirst du dein Studium in Oxford aufgeben und dir einen Ehemann suchen? Da du Lord Fintans Hand zurückgewiesen hast, ist es schwer vorstellbar, wer in deinen Augen Gnade finden könnte – stell dir vor, wenn du ihn geheiratet hättest, wärst du jetzt eine sehr reiche Witwe.«

Ada schluckte ihren Ärger über die unsensiblen Bemerkungen der Gräfin hinunter. Sie wusste, dass die Gräfin nicht ganz unrecht hatte, und gerade dadurch schmerzten ihre Worte umso mehr. Sie musste einen Weg finden, sich finanziell abzusichern. Nicht, dass sie viel brauchte – nur eine kleine Summe für Unterkunft, Kleider und Essen –, doch augenblicklich hatte sie keine Ahnung, wie sie selbst dieses wenige Geld verdienen sollte. Ihr Vater hatte einen Fonds gegründet, um sie für ihre übrigen Studienjahre zu unterstützen, aber danach wusste sie nicht, was sie tun sollte. Es kam gar nicht in Frage, Connors Großzügigkeit auszunutzen, obwohl sie wusste, dass sie jederzeit darauf zählen konnte. Ebenso unmöglich war es, Georgiana oder Rose zur Last zu fallen. Nein, sie hatte gesagt, sie wolle unabhängig sein und ihr eigenes Geld verdienen, und daran würde sie sich halten. Die Frage war nur, wie? Sie gab nicht gerne zu, dass sie kein großes Vertrauen in die Zukunft hatte – sie machte sich Sorgen.

»Ich möchte überhaupt nicht heiraten«, antwortete sie der Gräfin und versuchte, ihre Verärgerung nicht durchschimmern zu lassen. »Jedenfalls nicht jetzt. Mir wäre es lieber, wenn wir nicht weiter darüber reden würden.«

Die Gräfin sah missvergnügt aus, doch bevor sie etwas erwidern konnte, erschien das Hausmädchen Mollie an der Tür. »Ein Brief für Sie, Lady Ada«, sagte sie mit einem Knicks, der wesentlich graziöser war als bei ihrer Ankunft. Rebecca hatte ihr offenbar schon viel beigebracht.

»Vielen Dank, Mollie.« Ada nahm den Brief, froh über die Ablenkung. Weder die Briefmarke noch die Handschrift waren ihr vertraut. Sie nahm den silbernen Brieföffner vom Tisch und schlitzte den Umschlag auf. Ein rascher Blick sagte ihr, dass er von einem gewissen Marquis von Castlehardie stammte. Der Name kann ihr vage bekannt vor, und nach einigen Augenblicken erinnerte sie sich: Hannah hatte ihn einmal erwähnt, obwohl Ada nicht mehr wusste, in welchem Zusammenhang. Sie fragte sich, warum er ihr schrieb. Sie waren einander nie vorgestellt worden, und sie wusste nichts über ihn.

Die ersten Absätze des Briefes verrieten ihr wenig; sie enthielten das Übliche: Beileidsbekundungen zum Tod ihres Vaters, Grüße und Höflichkeitsfloskeln. Doch als sie die zweite Seite zu lesen begann, erstarrte sie. Sie musste die Worte wieder und wieder lesen, bevor sie sie glauben konnte.

Da ich die Öffentlichkeit scheue, wissen Sie wahrscheinlich nicht, dass ich ein tatkräftiger Förderer der weiblichen Emanzipation bin. Ich engagiere daher Frauen, wann immer ich kann. Ich finanziere augenblicklich die Verteidigung zweier prominenter Suffragetten, die einer Verschwörung gegen die Krone angeklagt sind – vollkommen ungerechtfertigt, wie ich glaube –, und ich war sehr beeindruckt von

Ihrer Arbeit im Kearney-Fall. Ich habe mich daher gefragt, ob Sie mir erlauben würden, Ihre Dienste für die Dauer des Falles in Anspruch zu nehmen? Selbstverständlich würde ich Sie angemessen für Ihre Zeit und Expertise entschädigen. Falls Sie dies als Beleidigung auffassen, entschuldige ich mich. Doch wenn Sie die Zeit erübrigen können und bereit dazu wären, wäre ich sehr dankbar für Ihre Hilfe …

Ada brauchte nicht mehr weiterzulesen. Sofort hatte sie begriffen, was das bedeutete. Es war ihr erster bezahlter Auftrag, und er bedeutete, dass der lange, harte Kampf um eine den Männern gleichrangige Ausbildung der Mühe wert war. Er bedeutete Erfolg. Er bedeutete Hoffnung. Er bedeutete, dass sie nach dem Ende ihres Studiums Auftraggeber finden würde, die sie engagierten und es ihr ermöglichten, ein unabhängiges Leben zu führen.

Sie faltete den Brief zusammen und war sich bewusst, dass sie rote Wangen hatte. Sie blickte zur Gräfin auf, die sie scharf beobachtete. »Ich verstehe deine Bedenken wegen deiner Tochter und weiß deine Sorge um mich zu schätzen«, sagte sie und stellte fest, wie ruhig und selbstbewusst ihre Stimme dabei klang. »Du musst wissen, dass ich niemals des Geldes wegen heiraten werde. Ich werde mein eigenes Geld verdienen. Ich werde unabhängig sein.«

Die Gräfin schnaubte ungläubig. Ada machte sich nichts daraus. Sie hatte die Zukunft gesehen. Sie hatte sie zwischen den Zeilen in dem Brief des alten Marquis gelesen. Und vor dem Hintergrund der dunklen Gegenwart glänzte sie wie ein Juwel der Hoffnung.